有爱的青春陪伴者

小躁动

Sweet First Love

花山文艺出版社
河北·石家庄

图书在版编目（CIP）数据

小躁动 / 淡樱著. -- 石家庄：花山文艺出版社, 2021.9
ISBN 978-7-5511-5966-1

Ⅰ. ①小… Ⅱ. ①淡… Ⅲ. ①长篇小说－中国－当代 Ⅳ. ①I247.5

中国版本图书馆CIP数据核字(2021)第128183号

书　　名：	小躁动
	XIAO ZAODONG
著　　者：	淡　樱
统筹策划：	张采鑫
特约编辑：	廖唯佳　雪　人
责任编辑：	郝卫国
美术编辑：	胡彤亮
责任校对：	卢水淹
装帧设计：	颜小曼　西　楼
封面绘制：	夏诺多吉
出版发行：	花山文艺出版社（邮政编码：050061）
	（河北省石家庄市友谊北大街330号）
销售热线：	0311-88643221/29/35/26
传　　真：	0311-88643225
印　　刷：	长沙鸿发印务实业有限公司
经　　销：	新华书店
开　　本：	880×1230　　1/32
印　　张：	9.5
字　　数：	322千字
版　　次：	2021年9月第1版
	2021年9月第1次印刷
书　　号：	ISBN 978-7-5511-5966-1
定　　价：	42.80元

（版权所有　翻印必究·印装有误　负责调换）

目录
contents

Chapter 01
他童年里的一大噩梦出现了 /001

Chapter 02
生活总是自己摸索出来的 /029

Chapter 03
哼！这一届的女婿质量不行 /057

Chapter 04
社长，您怎么突然剃胡子了 /079

Chapter 05
他到底什么时候才能用南哥的录音打脸 /104

Chapter 06
因为肖南，她竟然生出了嫉妒的情绪 /129

Chapter 07
你难道看不出我喜欢你吗？ /156

目录 contents

Chapter 08
喜欢不应该带来无穷无尽的麻烦,所以……
我不配说我也喜欢你 /183

Chapter 09
她的心咚咚地跳着,那般热烈地告诉着自己——
她不想等了 /212

Chapter 10
我想喊你男朋友,行不行 /233

Chapter 11
我们肖家,永远是她的后盾 /256

Chapter 12
黎茶茶,我正式请求你嫁给我,
当我肖南的媳妇儿 /277

婚后番外
一家三口,这世界上最美的四个字 /294

Chapter 01
他童年里的一大噩梦出现了

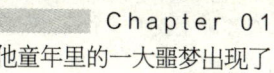

1

八月正是酷暑的时节，A市这几日的天气闷热到了极致，像是一个大蒸炉，街上的行人还没走几步脸便热得通红。

不过再热的天气也阻挡不了人们对海边的喜爱，在注定要晒脱一层皮的正午，通往终点站碧海银滩的十二号线地铁上仍旧挤满了人。

"前方到站，终点站碧海银滩，即将开启右侧车门……"

车门打开，乘客们蜂拥而出，角落里一个戴着鸭舌帽的女孩儿不慌不忙地跟在后面。女孩儿的脸只有巴掌大小，加上一副半张脸大的墨镜，旁人只能依稀看到她姣好的下巴轮廓，还有线条清晰的唇。她的唇形很好看，下唇比上唇略厚，是时下流行的心形唇，唇珠也分外明显，涂着草莓红的唇釉，很有少女感。

黎茶茶慢吞吞地走出地铁站。

地铁站离碧海银滩只有四百米的距离。

百度导航是这么说的。

实际上，她起码走了八百米，才走到海岸边。

沙滩上矗立着许许多多的遮阳伞，伞下放置着沙滩椅，上面躺满了人。海里也跟下饺子似的全是人，人声鼎沸。

各式各样的声音糅杂在一块，轰隆隆地敲打着她的神经。

她有些热，想摘下帽子和墨镜。手刚碰着帽檐，父母的叮嘱就跟紧箍咒似的又出现在她的脑海里——

"公共场合必须注意形象！要低调！要慎重！你是国民女儿！国民公主！你的一举一动都必须对得起这个称呼！尤其是人多的地方，人人都有手机，在不能保证百分百的完美形象时，记得把墨镜和帽子给我戴好！"

墨镜下的眉毛微微地拧了下。

最后，黎茶茶的手还是松开了帽檐，垂了下去，脸上露出复杂的神情。

"算了……"

她脱了鞋子，单手提着，在沙滩上找了一个较为安静的角落。

她抱着双膝坐下，看着海浪发呆。

一周前，黎先生与闻女士在百忙之中千里迢迢地亲自送她到 A 市，夫妻俩笑容可掬地对着肖家的管家热络地说了半个小时的客套话，眉眼里故作云淡风轻，实则谄媚的表情让她全程尴尬地低着头。

如果用三个字来形容肖家，那一定只能是——很有钱。

肖家是做日化起家的，后来又进军各行各业，仿佛被幸运之神眷顾，从未有过败绩，从生活用品到电子产品，四处都有肖家的影子。近几年来，野心勃勃的肖家涉足了影视行业，投资了几部电影，每一部都成了黑马，赚得盆满钵满。

甄宝女士是肖家三少的妻子，夫妻俩是圈内赫赫有名的模范夫妻。

甄宝女士是个女儿奴，可惜没有女儿命，看见别家水灵灵的女娃娃内心一万个羡慕，每次看亲子综艺节目，都巴不得里面的女娃娃是自家的。

五岁参加亲子综艺节目的黎茶茶，乖巧软萌又可爱，甄宝女士一直记忆犹新。

十一年过去，甄宝女士在宴席间与黎茶茶的母亲闻香相遇。

"小姑娘还是这么可爱！我一直想要个像茶茶这样的女儿，跟个小棉袄似的在身边陪着，想想都很羡慕你啊。"

闻香掩嘴轻笑："茶茶，跟阿姨打招呼。"

黎茶茶："阿姨好。"

甄宝女士握着黎茶茶的手："小姑娘长得真好看，声音还甜，我家里要也有个这样的女儿，我肯定要乐开花了。"

闻香面不改色地道："茶茶很少与人这么投缘，说来也巧，茶茶和肖太太您是真有缘分，茶茶考上了 A 大，九月份才开学呢。肖太太您是住在 A 市吧，要不八月初让茶茶去陪您一个月？"

黎茶茶："……"

在黎茶茶看来，这个要求无比荒唐，虽然甄宝女士随口客套地应下了，但只要有脑子且要脸的人都不会真把女儿送过去。然而，8月1日那天，黎茶茶站在陌生的房间里，打量着甄宝女士为想象中的女儿布置的公主房时，还是无力地抿紧了唇。

在肖家待了一周，黎茶茶连半个肖家人都没见着。

据张管家所说，因为肖太太怕热，肖先生带着甄宝女士去了南半球度假，归期未定。不过，甄宝女士倒是有和她打视频电话，视频里的甄宝女士笑盈盈，看起来很是和蔼可亲。

听说这对夫妻还有个儿子，叫肖南，就住在她隔壁的房间，只不过她来了一周，也没见到人影。

肖家家大业大，房子自然也不小，除了张管家之外，还有专门负责家政的三位阿姨。对于她的到来，他们虽然没任何表态，但暗地里闲话颇多。

"这种攀关系的手段还真是第一次见，闻香不要脸的吗？以前她老演端庄高贵的少奶奶，没想到真人这么没下限。"

"听说小姑娘挺会哄太太开心的。"

"娱乐圈里混的哪个不是马屁精？我们太太心善好说话，先生可不一样。太太要是身体好，生个女儿，哪里轮得到闻香塞女儿过来攀关系？"

黎茶茶面无表情地默默听着。

黎茶茶的父母都是艺人，十八线的，演了几年电视剧，都是无关紧要的配角。直到两人成婚生了女儿，在黎茶茶五岁那年，偶然之下被邀请参加一档亲子综艺节目。乖巧可爱又软萌的黎茶茶受到大众的喜爱，一炮而红，连带着父母的影视资源也有了质的飞跃。夫妻俩在综艺节目结束后，凭借着恩爱甜蜜的夫妻人设接了一部大制作的电视剧，从此一跃成为二线明星。

黎茶茶来了肖家一周，父母来过一次电话，只有寥寥数句——

"肖太太回来了吗？"

"好好表现。"

"挂了，很忙。"

"……"

父母似乎完全没想过问她：在这里住得习不习惯？过得怎么样？吃得好不好？准备上大学了，紧不紧张？开不开心？

没有。

一句都没有。

有指甲大小的小螃蟹偷偷地从一块石头里爬出来，在海浪的拍打下，又迅速爬到另外一块石头下。被太阳晒得干燥发烫的沙子沾了水汽，颜色转眼就变深了。

黎茶茶喘了两口气，只觉压抑了一周的心情得到了缓解。

大海富有魅力，浪起浪落，看着看着，心情逐渐得以平静。黎茶茶回过神时，天空已经布满了暖黄的余晖，毒辣的太阳变成了半颗鸭蛋黄躲在若隐若现的云层里。

黎茶茶伸了个懒腰，站起来，恰好有风吹来，凉爽又怡人。

这个时候的沙滩是最舒服的，周遭的人也不多，黎茶茶正准备离开，就听见有人叫了声。

"哇！有一只大海龟！"

海面上果真漂着一只海龟，体型比市面上能见到的乌龟要大许多。它一动不动地任由海浪将它冲上岸边，凑巧停在黎茶茶的脚边。

渐渐地，不少人围了过来，好奇地打量着它，又是拍照又是录视频的，还有人试图去摸它的脑袋。

"是不是死了？"

"怎么一动不动的？"

话音未落，海龟的头动了下，发出一声呜咽。

黎茶茶微微一怔，说："它好像受伤了。"

就在此时，有一道清朗的男声响起："啊，都让让，别挤在一起，要拍视频的要直播的都让一下，别妨碍我们拯救世界！"他那一头金灿灿的黄毛在人群中分外打眼。

黄毛长得瘦弱矮小，肤色白皙得有些过分，他分开人群，来到海龟面前，扭头说道："南哥，是一只蠵龟。"

"让开。"

是一道低沉的声音。

黄毛立马侧过身。

一道高挑颀长的身影出现，逆着夕阳的光，黎茶茶只能依稀见到男人的轮廓，线条硬朗分明，小麦色的肤色与黄毛的白皙形成了明显对比。他蹲下，修长有力的五指轻轻地握住了海龟的头。

他仔细检查着，不到半分钟，沉声说："手套和镊子。"

黄毛应了声。

男人的手法专业，很快便用镊子将海龟鼻孔里的塑料吸管夹了出来，奄奄一息的海龟瞬间恢复了生气。黄毛把塑料吸管扔进一个透明的塑料袋里，对着围观的人群说道："不要往海里扔垃圾！你们以为这只是一只海龟的事情吗？不！不是！这是事关世界与和平的伟大梦想！我……"

人群散去。

黄毛急道："哎！我都没说完！"

男人淡淡地看了黄毛一眼，说："下次改掉你'中二'的台词。"他看了眼黄毛手里的塑料袋，微微拧了眉，从口袋里掏出一根烟，点上后缓缓地吐出一层烟圈，从鼻子里哼了声出来，"真喜欢折腾。"

黄毛提醒道："南哥，有个小姑娘在盯着你。"

男人抬眼望去。

眼前站了个小姑娘，长得娇娇小小的，光着脚丫子站在沙滩上，脚踝又细又白，看起来像未成年，安安静静地站着，微微仰着脖子，仿佛想透过墨镜看清楚他的模样。肖南有一副好皮囊，又是个衣架子，披着垃圾袋都能穿出T台走秀的硬汉风，平时没少被女人搭讪，不过被这么小的一个女孩儿盯着还是头一回见。

他漫不经心地笑了："小姑娘，有事儿？"

黎茶茶慢吞吞地伸出手，指着他的脚："你踩着我鞋子了。"

刚刚因为海龟，黎茶茶的周遭挤满了人，她随手放在一边的小白鞋也在不知不觉中被挤走，找了老半天，才发现大半已经被踩进沙滩里，剩下的那小半就在男人的脚下。

肖南挪开了脚。

黎茶茶正要上前，肖南已经弯身捡了起来，他宽厚的手掌拍了拍上面的脚印，把里面的沙子都倒了出来。他拿下嘴里的烟，睨着黎茶茶，这才把小白鞋递给了她，说："快要下暴雨了，小姑娘家家的就别在海边待着了。"

这时，海面上刮起了一阵大风。

黄毛佩服道："南哥你牛啊，比天气预报还准，要下大暴雨了吧！你看这天，说变就变，感觉蕴含了未知的神秘力量。"

肖南说:"走,去把我们的船固定好。"
两人走得飞快。

周遭的游客已经散得差不多了,黎茶茶索性摘了墨镜。不过是短短几分钟,沙滩上的炎热便彻底被大风吹散,夕阳也散去,天空骤然间乌云密布,一副风雨欲来的模样。

她深深地吸了口气。

此时,手机响了下。

她拿起一看,是来自闻女士的信息。

【肖太太明天要回国了!】

顿时,那一口气憋在了胸口。

闻女士的信息接二连三地发来,无比热情。

【好好表现呀!】

【展现国民女儿的魅力!】

【你是最漂亮最聪明的国民公主!】

【肖太太有个儿子,你好好和别人相处,能忍就忍,别得罪人。】

…………

黎茶茶面无表情地看着。

半晌,她才回复了一句。

【妈,你醒醒,早在七八年前你女儿在街上裸奔也只能上社会新闻,咱们一家三口现在叫过气家庭。】

2

信息发出后,黎茶茶就皱起了眉头,神情怏怏的。

不到半分钟,手机嗡嗡嗡地响起。

来电备注显示——黎柏。

她接起。

电话那头黎爸爸语气温和:"茶茶,怎么可以这样和妈妈说话呢?我和你妈一年到头四处奔波,没日没夜地接通告,是为了什么?现在社会竞争多激烈,要不是为了你,我们当个十八线艺人也无所谓。别老是惹你妈生气了,你妈现在眼睛都哭红了,晚上还有夜戏要拍,遮起来也挺麻烦。去和妈妈道歉,好不好?"

黎茶茶没有吭声。

.006.

黎爸爸又说:"我还有事要忙,等会儿记得跟你妈道歉,不要忘了。"

黎茶茶张嘴,话还未说出口,手机"啪"地就被挂断了。几乎是同时,手机又响了,来电备注显示是——闻香。

一接通,闻香温婉又带着哽咽的声音传来:

"网上都是黑子,瞎说的,你妈才没有过气,微博粉丝八十九万……"

八十万是买的……

"一发微博评论四位数,点赞五位数。"

真实的评论只有一百条不到,点赞还是自己找微博营销号刷的……

"晚上还有张导的戏要拍,大制作,你妈是女主角。"

哦,不到十个镜头的中老年女主角……

"我没有过气,全家都没有过气,别听其他人胡说,你还是人见人爱的国民女儿,没有人会不喜欢你。明天肖太太回国,好好跟人相处,知道吗?"

黎茶茶抿住嘴角,没有回答。

没一会儿,手机那头便哭了起来,声音断断续续的,也不说话,就顾着哭,声音钻进茶茶的耳朵里,扎得她心烦意乱。

"知道了。"黎茶茶回道。

闻女士还在哭:"和肖太太的儿子也要好好相处,知不知道?"

"知道了。"

"刺猬一样的性子收一收,知道吗?"

"知道了。"

"咱们的国民女儿最乖了,挂了。"

话音未落,通话便被挂断。

海边的风越来越大,吹得她的衣裳猎猎作响,她望着天边的滚滚乌云,直到一声轰雷炸响,她才蓦然回神,抿了抿唇,慢吞吞地戴上墨镜,离开了沙滩。

"幸亏我们回来得早,不然半路在海上碰见暴风雨,我们的小破船要是翻了,我这个旱鸭子肯定就要凉了。南哥,我哪天要是先挂了,你记得把硬盘里的一百个G跟我一起火化了啊。我掐指一算,我命格不凡,如果平平无奇地死了,肯定是背负了使命在身,比如转生到异界开挂当史莱姆之类……"

谭明停顿了下,他顺着肖南的目光望去,见到了刚刚那个小姑娘,也不知想到什么,他诧异地瞪大了眼:"啊,我知道了!南哥,难怪那些女人怎么勾引你都勾不上,搞半天类型就错了!她们是大胸御姐,但你是萝莉控啊!你平时都不主动搭理任何雌性物种,可你刚刚竟然和小姑娘说了两句话,你果然吃这一套!啧啧,刚刚那小姑娘虽然长得娇小,戴着墨镜又看不清脸,但我已经感受到了好看的气场!南哥,你别不信,我……"

"啪"的一声,谭明的脑门被狠狠地敲了下。

"痛痛痛!"

肖南冷哼一声,说:"滚一边儿去,你就看到小姑娘身上好看的气场,没看出别的?"

谭明蒙了下,双眼却骤亮:"难不成她是被另外一个世界选中的人?"

"痛痛痛!南哥,你再揍我,我今晚就得进医院了!"

肖南说:"你该吃药了。"

谭明尿得很,立马说:"南哥,您让我吃我就吃。"

肖南懒懒地抬了抬眼皮。

小姑娘的身影早已消失。刚刚因为天气突变,隐约还可见远处天边电闪雷鸣,因此沙滩上的游客已经寥寥无几,可小姑娘偏偏还往海边迈了半步,像是一个准备轻生的人。

谭明又问:"南哥,小姑娘身上到底还有什么别的东西?"

肖南抽了最后一口烟,哼笑了声,说:"啰唆,再问揍你。"

这会儿,他手机响了几下,来了几条信息,全是约喝酒的。

谭明也见着了,使劲地摇头:"不不不,我不去,酒有什么好喝的,要不是这次的暑期社团活动,我能在家宅一周,我要回去追番。"

暴风雨下了好几个小时,直到将近晚上十一点才彻底停了。

偌大的肖家别墅里,安静得落针可闻。

忽然间,二楼有一道轻微的声响。

门被轻轻地推开,一抹窈窕的身影无声无息地走了出来。黎茶茶光着脚丫子,左手拎着一个超大单肩包,身上裹着一件与时下季节不合的长风衣,轻手轻脚地下了楼,离开了别墅。

肖家的别墅地段极好,就在市中心,交通十分便利。黎茶茶从单肩包里拿出一双十厘米的高跟鞋,穿上后,熟门熟路地离开了小区,在门口打了一辆出租车。

她对师傅说:"武明路的星驰酒吧。"

师傅从后视镜里看了眼后座的女孩。

大浓妆，文身，满脸的躁意和戾气，仿佛就差在脸上刻出"不良女孩"四个字了。

"老大来了！你们赶紧腾位置！"

酒吧里放着嗨翻天的电音，舞池中挤满了疯狂扭动的男男女女。酒吧卡座里，被众人围在中心的王乾腾地起身，咧开一个大大的笑容，使劲地朝舞池外的男人招手。

男人穿过舞池，往这边走来，途中有身材曼妙的女人搭讪，男人停下脚步，微微侧首。

王乾一拍桌，兴奋地道："看到没有？舞池里最显眼的就是我老大！我念高中的时候就是他罩我的。我们八中的风云人物，顶天立地真男人南哥！拳头硬过钛合金！不仅打架从没输过，还是个超级学霸，因为一旦不好好学习就要回去继承亿万家产！虽然我们现在在不同的大学念书，但只要一提老大，那些被揍过的不良少年都得腿软！"

一长串金光闪闪的形容词，让王乾新收的一众小弟万分期待地望向了舞池中的男人。

此时，搭讪的女人撇了撇嘴角，离开了。

小弟说："果然是王哥的老大，胸大腿长腰细肤白的女人都看不上！"

王乾深沉地说："我们老大很佛系的。"

小弟："老大果然与众不同！"

说话间，男人已经走到卡座前，一众小弟加上王乾让开了路，把肖南送上了C位。王乾点了根烟，递上，嘿嘿笑着说："老大，约了你好几次，总算约上了！这是我新认识的同学，今天带他们来瞻仰下您的神光！"

一众小弟异口同声地喊："老大好！"

肖南接过烟，抽了口，从容地点头。

"嗯，好。"

酒吧里灯光昏暗，如今肖南坐下了，一众小弟终于有机会看清王哥口里老大的真容。

一脸络腮胡，上半身是一件随意的黑T恤，薄薄的T恤下隐约可见硬朗的线条，下半身是一条宽松的运动裤，还踩着一双人字拖，打扮得十分随意。烟雾缭绕间，隐约能从深邃目光里感受到几分痞气和漫不经心，杵在这儿，莫名就有几分被罩着的安全感。

王乾许久未见老大,内心高兴坏了,一张嘴,话就没停过:"老大,你可真难约,连着几天都没回我信息,最近在忙什么?"

肖南说:"海上信号不好。"

王乾恍然大悟:"原来是出海了啊!"

有小弟给肖南倒酒,他喝了半杯,又漫不经心地看着周遭。此时,王乾说:"老大,你很久没来,肯定不知道酒吧最近来了个很带劲儿的姑娘!大概就这一周的事情吧,那身材简直绝了,大长腿小细腰,长得又野又甜,一跳舞,她就是人群里唯一的光!我敢说今天来酒吧的人,起码有百分之五十的人是奔着她来的!她连着来了七天,今天应该还会来。"

话音未落,王乾就兴奋地拍桌,叫道:"一说曹操曹操就到!老大,看,就是那姑娘!"

人群中多了一道性感的窈窕身影。

黑色露腰小吊带加亮片包臀短裙,两条腿又细又直,翘臀之上是不盈一握的雪白纤腰,胸脯略微鼓起,脸只有巴掌大小,妆容浓厚到了极致,涂得冷白的粉底,夸张配色的眼影,搭配着性冷淡风的唇色,全身充斥着一股生人勿近的高级时尚感。

可就是这样的一个姑娘,随着劲爆的乐曲动起来时,狂野得厉害,一脸肆无忌惮的张扬表情,就像是一朵带刺的玫瑰,耀眼极了。

全场因为她的到来,气氛变得更加火热,还有不少人吹起了口哨。

王乾看得目不转睛,说:"老大,好看吧?赏心悦目吧?"

肖南随手弹了弹烟灰,淡淡地道:"青春叛逆期的小姑娘。"

3

王乾一听,愣了愣,又瞧了瞧舞池里那个狂野又火热的女孩。

现在的年轻姑娘早早就会打扮,稍有年纪的也保养得当,在大浓妆之下,又没有进一步的语言接触,实在难以分辨年龄。

不过能进来酒吧的,都是成年人,瞧那女孩冷漠又自信的脸庞,估计最大也就二十出头。

二十出头的年纪,怎么算也不是青春叛逆期呀。

王乾问:"老大,你咋看出她是青春叛逆期的小姑娘?"

肖南却懒懒地看了他一眼,抽了最后一口烟,在烟灰缸里熄灭了烟头,问道:"说吧,这么大的阵仗,犯什么事儿了?"

王乾搓着手,严肃地说道:"老大,我像那样的人吗?"

肖南:"像。"

王乾被呛了声,周遭小弟轻咳了下。王乾板了板脸,看向肖南时,又嘿笑了声,说:"没有没有,老大,真的没有犯事儿,我又不是叛逆期的小孩,'中二'期也过了,现在正正经经地念大学,能犯什么事?找你出来,主要是想叙旧,顺便带我的小弟们瞻仰下老大您的神光!真没犯事儿!"

他拍着胸口,一副信誓旦旦的模样。

肖南瞥了他一眼,哼笑了声,说:"五六年的兄弟,你真以为能骗得过我?是那边的桌子?怎么着?得罪了人,还是泡了别人的妞?"

王乾冷汗狂飙,垂头丧气地说:"还是骗不过老大您,但真没得罪人。那群小兔崽子是外地人,和我同一个大学,平日里嚣张得要命,他们看我也不爽,我们不对盘很久了,在学校一碰面总得见血,我也不想当不良学生,是他们逼我的。我想来想去,就想到老大您了!那群兔崽子虽然狂,但是在Ａ市混的,有谁不知道老大您的威名,您就是我们Ａ市的地头蛇!他们不信我被老大您罩着,今天就让他们见识一下,我生是老大您的人,死也是老大您的鬼!"

肖南:"滚一边去。"

话是这么说,肖南也没有走,开了瓶啤酒,仰脖就灌了半瓶,又说:"你知道我的规矩。"

王乾一见,知道有戏了,拍胸口说:"知道知道,老大您高中一毕业就金盆洗手了,您不用动手,坐在这儿就行。"

摇滚乐在耳边爆炸。

黎茶茶扭动着身体,手、脚、脑袋、腰肢,像是要随着音乐彻彻底底地释放,汗水流出,浸湿了她的火焰文身,一簇不大的红色火焰,端端正正刻在锁骨底下,莫名带劲儿,妖艳又狂野。

半个小时后,黎茶茶跳累了,她微微喘着气,离开了舞池,娴熟地拒绝了第六位搭讪的男士,坐在了吧台旁。

调酒的小哥已经认得耀眼的黎茶茶,笑问:"还是照旧?"

黎茶茶抿着唇,懒懒地应了声。

片刻后,调酒小哥给黎茶茶递了一杯不含酒精的血红玛丽,漂浮的冰块营造出渐变的红色分层,像是一块奢华的红宝石,颜色分外好看。

冰冰凉凉的甜味灌进喉咙，似是带走了大半躁意。

打从傍晚时分接到父母的电话过后，她内心的烦躁就在一点点地累积叠加，以迅雷不及掩耳之势扩大，就像一团乌云，黑压压地落在她的心脏上，压得她无法呼吸，甚至有那么一瞬间想用走极端的方式解决掉这样的情绪。

她仰脖，又连着喝了好几口。杯子搁下时，身边忽然多了一个男人，他手里拿着一杯红酒，唇边含着一抹不正经的坏笑："小姐姐，我们胡爷请你的。"说着，下巴一扬，对上了东边的卡座。

卡座里坐了五六个男人，年纪看着都不大，就二十出头的模样，被称作胡爷的那一位朝黎茶茶轻佻地勾了勾唇。

黎茶茶冷淡地拒绝："不用。"

男人问："小姐姐喜欢喝什么？"

黎茶茶："别烦我，滚远点。"

男人"哟"了声，说："原来还是只小野猫，难怪对了胡爷口味。过来陪我们胡爷喝一杯，以后你在酒吧可以横着走，我们胡爷可是B城太子爷，家里有矿。"

男人往前走了两步，似是想去抓黎茶茶的手。

没想到还未碰着黎茶茶的手，便被兜头盖脸地泼了一杯冰水，黎茶茶还跟个没事人似的，说："哦，手滑了……"

男人的面色立即变了。

黎茶茶忽然咬着唇，环望着周遭，说："你刚刚拉着我，又凶巴巴的，我以为你要做些什么，我害怕……"

她的脸变得极快，刚刚还是一副老娘就是要泼死你的模样，一转眼，又变得楚楚可怜，看起来孤独无助又柔弱可怜。

男人本来大多都有英雄救美情结，尤其是黎茶茶本就耀眼漂亮，进到酒吧后不少男人的眼睛就没离开过她，这会儿见她发出了求救信号，立马就有五六人挺身而出。

男人理亏在先，也不好说什么，恨恨地瞪了黎茶茶一眼，离开了。

黎茶茶不动声色地撇了撇嘴，只觉扫兴。

黎茶茶又在吧台那儿坐了会儿，喝光了剩下的血红玛丽，才慢吞吞地起身，离开酒吧。也不知是不是下过暴雨的缘故，这会儿打车极其困难，打车APP上显示前面排队的人还有四十五位，预计等候时间一个小时。

.012.

夜风拂来，带着一股子雨后的凉意。

她裹上风衣，站在马路边候车，微垂着脑袋，似是在走神。

也不知过了多久，忽然有人搭上她的肩膀。

"小姐姐，在等我吗？"

浓厚的酒味席卷而来，她的身子有那么一瞬间的僵硬，旋即又平复，冷淡地说："你认错人了。"

那人又说："刚刚你还泼了我一脸冰水，怎么着，现在周围没人，你还想谁来英雄救美？刚刚的事我不跟你计较，胡爷看得上你，是给你脸面，你不要不识好歹。我们胡爷怜香惜玉，但我脾气可不好。"

黎茶茶的语气变轻："胡爷在哪里？"

男人见她示弱，心里得意，嘴里哼了声："跟我来。"

说着，他转过身。没走几步，脖间忽有电流传来，他四肢抽搐，转眼间倒在了地上。

黎茶茶面无表情地收回电棍。

就在这时，一道声音响起。

"够野的，爷喜欢。"

黎茶茶抬眼望去，是刚刚男人口里提到的胡爷，近距离一看，长相倒是不差，就是满脸写着老子天下第一的狂妄，打量她的眼神也带着几分轻佻。

黎茶茶刚想动，已经有人扣住她的手腕。男女之间的力量差距太大，她完全无法动弹，接着又有人夺过她的电棍，握在了手里。

胡爷："陪我喝一杯，你想电谁都可以。"

其他男人都在笑。

黎茶茶冷静地说："行，我陪你喝一杯。"

肖南忽然停住了脚步。

他抬眼望去。

在长风衣的包裹之下，女孩的身形略显单薄，像是一个穿了大人衣服的小孩儿。

肖南从声音认出了她。

是傍晚时在海边的小姑娘。

"老大，我就说了，您坐在那儿，胡海斌那小兔崽子大气都不敢喘一下，要是平时他早来找碴了！老大果然是老大，虽然金盆洗手了，但是江湖里还有您的传说……"

蓦地,王乾愣了下,说:"欸,那女孩又被胡海斌缠上了?胡海斌可是出了名的花心,一周内能换五个女朋友,不过看那女孩好像不太乐意啊……老大,要不我们……"

话还没说完,王乾忽然听到身边的老大嗤了一下,漫不经心地说了句:"喂,站在那儿干什么?"

肖南他们与胡海斌那群人之间还有点距离,不过这会儿酒吧外几乎没人,肖南一张口,便立马成为人群中的焦点,胡海斌那边的人齐刷刷地扭头望来。

肖南微扬下巴,看着黎茶茶,命令道:"过来。"

王乾惊呆了。

黎茶茶也微微一怔。

胡海斌是知道肖南的,打从肖南进酒吧那一刻起,他就认了出来,倒也不是忌惮肖南,只是他们胡家圈里混的人,与肖家又有生意来往,再狂妄再不懂事也知道该给肖家几分薄面。

他睨了黎茶茶一眼:"认识?"

黎茶茶望向肖南,满脸胡子拉碴的,哦,是今天救了海龟的男人。

她声音响亮地喊了声:"爸爸!"

王乾的下巴都快要掉在地上了。

4

不是没人喊过肖南爸爸。

肖南寝室里的那几个人,不要脸起来什么都敢喊,经常爸爸来爸爸去,给爸爸跪下给爸爸买饭,但这是他头一回听小姑娘这么喊,还喊得十分有真情。

她挣脱开,跑了过来,二话不说就挽住肖南的胳膊,仰起脖子,又乖巧地喊了句:"爸爸。"

够皮的啊。

王乾震惊了,结结巴巴地说:"老老老老大,干干干……干女儿啊?"

大抵是结巴过度,最后一个"干"字,念成了第四声。

一众小弟立马领悟,摆出一副"原来如此"的模样。

肖南:"狗屁。"

王乾一副"没事我都懂我一定保密"的神情。

肖南懒得搭理王乾，又睨了身边的小姑娘一眼，她倒是好，跑过来后一声不吭，安安静静地待着，仿佛真是他的贴心小棉袄。

这会儿许是察觉到他的目光，小姑娘又微微弯眉，大浓妆下，依稀有几分甜美的模样。

得了，管都管了，管到底吧。

肖南淡淡地对着胡海斌说："我的人，带走了。"

胡海斌那边的小弟们颇有不满，尤其是他们这边还被放倒了一个，现在人就在脚边四脚朝天地躺着，要是人说带走就带走，他们的面子往哪里搁？

"喂……"

然而，话还只说一半，肖南高大颀长的身影便笼罩了过来，他微扬下巴，沉声说："拿来。"

肖南过去的打架史在A市太辉煌了，虽远离江湖已久，但大佬的传说仍在。

这会儿，他人一过来，胡海斌小弟的气场就输了个彻底，紧张地"啊"了声。

肖南身边的女孩儿似是也有些蒙，抬了眼，迅速地看了他一下。

肖南懒散地说道："电棍。"

小弟反应过来时，双手已经恭顺地把电棍交还。

黎茶茶收回了包里。

胡海斌不想惹上肖南，让人拖着晕倒的那个，很快便散了。

确认看不见人之后，黎茶茶的手从肖南的臂弯里缩了回来，一本正经且乖巧地问："方便扫个二维码吗？"

肖南没吭声。

王乾跟了肖南这么久，头一回见到老大没抗拒女孩的接近，立马助攻。

"方便方便！我拉你进我们的群！"

说话间，他已经迅速把黎茶茶拉了进来。

此时，黎茶茶喊的出租车姗姗来迟，她又对肖南说道："谢谢你替我解围。"然后就上了出租车。

等出租车开远了，王乾又说："这女孩怎么这么奇怪，一开口就像个乖乖女，一点也不野了。"

肖南不以为然，淡淡地说了句："装的。"

王乾的手机响起。

黎茶茶在群里发了个红包,名字叫"谢谢解围"。

然后,黎茶茶退了群。

肖南第一次见到这么干脆利落、不拖欠人情的操作,不由得愣了下,面无表情地问道:"多少钱?"

王乾领了红包:"两百块。"

肖南:"哦,我的解围只值两百块。"

王乾:"老大,重点难道不是这个妹子完全没有勾搭你的想法吗?"

肖南:"哦,不稀罕。"

黎茶茶退群后没多久,手机就响了起来。

"茶茶?"

是一道温润的嗓音,听起来很让人舒适,像是一阵春风。

黎茶茶戴上耳机,绷直且僵硬了许久的背终于松了一点点,她靠在出租车的椅背上,声音低低的:"没事,我没事。"

"发生什么事了?又碰到酒鬼了?"

她低着头,打开了微信,置顶人是"温叔叔"。

里面最新的三条信息相隔不过几分钟。

【救我。】

【定位】

【没事了。】

她退出微信界面,说:"刚好碰见好心人解了围,现在已经没事了,您别担心。"

手机那头的人说:"行,有事的话一定要通知我,你还有三周开学,开学前找个时间再来我这儿一趟。"

"好。"

黎茶茶挂了电话,然后熟练地换下脚底的高跟鞋,又从单肩包里拿出了卸妆湿巾,开始擦拭着脸上的妆容。

一下,两下,三下,四下……

渐渐地,一张干净素白的脸倒映在车窗上。

她看着车窗上的倒影,神色有几分怏怏。

肖家夫妇回国。

肖家别墅里的用人们都很高兴，每次肖太太从国外旅游回来，都会贴心地给家里的每一位用人买礼物。

那几位负责家政的阿姨边擦着东西边兴奋地说着话。

"上次太太给我买的手霜，我给我女儿用了，五十毫升都要几百块呢。"

"太太去法国那一回，才是真慷慨，就那么巴掌大的包，我全新卖出去赚了九千八。"

"这次太太从澳洲回来，不知道会带什么礼物。"

…………

黎茶茶坐在餐桌前吃早餐，烟熏三文鱼班尼迪蛋，两片烤过的全麦吐司搭配着法式炒蛋，还有一份水果奶油乳酪松饼，以及一杯鲜榨橙汁，和一杯中和甜味的香浓咖啡，丰盛且精致。

她无声地吃着，顺便欣赏下饭的娱乐节目——

来自家政阿姨们的大型八卦现场。

那几位家政阿姨显然忽略了她的存在，聊得火热，已经从肖太太送的昂贵礼物扯到了肖南。

"少爷今天会回来吧？"

"当然会啊！先生和太太今天回国，无论如何都得一起吃饭啊，我看厨房今天买的食材里就有少爷爱吃的菜。"

"欸，你在这里工作这么久，少爷吃饭根本就不挑，哪有爱吃的菜？我还是头一回见有钱人家的孩子吃得这么随便，只要吃不死人，少爷都敢往嘴里塞。"

黎茶茶："……"

他难道是猪吗？什么都往嘴里塞？

黎茶茶来肖家一周了，都没见过这位神出鬼没的肖家少爷。

肖家偌大的别墅里倒是有个巨大的相框，就摆在楼梯口，是他们一家三口的合影，严肃稳重的肖先生和温婉美丽的肖太太，两人中间是穿着小西装的肖南，五六岁的模样，小男孩唇红齿白，站得无比挺拔。

黎茶茶挺羡慕的，虽然小男孩板着一张脸，但还是看得出来他们一家三口的氛围很温馨。

所以她不是很想与肖家少爷碰面。

她被荒唐的父母送来这里，本身就是一件丢脸至极的事情，她只想安安静静地度过剩下的三个星期，然后她去A大报到，从此与肖家再无瓜葛。

也不知道是不是上天听到她内心的渴望，肖家夫妇到家后，肖太太接到了儿子的电话，说是今天不回家了。

肖太太温和地说："好，在外面注意安全。"

电话一挂，肖太太便跟肖先生说："阿南不回来吃饭了，在外面有饭局。"

肖先生冷笑一声："屁大点年纪，哪里来的饭局？"

肖太太说："阿南也不小了，二十一岁了，你在这个年纪都开始经营肖家的生意了。"

肖先生又哼了一声，说："他又不忙肖家的事，念个大学哪有这么多饭局？我在这个年纪早就知道要孝敬要陪伴父母，哪像他整天找不着人影，不知情的人还以为他日理万机呢！念高中那会儿就像个愣头青，他……"

话音一顿，肖先生的目光落在安安静静坐在沙发上的黎茶茶身上，他微微拧了眉，跳过这个话题，问："老婆，还晕吗？"

肖太太说："下飞机后就不晕了。"

肖先生"嗯"了声，说："那我上楼处理点事儿。"

肖先生一离开，客厅里便剩下肖太太和黎茶茶两人。

肖太太拉着黎茶茶的手，笑说："你来得不巧，你要是早些过来，我还能带你去澳洲度假。我们家在那儿有栋小别墅，冬暖夏凉，泳池还是无边的，我听说你们这个年纪的小女孩都喜欢无边泳池，还有粉色的火烈鸟游泳圈……"

肖太太很善谈，她说话时语气温婉又和善，让人听得很是舒适。

她又问："这几天你住得还习惯吗？房间还喜欢吗？要是有哪儿不喜欢的，跟阿姨说，阿姨明早喊人来改。你啊，就把这儿当成自己的家，别拘束，我丈夫不善言辞，内心其实也是很欢迎你的。我打小就想要个女儿，可惜没有女儿命，只生了个儿子……"

提起儿子，肖太太眼里添了几分自豪："说起来，阿南也在Ａ大，过完这个暑假就要念大三了，你也要上Ａ大，以后要是有什么不懂的地方可以多问问他。"

肖太太万分热情，打开手机就把肖南的微信发送给了黎茶茶。

"加个联系方式吧。"

说着，肖太太又给儿子发了条微信。

.018.

【肖太太：家里来了个小姑娘，叫黎茶茶，就是上次和你提过会在我们家住一段时间的女孩，也是你未来的师妹，以后在学校里要记得多多照顾她。】

黎茶茶只好打开肖南的名片推送。

他的头像很中老年人，是一望无际的碧蓝大海，微信名字叫南哥，没有任何朋友圈。

肖太太说："我儿子像他爸爸，嘴里说的和心里想的都不一样，看着不好相处，实际上心里善良又柔软……"

黎茶茶在肖太太的注视之下，点了添加好友的发送。

验证信息写了一句——

师兄好，我是黎茶茶。

然而验证信息发送之后，肖南那边久久没有通过，肖太太发的信息也没有得到回复。

直到傍晚时分，黎茶茶和肖家夫妇吃晚饭时，一道脏兮兮的人影姗姗来迟。

肖先生沉声说："知道回来了？都多大的人了？你这是在泥潭里滚了个圈？"

肖太太立马站了起来："阿南，怎么这么脏？林阿姨，去放洗澡水。"

"不用了，林阿姨，给我一条湿毛巾。"

黎茶茶闻言，愣了下，倏地抬眼，恰好与肖南探寻的目光对上。

啊？

5

黎茶茶不动声色地压住自己面部表情的惊诧。

惊诧的点有三：

一、没想到会在这里再次碰见他。

二、没想到他就是传说中的肖南。

三、他居然才二十一岁。

黎茶茶很好地收敛了自己的情绪，微垂着脑袋。

昨晚天色那么黑，她又化着夸张的夜店浓妆，今天的打扮乖巧又居家，还素着一张脸，只要不开口，他未必能认出她来。

为了以防万一，黎茶茶还飞速地去换了自己的微信头像。

肖南没怎么留意家里多出来的小姑娘，早些日子，他母亲就和他提过这事儿，他也不在意，横竖在家住的时间也没几天。

林阿姨递了湿毛巾过来，他随意擦了把脸，正想顺手把脏了的T恤脱掉，才想起家里还有个小姑娘。

她在餐桌前坐得笔直，看起来有些内向胆小，一直低垂着眼。

他瞥了眼便没放在心上，只说了句："我上楼换衣服。"

肖太太说："赶紧去吧，换完下来吃饭，我在澳洲给你买了礼物。"

肖先生又说："买个屁礼物，瞧他这个模样，都二十一岁的人了，还叛逆得跟十五六岁的青少年一样，成天跟一堆垃圾混在一起……"

肖太太挽住肖先生的胳膊，温声说："孩子有爱好是好事，你不要总是说他。阿南，去换衣服吧，然后下来吃饭。"

肖先生的暴脾气瞬间瓦解，从鼻子里不紧不慢地哼了一声，不再吭气。

黎茶茶在一旁默默地听着，忽然就想起了昨天在海滩上碰见的肖南。

原来说话方式是随了父亲。

肖南换衣服的速度很快，不到一分钟就从楼梯上走了下来，拉开椅子一屁股坐下，拿起碗筷开吃。兴许是饿着了，他吃得很快，大半碗米饭转眼间就在他的口里消失。

肖太太让林阿姨又添了碗新的米饭。

肖先生一如既往地挑毛病："胡子是怎么回事？二十一岁的人整得跟三十岁一样，站出来说你是这小姑娘的爸爸都有人信！"

正在喝汤的黎茶茶立马被呛到，猛咳不止。

顿时，餐桌上三人的视线齐刷刷地落在黎茶茶身上。

肖太太坐在黎茶茶旁边，伸手轻拍了下她的背部，温声道："是哪里不舒服吗？要是不舒服一定要跟阿姨说。"

黎茶茶用细若蚊蚋的声音说："呛着了。"

肖太太让林阿姨端了杯温水过来。

黎茶茶喝了几口，才缓了过来。兴许是先前猛咳不止的缘故，这会儿一双眼睛水润水润的，像是山林间的小鹿，唇色微红，衬得一张巴掌大的小脸很有朝气。

肖南多看了一眼，只觉小姑娘皮肤白得像一道光。

此时,肖太太为了缓和父子俩之间的剑拔弩张,扯开了话题,对肖南说道:"阿南,你看微信了吗?我让茶茶加你了,她是大一新生,是你的师妹。"

肖南收回目光,懒懒地说:"没看。"

肖先生:"你妈让你看你就看。"

肖太太给肖先生夹了菜,说:"多吃点。"

少说话。

接着,肖太太又说:"阿南,你应该还记得茶茶吧?你小时候还跟我一起看过茶茶的节目,那时我还跟你说要给你生一个这样的妹妹。"

肖南一听,眉头就拧起来了。

有关黎茶茶的回忆并不太美好,简直算得上他童年里的一大噩梦。

他念小学那会儿,他的母亲甄宝女士迷上了一档亲子综艺节目,对里面的黎茶茶有着谜一样的喜爱,每次电视里的黎茶茶一出场她就会用一种怜爱的语气说:哎哟我的乖女儿,哎哟我的茶茶,哎哟我的小公主今天也很可爱。

要是只这样也就算了。

甄宝女士偏偏还要拉着他一起看,时不时指着电视里穿着粉色公主裙的黎茶茶说:"儿子,你看这小女孩是不是很可爱?你班里有没有这么可爱的女孩子?要是有的话记得请她来我们家做客。以后你娶媳妇就得娶这种小公主哦。"

甄宝女士迷了黎茶茶两年,直到后来黎茶茶鲜少出现在镜头里,她的热情才渐渐消散。

但于肖南而言,他每次被母亲强迫看节目时都只觉得里面的小女孩怎么这么矫情,吃东西挑三拣四,这也不吃那也不吃,简直挑剔得要命。

小时候的黎茶茶与长大后的黎茶茶渐渐重合起来。

肖南的眉头拧得更紧了。

肖太太没有察觉,仍旧热情地问:"还记得茶茶吗?"

肖南面无表情:"不记得。"

黎茶茶此时只想降低自己的存在感,她装作喉咙不适,捧着杯子慢吞吞地喝水,企图挡住自己的半张脸。

实际上,肖南也并未怎么注意她的脸蛋,她纤细又白皙的手指相当打眼,指盖圆润小巧,色泽自然粉嫩。

这时，厨房里又捧出了一道新菜，红焖羊肉。

肖太太说："放阿南面前，茶茶不吃羊肉，别让她闻着那股味儿了。"

黎茶茶的声音仍旧细若蚊蚋："我没事的。"

肖太太焦急道："瞧瞧你，声音都变了。林阿姨，去客厅的花瓶里折几朵粉玫瑰过来，给茶茶挡挡味儿。"

林阿姨效率高，不到半分钟就捧了个小花瓶过来摆在黎茶茶的隔壁，里面插了六朵鲜艳的粉色玫瑰。

肖太太眼中含笑："茶茶可真好看，人比花娇。"

肖南冷漠地看着。

还是跟小时候一样矫情。

一顿饭吃得相安无事。

黎茶茶回到房间后，彻彻底底地松了口气。

她不想被认出来。

夜晚的那个她，就像另一个世界里的自己，是属于她一个人的秘密。

只不过……

这位肖家少爷似乎有点讨厌她？

手机铃声忽然响起，来电显示是两个字——闻香。

黎茶茶的思绪瞬间被打乱，她咬了咬唇，旋即又露出一副冷漠的神色，接通了电话。

和她想的一模一样。

五分三十秒的通话里，有四分三十秒说的都是与肖太太有关的事情，还有三十秒说的是与她父亲有关的事情，剩余的三十秒闻香女士在和身边的助理说话，然后就直截了当地挂了电话。

黎茶茶把手机扔到床上，心情开始变得烦躁。

她觉得自己有些呼吸不过来，那种极端的情绪又开始若隐若现，仿佛紧紧地扼住了她的喉咙。

她连着深吸了几口气，走出了阳台。

肖太太给她准备的房间不仅充满了梦幻的公主风，还有一个所有女孩子都梦寐以求的精致欧式小阳台，里面错落有致地放了七八盆品种昂贵的娇花，还有一个白色雕花铁艺秋千，上面放着软软又可爱的垫子，以及一个配套茶几。不难想象在一个惬意的午后，吹着微风，沐浴暖阳，再泡一

壶香甜的花茶，搭配三层精致可口的英式下午茶点，就这么静静坐着，会有多舒适。

她再次深吸一口气。

突然，她闻到了一股烟味儿，是从隔壁阳台传过来的。

她抬眼望去。

肖南在和人打微信电话，开着扬声器，手机随意地扔在了桌面上。从她这个角度，正好能见到手机屏幕里的通话头像，是一个动漫人物，声音有些耳熟。

"南哥！你喊东妹去行不行？我的新番还没追完，旧番也没补完……"

"去还是不去？你只有一个选择。"

"去。"

黎茶茶想起来了，是那天海滩上跟在肖南身边的"中二"男孩。

此时，肖南挂了电话。

两人的视线在半空中相遇。

烟味越来越重，黎茶茶的鼻子有些不舒服，轻轻地打了个喷嚏，又咳了两声。肖南收回视线，熄灭了烟头，一副没见到黎茶茶的样子，也没有任何想打招呼的迹象。

他不开口，黎茶茶内心自然也是巴不得。

两间房的阳台隔得很近，只有半个手臂的距离。

肖南似乎也没有进房间的打算，而是坐在那儿，玩起了手机，他无处安放的大长腿随意地交叠着，有种漫不经心的痞气。黎茶茶清楚地见到肖南点开了微信的通讯录，然后打开了她的好友申请。

不到三秒钟，他退出了好友申请页面。

黎茶茶确认了。

不是似乎。

这位肖家少爷是确确实实不喜欢她。

不过换个角度想，她能理解肖南为什么不喜欢她，她也不在意。

喜欢也好不喜欢也罢，再过三周，她打包好行李，完成不靠谱父母惹来的麻烦任务后就可以高高兴兴地去念大学。不喜欢也挺好的，起码接触不会多，再过一段时间，说不定肖南就会把在星驰酒吧的碰面给忘了。

黎茶茶决定了，在肖南面前要夹着尾巴做人，尽量少出现在他面前，保持着安全的距离。

6

转眼间，三周就过去了。

黎茶茶原以为在肖家会过得尴尬，未料与她想象中不太一样。

肖先生看着不苟言笑，严肃又正经，但是只要肖太太温柔地开个口，就立即化成了绕指柔。而肖南二十一天里只回来了一半的时间，这一半的时间里，要么早出晚归，要么和他父亲吵架，最后也是肖太太轻声劝和，父子俩便各自扭头不吭声。

总的来说，肖太太甄宝女士站在肖家一家三口的食物链顶端。

而肖太太对她有着一种熟悉的喜爱。

黎茶茶当年红遍全国，被媒体称作"国民女儿"那会儿，也经常得到这样的喜爱。

用现在流行的话语来说，肖太太是她的粉丝，妈妈粉。

所以，在食物链顶层人士的关照之下，黎茶茶体验到了宾至如归的感觉。而万幸的是，她与肖南碰面的时间加起来可能只有两个小时不到。

A大报到的时间是八月末的最后两天。

黎茶茶提前一天收拾好了自己的行李，东西不多，两季的衣服、鞋子和护肤品化妆品，来的时候也就装了两个二十四寸的箱子，其余的生活用品她准备等到了学校后再采购。

第二天一大早，她拖着两个行李箱下楼，准备和肖太太告辞。

到了楼下，肖太太已经坐在客厅里，含着笑朝她招手。

"茶茶，过来。"

黎茶茶放下行李箱，走过去，乖巧地坐下，说："谢谢阿姨这一个月的照顾，我在这里过得很开心。"

"说什么客气话呢，是你满足了我的心愿。我一直想有个像你这样的女儿，一起逛街买衣服看剧看电影，你可真是贴心的小棉袄，有你在，时间都过得快了。哪像阿南，打小就皮得很，还不常在家。"

肖太太慈爱地摸着黎茶茶的脑袋。

小姑娘长得白白净净，乖巧又懂事，说话时声音软软糯糯的，这么好的一个小姑娘怎么就摊上了一对这样的父母？肖太太越想越心疼，她握住黎茶茶的手，又说："你别嫌阿姨事儿多，你一个女孩子在外地念书，得好好照顾自己,我看你行李带得少,所以又给你添了点东西,都放在车的后备厢里了。以后要有什么事儿,就给阿姨打电话,周末有空的时候回来陪阿姨吃个饭。"

黎茶茶哆嗦了下唇,内心有几分不安,亦有几分忐忑。

肖太太对她的关怀是真心的,喜爱也是真心的,可越是这样,她越是沉重,不知道要用什么来还这份真心的人情。最后,她只能结结巴巴地回一句:"好……好的,谢谢阿姨。"

肖太太又说:"对了,你今天报到,阿姨等会儿有事不方便送你过去,所以喊了阿南送你。你有什么需要,叫阿南帮忙便好。"说着,肖太太低头看了眼手机,拨了个电话过去。

下一刻,系统自带的铃声就在客厅里响起。

一道高大颀长的身影倚在墙边,还是那副漫不经心里透露着几分痞气的模样,肖南懒洋洋地摁掉了电话,余光睨着黎茶茶:"走不走?"

肖太太说:"在学校里好好照顾茶茶,要是有人欺负她,你得帮着,知道吗?"

肖南应了声:"嗯哼。"

黎茶茶一听就知道这位大少爷的敷衍。

要真有人欺负她,他肯定不会管。

她用细细的嗓音和肖太太挥手:"阿姨再见。"

走出肖家的那一刻,黎茶茶只觉内心松了口气,她不动声色地瞄了眼走在前面的肖南,再过小半个钟头,她和这位大少爷就再也不用见面了。

坚持就是胜利!

司机小张坐在驾驶座上。

黎茶茶和肖南都坐在车后座。

肖南打从上车后,手机信息便没停过,微信一直在响。

是微信群"恕我直言在座都是垃圾(4)"——

【灭霸爸爸:南哥,我们社团什么时候吃饭?】

【东东天下第一美:社长,我最近皮肤过敏,不吃海鲜。】

【祁哥:提议海鲜,东妹看着我们吃。】

【东东天下第一美:???】

【灭霸爸爸:南哥!我才拥有话语权,暑假的社团活动是我陪着你出

海的！吃炸鸡配啤酒！】

【东东天下第一美：作为合法公民，我拥有同等的话语权，报告社长，我已经到学校了。】

【灭霸爸爸：我也到了。】

【祁哥：同。】

【肖南：行，中午聚餐，十二点。】

微信群里开始热闹地讨论吃饭地点。

肖南对吃的不挑剔，懒得参与讨论，手机一放下，眼角的余光无意间便见到坐在一旁的黎茶茶身体紧紧地贴着车门，侧着脑袋，用后脑勺对着他。

她本来就生得娇小，今天还穿着一条白色连衣裙，露出了半截白皙的胳膊，坐在车厢里，小小一个，跟个娃娃似的。

他眯了眯眼，又侧过首打量她。

她背了一个挎包，手指捏着细细的包带，整个人正襟危坐。

这是一个防范心重的坐姿。

他打了个哈欠，懒懒地收回目光。

肖家离A大不算远，就小半个钟头的车程。到达A大的校门口时，已经能清晰地看到报到指引的路标。报到地点是A大图书馆，门口人山人海，两旁立了颜色鲜艳的伞棚，上面还贴着各个院系的文字。

黎茶茶一路小心翼翼，这会儿巴不得立即下去。张叔一停车，她就说："张叔，送我到这里就行了，谢谢张叔。"说着，她又飞速地望向肖南，"谢谢师兄送我一程。"

她说话的声音仍是又轻又细，语调飞快。话音刚落，她人就下了车，打开了后备厢。

这一开，她险些傻了眼。

她的两个箱子在上车时就被塞到了副驾驶座上，原以为肖太太说给她准备了行李，顶多就一个小箱子，没想到却满满当当地塞了整个后备厢，左侧是堆叠在一起的两个二十寸登机箱，右侧还有好几个行李袋，装了被褥床单等生活用品，甚至还有新的水桶脸盆，以及两箱矿泉水……

一道声音从她身后响起。

"什么系？"

黎茶茶蒙了下。

肖南哼了声，说："女人就是麻烦。"

说着，他伸手，直接拿走了黎茶茶手里的录取通知书，又说："在车里等着，别瞎跑。"

他低头望了眼录取通知书，似是有些意外，抬眼又看了下黎茶茶。

工商管理系，A大的招牌专业，在国内能排上前三。

他哼笑了声，说："工商管理系，可以的啊。"

黎茶茶正想说话，肖南已经迈开了步伐。他长得高，腿也长，三步当两步地冲进了人群里，转眼间便消失了。张叔从车内探出头来，说："黎小姐，今天温度可高了，您还是进来等着吧。"

黎茶茶在外面等了会儿，还是进去了。

没多久，肖南回来了，他和张叔说："往西边开，第二个路口右拐，然后一直到头。"说着，他往黎茶茶身边扔了堆东西，大大小小的纸张，有入学指南，还有各种各样的入学通知。

他看也没看她一眼，就撂下一句："自己研究。"

黎茶茶："哦，好，谢谢师兄。"

她的声音仍旧很细。

肖南微微拧眉，看了她一眼。

黎茶茶的寝室在六楼，到了楼下，张叔下了车，把后备厢的行李都提了出来。

肖南说："张叔，你这身子就别上楼了，你在这里看着行李，我来搬。"他卷起袖子，露出了一截线条硬朗的胳膊。

两个二十寸的箱子，他直接堆在了一起，接着又往上面堆了被褥四件套的行李袋，左手右手又顺便挂了两个行李袋，宛如拎小鸡崽似的，轻而易举就抱起这一堆东西，迈开大长腿，往寝室楼走去。

宽肩窄腰翘臀，不经意间流露出来的就是令人尖叫的男性荷尔蒙。

寝室楼边有不少大一新生，这会儿都目不转睛地看着肖南。

黎茶茶今天有些迟钝，慢了半拍才反应过来，连忙打开副驾驶座的车门，拎了一个二十四寸的行李箱出来，亦步亦趋地跟上。

肖南健步如飞，黎茶茶像是乌龟在爬。

她爬到第二层的时候，肖南已经不见了人影，等她艰辛地又往上爬一层时，肖南下来了。

他站在楼梯口。

黎茶茶低着头搬行李，没发现肖南。

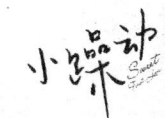

肖南看着她。

二十四寸的行李箱在她身边显得略大，有种小孩拿了大人东西的感觉。她显然也搬得很吃力，走两步台阶便停一会儿，还微微喘着气，汗水顺着脸颊滑下。

肖南只看了眼，就目不斜视地从她身边经过，然而没走两步，他又停下来，板着张脸："啧，真麻烦。"

接着，他直接夺过她手里的行李箱，又说："搬个屁，长得矮力气小就别搬行李，上去坐着。"

话音落下，他头也不回地直接上了楼。

周遭几位长得矮小的妹子：？？？

Chapter 02
生活总是自己摸索出来的

1

A大寝室分了二人间、四人间,以及六人间。

黎茶茶挑寝室挑得早,幸运地分到了二人间,她的室友是个北方姑娘,叫顾恬,来得比黎茶茶还早,这会儿已经收拾好了东西,双腿盘在床上。

小姑娘很有朝气,也很是热情,眨巴着眼睛,打从黎茶茶一进寝室,嘴巴就没停过。

"哇,我的室友是你吗?你长得也太好看了吧!我之前听人说A大盛产美女,没想到我室友就是!什么神仙颜值!"她下了床,凑到黎茶茶身边,伸出手,"你好呀,我叫顾恬,你可以喊我甜甜……"说着,又眨巴着眼。

"你肤质好好!怎么养出来的?凑近看简直是吹弹可破,跟小说里形容的那种剥了壳的鸡蛋一样,我可以摸一摸吗?"小姑娘眼睛亮晶晶的,让人根本没法拒绝。

黎茶茶点了下头。

顾恬伸出手,小心翼翼地碰了碰黎茶茶的脸蛋,然后心满意足地说:"和我想象中一样滑。"

黎茶茶觉得这姑娘怪可爱的,说:"我叫黎茶茶。"

顾恬点头,又忍不住八卦:"刚刚帮你搬东西的是你什么人?我见到他的时候差点吓了一跳,以为我的室友是男的,还想着大学这么刺激的吗?后来想想才发现不对,怎么可能是男的!我跟他打了声招呼,他不冷不淡地点了下头。不过他看起来力气超大,那么多东西,提起来毫不费劲,进门的那一瞬间,荷尔蒙爆棚!他是你哥哥吗?"

黎茶茶摇头。

顾恬又问:"男朋友?"

黎茶茶又摇头。

顾恬说:"那是喜欢的人?"

肖南来来回回搬了好几趟,最后一趟的东西不多,就一个二十四寸的行李箱子,加一个桶。他轻车熟路地爬到六楼。黎茶茶的室友嗓门不小,加上寝室门没关,他一上来就听见了她的声音。

然后,就听见黎茶茶用很轻很细的声音说:"他不是我喜欢的类型。"

肖南放下行李,打断了两个女孩的谈话。

二人间不大,高个子的他站在门口,令寝室显得有些逼仄,而且搬了这么多行李,他似乎一点儿都不累,轻松得像去散了个步似的。

他声音还是懒懒散散的:"最后一件了。"

黎茶茶站了起来,细声细气地说:"谢谢师兄。"

肖南瞥了她一眼。

大抵是在空调房里待了会儿,她脸蛋上的汗已经消失了,又是那副白白嫩嫩的模样,瞧着比先前在楼梯间气喘吁吁的样子顺眼多了,只不过声音听得还是别扭。

小姑娘说话太捏着了。

肖南不太记得她小时候是怎么说话的了,毕竟时间太久远,只依稀记得她母亲一听这小女娃说话就高兴得不行,喊出满嘴腻歪的话,什么"我的小甜心""我的小宝贝""我的小茶茶"诸如此类。

想不起来,肖南也懒得想,他转身离开,走到三楼时,身后响起了声音,喊他:"师兄。"

他停下脚步。

女孩子站在楼梯口,喘着气,白色连衣裙下的胸脯微微起伏。见他回首,她碎步走过来,往他手里塞了一瓶果粒橙,又补了句:"谢谢。"补完后,朝他一点头,立马转身往楼上走。

肖南反应过来。

敢情黎茶茶就把一瓶果粒橙当他搬行李的谢礼了?这小姑娘倒是不欠人情。

蓦地,肖南就想起了前阵子在酒吧碰到的"两百块"姑娘。

王乾他们谁也不敢用那两百块,最后兜兜转转,两百块还是回到了他的微信钱包里。

现在的小姑娘都这么怕欠人情的吗?

他拧着眉头。

"喂。"

黎茶茶停下脚步,疑惑地回头看他。

肖南瞧着她。

小姑娘的体态本来就很好,他这么一瞧,似乎身子挺得更直了一些,她故作镇定地敛了敛眉,还收了收下巴,垂下视线,尽管动作细微,可肖南仍旧捕捉到了。

"你在怕我?"他问。

黎茶茶立即严肃地摇头。

肖南没来由地就想起她刚刚说的那句话——不是我喜欢的类型。

他扬了扬下巴,淡淡地说:"小姑娘,我帮你搬行李是看在我母亲的分上,你没必要还我人情。"

说着,他想把果粒橙塞回给黎茶茶。

黎茶茶动作倒是很迅速,往后退了几步,又细声细气地说:"天气热,师兄您拿着。"

"我不喜欢喝这种东西。"

黎茶茶说:"那我给您换瓶矿泉水?您等一下,我上楼拿……"

也不知是不是刚刚跑下楼的缘故,她光滑洁白的额头又冒出了一点汗水,她用手背擦了擦,说:"我很快就下来……"

"算了。"

肖南握住了果粒橙,说:"我很忙,不用。"说着,转身就下楼,很快便消失在黎茶茶的视线里。

这会儿楼梯里也没人,黎茶茶轻轻地松了口气,她也往寝室走去。还没到门口,顾恬就已经朝她挥手。

"茶茶。"

等黎茶茶走近了,顾恬又一脸暧昧地朝她挤眼睛,说:"还说不是喜欢的人,你一和他说话,声音都变轻变细变温柔了。我刚刚还纳闷呢,你怎么好端端的突然说话声音就变得奇怪了,原来是心上人来了。"

黎茶茶说:"不是心上人,我不喜欢他那样的。"

她语气认真,顾恬也不敢再开玩笑,问:"那你喜欢什么样的?"

黎茶茶只知道不会喜欢黎柏那样的男人,她想了想,说:"现在不考虑这个问题。"

顾恬好奇地问:"那你什么时候开始考虑?茶茶我跟你讲,你长成这个样子,不出半个月,肯定就有人向我打听室友的喜好!别人要是问我,我是不是冷酷地回'不,茶茶不喜欢你'?"

黎茶茶说:"五年后。"

顾恬愣住了,原以为自己的室友不想谈恋爱只是随口一说,没想到居然还有具体的时间,再听她语气郑重,显然是经过慎重考虑的。

她眨眨眼,问:"有故事?"

黎茶茶:"嗯,有故事。"

顾恬说:"走,我请你吃饭。"

A大有一条美食街,里面有全国各地的美食,生意火爆得不得了。谭明他们原本定了社团聚餐吃韩式烤肉的,然而这个时间显然是不太可能吃得上,只好退而求其次选了一家不用排队的餐厅。

这是一家很神奇的餐厅,主打创意菜,老板不缺钱,开的是情怀,隔三岔五总喜欢折腾一些黑暗料理出来,味道奇特,谈不上好吃,许多学生吃过一次便不再来了。

谭明曾经就用了寥寥数百字痛诉这家餐厅的味道,最后用了二十个感叹号强调一句"再来是狗"。

老板脾气很好,笑眯眯地回复:谢谢您的建议。

如今,谭明坐在角落里,小声问周围人:"老板应该认不出我吧?没办法啊,学校周围大大小小好吃难吃的餐厅都被充满好奇心的大一师弟师妹挤满了,我只能挑这家不用排队的,南哥应该不会揍我吧?"

祁馨说:"没事儿,社长不挑食,白米饭都能吃得香,这家店的白米饭还不错。"

谭明、张东:"……"

沉默了一会儿,张东问:"社长怎么还没来?已经十二点过一刻钟了,平时他从不迟到的,你们谁发信息问问?"

话音未落,谭明就说:"说曹操曹操就到,那不是南哥吗?哎,等等,是我眼花了吗?南哥手里拿的是什么东西?那个又大又……"

"砰"的一下,张东就敲了下谭明的脑袋,打断了他:"你可别瞎说了!

这里有女孩子！"

谭明委屈："祁哥是兄弟！东妹，你难道忘记我们在游戏里被祁哥暴揍的惨痛经验了吗？能一打五的祁哥怎么可能是妹子！祁哥，你说是不是？"

祁馨没理他，看向窗外："原来社长也喝果粒橙……"

肖南进到餐厅，往四周打量了一眼，拎着一瓶果粒橙就直接坐在了谭明身边。

谭明："南哥，你居然喝果粒橙！"

肖南说："别人送的，我不喝。"

谭明说："那正好，我渴了，南哥你给我喝吧。"说着，谭明把桌上的果粒橙拿了过来，正要拧开瓶盖，却见肖南望着他，他手一哆嗦，第一次竟没拧开瓶盖。

张东说："连瓶盖都拧不开，你才是妹子吧？"

他尝试去拧，又讪讪地放下。唯一的妹子祁馨也去凑热闹，也没拧开。最后三个人齐刷刷地看着肖南。

肖南嗤了声，伸手就把果粒橙的瓶盖给拧开了，橙子的甜香味瞬间飘了出来，他没来由地就想起了黎茶茶。虽然这小姑娘娇情又娇气，但是穿着白色连衣裙站在楼梯口时，身上也有一股子类似橙子的香味儿，淡淡的，甜甜的，有些好闻。

谭明嘿笑一声。

"既然南哥你都开了，那我就不客气了。"

然而，手伸了一半，他就见到向来对这些饮料嗤之以鼻的南哥鬼使神差地拿起了果粒橙，仰脖，喝了一口。

2

甜得齁得慌。

肖南面无表情地放下了。

谭明说："南哥，你就放弃吧！你连草莓都觉得甜，这种饮料更加不适合你，别喝了，让我来！我不嫌弃你的口水！"

谭明再度伸出手，然而还是被肖南拍了回去。

张东义正词严地说："二明，你想和南哥间接接吻，南哥还不同意呢。"

谭明大大咧咧地说："又不是少女番，南哥才不会计较。南哥，我跟你间接接吻，你同意吗？"

肖南："滚。"

谭明很受伤，张东哈哈大笑。

祁馨小声地说："那个……我觉得我们是不是该操心下社团招新的事情？本来我们社团创立之初学校规定了要五个人，现在我们社团缺了一个人，审核的时候要是过不了，今年我们这个社团就废了。"

祁馨一说这话，谭明就特别忧伤："这不怪我们，去年一整年多少女孩子进我们社团吃苦，就是为了追南哥！但南哥是钢铁直男啊，冷冷淡淡地让女孩子去角落里捡垃圾，换谁谁忍得了啊。这么多女孩子中坚持最长时间的是工商管理系的师妹吧，退出社团的时候，两眼泪汪汪的，我都不敢挽留了……南哥，我身为社团里的人事部部长，强烈要求你对女孩子温柔一点，不然我们社团招不到人啊！我们社团唯一的妹子祁哥，男孩子见了都害怕；东妹，女装大佬虽然有用但是不能年年都用；我一个二次元死宅就更不用说了，我们社团唯一能吸引人的招牌就是南哥你啊！所以南哥，求求你，温柔一点，出卖下……"

"色相"两个字还没说出来，谭明就被肖南剜了一眼。

谭明一秒钟认怂。

"东妹，我提议今年还是你穿女装勾搭纯情师弟吧，先瞒过社审再说。"

张东："滚远点，谢谢。"

谭明："为了社团，委屈一下嘛……"

祁馨觉得两人都不靠谱，说："社长，社团招新时间从9月15号开始，正好是大一新生军训结束后，现在大二的肯定都不参加社团了，我建议从大一新生入手，毕竟是刚上大学，单纯又好骗。"

三个人看向肖南，等着他做决定。

肖南的手指微屈，敲了下桌面，财大气粗地说："砸钱，我们明码标价，爱来不来，这点事没必要浪费时间。"

说着，肖南从钱夹里拿出十张红钞票，甩在了桌上："散会。"

三人早已习惯肖南的作风，谭明把钱收了起来，然后愉快地聊起大一新生。

肖南向来不参与这些话题，喝了果粒橙后喉咙齁得难受，索性出去抽了根烟，回来时就听见谭明说："论坛上已经开始八卦大一的师妹们了，我听工商管理系的人说，他们系今年来了个师妹，是个天才，连跳两级上大学，还没成年，开学前就已经被打上了神仙颜值的标签。呵呵，他们系

·034·

就会吹,现在还藏着掖着,死活不肯爆照,不是我说,连跳两级上大学,肯定是专注学习的,一般都不懂得打扮……"

话音未落,谭明的眼睛忽然直了。

"啊,我好像看到了击中我心脏的女神!你们看,那边的妹子好漂亮!"

顾恬挽着黎茶茶的手进了餐厅。

顾恬环顾四周,餐厅里冷冷清清的,只有角落里有一桌客人,不过这里的座位隐私性好,在几个盆栽的遮挡下,只能依稀见到一个高个子冒出的半截脑袋。

她拉着黎茶茶往那边走,说:"这里位置好,我们来这里坐。我在点评上看到有一条评论说这家的创意菜相当于黑暗料理,再来吃就是狗,后面还有二十个感叹号,不知道能有多难吃,我特别好奇……"

似是想到什么,她又说:"不过这只是其中一个原因,现在吃饭排队的人太多了,食堂里只开了几个窗口,也没地儿坐了,你要是觉得不好吃,我们下次换另一家。"

黎茶茶点了下头。

两人坐下没多久,老板送了菜单过来。

顾恬开始研究菜单:"仰望月亮听起来好有意境,我们点一个这个吧!这个橙意浓浓看起来也不错,也点一个。原谅色不原谅,这道菜名字有趣,也点一个。茶茶,你看看还要点什么?"

这会儿,服务员刚好给谭明那桌上了菜。

谭明知道肖南胃口大,四个人,叫了七个菜,把四人桌挤得满满当当。

菜一上来,肖南就提起筷子,埋头吃了起来。

谭明刚刚一直在关注顾恬那边,此刻压低声音八卦道:"女神叫茶茶!名字真可爱,果然女神的名字都与众不同!嘘,你们别说话,让我听听女神声音好不好听!在学校待了两年都没见过这样的妹子,一定是大一的新生,就是不知道是哪个系的?"

肖南的筷子顿了下,立马就认出了黎茶茶室友的声音。

他嗤了声。

谭明讪笑:"南哥只对垃圾有兴趣,对女孩子不感兴趣……哦不!说起这个,我有一个惊天消息要跟你们分享。那天我们做社团活动,在碧海银滩那里碰见一个女孩子,南哥就挺感兴趣的,你们猜那个女孩是什么类型?萝莉!南哥是萝莉控!"

谭明其实对那天的女孩没什么印象了,对方戴着鸭舌帽和墨镜,挡了大半张脸,他又不敢盯着女孩子看,只隐约记得女孩子长得很娇小,第一眼看就像个萝莉。

他生怕引起桌后女神的注意,声音往死里压,低得不能再低。

张东和祁馨略感震惊,肖南又嗤了声,懒得解释。

张东和祁馨见状,就知道谭明这货又在瞎说。张东正要开口说他,就见谭明使劲地摇头,说:"嘘,别说话,我女神要开口说话了,我要聆听我女神的天籁之音。"

未料,向来不参与这种话题的肖南笃定地说:"天籁个屁,说话声音跟蚊子叫一样,你拿个听诊器也听不清她在说什么。"

也是此时,黎茶茶的声音清晰地传了过来。

"我随便吃一点就行。"

字正腔圆的普通话,声调听起来略微清脆,还带着一丝丝清冷。

谭明兴奋地点评:"女神的声音!"他又压低声音,"原以为是偏甜美那一款的吴侬软语,没想到是偏御姐款的,声音真好听!一点都不像蚊子叫,南哥你看女孩子果然不准!"

肖南忽然陷入了沉默,露出了相当奇怪的表情。

谭明见状,又说:"南哥,你不用操心,你看女孩子准不准都没事,你有魅力!女孩子都巴不得贴在你身边……"

肖南的眉头紧拧。

半晌,肖南冷冷地说了句:"啧。"

顾恬是个话多的女孩子。

打从她坐下,嘴巴便没有停下来过,她仿佛有说不完的话,甚至也不需要别人的回应自己就能说得滔滔不绝,而且话题跳跃得很快。不过一顿饭的时间,黎茶茶已经知道了顾恬从幼儿园到高中的重要往事,以及顾恬暗恋过五个男孩子。

到了后面,顾恬直接坐在了她的身边,边喝着薄荷苏打水边兴奋地说着A大的各种传闻。

"下周一就要军训了,不知道我们的教官帅不帅!我听师兄师姐们说,教官们的腰都超级细!穿着军装,帅得不要不要的!

"如果我们教官帅的话,我可以军训一个月!要是不帅,茶茶你看这

太阳,是人待的地方吗?不是!不是!

"严格说来,我还是比较希望军训能快点过去,我怕被晒黑!哎,茶茶,你一定要做好保湿和防晒,千万不要被晒黑了,你这皮肤被晒了多可惜啊。

"哦,对了,军训完之后我们还可以参加社团,听闻Ａ大社团特别多,我想参加汉服社,穿着美美的汉服!"

黎茶茶先前还能隐约听见隔壁座位有人在喊女神,到后来所有声音都被顾恬覆盖。

她心不在焉地听着。

经过这半个小时,她已经大致摸清了室友的性子——热情开朗话多。

她偶尔应个几句,顾恬便能高兴地说上一整天。

黎茶茶还挺羡慕这样的性子,应该是在父母的宠爱之下精心呵护长大的吧。

一想到父母,黎茶茶就有些烦躁,那种熟悉的感觉又浮上心头。

她仰脖喝了大半杯冰冻的柳橙汁,企图压下负面的情绪。

她随处打量着,转移注意力。

餐厅在美食街的地理位置不错,美食街沿河而建,河上还有三道拱桥,这家创意菜餐厅就在其中一道拱桥的西侧,景致还算不错。老板为了让客人能更好地欣赏河景,特地安装了巨大的落地窗。

此时,黎茶茶透过落地窗就见到拱桥上站了几个学生。

肖南高大颀长的身影分外瞩目,黎茶茶几乎是第一眼就认出了肖南的侧影。他站在拱桥的中央,漫不经心地抽着烟,身边还站了几个人,其中一个头发染得金灿灿,黎茶茶也认出来了,是那天在碧海银滩上碰见的"中二"少年。

黄毛似乎在看她,眼神一对上,迅速满脸通红地避开。

黎茶茶微怔。

顾恬探了头过来,说:"咦,这么巧,那不是你朋友吗?居然又碰上了,真是缘分啊。"一顿,顾恬的声音微微拔高,"好漂亮,你朋友身边的男孩子长得好好看!大学里果然什么都有!来上一趟大学,值了!和你朋友站在一起,一定是我们的师兄,不知道是哪个系的……茶茶,你猜他是哪个系的?"

见迟迟没有得到回复,顾恬不由得侧首望了眼黎茶茶,却见黎茶茶有些走神。

她顺着黎茶茶的视线望去,也是在看拱桥上的那几道人影,只不过无法确定是哪一个。

蓦地,黎茶茶站了起来。

"恬恬,你在这里等我一下,我去买点东西,很快回来。"

谭明在拱桥上兴奋得想表演原地爆炸。

"啊啊啊,女神刚刚和我对视了!她她她……她望了我一眼!我已经感受到了恋爱的甜味,我甚至还想到了我们的孩子以后上什么幼儿园!我要把我所有手办都好好地留着,等我们的孩子十八岁的时候,再正式传给他……"

张东说:"你得了吧,她看的未必是你,我们这里四个人,看社长的可能比较高。"

祁馨说:"看东妹的可能性也高。"

谭明:"不,女神看的真是我!说不定女神就喜欢我这一款的,虽然我长得不怎么样,但是我有一颗宝贵的心,就我想着去拯救世界,我闪闪发亮的特质,女神慧眼独具……啊!女神站起来了!啊!女神跑去隔壁的便利店了!啊!女神出来了!啊!女神又望过来了!啊啊啊啊!女神朝我们走过来了!啊……"

谭明紧张得瞬间失声。

张东和祁馨望过去,谭明口中的"女神"还真的朝他们走了过来,然后停在了社长面前。

两人露出了然的神情,并同情地看了眼谭明。

"师兄……"女孩很小声地喊了句。

肖南熄灭了烟,神色古怪地睨着她。

黎茶茶从包里拿出了一包烟,端端正正地放在了手心里,然后递到了肖南面前。这一举动着实惊呆了在场的张东和祁馨,包括一秒失恋的谭明,见过别人给社长递情书,但头一回见女孩递烟的。

此时,又听女孩用很轻的嗓音说:"我不知道你抽什么牌子的烟,我买了最贵的,谢谢师兄帮我搬行李。"

一直失声的谭明终于找回了声音:"啊,你们认识?"

肖南接过黎茶茶手里的烟,从鼻子里哼了声出来,淡淡地问:"不喊爸爸了?"

.038.

3

此话一出,众人惊得下巴都快要掉到地上。

爸爸?

老父亲肖南同志似是没有察觉到小伙伴们的震惊,又添了把火:"行,你难得孝敬爸爸,烟收了。"他看着她,想从她巴掌大的小脸上看出些不知所措的情绪来,然而没有。

黎茶茶只是略微睁大了眼,又用正常的语气说了句:"好的,爸爸。"

她似乎也没有察觉到周围诧异的眼神,再度添了把火,露出一个乖巧的笑容,甜甜地说:"爸爸,我先走了,再见。"

说完,她转身就离开拱桥,往餐厅里走去。

祁馨是第一个合起下巴的,她伸出大拇指:"社长,牛。"

张东紧跟其后:"社长厉害,年纪轻轻就当了爸爸。"

肖南懒得解释。

掌心里的烟盒微沉,他握了握,顿时就想起了那天晚上酒吧里的黎茶茶,跟个叛逆期的孩子似的,穿着小吊带小短裙,还有文身;而在他家里的黎茶茶,说话又软又甜又乖巧,像是邻家的小女孩。

一个小姑娘有着好几副面孔。

一想到黎茶茶为了骗他,装成细声细气地说话,他就觉得好笑。

此时,终于后知后觉反应过来的谭明张嘴,大声喊了句:"爸爸!"

肖南:"滚!"

黎茶茶回了餐厅。

顾恬眨眨眼,问:"你好像很高兴的样子?"

黎茶茶说:"嗯,还了人情,心里踏实。"不过她倒是没想到会被肖南发现了,但也不重要,A大那么大,她和他又不是同一个专业,也不是同级生,以后估摸着也没什么交集了。

事已至此,发现就发现吧。

军训前一个晚上,顾恬根据友好的师兄师姐们提供的经验,带着黎茶茶去超市采购一系列军训必备的东西。

"军训发的鞋子太硬了,师姐们都说建议去超市买软一点的鞋垫垫着,要不然垫卫生巾也行，卫生巾还吸汗。不过有点奢侈，算下来，比鞋垫要贵得多，要不我们还是去看鞋垫吧。"

黎茶茶"嗯"了声。

顾恬又拉着黎茶茶去买鞋垫。

很快，购物篮里就装满了各种各样的小东西，花露水、防晒霜、保湿喷雾便携装，还有防蚊手环等等，两人排队等着结账。

过了一会儿，顾恬忽然说："茶茶，那是你师兄吗？站在门口的那个，我有点近视，看得不是很清楚……"

黎茶茶抬眼望去，很快就收回了目光，说了句："不是。"

顾恬也不是很在意，又拉着茶茶说其他话题。

"南哥，水来了！"

谭明结账完，给站在门口吹空调的肖南递了瓶冰冻的矿泉水。

肖南刚打完篮球，热得很，一拧开瓶盖就仰脖喝了半瓶。他穿着一件无袖的篮球衫，喝水时能清晰见到胳膊上锻炼过的线条，喉结上下滚动着。正好这会儿夕阳留有余晖，他的侧脸有一半被蒙上了一层光环，轮廓像是会发亮一样。

从门口路过的人大多都忍不住多看了他几眼。

不少女孩子都在窃窃私语：

"头一回见到有人留络腮胡能这么帅，好有范！"

"想摸一下胳膊，被抱着应该很有安全感吧。"

"嘘！你小声点！"

"和小鲜肉完全两种风格！这是硬汉风吧！是师兄吧？长得不像大一的……"

谭明和肖南待在一块的时间不少，早已习惯了这种被女孩子目光包围的感觉。肖南根本不在意这些目光，又仰脖把剩下的半瓶水喝光了，随手一扔，一个完美的三分球弧度，水瓶落进了垃圾桶里，再度引来周围女孩的注目。

肖南说道："谭明，走了。"

谭明叹了口气，对南哥这种随时随地散发荷尔蒙的人很无奈也很羡慕，他瞧了瞧自己软趴趴的胳膊，一想到要锻炼成这样子起码得花个大半年去健身房，立马就投降了。

蓦地，谭明拉住了肖南："南哥，你女儿！我女神！"

肖南随意瞥了眼，正好就见到黎茶茶和她室友在排队结账，两人不知道在说些什么，很是专注。

打从饭馆那天之后，肖南好些日子没见到黎茶茶，今天见她和室友聊天，倒是一副轻松自在的模样，仿佛这才是她真实的样貌。

他多看了一眼。

谭明兴致勃勃地想制造偶遇机会，准备赖在超市门口不走了，他眼睛左右一转，说："南哥，你等我一下，我有东西落在收银台了。"

然后，谭明等到黎茶茶她们开始结账的时候才往回走，挺直着背脊，站在了肖南旁边。

这会儿，黎茶茶和顾恬已经结完账，两人往超市门口走去。

谭明挺胸。

黎茶茶边和顾恬说话边走出了超市，对于杵在门口的肖南爸爸视而不见，很快，便走出了一大段距离。

肖南没来由地有点不爽。

谭明安慰自己："没事没事，女神一定是和朋友聊天太入神了，所以才没看见我……"说着，又给肖南补了一刀，"但是居然连南哥这么金光闪闪的存在都没看见，女神聊天也太专心了……"

晚上，肖南和谭明去吃夜宵，又在食堂碰见了黎茶茶。

这一回，只有黎茶茶一个人，她在窗口买红豆沙，食堂阿姨打包好后递给了她。

肖南和谭明两人此时站在食堂门口，人不多，门口的灯光也是亮堂堂的，然而黎茶茶低着头看手机，又再度从两人身边擦肩而过。

"喂……"肖南喊了一声。

黎茶茶仿若未闻，拎着红豆沙糖水直接往阶梯走去。

可肖南明显看到她刚刚微微停顿了一下，他的眉头皱起，内心的不爽又往上飙高了一个度。

谭明："南哥，你们父女俩咋了？"

肖南冷冷地说："叛逆期。"

回到寝室之后，肖南接到甄宝女士的电话。

"阿南，在学校过得怎么样？"

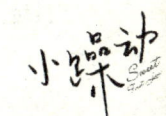

肖南:"还成。"
"什么时候回家吃饭?"
"周末吧。"
甄宝女士说:"那你有空喊茶茶一块回来吃个饭,好些日子没见她,怪想念的。"
肖南说:"她要军训,没空。"
"军训几天?"
"十天。"
甄宝女士"哎哟"了一声,又说:"那可真辛苦呀!"
肖南嗤道:"有什么好辛苦的?"
甄宝女士无奈:"太阳,紫外线,是皮肤杀手。女孩子本来就要过得精致,茶茶又一个人在A市,不容易啊……"
似是想到什么,甄宝女士又长叹一声,说:"她一个女孩子确实挺不容易的。儿子,这话我就私底下跟你说说,茶茶的父母心大,天底下也没几个这么当父母的。我对茶茶好,一方面确实是喜欢这个小姑娘,另一方面也是觉得她可怜,有些事看破不说破,对一个孩子而言,健全的家庭至关重要,父母的关爱与呵护也是必要的。有一对这样的父母,茶茶没长歪,性格也不极端,确实不容易了。"
肖南微微一怔,问:"什么叫这样的父母?"
甄宝女士隐晦地说:"我们肖家最近投资了一部电视剧,大制作,娱乐圈里不少人想搭边。送礼算平常了,茶茶那对父母……嗯……茶茶这孩子不知情,要是知情了得多伤心。一个小姑娘,还没成年,真的不容易,你在学校里多多照顾她吧,等军训结束后,喊她过来吃个饭。"
肖南:"……"
他忽然想起了那天在碧海银滩上见到的黎茶茶。
那天,电闪雷鸣,暴风雨即将来临,海滩上的人都避之不及,匆匆忙忙地往屋内赶,唯独她仰着脖子,站在海边,甚至还往前走了几步,仿佛随时随地都能随风雨而去。

军训开始的第一天,早上七点集合。
黎茶茶五点半就起来了,原以为自己起得早,没想到顾恬起得更早,她下床的时候,顾恬已经在桌子前擦着防晒霜。黎茶茶也怕被晒黑,洗漱过后,也仔仔细细地擦起了防晒霜。

女孩子出门前的准备颇费时间，等到两人弄完后已经差不多六点四十分了，她们匆匆忙忙地去食堂买了个包子，路上边走边吃，正好踩着集合的时间点到了。

A大有个传闻——逢军训必出大太阳。

集合时还好，开军训动员大会的时候也勉强算过得去，等军训动员大会一结束，差不多九点了，酷暑时分的大太阳正明晃晃地挂在天空上。

教官露出欣慰的笑容，让学生们开始站军姿。

"两脚跟并拢，两脚尖分开六十度，两腿挺直，肩膀后张，两臂下垂，两手微弯拇指贴于食指第二关节处。第二排第三个，下巴收起来，挺直你的腰板！"

黎茶茶个子矮，只有一米六的她站在第一排的第一个。

她昂首挺胸，站得笔直。

太阳毒辣，还不到十分钟，黎茶茶已经热得不行，帽子边沿的那一圈都湿透了。

十五分钟后，教官见有人已经面色微白，大发慈悲地让学生休息五分钟。

队伍一解散，顾恬就拉着黎茶茶去阴影处休息。

黎茶茶喝了大半瓶矿泉水。

顾恬问："我这儿有冰冻的，你要不要喝几口？"说着，她把鹅黄色的水壶递了过来，入手冰冰凉凉的，很是舒服。

顾恬又说："这水壶可贵了，但是特别好用，自带冷冻保温效果。"

黎茶茶现在正热到巴不得能跳进游泳池里泡着，她接过水壶拧开，仰脖就喝了一大口，刚咽进喉咙里，她愣了一下。

顾恬问："怎么了？不够冰吗？"

黎茶茶露出了奇怪的表情，她摇摇头，说："不是，没有……"她又开了自己的矿泉水，连着喝了好几口。

顾恬热情地问："还要再喝我的冰牛奶吗？"

黎茶茶摇头。

肖南又碰见黎茶茶了。

她站在军训的队伍里，个子矮矮的，站在第一排，所有师弟师妹都穿着统一的军训服装，可偏偏就她最打眼，整个人站得像是一棵松柏，嘴唇还轻轻地抿着。

大抵是因为太热，她巴掌大的小脸被晒得通红，还有一层薄薄的汗水。

有学生经过，围观大一新生接受军训的洗礼，黎茶茶生得耀眼，很快就引起了围观群众的注意。

"第一排第一个女孩长得真好看！"

"我看咱们校花得让位了。"

"这好像是工商管理系的。听他们系的人说，有个新来的小师妹肤白貌美，还是连跳两级上的大学……"

"哇……"

所有人都在看工商管理系的小师妹有多好看，但似乎没人发现这位小师妹的手已经悄悄地握成了拳头，紧紧地捏着，帽檐下的唇也开始微微泛白。

肖南面无表情地盯着黎茶茶。

4

黎茶茶觉得现在像是有密密麻麻的针扎在她的胃上，断断续续的抽痛令她汗流不止。

她有轻微的乳糖不耐受。

她打小就不怎么喝奶粉，闻到牛奶就不太舒服，不过彼时年纪小，黎柏和闻香又心大，压根儿就没发现她这个症状，还是之后在节目组导演的提醒下，她父母才带她去做了个检查，医生判定是轻度的乳糖不耐受。

牛奶不是不能喝，但喝了有可能会不舒服，尤其是纯牛奶。

黎茶茶曾用神农尝百草的精神去试了许多奶类饮品，用亲身经验尝试出了自己能喝的奶，譬如酸奶，还有维他奶，至于其他，只要一喝就会有各种程度的不适。

可刚刚实在是太渴，在太阳的暴晒之下，嗅觉似乎也有点丧失，她竟没能闻出顾恬水壶里浓厚的纯牛奶味。如今牛奶像是在胃里翻腾，实实在在地折磨着她的神经，再加上越来越晒的大太阳，她觉得自己浑身都不舒服。

"还有八分钟，最后一排的第五个，不许松懈，别以为可以搞小动作，我在盯着。"

八分钟。

可以忍的。

没什么痛是不能忍的。

黎茶茶开始有些恍惚了。

依稀间，她想起了小时候，父母第一次带她参加综艺节目，她懵懂又无措，可是内心又十分高兴。因为自从参加了节目，父母对她的关注和在意比过往还要多上许多。

　　参加节目之前,她最熟悉的人是托儿所里的阿姨,很久才能见到一次爸爸妈妈;但参加节目之后,她便再也没去过托儿所,而且在节目里,爸爸妈妈对她嘘寒问暖,关怀备至,头一回犯乳糖不耐受,也是在节目上,节目组准备的早餐里有热牛奶,闻香一勺一勺地喂她喝,温柔的眉眼里笑意满满,她觉得自己快乐又幸福。

　　后来,节目录制到一半,她闹肚子疼,抓着闻香的手,小声地说:"妈妈,我不舒服。"

　　闻香贴着她耳朵,轻轻地说:"不舒服也忍一忍,节目快结束了,乖,就一个小时,可以忍过去,我的茶茶最棒了,没有什么痛是不能忍的。"

　　小时候孩子最大的信仰便是自己的父母。

　　父母之言,如同定海神针。

　　她默默地坚守着。

　　她是最棒的茶茶,没有什么痛不可以忍,如果有,那肯定是自己没做好。

　　她深深地吸了口气。

　　默默告诉自己。

　　你可以忍的,八分钟,很快就过了。

　　"最后一排的,又搞小动作,集体再加五分钟,从现在开始,还有十二分钟!"

　　生活总在最绝望的时候再来当头一棒,黎茶茶觉得自己可能被打击得有点过了,以至于眼前出现了幻影。

　　她好像看到了肖南。

　　他逆光而来,她看不清他的五官,只能见到他蒙着光影的轮廓,高大又闪亮,声音里还隐隐有几分暴躁:"报告教官,黎茶茶不舒服,我带她去校医室。"

　　教官说了什么,黎茶茶没有听清,她疼得没有什么力气了,就看见那道闪着光的人影在她面前蹲了下来,沉声说:"上来。"

　　她忍了许久,听到这话,如释重负地膝盖一软,整个人软绵绵地趴在了他的背上。

　　他的背很宽,还很硬。

　　那么一瞬间,黎茶茶好像在黑暗的谷底见到了炙热的光。

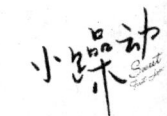

只要坚持，希望总会来的。

肖南内心有点暴躁。

他本来只是想提醒下教官，你的学生快晕倒了，可瞧了眼黎茶茶的可怜样，他又主动把送她去校医室的重任给担上了。小姑娘趴在他的背上，轻飘飘的，也不知道有没有八十斤，他背得毫不费力。

她似乎疼得有点迷糊了，在背上哼哼唧唧的，也不知在哼些什么。

肖南忍不住数落她："你是不是脑子有病？疼不会告诉教官？不懂得举手打报告吗？你忍什么忍？能给你忍出个军训最佳优秀奖吗？"

"长得矮就算了，还不懂得变通，你考进工商管理系的智商都到哪里去了？装不认识我的胆量又去哪里了？"

"有这个胆量，不知道告诉教官自己不舒服吗？"

黎茶茶："嗯……"

她这一声软软糯糯的，还拉长了音调，像是一根柔软的羽毛轻轻地挠着肖南的心脏，他甚至觉得有点口干舌燥，暴躁顿时消失得无影无踪，还包括昨天的不爽。

地上的影子拉得有点长，他的背上像长了个蜗牛壳。

肖南看了一眼，住了嘴，抿紧了唇，从太阳底下挪到了树荫下。

没了太阳的暴晒，背上的女孩也安静了许多，不再哼哼唧唧的。

肖南加快了步伐。

肖南的背实在太舒服了，黎茶茶后来在不知不觉中睡了过去。等她醒过来的时候，她已经在校医室里挂着吊瓶，窗边有一道颀长的身影，正背对着她。许是听见了声音，他回首，目光沉沉地看着她。

是肖南。

黎茶茶的记忆也一并醒过来了。

她好像军训的时候肚子疼，然后有人背着她去了校医室，而这个人是肖南。

她张张嘴，正要说话，肖南人已经走了过来，往床边的椅子上一坐，声音沉沉地说："只是中暑加胃痛，打完吊瓶再休息一会儿就成了，乳糖不耐受我已经跟医生说了。"

黎茶茶这回是真的惊讶到张大了嘴："你怎么知道？"

肖南本来是不知道的。

他背着黎茶茶到校医室后,医生问她怎么了,他也只能回答军训晒太阳晒晕了。医生又问她今天吃过什么,没多久她室友过来,回答了这个问题。说到喝牛奶的时候,肖南才想起了黎茶茶的乳糖不耐受。

这要多亏了他的母亲,让他年纪小小就知道有乳糖不耐受这种症状。那会儿,黎茶茶在综艺节目上被发现有乳糖不耐受,他母亲便念叨了好几次,说小姑娘连牛奶都不能喝,太可怜了。可他那会儿年纪小只觉黎茶茶娇气得要命,别人喝牛奶都没事,就她事儿多。

然而顾恬一提牛奶,他就立马想起来跟医生说,医生迅速给黎茶茶挂了吊瓶。

不过这缘由,肖南不想和黎茶茶解释。

他睨她一眼:"你是我女儿,我能不知道?"

黎茶茶愣了下,很快就反应过来了,立马说:"谢谢爸爸。"

喊得毫无心理障碍。

肖南听着,凉凉地问:"怎么,不装不认识我了?"

此话一出,黎茶茶就有些沉默,她似是想说什么,可话到嘴边,又没说出口。

这副欲言又止的模样落在肖南眼里,他"嗯哼"一声,还是给了黎茶茶台阶,说:"这声爸爸我受得起,你睡着的时候一直拉着我不让我走,还喊我爸爸,我看在我妈的分上,逼不得已才留下来……"

黎茶茶张嘴:"谢谢。"

说完后,两个人都有些沉默。

肖南不太懂得怎么和女孩子相处,这会儿黎茶茶人也醒了,他觉得自己该功成身退了,只不过瞧着黎茶茶这副沉默的模样,又有些不爽,他忽然"喂"了声,嗓音有点拔高。

黎茶茶倏地抬眼,似是有些被吓到。

肖南不由自主又放轻了音调,说:"每个人都有自己的秘密,没什么好丢脸的,你有多少副面孔,我也不在意,反正跟我没关系,你也没必要装作不认识我,屁大点事,我没放在心里。"

肖南忽然觉得自己充当了苦口婆心的父亲角色,瞅着叛逆期的女儿,谆谆教导。

"走了。"

.047.

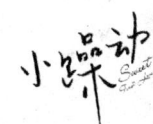

到了门口,他又扭头,说:"黎茶茶,下次痛直接说,别忍了,怪丑的。"说完,他挥挥手,扬长而去。

黎茶茶愣在病床上。

过了许久,她抿住嘴角,悄悄地弯起了一个弧度来。

她慢慢地应了声:"哦……"

5

转眼间,十天的军训结束。

顾恬从一开始的嫌军训时间过得太慢到最后变成鬼哭狼嚎的不舍,她哼哼唧唧地送教官们离去后,一把鼻涕一把泪地对着冷静的黎茶茶说:"茶茶,你一点伤感都没有吗?"

黎茶茶想了想,说:"可能十天的时间太短,我还没来得及酝酿出深厚的感情。"

顾恬听她回答得一本正经,不由得破涕为笑,说:"我就随口一问,你不用回答得这么认真。每个人对感情的认知都是不一样的,没有对错,有人快热,有人慢热。"

黎茶茶"嗯"了声。

顾恬还想和黎茶茶说点什么,就见到黎茶茶的手机屏幕亮了起来,来电显示"温叔叔"。

黎茶茶的眼里一下子就有了笑意,她对顾恬说:"我接个电话,要不你先回寝室吧。"

顾恬应了声。

黎茶茶边接电话边往一旁的竹林里走,如沐春风般的嗓音从手机里传来。

"茶茶,军训是今天结束吗?"

"嗯,是的。"

"有没有遇到有趣的事情?你是住二人间吧,室友好相处吗?"

"嗯,小姑娘挺有想法的,人很热情,不错。"

电话那头旋即笑出了声,说:"你还没有成年,说别人小姑娘合适吗?不要总是这么老气横秋,适当地幼稚一些也是可以的。军训累不累?"

黎茶茶说:"好的,我明白了,我会努力的。"

顿了下,她又说:"军训挺好玩的,唱军歌也好玩,军训下来后晚上有点累，躺在床上什么也没法想，很快就睡着了，连梦都没做。我上大学后，过了有半个月吧，每天都过得挺开心的，不会有那种……"

她沉默了下。

电话那头的人温声说："这是有好转的现象，是好事，要继续保持。"

黎茶茶说："嗯，好的。"

"要是又有那种情绪上头，可以适当地用你喜欢的方式纾解一下，不过纾解的时候得把定位发我。"

"嗯，好。"

似是想起什么，黎茶茶喊了声："温叔叔。"

"嗯，怎么了？"

黎茶茶犹豫了下。

电话那头的人又说："你有什么话都可以和我说。"

黎茶茶说："我欠了一个人人情，不知道该怎么还，连着欠了好几次，我能想到还人情的方式都还过了，这次不知道该还什么了。虽然他说不用还，也没有必要，但是我总觉得欠了别人东西，心里不舒服。"

"如果对方不需要你还，你再还的话，等于是给对方造成了负担。但还人情的方式有很多种，如果你只是为了单方面自己的内心需求，你可以尝试为对方身边的人做点事情，也算是还了你内心觉得欠了的人情。"

黎茶茶若有所思地应了声。

周六那天，A市的国际展览中心有个国际人工智能展会，肖南给社团成员都买了票。

当天十点开展，谭明和张东等人早早就到了门口排队，祁馨去了附近的星巴克买饮料，回来时肖南也到了。

祁馨喝着新出的醋意桃桃，感慨："我们社团福利这么好，不定时有展览看，还有免费星巴克喝，怎么就没人愿意进来呢？"

张东说："因为社长的规定太严苛，现在的年轻人没有人愿意去海上捡垃圾。"

谭明："不，是南哥不近女色，对女孩子凶巴巴。"

祁馨说："社长以前太有名气，男孩女孩都怕他，他们不为金钱所动！"

三人齐刷刷地望向肖南。

张东提议："社长，你要不要试试把络腮胡剃了？看起来比较不凶。"

肖南拒绝："不。"

谭明贴心地解释:"你们有所不知,南哥觉得留了络腮胡才有男子汉气概。"

祁馨却道:"我实话实说,社长不留络腮胡也很有男子汉气概,不过还是很好奇社长剃了络腮胡会是什么模样……"

谭明立马道:"那你让东妹给你 P 一个,反正这辈子让南哥剃胡子是不可能的了。"

这会儿,肖南电话响了,刚一接通:"不回了,中午有聚餐……嗯,行,下周回去。"

通话三十秒结束。

祁馨感慨:"当代大学生与父母通话实录。"

谭明说:"南哥,你不要为了我们不回家!"

肖南懒懒地瞥他一眼,倒是解释了:"展览起码看到十二点,回家也要一点了,我妈身体不好,我要回家她一定会饿着等我吃饭。你别往脸上贴金,看完展览,一人一份一千字感想,谭明你废话多,两千字。"

谭明:"南哥!我那叫抒发感情!为我国的 AI 未来!为我国的海洋环境!"

肖南:"没得商量。"

十点一到,展览门口准时开闸。

肖南一群人进去看展,几位社团成员都知道社长看展时态度分外专业和认真,不敢多说一句废话,都专心致志地看起展览来,时间很快就过了。

十二点多的时候,一群人才从展览中心出来,准备去附近吃饭。

这会儿,肖南的手机响起,来了条微信。

谭明站在肖南身边,正好瞧见了,是肖南的母亲发来了一张图片,图片太小,他看不太清,只隐约见到拍了一张家里的照片,照片里还有个女孩的背影。

他正想细看,肖南侧过了身。

没多久,肖南露出微微诧异的神色。

此时,祁馨问:"社长,我们吃什么?烤肉?"

张东:"投烤肉一票!"

谭明:"两票!"

肖南说:"成。"

到了烤肉店后,四人坐下,谭明很快发现肖南看手机的次数有点频繁,而且每次表情都还不太一样。等服务员把烤肉盘端上来的时候,他忽然收起了手机,似是向什么妥协一般,手指敲了敲桌面:"你们吃,结账的钱从社团资金里扣,我回家一趟。"

黎茶茶从二楼的房间里出来,提着繁复厚重的裙摆走下了楼梯,端庄又矜持地站在楼梯口,朝沙发上的甄宝女士浅浅一笑。

甄宝女士眼睛骤亮:"这套 lo 裙也好看,尺寸刚刚好,像是油画里走出来的小公主!林阿姨,快把我上次买的小礼帽拿过来,薰衣草紫的那一顶。"

林阿姨很快拿来了小礼帽,黎茶茶又戴上。

甄宝女士笑弯了眼:"和我想象中一样好看,我以前就想着给女儿打扮,今天总算实现了心愿。"

说着,甄宝女士又拿手机给黎茶茶拍了几张照片。黎茶茶宛如一个专业的模特,摆了各种各样的姿势。

等甄宝女士拍完后,黎茶茶又笑吟吟地说:"我看上面还有几套衣服,我去换下一套。"

说着,黎茶茶又拎着裙摆上楼。

肖南进屋的时候,正好见到黎茶茶穿着一条露肩的礼服裙缓缓下楼,礼服裙整体是烟灰色,堆了五六层的薄纱,上面满是银线勾勒出来的星月,礼服裙还做了收腰的设计,衬得黎茶茶的腰肢不盈一握。

她把头发拨到一边,露出修长白皙的脖颈和明显的锁骨。

军训了十天,她丝毫没有被晒黑,脸蛋白净红润,就连露出来的肌肤也白得透出光亮来。

她提着裙摆走下来,抬头时浅浅弯眉,眉目间像是有星光流转。

甄宝女士一下子就站了起来。

"这个风格也适合!茶茶长得好看,什么风格都搭……"说着,她又拿起手机咔嚓咔嚓地拍了好几张。

拍完后,林阿姨轻声提醒:"少爷回来了。"

甄宝女士才后知后觉地望了眼自家儿子,诧异地问:"不是不回来吗?"

肖南把目光从黎茶茶身上挪开,说:"有东西落在家里。"

甄宝女士问:"吃饭了吗?"

肖南:"吃了。"

"吃了就好,要是没吃的话让林阿姨把饭热一热,家里还有木瓜雪蛤炖燕窝,夏天热,适合喝。"甄宝女士又笑得合不拢嘴地看着黎茶茶,"茶茶今天一大早就过来陪我,果然女孩才是贴心小棉袄,哪像你都不回家的。阿南,你快来瞧瞧,我就说了,茶茶穿什么都好看,你看看这件礼服裙,我当时买的时候就觉得适合茶茶,现在一穿,不仅合身,而且还有种不食人间烟火的气质,你觉得是不是?"

肖南又看了眼,和黎茶茶的视线对上,他把目光挪开,淡淡地说:"还行吧。"

6

甄宝女士嗔视了肖南一眼,说:"你跟你爸一样,都是直男审美,茶茶这样明明很好看!茶茶,别听他胡说,我这儿子审美跟一般人不一样,你瞧他的胡子,我跟他说了好几遍,就是不肯剃掉。"

肖南说:"我有个人的审美。"

甄宝女士无奈道:"好好好,你有个人的审美,我尊重你的喜好,下回别再跟你爸争了,你们父子俩都是暴脾气,跟爆竹似的,一点就着。"

黎茶茶在一旁安安静静地听着,唇边挂着微笑,像是一个精美的瓷娃娃。

等甄宝女士说完,黎茶茶才适时地插了一句:"阿姨,我上去换下一套衣服。阿姨您眼光真好,粉西装我也很喜欢,一进房间的时候,我就看到了粉西装。"

甄宝女士说:"好。"顿了下,又说,"你真不用休息一下吗?都换了两个小时了。"

黎茶茶笑着:"没事,我不累,换衣服特别有趣!"

甄宝女士这才说:"好,你要累了我们就喝下午茶。"

黎茶茶轻轻点头。

等黎茶茶上了楼,进了房间,甄宝女士才看着肖南:"不是落了东西吗?晚上你留下来吃饭吗?"

刚说完,甄宝女士的手机就响了,她接了个电话,眉眼里含了几分柔意。等通话结束,她才对肖南说:"你想留下来也不行了,晚上你爸预约了新开的米其林餐厅,你还是带着茶茶一起出去吃饭吧。"

肖南没应声,也没拒绝,只回:"再说吧。"

说完,他挥挥手:"妈,我先回房间。"

上楼的时候，他正好碰见从房间里出来的黎茶茶。

黎茶茶这一回换了套粉色西装，下搭粉色百褶裙，分外有少女感，不同于在楼下客厅时乖巧的模样，她有几分拘谨地朝肖南点头，声音倒是不装了，客套地打了声招呼："师兄好。"

肖南微微皱眉，问她："你什么时候来的？"

黎茶茶说："早上八点。"

"哦。"

肖南没再多说什么，转身进了房间，之后便一直没有出来过。直到将近傍晚时，甄宝女士说要出去吃饭，肖南才慢吞吞地下了楼。

黎茶茶已经换回了自己的衣服，简简单单的连衣裙，站在门口笑得甜甜的，和甄宝女士挥手。

甄宝女士摸了摸她的头，又跟肖南说："阿南，下周回来吃饭啊。"

肖南"嗯哼"一声。

甄宝女士这才坐上车离开了别墅。

黎茶茶说："师兄，我先……"

肖南完全不给她说话的机会，又说："走了，吃饭，店我挑。"

肖南吃饭向来不挑，说他挑店，实则也只是随便挑一家近的小店，吃的是简单炒菜。

小店环境还算整洁，不过生意不大好，到了饭点，小店里也还是一桌客人都没有，只有肖南和黎茶茶两人进来了。

肖南拿了菜单，先给了黎茶茶。

"你看看吃什么？"

黎茶茶不是很习惯和肖南这样的人单独相处，总觉得他捉摸不透，也不知该怎么面对他。衡量之下，她决定速战速决："我吃一份糖醋排骨盖饭。"

肖南问："没了？"

黎茶茶说："没了。"

"行。"肖南拿回菜单，随意扫了几眼，喊了老板过来点单，"辣子鸡、青椒肉丝、番茄炒鸡蛋、干锅手撕包菜、豆腐鲫鱼汤，两碗米饭，再加一份糖醋排骨盖饭。"

点单时间不到三十秒。

黎茶茶记性好，如果没记错的话，肖南点的全都是菜单里每一栏的第一样菜。

老板应了声,便去下单。

两人面对面地坐着。
黎茶茶不知该说些什么,索性沉默,肖南也很沉默。
小店里没有人,唯一的一桌客人不说话,只有电风扇嗡嗡嗡的声响。
肖南实在没有跟女孩子单独相处的经验,和黎茶茶干瞪眼了五六分钟后,内心"啧"了一声,只觉自己脑子是不是进水了。
又过了一会儿,肖南面无表情地在搜索引擎上搜索——怎么跟小女孩相处。
然后,他终于开口说了第一句话。
"成绩怎么样?"
黎茶茶愕然抬头,半响,才一脸蒙地回了句:"高……高考成绩吗?还……还不错。"
"新学期有什么打算?"
"好好学习!"
"听我妈说,你会跳舞?来展示……"眼角的余光睨着搜索引擎上的长辈三连问,说到这句时,戛然而止。肖南在内心批判了句:什么狗屁问题!然而话已出口,不好收回,他硬生生地接了下去,"上次在酒吧,舞跳得不错。"

黎茶茶:"谢谢夸奖……"
似是想到什么,肖南又说:"酒吧里鱼龙混杂,你还是少去这样的地方,就算要去也该找人一起去,知不知道?"
大概当父亲的经验是循序渐进的,虽然是个新手,但生活总是自己摸索出来的。
肖南这会儿已经很自然地充当起父亲的角色。
"去酒吧不要穿得这么暴露。
"随身带电击棒,有防范意识是不错,但是真碰到居心不良的人,男女有生理上的差距,你的力气肯定不及男人,还是少去酒吧。
"不是说去酒吧不好,但该有的自我安全意识还是得有。"
黎茶茶:"……"
肖南仿佛找到了感觉,和黎茶茶侃侃而谈。

等菜上来了，黎茶茶拿筷子挑着糖醋排骨，吃了一口就没再碰过，只吃下面的盖饭。

肖南本来想严肃地说"不要挑食"，可见黎茶茶吃得神色怏怏的，这话也没说出口。他不着痕迹地把端上来的几个小菜分别挪到黎茶茶面前，黎茶茶吃了一口也没再吃，继续吃糖醋排骨下的盖饭。

肖南尝了尝，觉得味道也还可以，不至于难吃到只吃一口。

他不再有动作，两人继续沉默地吃饭。

二十分钟后，肖南把所有的饭菜都吃光了，黎茶茶的盖饭还剩一半以及没怎么动过的糖醋排骨。

黎茶茶说："我吃饱了，你……"看了眼面前吃得精光的饭菜，她改了口，"我们结账？"正好欠着人情，拿钱还了心里舒坦。见肖南没什么动作，她连忙抱着单子往柜台那儿走，看了眼价格，不多不少正好两百块，她立即拿出手机，让老板扫二维码。

从头到尾，肖南都没来抢着买单，就坐在原位，没有动。

黎茶茶结了账，心满意足，内心那种欠人人情的焦躁终于消失得无影无踪。

她生怕肖南给她钱，又说："你之前背我去校医室，我都没跟你道谢，一直想请你吃饭来着，今天正好有机会，师兄你千万别跟我客气。"

她这些客套话说得分外流利。

肖南想起酒吧里的黎茶茶，也是个能言善道的，一点乖孩子的模样都没有，古灵精怪得很。

他微扬下巴："心里舒服了？"

黎茶茶一愣。

肖南又说："行了，心里舒服就行。下次不用讨好我妈，我妈折腾起人来我都觉得累，走吧。"

他站起来，似是想到什么，又问："吃饱了？"

黎茶茶点头。

未料肖南又蹙起眉头。

黎茶茶问："怎么了？"

肖南说："你在这里坐着，别乱跑，等我一会儿。"

说完，肖南迅速离开了这家小店。附近有一家蛋糕店糕点做得十分精致，是甄宝女士的心头好，肖南偶尔会被使唤去买蛋糕。

肖南在蛋糕柜前扫了眼，快要被里面五颜六色的蛋糕闪瞎了眼。
　　店员是新来的，见肖南这个模样，问："是要买给女朋友的吗？"
　　肖南："不是。"
　　"那需要我为您推荐吗？我们店里新出的这款星月蛋糕卖得很不错，没有女孩子能抵挡住它的攻势。"
　　肖南看了眼价格，将近四百块的蛋糕："行吧，就它。"
　　店员问："需要写贺卡吗？我们这里有代写贺卡服务。"
　　肖南瞄了眼，贺卡花花绿绿的，同样看得眼睛疼，不过黎茶茶那小姑娘应该就喜欢这些闪瞎眼的东西，于是说："行吧。"
　　"要写什么呢？"
　　肖南说："学习进步。"

Chapter 03
哼！这一届的女婿质量不行

1

一个方方正正的蛋糕盒被放在黎茶茶眼前，上面还有一张粉色的贺卡，写着"祝你学习进步"六个字。

黎茶茶一下子就蒙了。

肖南说："打开。"

黎茶茶解开精美盒子上的丝带后，盒子缓缓展开，是一个漂亮又精致的蛋糕。

黎茶茶更蒙了。

肖南说："别人送的，我不吃这些乱七八糟的玩意儿，给我也是扔掉，给你了，怎么处置都行，"说着，又淡淡道，"当这次人情的附赠品。"

肖南这么一说，黎茶茶没法拒绝，再瞧了眼蛋糕，奶油雪白，看着很是诱人，不由得咽了口唾沫。

肖南见状，不着痕迹地哼了声。

小女孩果然都喜欢这些华而不实的东西。

他又补了句："你看着办吧，扔了也行。"

黎茶茶说："我带回寝室。"

肖南"嗯哼"一声。

就在此时，黎茶茶的手机响了。肖南见她低头望了眼手机屏幕，眉眼间又浮现了熟悉的神情，就像是那天在碧海银滩上的她。

很快，肖南便见她直接挂了电话。

黎茶茶说："师兄，我先回去了。"

肖南看了眼外面的天色，问："回学校？"

黎茶茶说："嗯，是的。"

肖南说："我让家里的司机来接了，正好我也要回去，顺路捎你一程吧，免得我妈说我居然不知道送女孩子回去……"

听他提甄宝女士，黎茶茶到嘴边的"我打车就可以"这句话只好咽下。

没多久，车来了。

黎茶茶拎着蛋糕坐在车后座，肖南坐在她旁边。

车里很安静，黎茶茶一直侧首看着车外不停倒退的夜景。

肖南低头看着手机，甄宝女士发了条微信过来，问：带茶茶去吃晚饭了吗？

肖南回了句：嗯哼。

甄宝女士很满意，又说：把茶茶送回学校。

肖南回：正在送。

甄宝女士问：真的假的？我儿子这么听话？拍张照片给我看看。

肖南：？

甄宝女士：照片。

过了会儿，一条语音发来。

肖南点开。

他父亲严厉的声音响起："你妈让你拍你就拍？"

肖南懒得跟父亲吵架，索性拿了手机打开摄像头对着窗边的黎茶茶拍了一张照片，幸好手机拍照没声音，加上黎茶茶看着窗外压根儿没注意到他这边。

肖南把照片发给甄宝女士，算是完成了任务。

他不再看手机，直接扔到了一旁，免得甄宝女士又提一些奇奇怪怪的要求。

片刻后，也不知想到什么，肖南又拿起手机打开了相册，看了眼刚刚自己拍的照片。

天色已黑，车内拍照几乎看不大清人，只能依稀看到轮廓。

黎茶茶的头发乌黑又亮丽，这会儿披着长发，几乎与黑暗融为了一体，透露出几分孤独来。

肖南的目光从照片离开，落在了身边人的身上。

她一直紧贴着车窗，本就长得娇小，这么紧贴着，两人中间顿时空出了一大截位置,她一动不动,也不知道在想些什么,此时此刻看她的背影,就像是在看一个了无生气的娃娃。

黎茶茶的手机连着响了好几下,来了四五条信息,分别来自黎柏和闻香。

【为什么不接妈妈的电话?】

【看到妈妈打电话来了,就算没接到,看到不会回吗?】

【黎茶茶,你上了几天的大学,这点基本礼貌都不懂吗?看到信息就回我电话,我有事问你。】

【茶茶,你妈妈工作很忙,你爸爸我工作也忙,我们这么操心这个家是为了什么?还不是为了你吗?别让你妈妈心烦,你妈妈等会儿还有个通告要赶,看到信息就给你妈回电话。】

黎茶茶刚看完信息,手机再次响起,来电显示:闻香。

黎茶茶停顿了几秒钟,手机自带的系统铃声越发刺耳。她抿紧了唇瓣,接了电话,那头响起了闻香温婉的嗓音。黎茶茶已经习惯了,一般母亲声音这样子的时候,身边一定是有其他人在。

"怎么不接妈妈电话?妈妈很担心你。"

黎茶茶扯了扯唇,应了声。

"是发生什么事了吗?"

"没有。"

"那为什么不接妈妈电话?"

"没看到。"

闻香这才罢休,又温声说:"我听说你最近和肖太太处得不错……"

电话那头响起了别人的声音,也不知说了什么,便听见闻香轻笑:"哪有!我家茶茶就是怪讨人喜欢的,是啊,下个月就进组了,肖家投资的呢……"

听到这些话,黎茶茶下意识地看了眼身边的肖南。

她顿觉脸色发烫。

虽然知道肖南听不见她电话里的声音,但是一想到自己父母的所作所为,她就觉得在肖南面前丢脸极了。

闻香又说:"茶茶,妈妈去忙了,要好好跟肖家的儿子相处。"

说着,闻香把电话挂了。

黎茶茶握着手机,保持着不动的姿势。

许久,她才慢慢地放下手机,垂下了脑袋。

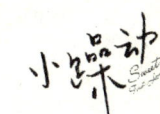

2

黎茶茶回到寝室的时候，顾恬正在跟父母视频。

平板电脑立在桌面上，里面是两张和蔼可亲的脸，看着年纪颇大，不过都生得慈祥。见着黎茶茶，顾母先笑眯眯地开口："恬恬，这是你的室友茶茶吗？小姑娘长得可真好看。"

顾父也是一副笑眯眯的模样。

顾恬立马让了让，让他们可以更清楚地看清黎茶茶的脸，扭了头，说："茶茶，你回来啦，我在跟我爸妈视频，我刚和我爸妈说起你呢，"说着，又对自家父母说，"我说了吧，茶茶是真长得好看，你们在电视上看到的那些明星都没她长得好看呢。"

顾母笑呵呵地道："茶茶有空来我们家做客，阿姨给你烧饭。阿姨的手艺不错，恬恬从小吃到大都没吃厌。"

黎茶茶对着平板电脑点点头，说了句："叔叔阿姨好。"

顾母："你好你好，平时多亏你照顾恬恬了，我们家恬恬打小被家里宠着，什么都不懂……"

顾恬："妈！我哪里什么都不懂？"

顾母："好好好，是妈说错了。茶茶啊，你们俩小姑娘同一个寝室，平时可以多多照应。"

顾父："俗话说得好，在家靠父母，在外靠朋友，你们俩同一个寝室，现在就是最亲的姐妹。"

顾恬："哎呀！爸！妈！你们别念叨了！"说着，她又扭头对黎茶茶说，"茶茶，我再和我爸妈视频一会儿，等会儿再和你聊。"

黎茶茶应了声，把蛋糕搁到桌面上，眼睛微微垂着。

只听身后响起顾父顾母关怀备至的声音。

"军训是不是很辛苦？小脸蛋都晒成这样子了，妈这边有个偏方，半个月就能美白，要不要再给你煲点汤水？滋润皮肤。"

"钱够用吗？不够的话跟爸说，别自己撑着，爸再给你打。你现在最要紧的是好好念书，知道吗？不够用一定要跟家里说，咱家就你一个闺女，以后钱都是给你留着，别省啊，有什么想吃的就买，别总吃食堂，你们学校的食堂油太多，对身体不好，有条件的话……"

"别听你爸瞎说，你爸巴不得搬到A大附近，天天给你做饭。哎哟，瞧瞧我家闺女的脸，咋瘦了这么多？多吃点，女孩子多长点肉才好看。"

…………

黎茶茶无声地听着。

顾恬打完视频电话后已经是半个小时后的事情。

她转过身就见黎茶茶在收拾东西,正在往包里塞一双高跟鞋。她微微一愣,问:"茶茶,你在干什么?还有一个小时就到门禁时间了,你是要出去吗?"

黎茶茶说:"嗯,我家里有点事,我要出去一趟,今晚不回来了。"

"啊?要紧吗?"

"一点小事,明早就回来了,微积分课帮我占个位置。"似是想到什么,她又说,"你吃蛋糕的话,可以吃我放在桌上的蛋糕,别人送的。"

顾恬一听,连忙说:"那好的,你赶紧出去吧,有事打我电话。"

黎茶茶点点头。

谭明受班里同学所托,给班里的女生送课堂资料。

像谭明这样的宅男,念大学两年多,从未踏足过女生寝室,每次经过都健步如飞,生怕见到什么虐狗的场景。

今儿个竟然要晚上过去送资料!

晚上!

四舍五入!

等于谈了一次恋爱!

谭明喜滋滋地在楼下等着,这儿蚊虫多,但他一点都不介意,盼星星盼月亮,终于把女孩盼了下来,完美地把资料送到了她手上,获得一声不失礼貌的温柔感谢。

谭明兴奋得想尖叫,他目送着女孩上楼的背影,还久久不愿离去,最后被蚊子咬得不行,才恋恋不舍地转身。

一转身,谭明险些被吓得魂魄都丢了。

肖南就站在女生寝室楼下的一棵树旁,那边的路灯坏了,整个地儿都漆黑一片,唯一发亮的是他手指间猩红的烟头。

谭明结结巴巴:"南南南南南……南哥?"

肖南:"嗯哼。"

谭明继续结结巴巴:"你你你……你什么都看到了?"

肖南:"嗯哼。"

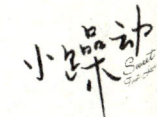

.061.

谭明弱弱地解释:"我我我我……我只是在发发……发呆,绝对没有想一些奇奇怪怪的东西,也没脑补一些乱七八糟的事情……我我我我……"

说到这儿,谭明打了个激灵,问:"不对,南哥,你在女生寝室楼下做什么?"

"抽烟。"

"什么操作?"

"抽烟。"

"不是,南哥,你为什么要在女生寝室楼下抽烟?是想熏死所有秀恩爱的情侣吗?"

谭明很异想天开,又说:"还是说南哥你是想用烟味儿熏走所有蚊虫,好让情侣们舒舒服服地秀恩爱吗?南哥,你简直太优秀了,我……"

话还未说完,一股力道猛然传来。

谭明被肖南拉到一旁,同时,肖南把烟头熄灭了。

谭明愣然:"南哥你……"

肖南沉声道:"别说话。"

这般严肃的氛围,令谭明瞬间入戏,他脑补了许多东西,同时打量着周遭。大概是因为门禁的点快到了,这会儿楼下已经没什么人,只有一两对情侣在卿卿我我。

也是此时,谭明见到寝室楼里走出来一道熟悉的人影。

等走近了,谭明终于确认了。

是女神!

他用疑问的眼神看向肖南,然而肖南仍旧一脸严肃地看着女神,天色太黑,路灯又坏了,根本看不清肖南的表情。他扯了扯肖南,肖南没吭声,直到黎茶茶经过他们,稍微走远了一些,肖南才有了动作。

肖南离开树荫,不紧不慢地跟上。

谭明顿觉刺激,屁颠屁颠地跟着肖南,问:"南哥,咱们是要干吗?跟踪茶茶女神吗?话说大晚上她带着一个这么大的包是要做什么?"

肖南皱着眉头,说:"别吵。"

谭明望了眼,顿时噤声,跟肖南认识两年了,他知道肖南一旦在思考事情的时候就会露出这样的表情,谁要敢打扰,后果很严重。

过了十五分钟,黎茶茶进了学校附近的一间宾馆。

谭明愕然,忍不住说道:"难道女神有男朋友?那他也太差劲了吧,连我这个宅男都知道这个破宾馆有多乱,他怎么能带茶茶女神来这里!南哥,你说是不是?"

肖南看了眼时间,却说:"别吵,等着,要么等要么走。"

谭明到底还是好奇心占了上风,再次闭嘴。

又过了半个小时,肖南忽然说:"走。"

他拦了路边的一辆出租车,把欲言又止的谭明塞了进去,紧接着自己坐下,对司机说:"跟着前面车牌尾号是2234的出租车。"

谭明一头雾水,再看看肖南,他仍旧一副不知在思考什么的深沉模样。

终于,出租车停下来,谭明一望,是一家酒吧,不由得一怔,问:"南哥,酒吧?"

肖南"嗯"了声。

肖南带着谭明进了酒吧,挑了一个隐秘又位置好的卡座。

谭明平日里宅得很,鲜少来酒吧这样的地方,他左看看,右望望,整个人局促极了,最后只好看着自家的社长。

肖南在盯着舞池的某一处。

谭明定睛望了很久,才在群魔乱舞的舞池里发现一道耀眼又火辣的身影。

他又顺着肖南的视线看了好几回,终于确定了。

南哥就是在看那道人影!

谭明悄悄地给张东和祁馨发信息:

【号外号外!不得了了!不得了了!南哥来酒吧泡妞了!】

发完后,谭明拿起手机,想悄悄地拍张那个女孩的照片,没想到一直没有吭声的南哥说话了:"放下手机。"

谭明:"啊?"

肖南又说:"别拍照。"

谭明疑惑:"为什么?"

肖南睨了他一眼:"哪有这么多为什么?"

谭明认怂,放下手机。

此时,肖南又点了根烟,目不转睛地看着舞池中央。谭明又瞅了几眼,忽然想到一个问题,问了句:"南哥,我们不是跟着黎茶茶吗?怎么突然改变主意来酒吧了?"

肖南下巴微抬。

"那就是黎茶茶。"

3

"还是照旧?"

黎茶茶坐在吧台的高脚凳上,单手撑着下巴,带着几分慵懒,说:"嗯,血腥玛丽,不含酒精。"

调酒小哥笑:"你很久没来了,很多客人都找我打听,前几天还有人给我塞小费问你的行踪。你一不来,我们酒吧的客人都少一半。"

黎茶茶勾了勾唇,没说话,一副兴致缺缺的模样。

调酒小哥见状,也没再多说什么,只是悄悄打量了下周遭。

今天有些奇怪,对这小姑娘蠢蠢欲动的人依然很多,但没有一个过来搭讪,好像是在避讳什么。

黎茶茶没有注意到这个事。

她喝着甜甜的血腥玛丽,沉浸在自己的思绪里。经过刚刚在舞池里的宣泄,她内心那股呼之欲出的躁动已经逐渐减少,内心渐渐恢复了平静。

她的手机振动了下,微信置顶人"温叔叔"来了条微信:

【注意安全。】

她回了一句"好的",顺手又发了个定位过去,然后关上手机,仰头喝光了一整杯血腥玛丽,准备结账离开酒吧。

谭明大为惊叹,今天在酒吧,他可算是见识到了南哥宛如黑社会大佬的一面。

南哥只不过是打了个电话,不到二十分钟,就有人不停地偷瞄这里,还生怕与南哥对视上。

后来他上洗手间的时候就听见有人在讨论。

"那位传说中的大佬在这里?"

"对,肖家的小孙子。"

"南爷!"

"我说一个小姑娘家家的怎么胆子这么大呢,原来背后有靠山,还是座大山。怕了怕了,惹不起。"

"泡不起的女人。"

谭明从洗手间回来后，肖南仍坐在卡座里，目光隔一会儿便落在吧台边的黎茶茶身上。

谭明张张嘴，一副欲言又止的模样。

此时，肖南扔了钱在桌上，抬了眼，对他说："傻愣什么，走了。"

他又望过去，果不其然，黎茶茶已经离开了吧台，人正往酒吧门口走。

然后，他们又跟了一路，直到黎茶茶进了先前的宾馆里。

肖南站在宾馆门口，略微沉吟。

谭明问："南哥，我们现在是回去吗？"

肖南说："回吧。"

谭明似是想起什么，又说道："这宾馆特别乱，我晚上和你提过的吧，前台都不看身份证，上个月好像还差点出了事……女神为什么要挑这个宾馆啊……啊，我知道了！女神还没成年，其他宾馆不一定给她进……"

他打了个哈欠。

"不过现在宾馆应该提高了安全措施，女神睡一晚估计也没啥问题，南哥，我们走吧……"

话音未落，肖南却说："困了？"

谭明说："困了，我们回寝室吧，现在都快凌晨一点了……"

肖南淡淡地道："懒得走了，在这儿睡吧，我去开个房。"

谭明惊诧得连困意都没了，问："什……什么？"

肖南抬腿便进了宾馆。

谭明在原地愣了片刻，然后也跟着进了宾馆，一进去就见南哥给前台的工作人员塞了一百块，问："刚刚那女孩住的是哪个房间，我要隔壁的房间。"

前台人员面不改色地收了钱，给了肖南一张房卡。

谭明又跟上。

等进了房间后，谭明再度以一副欲言又止的模样盯着肖南。

肖南双手抱在脑后，躺在床上，大长腿交叠在一块，微微合着眼。过了许久，他才睁开眼，看着谭明："瞅什么？不睡自己回去。"

谭明咽了口唾沫，问："南哥啊，我问你一个问题啊，你要是觉得被冒犯了，可以不回答，反正千万别打我。"

肖南懒懒地瞥他一眼，从鼻子里"哼"了声出来。

谭明问："你你你……你是不是喜欢黎茶茶？"

肖南似是听到了什么好笑的话，冷笑一声，说："你南哥眼里没有女人，只有事业。"
"那那那……那南哥您为什么这么关注黎茶茶……"
尤其今晚，整得跟变态跟踪狂一样！

谭明的问题，肖南也在思考。
他想起了今晚在车上的黎茶茶，她接了个电话后，整个人表情都不对劲极了。
他辅修心理学，瞧着黎茶茶的脸就觉得她满脸病态，因此没有忍住，不自觉就站在了她的寝室楼下，等了两个小时，没想到还真把小姑娘给等到了。
最后，肖南给了谭明一个答案：
"她喊我爸爸，我能不关注我女儿吗？"
谭明无法反驳，也无言以对，瞅着肖南的脸，又问了一遍："南哥，您真的不喜欢黎茶茶，对吗？"
肖南斩钉截铁地说："喜欢是不可能的，这辈子都不可能。"
谭明悄悄地摁下了录音结束键。

黎茶茶在宾馆里睡得还挺不错的。
她之前在点评网上看到说这家宾馆隔音不好，还乱，所以晚上睡觉时特地用了防盗锁，还搬了张椅子堵住门口。可没想到一晚下来，安静极了，没有任何人闹事，只有偶尔经过的脚步声，还是刻意放轻的。
她神清气爽地退了房，拎着大包出了宾馆，半路还碰见了熟人，是肖南和染了一头黄毛的男孩，男孩的目光里隐隐还透着几分……敬畏？
黎茶茶不是很懂。
鉴于之前和肖南有着吃饭的交情，她很有礼貌地打了声招呼："师兄，早。"
肖南点点头，神情冷冷淡淡的，一副没睡好的模样。
"嗯。"
谭明的黑眼圈很严重，站在肖南身后，就像一只染了色的大熊猫，他有气无力地看了眼黎茶茶。
他终于知道为什么昨晚南哥要带着他去开房了！
但凡只要外面有点风吹草动，南哥就让他出去盯着！实在不行时，南哥就自己出去坐镇，跟一尊大佛似的站在走廊上，气场全开，让人压根儿不敢说话,只能蹑手蹑脚地从南哥身边经过。

这么一晚下来,能睡好就有鬼了!

等黎茶茶一走,肖南忽然说:"昨晚的事儿不许和任何人说,张东、祁馨都不行。"

谭明说:"行!"

肖南又说:"包括黎茶茶去酒吧的事情。"

"呃,好……"顿了下,谭明幽幽地说了句,"南哥,当您女儿真是好啊。"

肖南瞥了他一眼:"想当吗?"

谭明连连摆手:"不了不了。"

谭明摸了摸自己的手机,又嘿嘿地傻笑了下。

瞧南哥这个模样,迟早能拿录音啪啪啪地打脸,想想也是很美滋滋了。

4

顾恬和黎茶茶一块上完早课后,就拉着黎茶茶去图书馆。

今儿个是社团招新的第一天,图书馆门口临时搭了五颜六色的小帐篷,底下坐满了各个社团负责招新的人员,上面还有各个社团的招新广告。

顾恬在图书馆里领了社团介绍的小册子,跟黎茶茶如数家珍:"千万别去新闻社,我听说他们社团天天都要写新闻稿,还没什么稿费,社长还是个素食主义者,每次团餐都不许人吃肉!合唱社的话,副社长虽然长得帅,但很花心,如果不是真心喜欢唱歌的,还是别去了……"

顾恬翻着小册子,每每翻到一个社团,她总能知道点东西,黎茶茶对于这样的能力很是佩服。

黎茶茶问:"你要参加什么社团?"

顾恬说:"参加肯定是要参加的,但是还没想好。我昨晚临时筛选了下,结合我的时间和爱好挑出了几个感兴趣的,摄影协会、舞蹈社、古琴社,还有一个汉服爱好者协会,大概就在这几个中选一个吧!你有想参加的吗?"

图书馆门口异常热闹,四处都是大一的新生在溜达、咨询不同的社团。黎茶茶随意瞄了眼,就瞅见了个"单身社",顾恬顺着黎茶茶的视线望去,一拍手,说:"对了,我们学校还有许多稀奇古怪的社团,'单身社'就是专门为想脱单的学生建立的,里面的活动都是联谊,男孩特别多……"

一顿,顾恬又深沉地道:"唉,这无处不在的青春荷尔蒙啊……"

黎茶茶其实没有什么兴趣参加社团,来这儿也只是陪顾恬凑热闹,她环望一圈,才说:"我不参加社团了,我准备好好学习,为大三的交换生名额做准备。"

顾恬微怔:"啊?你要出国?"

黎茶茶说:"暂时有这个打算,还没确定……"

顾恬小鸡啄米式地点着头,说:"也对,学霸都是这么想的!那你加油!不过你要是有空的话,还是可以加个不怎么浪费时间的社团,体验下社团生活呀……"

黎茶茶说:"我再看看吧。"

话音刚落,本就嘈杂的图书馆门口蓦然响起一道巨大的声响,显然是拿了小喇叭喊的。

"为了爱与正义,为了世界和平,为了海洋的未来,请和我们一起捡垃圾……啊,祁哥你打我干吗!"

小喇叭立即换了人,变成了一道有点羞涩的女声。

"各位师弟师妹早上好,我们是海洋环保协会,欢迎大家加入我们这个有趣的大家庭!我们社长有钱又有男友力,免费提供各种下午茶饮料和大餐,不定期还有各种展览免费观看!最重要的是,我们社团里还有女神级别的成员,不是我们夸下海口,他要是想出道,一线明星都得让位!"一道刻意放轻的声音,"东妹,赶紧卖个萌。"

一声极度不心甘情愿的"喵"响起。

女声又道:"师弟师妹,我们海保协会在 B15 等着你们的到来!速度前来,名额有限啊!"

黎茶茶望着顾恬。

顾恬立即搜索大脑,一拍脑袋,又滔滔不绝地道:"别去!这个社团很辛苦,社长很严格,经常要求社员出海捡垃圾。据说之前有人在海上见到了海蛇,还吓出了心理阴影,半年没睡过好觉!不过,他们社团真的很有特色!刚刚说的那个东妹,是个女装大佬,咱们 A 大里赫赫有名的湾仔码头!"

顾恬眼睛微微发亮:"我们过去瞧瞧,之前我见过照片,不知道真人是不是也这么漂亮!"

两人走到 B15。

黎茶茶不是没见过张东,那天在美食街外的拱桥上,这个男孩子确实

.068.

长得白白净净的，浓眉大眼，颇为秀气。今日为了作女装打扮，他戴了一顶闷青色的长卷发，还化了一个精致无比的妆容，水润的双眼看起来无辜极了，身上穿的是一条泡泡长袖的连衣裙，也不知是不是戴了假胸，胸前微微鼓起，一旁的顾恬看得眼睛都直了！

张东早已习惯这样的眼神，他忍辱负重地挤出一个笑容，又忍辱负重地佯作矜持，轻轻地点了点头，然后递出一张社团报名表。

张东正想说话，却被祁馨拍了下，说："别开口，一开口你的女神形象就没了。"

张东可怜兮兮地望了祁馨一眼。

这会儿，又有被张东吸引来的无知少年，张东继续派发报名表。

无知少年："师姐，能……能交换个微信吗？"

张东忍无可忍，偏头看了眼祁馨，粗着嗓子说了句："老子不喜欢男的。"

无知少年被吓得不轻，报名表一扔，溜得飞快。转眼间，B15这儿的人就所剩无几了。祁馨叹了口气，看了眼时间，说："这次还是比去年有进步，多了十分钟，东妹，有长进了啊。"

此时，张东才注意到顾恬身后还有个女孩，又挤出微笑，给她递了张表格。

他多瞅了几眼，说："这女孩是不是有点眼熟？"

祁馨一瞧，说："咦，不是我们社长的女儿吗！"

正在摸鱼看漫画的谭明冷不防地一抬头，迅速看了眼黎茶茶，也不知想到什么，露出了一抹坏笑来。他凑上去，压低声音跟祁馨说："祁哥，你发挥你的推销鬼才留住这两个妹子，我给你们看一场好戏。"

祁馨瞥他一下，说："我并不想看拯救世界的好戏。"

谭明说："我发誓不是！"他瞄了眼手机上的时间，"现在十点三十八分，你信不信南可能在十一点前来这里？"

张东插嘴："不可能吧，社长在实验室里做实验，可能外面天塌了都不知道。"

谭明："一周的泡面和肥宅快乐水，赌吗？"

祁馨呵呵一声："赌，我买泡面。"

张东看了看祁馨，才说："那我也赌，我买肥宅快乐水。"

谭明笑得一脸神秘："等着。"

他偷偷摸摸地拍了黎茶茶的照片，然后微信发给了肖南，附上文字。

【南哥,你女儿来咱们社团门口了!祁哥在招待她!南哥,我们社团不是缺人吗?要不直接让你女儿招进来得了,一家人,一家亲!肥水不流外人田!】

二十分钟后,肖南出现在图书馆门口。
祁馨和张东都震惊极了。
谭明伸出手:"愿赌服输。"
祁馨:"行……"
张东:"没问题。"

黎茶茶见到肖南的时候也很是意外,但是转念一想,第一次见到肖南时,他也正好是在海边,熟练地解救着一只海龟。
她眨了眨眼,说:"原来你是这个社团的社长。"
肖南"嗯哼"一声,看了眼她手里的报名表,问:"怎么,要进我的社团?"
黎茶茶纯粹是被硬塞了一张报名表:"我就看看,我不是很想参加社团,怕浪费学习时间……"
肖南看着黎茶茶,总觉得这小姑娘活得太压抑,得转移下注意力,不紧不慢地说:"你看过大海吗?"
黎茶茶微微一怔。
"看过。"
肖南又说:"不是海边看的大海,而是在大海里看的大海,你能看到海上的夕阳,还有掠过水面的海鸥,幸运的话还能见到海豚,周围都是茫茫大海,头顶是天空,整个世界只有你一个人。加入我们的社团,这些你就能拥有。"
黎茶茶听得有些心动。

祁馨、张东、谭明三人默默地掏出手机,拉了个微信小群。
【东东天下第一美:社长平时不都是说,我们社团不分男女,女的当男的用,男的当牲口用吗?到了海上,通通都得夹起屁股捡垃圾?】
【祁哥:社长居然说得出这么浪漫的话!】
谭明改了下微信群名——伟大父女情(3)。

5

黎茶茶最后答应了加入海洋环保协会。

祁馨生怕黎茶茶反悔,殷勤地拿着笔帮黎茶茶填了报名表,面试环节也干脆省略,直接让黎茶茶进入了社团。

顾恬没有进,她有深海恐惧症,最后加入了古琴社。

两人去食堂吃饭的时候,顾恬问:"你怎么突然就想参加社团了?"她犹豫片刻,还是说,"我当时本来想拉住你的,但是碍着人家社长在面前,你们又是旧相识也不好多说什么。他们这个社团看似福利很好,社长描述起来也很浪漫,可实际上我听参加过的人说,海上环境艰苦,他们有时候出海,不是当天就回,可能会待上四五天,甚至一周的样子。茶茶,你要不要再考虑一下?"

黎茶茶摇摇头。

她微微沉吟,说道:"他说出那些话的时候,我想象了下那幅场景,内心竟意外地平和。"她顿了顿,又说,"而且好看的风景大多都是要长途跋涉才能见到的,我先去感受下,实在不行再退出。"

祁馨当天让黎茶茶发了课表,第二天就拉了黎茶茶进他们的社团群——恕我直言在座都是垃圾(5)。

【灭霸爸爸:茶茶你好,我是谭明,染了黄毛的那个。】

【东东天下第一美:张东。】

【祁哥:我是祁馨。】

【茶茶:你们好。】

【祁哥:周五下午四点,我们社团开新生会议,一定要记得准时到哦。】

【茶茶:好的。】

【灭霸爸爸:你放心,我们社团的人都很好说话,你说什么就说什么,不要拘束!有什么不高兴的地方,可以揍东妹出气。】

【东东天下第一美:???】

【东东天下第一美:凭什么?】

【祁哥:东妹这么美,不可以揍,茶茶你用踢的吧。】

【东东天下第一美:我美还有错吗!】

群里的氛围很是热闹。

黎茶茶没来由地觉得很舒适，她安安静静地看着他们聊天、侃大山，时不时也会发个表情参与一下。

过了会儿，她发现微信群是五个人，加上她，一直在群里说话的也就只有四个人。

此时，细心的祁馨也怕茶茶尴尬，在群里解释。

恕我直言在座都是垃圾（5）——

【祁哥：社长在实验室，手机一定开了静音，所以看不到我们的信息。】

【东东天下第一美：茶茶，你要习惯，我们社长基本不怎么参与我们的群聊，他是付钱和最后做总结的那一个。】

【灭霸爸爸：嘿嘿嘿。】

【东东天下第一美：二明，你笑得跟个智障二百五一样。】

【灭霸爸爸：你不懂。】

【灭霸爸爸：你以后就懂。】

【东东天下第一美：有毒。】

【茶茶：实验室？】

【灭霸爸爸：对，我和南哥都是智能科学与技术专业的，南哥最近在搞研发，大半时间都泡在实验室里了，除非有社团活动。嘿嘿嘿！我们南哥真的很厉害，大一的时候开发了个智能机器人，还拿了全国一等奖。】

【灭霸爸爸：{图片.jpg}】

黎茶茶点开一看。

是一张肖南在实验室里的侧脸图，他手里有一张图纸，另一只手上则摆着一个金属质地的仪器，他的鼻子挺拔，轮廓俊朗，模样分外专注认真。

恕我直言在座都是垃圾（5）——

【灭霸爸爸：南哥有种成熟男人的魅力！我们学校这些连毛都没长齐的人完全比不上！】

【东东天下第一美：狠还是你狠，把自己都骂进去了。】

【灭霸爸爸：你不懂！】

【灭霸爸爸：茶茶，你这声爸爸喊得不亏！真不亏！】

黎茶茶也觉得不亏，她原本以为肖南这个人会很难相处，没想到是嘴硬心软，上次她差点晕倒的时候肖南就背她去校医室了。

她多看了几眼照片，然后又点开了肖南的头像，手指停在"添加好友"上。

上次加人，没加成功。

黎茶茶想了想，觉得还是算了。

·072·

说不定肖南不喜欢加微信好友,反正有群,有什么事也能第一时间商量。

海洋环境保护协会开新成员会议的那天,肖南终于钻出了实验室,祁馨给他打了电话,作为社长,自然要出席。

肖南没有迟到的习惯,向来提前十五分钟到达,祁馨、张东和谭明三人更早,提前到会议现场布置,祁馨还贴心地用社团下午茶基金买了十杯奶茶和一些小糕点,顺便把小册子分发到每一张桌子上。

肖南进来的时候,望了眼,微微一愣:"怎么回事?"

祁馨说:"这几天社长你在实验室,我们不好打扰你,所以就没来得及和你说。今年我们社破了历史新高,招到了七位新成员!跟你报下喜,现在我们社团里加上你,总共有十一位成员,除了我和茶茶师妹,其他都是男的!是可以当牲口用的师弟们!"

张东说:"真是前所未有啊,这可是我们社团的特大喜讯,以后可以尽情地使唤师弟们了!"

谭明说:"祁哥真是营销鬼才!卖点一抓一个准!以后祁哥你要是去卖楼盘,保管不用半年就能走上人生巅峰!"

祁馨瞪他一眼:"你拉倒吧。"

肖南问:"怎么回事?"

谭明抢着说:"我来解释!我来解释!"

他一副看好戏的模样,说道:"说到这儿,我不得不再夸赞下祁哥的营销思路,当然,能这么成功,这份功劳还得记茶茶师妹一笔!茶茶师妹刚入学不到一个月,多少人就已经暗中爱慕她的容颜!未来校花在我们的社团,那些爱慕茶茶师妹又不在同个系的人自然就开始蠢蠢欲动,巴不得近水楼台,好摘月亮!报名表就跟雪花似的蜂拥而来,这六个人还是我们几个老成员重重筛选出来的,我们一致认为,他们体力不错,人也还算优秀,不至于色虫上脑,是能为我们社团做贡献、被使唤的最佳人选!"

祁馨想得更加长远,补充道:"社长你不是说茶茶师妹是你女儿吗?我们几个已经把不错的女婿人选都挑来了,你等会儿正好可以把把关,提前实行岳父的权利,要是你觉得不行,我们就把他踢了。"

谭明附和得十分响亮:"对!岳父的权利!"

肖南的心情很复杂,总觉得自己这个"当爹的",要操劳的事儿也太多了,管着女儿的心理健康,管着女儿的人身安全,现在还得管另一半的把关。

"行吧……"

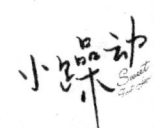

没多久，社团新成员陆续到齐，黎茶茶是踩着点儿到的，原以为时间掐得刚刚好，没想到竟然是最晚的一个。

她一进门，十道或熟悉或陌生的目光齐刷刷地落在她身上，紧接着，有几个陌生男孩不约而同地站了起来。

"茶茶，你坐我这边吧。"

"我这里空调正好能吹到，你一路赶来，可以吹吹冷风。"

"别，这个时候吹空调容易感冒，要不你坐我的位置吧，不冷不热，光线也好。"

"茶茶……"

黎茶茶停顿了下，说："不用了，谢谢。"一抬脚，在第一排挑了个远离他们的位置坐了下来。

张东嘴巴微张："这……"是社长的位置。

然而，话还未完全说出来，肖南已经开口："行了，人到齐了，开会吧，张东你上去介绍下我们的社团。"

肖南从讲台下来，直接往黎茶茶身边坐下。

第二排坐了个黎茶茶没见过的面孔，这会儿他悄悄地凑前去，问："茶茶，奶茶你要喝加椰果的还是加珍珠的？"

黎茶茶望了一眼，除了肖南之外，每人手里都拿着杯饮料，于是也没客气，说："珍珠的，谢谢。"

男孩喜笑颜开地递上，又红着脸说了句："给你。"

肖南全程目睹，有些不悦。

解释一下，拿老子的钱追我的女儿？

6

PPT上面详细地介绍了他们海洋环保协会，以及他们目前拥有的设备，还有平时的日常活动。

张东照本宣科地念了一遍，低头看了眼讲台下的新成员们，大多醉翁之意不在酒，偷看茶茶师妹的时间比看PPT的时间还多。他敢保证，新成员们除了茶茶师妹之外，可能没有人能复述一遍他刚刚讲的话。

不过张东很懂，感同身受地懂！

长得好看就是没办法，他扮女装的时候那群男人也是这样看他的！

张东进行到下一个环节。

"在新成员自我介绍之前,我先介绍下我们社团的老成员们……"他五指并拢,指向了第一排的肖南,"我们社长,肖南,你们可以喊师兄,喊社长,喊南哥。社长是实干派,话少能力出众……"

鼠标轻点,一整页PPT都是肖南过去的丰功伟绩,包括各种奖项。

张东对社长是十分崇拜的,生怕别人不认真看,又开口把每一条丰功伟绩都念了一遍。

肖南站起来,转身,点头,算是跟所有人打了个招呼。坐下时,他眼角的余光一瞥,正好瞧见身边的小姑娘仰着脖子,看得十分专注,听得也很是认真。

肖南本来对这些过去的奖项不太在意。在他看来,拿了奖牌也不过如此,横竖下一次还有更高的奖项。印象中,上次不小心坐坏了卧室里的椅子,他还顺手拿了一个去垫椅子腿。

可瞧小姑娘看得认真劲,肖南便觉得怎么着也该让小姑娘见识下他家里的那堆奖杯,别的不说,堆在一块还挺有视觉上的震撼感——

他轻描淡写地开口:"都是一些小奖项而已。"

黎茶茶抬眼,说:"挺厉害的了。"

肖南听到"挺"字,有些不大满意这种程度的形容,哼了声,说:"还行吧。"

黎茶茶忽然说:"原来你也拿过全国中学生物理奥林匹克竞赛奖,我以为你拿的都是科技创新类的奖项,感觉你对这类比较感兴趣。"

肖南注意到了"也"字,看了她一眼:"你也拿过?"

黎茶茶"嗯"了一声,说:"不过我拿的是三等奖,如果我那一届有你在,可能我这三等奖就没有了……至于其他得的奖项都是文科奖,写写东西,开开口就能拿到的……"似是想到什么,她拿出手机,打开相册找到了一张图片,"都是这些奖项。"

肖南放大图片,瞄了眼。

一面巨大的玻璃柜,里面满满当当都是奖杯,放大一看,有:新概念作文大赛一等奖、北大培文杯一等奖、叶圣陶杯全国中学生新作文大赛一等奖、中央电视台希望之星英语风采金奖、第六届长江钢琴杯青少年音乐比赛一等奖等等。

黎茶茶说:"我学东西比别人快,课业完成后喜欢参加比赛,还有很多二等奖三等奖之类的都堆在了箱子里。"

肖南想起了谭明说的，黎茶茶这小姑娘还是跳级上的大学，以高分被A大招进来的。

他心中突然涌上一股自豪，点着头，"嗯"了声，说："虎父无犬女，不错。"

黎茶茶很入戏："还是爸爸您厉害。"

肖南："以后继续加油。"

黎茶茶："好的，爸爸。"

第二排的珍珠奶茶男本来一直想插入话题，然而听到两个人的谈话，半句都不敢开口。

本以为考进A大后他已经算是优秀的那一批，万万没想到人外有人天外有天，这哪里是学霸的世界，根本是学神们的较量！他这种凡人插不进去！

张东终于声情并茂地介绍完了肖南，开始介绍其他人。

"谭明，我社老成员，热血的中二少年，跟社长一个班，都是大三的，说话可当背景音。好，下一个，祁馨，我们尊称祁哥！"说到这儿，张东抬了眼，偷偷地瞄了下祁馨，声音有了丁点儿不自然的变化，"三次元的祁哥比较内向腼腆，但熟悉之后她就会跟你热络起来。祁哥是市场营销专业的，和我一样都是大二的学生，因为之前社团里只有她一个女孩子，所以大大小小的事情都是她负责，在……在这里我特别想感谢祁哥，谢谢祁哥对我们社团的贡献。"

说完，张东微微红了脸，谭明不满："凭什么我就一句话介绍，祁哥的介绍这么长！还有你忘记说了，祁哥打起游戏来六亲不认，连社长都敢骂！"

祁馨微笑："没有的事。"

张东总结："总之，祁哥真的很厉害，超厉害，宇宙爆炸无敌厉害……"他又说，"最后一个老成员是我，我学的是法学专业，你们如果有法律相关的问题，都可以咨询我……"

谭明补充："东妹女装很漂亮，你们都见识过了！咱们东妹有一颗少女心，你们要好好呵护他！但是有一条来自师兄的友善建议，千万别动心！我们东妹比钢铁直男还直！"

这话引起在座大多数人的笑声。

黎茶茶听完他们的自我介绍，却不由得多看了肖南一眼。

这个社团的成员虽然少，但是看起来都是骨干，各有用处，几个人待在一块，融合得恰恰好，他挑人的目光真是不错。

爸爸果然是爸爸。

此时，张东又说："下面我们有请新成员上来自我介绍吧，从第一排开始。"

所有人的目光都望向了黎茶茶。

黎茶茶对这样的场合可以说是游刃有余，她落落大方地站在讲台前，开始自我介绍，结束时掌声一片，尤其是其他六位新成员，鼓得特别起劲儿。

有人问："请问可以提问吗？"

黎茶茶看了眼张东，张东说："只要本人乐意，我没意见。"

黎茶茶问："想问什么？"

男孩问："你喜欢什么类型的男孩子？"

黎茶茶说："没有固定喜欢的类型……"顿了下，又微微一笑，"我事业心和学习心比较重，五年内不打算谈恋爱。"

这话一出，小教室里差点就哀号一片。

不过也有相信自己能靠一片赤子之心打动黎茶茶的男孩："茶茶你真有理想，对未来也很有规划，我特别欣赏你这样的女孩子！我和你一样，也是五年内不打算谈恋爱，打算把重心都放在学习和事业上，男人就应当先立业再成家。"

一语点醒了周围的男同志们，他们纷纷表态：

"真巧，我也是这样的想法，大学里谈恋爱太浪费时间了，我们正值青春，还不如多为未来做准备。"

"没错，我家里虽然穷，但是靠着拆迁，分了十二套房，我是独子……"

"呵呵，我跟靠拆迁房的人不一样，我现在才十八岁，我的未来有无限的可能，现在我就开始打算为未来的小家打拼！以一己之力承担起一个家，让我未来的媳妇过得舒舒服服，开开心心！"

"我也……"

张东万万没想到事情的走向会是这样，新生介绍变成了孔雀开屏的攀比。

他正想出声阻止，就听黎茶茶说了句："我要说的都说完了，下一位是谁？"对于所有人意有所指的发言，她依旧一副油盐不进的模样，仿佛什么都没听进去。

第二排的珍珠奶茶男上去接过话筒。

黎茶茶重新返回座位，刚坐下，就见到旁边的肖南在纸上写着什么。

她瞄了一眼。

上面有编号，一、二、三、四、五、六，下面全是一个红色的叉。

她微微一怔，如果说这是对新成员的考核，那么应该有七位才对，怎么只有六个人？

珍珠奶茶男开始自我介绍，肖南搁下水笔，冷冷地哼了声——

这一届的女婿质量不行。

Chapter 04
社长,您怎么突然剃胡子了

1

新成员会议结束后,是社团聚餐。

这一回,考虑到人数有点多,祁馨很贴心地挑了几个人均五十块的地方,给社长省钱。她坐在肖南另一侧,压低声音问:"社长,您看我们等会儿去哪儿聚餐?我挑了几家店,这次人多,我不好做决定。"

祁馨依次打开点评网里的餐厅。

"一家是烤肉店,环境是这样的,有个大包厢,我们可以分两桌,人均五十的样子;这家是自助火锅店,每个人一个小火锅的那种,价格也差不多,有一张十二人圆桌,我们刚好够坐;还有一家是吃炒菜的,我看评价不错,说适合学生,价格也是人均五十吃到扶墙出。社长,您看看我们去哪一家?"

以祁馨对社长的了解,社长一般嫌麻烦都会直接挑第一家,所以祁馨把张东最喜欢的烤肉店放在了最前面。

未料,社长居然认认真真地点开了每一家店,还把每一家的环境图片和招牌菜都浏览了一遍,花了足足五分钟,然后问了她一句:"有其他店没?"

祁馨艰难地从愣神里反应过来,称职地问:"要找什么店?"

肖南想了想那天的黎茶茶,所有菜都只碰了一口,很是娇气,就说:"炒菜的不行。"

祁馨问:"有什么选择吗?"

肖南说:"饭后甜品种类多的。"

祁馨一听,十分诧异,问:"饭后甜品是指?"

肖南言简意赅:"蛋糕。"

祁馨低头迅速找了人均八十的海鲜自助,说:"是这样的蛋糕吗?"

肖南看了眼,说:"不够花里胡哨。"

"花里胡哨……"祁馨又找了家,这回直接翻到了别人拍的甜点图。这是一家五星级酒店的晚餐自助,最近在打折,两百三十八块一位,甜品种类特别多,隔壁还有个巧克力台,看着很是诱人,几乎没有哪个喜爱甜食的女孩子能抵挡住这样的诱惑。

她问:"这样的行吗?"

肖南一看,花里胡哨得快能闪瞎他的眼睛。

祁馨又说:"这家酒店自助选择不少,有牛排羊排,主打烤鸭,还有冷菜热菜,日料烤肉,甜品种类也多,不过人均要两百四十的样子,我们有十一个人的话……"

祁馨觉得怪不好意思的,正想提议要不要自己出钱的时候,就听见社长不以为意地说:"两千多还算不上什么,新成员第一次聚餐,该吃好点,就这家吧。"

祁馨觉得社长有点奇怪,悄悄地找谭明讨论。

谭明犀利点评:"社长,大写的女儿奴。"

祁馨也想喊爸爸了。

自助餐厅里正好有一张长桌,能容纳十二个人,"唯二"的女孩子坐在了一起。

黎茶茶坐在边边上,右边是祁馨,大家纷纷眼红对面的位置,然而谭明早已眼疾手快拉开了椅子,请肖南坐了下来。肖南作为社长颇有威严,其他人都不敢造次,只好悻悻地挑了其他座位。

黎茶茶白天忙着上课,没怎么吃东西,这会儿有些饿了,见有人起身去拿吃的,也干脆起身去取了餐盘。

自助餐里食物品种颇多,黎茶茶盛了小半碗杂粮米饭,又倒了杯鲜榨橙汁,还拿了几份热菜。经过甜点区域的时候,见到卖相精致的各种蛋糕,她实在挪不开眼,犹豫了一小会儿,放下了手里的餐碟,从桌台底下拿出一个白色的碟子,又取了一旁的蛋糕夹,先后夹了一块草莓奶油蛋糕、巧克力慕斯、芝士蛋糕，还有一份栗子蛋糕。

甜品台上还有七八种其他的小蛋糕，卖相都十分诱人，她看了看，有些想夹进碟子上，然而她知道自己肯定吃不下，又在那儿纠结。

蓦然，背后响起一道熟悉的声音。

"黎茶茶，饿傻了？"

黎茶茶回过神，说："没有，就是有点选择困难症。"

她也不想纠结了，直接放下夹子，正要把一旁的餐碟一起拿回座位时，肖南哼笑了声，说："小孩子才做选择，成年人可以都要。"

他拿了夹子，把剩余的每一种蛋糕都夹到了黎茶茶的碟子上，圆盘子很快被摆得满满当当。

黎茶茶双手捧着有点分量的盘子，说了句："我吃不完。"

"吃不完老子帮你吃。"说完，肖南把黎茶茶放在甜品台上的餐碟也一块拿了起来，微扬下巴，"来，喊爸爸。"

黎茶茶也不知是不是喊习惯了，这回十分顺口："爸爸。"

肖南"嗯哼"一声，不动声色地低头望了眼黎茶茶挑的热菜——糖醋排骨、鸡蛋炒年糕、醋熘土豆丝，他也去热菜区挑了这三样菜，分别尝了下，糖醋排骨的味道比上回的要淡了点，多了几分甜味。

哦，原来黎茶茶好这个口味。

黎茶茶把甜品碟摆在了两个人的中间，她解决完热菜后，就拿了刀叉，准备开始吃甜品。

祁馨也是女孩子，自然对这些蛋糕没什么抵抗力，只不过瞧黎茶茶长得娇娇小小的，没想到胃这么大，这一盘蛋糕吃下去，起码能长胖个两三斤吧。

"师妹……"

"能不能分我一口"这话还未说出口，坐在她对面的谭明冷不防踢了她一脚。

她疼得直瞪眼。

然后，张东也去踢了谭明一脚。

谭明瞪了眼张东。

三人无声地交流——干吗！

伟大父女情（3）——

【东东天下第一美：你有病，踢祁哥干吗？】

【灭霸爸爸：我那不叫踢,叫提醒!大兄弟!你那才叫踢!你信不信等会儿我起身都是瘸着的?】

【祁哥:不是我说,谭明你踢我干吗?】

【灭霸爸爸:我刚刚偷听到了南哥和茶茶师妹的对话了,南哥特地说了,如果茶茶师妹吃不完,他善后!多么伟大的父女情!难道你们不想看南哥吃甜点吗?南哥连果粒橙都嫌弃的人,你们就不想看南哥吃蛋糕的模样吗?】

【东东天下第一美:说实话……有点想。】

【祁哥:原谅你了。】

三人各自拿着叉子假装吃东西,开始不着痕迹地观察着肖南和黎茶茶。

黎茶茶每一样蛋糕都想吃,但碍于食量,索性拿了刀叉,仔仔细细地在每一份蛋糕边切了一小块。吃完后,黎茶茶心满意足,低头瞅了眼,觉得草莓奶油蛋糕最好吃,于是又把剩下的那一份草莓奶油蛋糕给吃了。

接着,她才放下刀叉,肖南问都没问,直接端过蛋糕盘,拿叉子戳了一块栗子蛋糕塞进了嘴里。

谭明、张东、祁馨屏住了呼吸。

然而令他们失望的是,连喝果粒橙都会"啧"一声的南哥,这一回吃得很安静,三下五除二就把盘子里剩下的蛋糕都吃进了肚子里。紧接着,他又拿起身边的水杯,仰脖一下子就喝光了一整杯白水。

他擦了擦嘴,抬头,见黎茶茶目不转睛地看着他,问:"还要不要吃草莓蛋糕?"

黎茶茶说:"我可以再吃一口。"

肖南起身,又去夹了块草莓奶油蛋糕回来,还端了一杯冰水。

他直接把盘子放在黎茶茶面前,黎茶茶说是一口,实则吃了两口,最后实在是吃不动了,刀叉一放。肖南又把剩下的半块草莓奶油蛋糕给解决了,然后又喝了一整杯冰水。

他微微抬下巴,说:"烟瘾犯了,我出去抽根烟。"

谭明、张东、祁馨三人:"……"

伟大父女情(3)——

【灭霸爸爸:?】

【东东天下第一美:??】

【祁哥:???】

【祁哥：南哥居然有如此父爱的一面！】

【东东天下第一美：茶茶师妹是不是可以算是我们社团里的千金大小姐？】

【灭霸爸爸：听我的，以后宁愿招惹南哥，也别招惹师妹。】

【灭霸爸爸：{意味深长.jpg}】

　　肖南在吸烟区里点了一根烟，烟味吸进嘴里，心头的那股子甜腻感才渐渐压下去了点。

　　说实话，那堆蛋糕真的难吃，肖南不明白为什么她们这种小女生会喜欢这些甜腻腻的东西。不过一看到黎茶茶吃得心满意足的模样，他又觉得没那么糟糕了。

　　然而那股味儿留在胸口，还是齁得慌。肖南足足抽了三四根烟，才彻底消掉那股齁味，等他重新回到座位的时候，才发现新老成员们已经开始喝起了自助餐厅里免费供应的啤酒。

　　有个男孩开了瓶啤酒殷勤地递给黎茶茶。

　　"茶茶，你要的啤酒来了。"

　　啤酒还没递给黎茶茶，就被一只宽大手掌给截住了。

　　肖南皱着眉头，说："不许喝。"

2

　　小姑娘还没有成年，怎么能喝酒？

　　然而一想到这个，肖南蓦然意识到一件事儿，小姑娘都没成年，是怎么混进酒吧的？

　　作为一名老父亲，肖南越想便越觉得他要操心的事儿实在太多了。

　　他捏住啤酒罐，面无表情地看了眼递酒的男孩。

　　"她还没有成年。"

　　男孩愣了下，模样很是惊愕。

　　肖南声音沉沉道："黎茶茶没有成年，难道你们都不知道吗？还灌她酒？"一脸的络腮胡本就令他看起来年长，板着脸说话时更是严厉，男孩大气都不敢喘。

　　顿时，所有人都不敢说话了。

　　十二人的长餐桌安静得不可思议。

　　也是这个时候，一只软绵绵的手忽然搭上了那只宽厚的手掌，一点一点地往上爬,然后握住了啤酒罐,用力拉了拉,没拉动,软绵绵的手指头又往下挪,一根一根地尝试着掰开肖南的手指。

她掰得很认真,但是掰不动,似是有点生气,气嘟嘟地说:"什么人啊,连酒都不让喝。"说着,打了个嗝。

肖南低头望去。

小姑娘还在跟他的手指头较劲,她那点力气跟蚂蚁咬人似的,手指冰冰凉凉的,再往上一看,巴掌大的小脸泛着红晕,眼神带着几分迷离。

而餐桌上已经有两个空的啤酒罐。

肖南的面色瞬间就变了:"谁让她喝酒的?"

没有人吭声。

最后还是谭明弱弱地说:"南哥,是师妹自己说要喝的……"

这时,黎茶茶又打了个嗝,终于放弃了跟肖南的手掌做斗争,似乎是累了,懒懒地打了个哈欠,半撑着下巴半瞪着肖南,脖子仰得高高的,说话有几分含混不清:"我命令你,把酒给我。"

她这副模样说话实在没什么气势,只不过小脸蛋白里透着红,煞是好看,连祁馨这样的妹子都看得目不转睛。肖南扫了眼,那几个长得跟白斩鸡一样又如同色鬼投胎浑身上下找不着半处优点、跟海洋上漂着的塑料没什么两样的小兔崽子更是看得眼睛发直。

他横在了黎茶茶面前,沉着脸,说:"都回去。"

给钱的是大爷。

社长一发话,那些男孩也只好灰溜溜地走了,张东、谭明和祁馨也随后离开。

很快,长餐桌前便只剩下肖南与黎茶茶两个人。

肖南看着喝醉的黎茶茶,没来由地就觉得头疼,也有点明白什么叫养儿方知父母恩。

还没成年,居然敢喝酒。

还喝了两罐!

要不是他回来得及时,第三罐啤酒都要灌进肚子里了,周遭还这么多心怀不轨的小兔崽子。这小姑娘怎么一点自我保护意识都没有?

思及此,他有些没好气地说:"黎茶茶。"

黎茶茶半醉半醒地看着他。

肖南说:"你喝醉了。"

黎茶茶立马回答："我没醉。"

"喝醉的人都爱这么说。"

"我真没醉，你不信的话伸出手指考问我有几根。"

"不试。"肖南拒绝。

"试试嘛，爸爸。"

肖南拿她没办法，这小姑娘怎么喊他爸爸喊得这么顺口？他放下啤酒罐，伸出了两根手指，问："几根？"

黎茶茶眨着眼睛，冷不防，她握住了他的两根手指头。

冰冰凉凉的手指一碰着他，立马就握住了，握得紧紧的，紧接着，她以迅雷不及掩耳之势把一旁的啤酒罐用另一只手抢了过来，在肖南还未反应过来时，她张嘴就喝了一大口，这个操作令肖南目瞪口呆。

她心满意足地打了个酒嗝："你真笨。"

肖南："……"

黎茶茶还想再喝，然而反应过来的肖南已经冷着张脸制止了她，同时还把啤酒罐拿得远远的，她想去抢，可惜抢不到。

一来二去，黎茶茶也有些累了，索性枕在椅背上，歪着脑袋看他。

"爸爸。"

"爸爸。"

"爸爸。"

肖南说："喊爸爸也没用。"

黎茶茶不吭声了，睁大眼睛。她眼睛本就生得大，黑白分明的，水汪汪，是杏儿的形状，这般眨着眼时，怪惹人怜爱的。

她安安静静地看着他，满脸写着"我要喝啤酒"，肖南不为所动。

黎茶茶终于放弃了，撇撇嘴，说："你都不吃我这套……"

也不知想到了什么，她又有些得意地说："别的男人可吃我这一套了，我黎茶茶想勾引哪个男人，从未失败过。"

肖南想起她在酒吧里的那副游刃有余的模样，声音淡淡："哦，你很厉害。"

"过奖过奖。"

"我没在夸你。"

"没事儿，我当你在夸我。我家温叔叔说有时候心理暗示也是一种自我情绪的缓解，是好事！"她打了个哈欠，似乎有些困了，半眯着眼。

"别在这儿睡,回寝室。"

"我这样子不能回寝室,会给恬恬带来麻烦……"她傻傻地笑了声,"你送我去附近的宾馆吧。哦,对,这是酒店,要不你帮我订间房?不行,这家酒店贵,你还是去附近找宾馆吧,要不就我们学校附近的一家,不用看身份证就能让人住的那家……"

肖南问:"你很穷?"

他记得眼前的小姑娘虽说摊上了一对不靠谱的父母,但是听甄宝女士说,在金钱方面,他们还是十分大方,给的生活费是平常孩子家的五六倍不止。

黎茶茶合着眼,惆怅地说:"我真的特别穷,特别特别穷,负债累累。"

肖南问:"欠谁钱了?"

黎茶茶淡淡地说:"黎柏和闻香。"

肖南过了会儿才反应过来,这是她父母的名字。他不由得微微一怔,正想问什么时,便见黎茶茶的眉眼间写满了疲倦,整个人像是睡着了一样。

他推推她:"醒醒,别在这里睡。"

她又睁开了眼,懵懵懂懂地看着他,问:"什么?"

"别在这里睡。"

"哦。"

她站了起来,身体微微晃了下,又重新坐下来,接着她又试着站起来,这一回她扶着椅背,真的站起来了。她点着头,说:"走。"

肖南好笑地看着她:"你走几步给我看看。"

她乖巧地说:"好。"

她迈开腿,走了两步。

肖南:"放开椅子。"

黎茶茶动了动,没松手,过了会儿,抬起脖子,仰望着肖南,委屈巴巴地说:"椅子说它不想让我走,它喜欢我,它要一辈子和我在一起,死也不要分开,生是我的椅子,死也跟我进火葬场。"

她痴情地看着椅子。

周围经过的人频频望来,肖南没想到喝醉的黎茶茶会是这个样子,实在没办法,背对着她,在她身前蹲了下来,说:"上来,我背你。"

黎茶茶问:"我家椅子呢?"

肖南无奈:"你上来,处置好你后,我再来背它。"

"真的?"

"真的。"
"不骗我?"
"真喜欢这把椅子?"
"我觉得它喜欢我。"
"行吧,不骗你。"
"真不许骗我,椅子身上有我的香水味,你不能拿其他椅子来骗我。"
"成。"

3

肖南觉得自己二十多年来的耐心通通奉献在此刻了,幸好接下来黎茶茶也没有胡搅蛮缠,乖乖地爬上了他的背。他直接在酒店里开了间房,把人送到了床上。

她整个人摆着"大"字形瘫着,满脸的毫无防备,兴许是因为喝了酒的缘故,小脸蛋红扑扑的,跟扇子似的睫毛垂下,在下眼睑处投落一片阴影。

小姑娘长得确实好看。

肖南低声说:"对男人一点防备都没有,迟早得出事儿。"

说着,他弯腰给她盖上了被子。

黎茶茶觉得热,一盖上立马就踢开。

"黎茶茶!"

她含含糊糊地应了声:"热……"

肖南去把空调调低了,直到她老老实实地盖着被子才打算离开。正要转身的时候,一只软若无骨的小手突然摸上了他的屁股,还用力地捏了捏。

"手感比我想象中要好。"

肖南人生头一回被占便宜,还是个小姑娘,他整个人跟被雷劈一样,蒙了。

半响,他才转过身来,盯着床上的黎茶茶。

她半眯着眼,嘴角微弯,像是一只餍足的小猫咪,还一本正经地对他说:"恭喜你,拥有美国棒球队长的翘臀,我可以再摸一下吗?"

肖南黑着脸:"不行。"

黎茶茶"哦"了声。

过了会儿,她又伸出一根手指头:"一下下?"

"不行。"

"一下下下下?没得商量?"

"你这是什么习惯?"

"我都没摸过别人的,就摸过你的。"

"我还得感谢你不成?"

黎茶茶思考了下,点点头:"别人想让我摸,我都不摸的。"

肖南快被气笑了,说:"你真厉害。"

"谢谢夸奖。"

肖南瞪着她,她也不害怕,笑吟吟地说:"你不要瞪我,我害怕。"

"你哪里像害怕的样子?"

她忽然坐了起来,拉着肖南的手放在心口上,软声说:"你感受到了吗?心扑通扑通地跳,在害怕呢。"肖南没感受到心脏的跳动,如今是夏天,黎茶茶穿得分外单薄,就一件雪纺衫,碰上时手掌处是柔软到极致的触感,一瞬间,他只觉自己浑身像是有什么要烧起来了一样。

他动了下,黎茶茶没让他走。

肖南声音沙哑地道:"黎茶茶,别闹。"

"我没闹。"

肖南深吸一口气,几乎要在理智的边沿暴走了,凶巴巴地吼她:"黎茶茶!"

他猛地扯回了自己的手,力度有些没控制住,连带着黎茶茶整个人都往前倾去。她本来就坐在床边,这个力道一扯,她险些就要掉下床,肖南眼疾手快扶住了她的腰肢,她也顺势圈上了他的脖颈。

此时此刻,两个人以一种极其暧昧的姿势抱在一块。

她仰着脖子,完全睁开了眼,眼里全是迷离,两人的呼吸交错。

黎茶茶轻轻地呼着气,一只手摸着他的胡子,说:"你留着胡子真的好像我爸爸,不过你比我爸爸帅,真的!不骗你。你还比我爸爸好,我爸都不帮我吃没吃完的蛋糕呢,除了上节目之外也没背过我……"

她又说:"你要真是我爸就好了。"

她说着说着,开始扯肖南的胡子,肖南露出了相当古怪的神色。

次日。

黎茶茶醒过来的时候,只觉头痛欲裂,脑子里的每一根神经都像是在扯着她。

她环顾周遭,是一个非常陌生的环境。

但很快,她就反应过来,这是酒店的房间,床头柜上还有一瓶拧开的矿泉水以及一盒醒酒药。她有些愣怔,使劲地回忆了很久,才依稀记得昨天是跟社团的人聚餐,就在一家五星级酒店里。

蛋糕很好吃,糖醋排骨不会太酸也不会太甜,味道刚刚好。

然后,她又回忆了下……

社团里的成员开始喝酒了,祁馨给她递了一罐啤酒,问她喝不喝,她拒绝了。她从未喝过酒,连去酒吧喝的都是无酒精的饮料,但是没多久,她瞧他们喝得开心,情绪被感染,于是主动开了一瓶啤酒。

刚喝进去的时候,味道特别奇怪,还微微有些呛,但多喝几口,却觉得浑身舒爽,仿佛每一个毛孔都被打开了一样。

再后来……

她没有任何印象了。

头疼。

她揉着太阳穴,忍着疼把醒酒药吃了,这种断片的感觉太差了,完全不记得昨晚究竟发生了什么。

她吃过药后,在床上发了会儿呆,似是想到什么,她摸了摸,从包里找到手机,打开了微信。

社团微信群里有 99+ 的信息。

前面全是昨天晚上聚餐的图片,包括她喝啤酒的模样,抱着啤酒罐乐得像个二傻子。

她看得一愣一愣的,等把 99+ 的信息看完后,才提炼出重要信息——昨晚最后跟她接触的人是肖南,是肖南把她送到酒店里的。

至于后面发生了什么,她无从得知,肖南在群里一句信息都没发。

她有心想问点什么,可是两人又不是微信好友,只好作罢。

黎茶茶等不怎么头疼后才坐地铁回了学校。

今天周六,学生们大多都外出了,学校里有些安静,她回了寝室,顾恬不在,说是去参加社团活动了。

没多久,她的手机响起。

"您好,请问是黎茶茶小姐吗?"

黎茶茶应了声,手机那头又说:"我是顺丰快递,您有个快递到了,我现在在您寝室楼下,您楼下的宿管说了,得您亲自陪同才能上楼,快递是个大件,相当沉。"

现在脑子还晕着的黎茶茶没想起自己最近买了什么大件物品。

她拿着手机下楼，然后见到了一个巨大的箱子，只比她稍微矮了一点点，包裹得结结实实。

此时此刻，饶是脑子再迟钝，黎茶茶也能肯定这不是她买的东西。

她问道："您看看是不是送错了，我没买这么大的东西。"

顺丰小哥扫了眼快递单，说："是一家酒店发出的，发出人姓刘，是酒店的经理。"

"什么酒店？"

顺丰小哥报了酒店的名字。

黎茶茶又是一愣，不就是昨晚他们社团聚餐的酒店吗？

她又问："能开箱吗？我想看看里面是什么东西。"

顺丰小哥爽快地说："好嘞。"

片刻后，黎茶茶有些风中凌乱，陷入了对自己人生的严重怀疑中。

纸箱子里是一把靠背椅，相当眼熟。

昨天晚上他们坐的十二人餐桌就是这样的椅子，自助餐环境主打奢华欧式风，他们的靠背椅全是那种带着天鹅绒坐垫，靠背是隆重的欧式雕花，如今正安安静静地立在纸箱子里。

断片如黎茶茶在这个时候也触物生情，不由得回忆起来了。

——"椅子说它不想让我走，它喜欢我，它要一辈子和我在一起，死也不要分开，生是我的椅子，死也要跟我进火葬场。"

——"我觉得它喜欢我……"

——"真不许骗我，椅子身上有我的香水味，你不能拿其他椅子来骗我……"

黎茶茶的耳根子渐渐泛红。

黎茶茶生怕会妨碍到顾恬，先咨询了顾恬的意见，没想到顾恬对这把豪华欧洲宫廷椅很是喜欢，强烈建议黎茶茶留下来。

黎茶茶思来想去，最后换了寝室自带的椅子，她坐在上面，对着电脑。

人生头一回在丢脸的边缘游走……

谭明、张东、祁馨三人虽然不是同个系的，但平常也会经常联系，今天学校放假，三人白天又凑到了一块，在美食街的一家咖啡厅里讨论南哥。

谭明率先发言："你们没有人好奇昨晚南哥和茶茶师妹干什么了吗？"

张东说："能干什么？师妹都喝醉了，社长顶多送她回寝室，而且以社长的老父亲心态，肯定把师妹照顾得妥妥帖帖的。"

祁馨附和："是啊，头一次见社长这么会照顾人，我也想要社长当我爸爸，社长真的很照顾茶茶师妹！话说昨晚见社长吃了这么多蛋糕，实在惊呆我了，咱们社长虽然吃东西十分随意，但女孩子爱吃的那些，他以前基本都是不碰的！昨晚……看来社长以前是真的不好意思跟我们说，下次我们买了蛋糕，得分社长一块！"

谭明却叹了口气。他瞅了两人一眼，忽然问了句："你们俩是不是从来都没谈过恋爱？"

然后，谭明被两人齐齐地翻了个白眼："说得好像你自己谈过一样。"

谭明表示："我虽然没有实践经验，但是我有理论经验，多少兄弟失恋都来找我倾诉！是我，上帝之子！带他们走出失恋的低谷，迎来新的人生！"

祁馨"呵呵"一声："是谁一和女孩子说话就紧张，女孩子跟你说句话你就已经开始脑补以后生男孩还是女孩？"

谭明反驳道："瞎说，我和你说话就不紧张，哦对，祁哥你不是女的。"

张东说："祁哥是女孩子，你才瞎说。"

谭明很空虚，每次跟他们两个人吵架，他们都自动结盟，他一个人根本就吵不过他们两个人。

他戳着手机，感慨："还是南哥好啊。"

祁馨："南哥好。"

张东："南哥妙！"

谭明更空虚更寂寞了。

他讲的重点没有人懂，而且似乎连当事人都不懂，他现在就像是一个身怀世界终极宝藏的男人，每天暗戳戳地提示着一群笨鸟，就差在他们耳边喊：别天真了！你们真以为是伟大父女情吗？那都是满满的狗粮！狗粮！

忽然，谭明傻傻地愣住了，仿佛见到了世界末日，他张大嘴巴，整个人失声了。

张东和祁馨顺着谭明的视线望去，两个人也失声了。

拱桥上，站了个人。

那个地儿，是社长最爱抽烟的地方，因为偏，几乎很少会有人走那里。

而此时此刻，一道颀长又挺拔、熟悉又陌生的身影就站在那儿，漫不经心地抽着烟，烟圈之下，是一张干干净净的脸，轮廓深邃，没有任何胡子。

4

"我我我我我我……"

"他他他他他他……"

"啊啊啊啊啊啊……"

张东、祁馨与谭明三人对视了一眼，竟是半天都说不出话来。

实在是太震撼了！他们三个人都做好了等二十年后社长还是这个模样的心理准备！谭明甚至还精心准备了一个二十年的梗，等二十年后与南哥见面时，嘿嘿地笑，说南哥您跟二十年前长得一模一样，一点都没老，时间对你真好！

但是，现在，他们的社长南哥剃胡子了！

三个人不约而同地产生了一个疑惑。

张东弱弱地提出："那……真……的……是……社……长吗？"

祁馨说："社长是不是有双胞胎弟弟？多年流落在外的那种。"

谭明深沉地说："还是我们三个人在做梦？"

三人互相掐了下。

疼得要命，确认不是在做梦。

谭明痛心疾首："光天化日之下，南哥竟然剃了胡子，是道德的沦丧还是人性的扭曲？"

祁馨思考片刻，问："是不是社长受什么刺激了？"

张东也猜测着："昨天晚上还好好的啊，难道是我们散了之后发生了什么事情？你们谁敢上去和社长打声招呼？"

谭明听到这话，若有所思地问："你们有谁和茶茶师妹联系了吗？"

"没有。"

谭明翻了下群里的聊天记录，没有发现黎茶茶说话。也是此时，他蓦然灵光一闪，说："我想到了一个让南哥主动过来的办法！"说完，他拿出手机飞速地拍了张不远处拱桥上的背影，然后发到了群里，顺便艾特了南哥，问：

【我看到一个长得特别像南哥你的人，是不是很像？】

片刻后，拱桥上的身影动了，目光落在了玻璃窗后三张闪着好奇之光的脸上，然后，迈腿，走下拱桥。

剃了胡子后的南哥更加光彩照人。

从拱桥一路走过来，不过是一两分钟的光景，三人已经看见了有两个活泼大胆的师妹上前搭讪，然而不解风情又钢铁直男的社长一如既往地拒绝了。

三人确认无误。

"同样的操作，是社长无疑。"

肖南坐在咖啡厅的角落里，大长腿交叠。

三双眼睛直勾勾地看着他，写满了好奇与疑惑，尤其是谭明，大老爷们脸蛋上还有八卦。

肖南面无表情："看个屁。"

三双眼睛齐刷刷地收回，然而剃了胡子的社长实在是太好看了，如果说有络腮胡的南哥是成熟的硬汉大叔，那么剃了胡子的南哥就像是年轻了七八岁，整个人散发着一种英俊多金又迷人的魅力，而且南哥五官本身就比正常人漂亮，加上微棕色的眼瞳，谭明觉得南哥像从国王变成了王子。

宁愿挨一顿揍，也要看个够！

显然，张东和祁馨也是这样的念头！

祁馨提问："社长，您怎么突然剃胡子了？"

肖南轻描淡写地说："天热。"

三人：酷暑的时候你怎么不说热？这都快入秋了才天热？怎么不上天呢！

事实上，肖南剃胡子确实跟天热有关系。

肖南自己是这么认为的，确确实实是因为热。

时间回到昨天晚上。

肖南离开酒店，回到寝室的时候，已经半夜了，他跟平常没任何区别，冲了个澡，随意洗漱了下就准备睡觉。

本来一切都相安无事，直到睡着后，肖南做了个梦。

他梦见自己跟没有脸的老婆一起进了医院。

老婆被推进生产室，他在外面等着，过了很久，医生出来了，抱着一个婴儿对他说："肖先生，恭喜您喜得千金。"

甄宝女士比他还兴奋，抱着女娃娃不肯撒手，满脸慈爱，和他爸爸直说："哎呀，我的孙女真是可爱，瞧瞧这眼睛，瞧瞧这鼻子，瞧瞧这嘴巴，跟她妈妈简直是一个模子印出来的！阿南，先去瞧媳妇，瞧完媳妇过来瞧女儿，我孙女长得真可爱！"

肖南过去瞧了眼，什么大风大浪都见过的他此时被惊吓住了，女娃娃长了张和黎茶茶一模一样的脸，正哇哇哇大哭。

甄宝女士高兴坏了："这就是我想要的孙女！"

肖爸爸喊肖南："过来，抱你女儿。"

肖南抱起女娃娃，女娃娃的声音也和黎茶茶一模一样，乖巧又响亮地喊了他一声："爸爸。"

肖南睁开眼，惊醒了。

空调开了18℃，他往脸上一摸，全是汗。

肖南下床去浴室洗脸，洗完后，他看着镜子里的自己，冷不防，醉醺醺的黎茶茶说的话就冒了出来：

"你留着胡子真的好像我爸爸，不过你比我爸爸帅，真的！不骗你。你还比我爸爸好，我爸都不帮我吃没吃完的蛋糕呢，除了上节目之外也没背过我……你要真是我爸就好了。"

小姑娘单手搂着他的脖子，离他很近，呵出来的气息带着浓厚的酒精味道。

不是很好闻，但是他也不排斥。

那双大眼睛水润且迷离，勾人得很，还有胸前的柔软……

那手感……

一想到这里，肖南的小腹瞬间燥热紧绷，本就二十出头，正是精血旺盛的年纪，只是头一回因为想到一个小姑娘，欲望贸然抬起，他无法适应。

五分钟后，肖南板着脸离开了浴室，他点了根烟夹在指间，坐在椅子上，狠狠地抽了口，呼出来时浑身舒爽到了极致。

此时，他已经没有了睡意。

他打开电脑，准备把没完成的实验报告写完，未料刚打开文档，敲了还没几个字，黎茶茶的那句话就又跟魔咒似的冒出来了。

"你真的好像我爸爸哦。"

鬼使神差地，肖南去搜了黎柏的照片，一样蓄着胡子，他看着百度百科上黎柏的出生年月，脸色瞬间黑了。

啧！哪里像她爸爸了！

此时，祁馨忽然说："我觉得不用一周，学校论坛一定会出现问社长是哪个系的帖子,这样一来说不定我们社团人员还能再扩大一倍!"

祁哥为社团未来考虑得很多。

"以后咱们社团就无敌了!美男有社长,美女有茶茶师妹,等他们进了社团之后……嘿嘿嘿,就让他们明白社会第一课——被美色吸引所付出的代价!"

说着,祁馨拿出手机。

"社长,我能拍一张你的照片发在群里吗?我怕新成员们认不出你来了。"

一般这种要求,肖南都不会拒绝,毕竟长得有魅力,被偷拍已经是家常便饭,肖南也习惯了镜头。

然而,这一次,肖南却拒绝了。

祁馨微微一愣。

肖南淡淡地说:"连社长都认不出,要他们有什么用?"

谭明心领神会!

"南哥!茶茶师妹肯定能认出你来!不用我们开口,她肯定能第一个认出你!然后被南哥你的帅气震惊!"

肖南哼笑一声。

这会儿,祁馨也明白了,说:"懂了懂了,发照片多没意思,还是得亲眼看才行!不发不发,我不发!那我们社团老成员们拍个照纪念下社长剃胡子可以吗?"

肖南没拒绝。

张东、祁馨、谭明三人交换了个果然如此的眼神。张东请咖啡店的服务员帮忙拍了四张不同姿势的照片,然后每人分了一张作纪念。

肖南看着照片里的自己,说实话,没有胡子之后,他自己也有些不习惯。

张东感慨地说:"社长剃了胡子后,茶茶师妹喊爸爸就有点污了。"

谭明意味深长地说:"干爸爸。"

祁馨:"年轻奶爸的人设也是可以有的。"

肖南冷冷地说:"不可以。"

之后这段时间,肖南一直在等黎茶茶来还他人情。

他自认还是比较了解黎茶茶,这小姑娘,是属于欠不得别人人情的。他付了房费,还给她买了她嚷着要的椅子,这两笔人情,她肯定想方设法也要还他,等她还人情的时候,他就让她好好看看,他全身上下到底哪里像她爸爸了?

然而,一天过去了,三天过去了……一周也过去了,他连黎茶茶的半个人影都没有见着。

5

黎茶茶不是不想还这个人情,每天回到寝室,看着那张无比豪华的欧洲宫廷天鹅绒靠背椅,她就感觉脸蛋上火辣辣的。

但是工商管理系作为A大的招牌专业,课程安排得特别多,她又是奔着奖学金去的,每一门课她对自己的要求都是必须做到最好,再加上社团除了开头聚餐后,也没有其他的活动通知,所以她并没有什么机会接触到肖南。

她也尝试着去回忆,可惜完全想不起来那天醉酒后究竟发生了什么事情,她暗自决定以后再也不碰酒了,但该欠的人情还是要还,她去查了酒店的房价,根据房型算出了一个价格,又致电给刘经理问了椅子的价格,加上运费,统共人民币一千八百块。

黎茶茶抽空去了趟学校的ATM机,取了一千八出来,仔细数了遍,才放进钱包里。之后,她又打印了凭条,凭条上显示余额还有228,500元。

她还没有成年,银行卡是温叔叔帮她办的,名字写的也是温叔叔,最近一笔钱的来源是她高考为校争光,学校应承给她的奖金。

她几乎不碰这笔钱。

她还有另外一张银行卡,是闻香和黎柏给她的生活费,卡写的自然是闻香的名字,手机号也是闻香的,消费超过一千时就会有银行短信提示。

她看着凭条上的余额,无声地算了下,不由得叹了声。

还是很穷……

她把凭条撕掉,扔进垃圾桶,拎着钱包里沉甸甸的一千八,也觉得有些难办,不知道要怎么还,尤其是一想到肖南,她就忍不住回忆起她抱着那张豪华公主椅发生过的事情,脸蛋又开始发热。

她打开手机,看了眼社团的微信群,大家一如既往地活跃,谭明和张东两人十分能说,时常一不注意,微信群就会变成99+的信息,她一一拉下,这周以来,肖南根本没在这里说过话。

也是此时,祁馨忽然在群里发了条艾特全体成员的信息——

【周日早上十点碧海银滩地铁站二号口集合,参观我们社团的船,如果天气允许,社长还会亲自带领我们出海,不能缺席,收到请回复。】

祁馨清点着人数。

"一个，两个，三个，四个，五个，六个……算上我们老成员四个，还差一个。"她愣了下，自言自语，"还差了谁？"

张东瞄了眼回复的人，说："是茶茶师妹。"

谭明看了眼在喝水的肖南，说了句："艾特一下师妹呗，说不定是在忙，没看到。"

祁馨说道："不好吧？我这通知也就发了不到五分钟，催着人回复不好，再等等吧，而且这次活动本该上次聚餐的时候提的，当时只顾着吃东西，把这事儿给忘了。"

此时，服务员上了菜，几人都放下手机，开始大快朵颐。

吃过饭后，群里还是没有黎茶茶回复的信息。

祁馨："茶茶师妹这周挺忙的，她的课程表里满满当当的都是课，而且茶茶师妹特别勤奋，我看她每天晚上都跑图书馆。"

张东："好像是，昨晚十一点才离开图书馆。"

谭明："不是，是十一点过一刻钟。"

一直没有吭声的肖南皱了皱眉头："你们怎么这么清楚？"

三人异口同声地说："朋友圈。"

然后，张东诧异地问："社长，难道茶茶师妹没加你微信吗？"

肖南没吭声，只说了句："结账。"

黎茶茶准备回社团群信息的时候，顾恬正好打来电话。

"茶茶，你今晚还要去图书馆吗？要不你别去了吧，我刚刚听到一个消息，说金融系那边有个大四的学长，因为考研压力大，最近精神有点不正常，一直蹲在图书馆门口，也不知道想干什么，听说就幽幽地跟着漂亮的女孩子，说他跟踪吧，又找不着证据。茶茶，你这几天都没发现什么不对劲吗？"

"没有。"

"难道是我消息不对？不过，不管怎么样你还是小心一点吧，最好早点回来，如果回来途中碰见意外，记得打我电话！"

"好的，你放心，毕竟还是在学校里，四处都是监控，还有巡逻的保安。"

"也是。"顾恬稍微放心了。

黎茶茶没怎么在意这件事，结束和顾恬的通话后，她顺手回了社团的群信息便直接去图书馆里学习了。

晚上十一点左右,黎茶茶从图书馆出来。

如今不过是刚开学,图书馆里除了考研、考公务员还有准备出国的那群学生之外,就没什么人了,今天天气也不大好,下午的时候还下了一阵雨,所以她出来时周遭安静极了,一个人也没有。

她默默地走在路上,冷不防地,听见了一道脚步声。

她扭头望去,身后不知道什么时候多了一道人影,看起来有些高大,黑色裤子,黑色连帽卫衣,大半夜还戴着黑口罩和一副墨镜。

她走得快,他也跟着走得快。她走得慢,他也放慢步伐。

黎茶茶一下子就想起了顾恬的话:

"金融系那边有个大四的学长……最近精神不正常,这几天一直蹲在图书馆门口……听说就幽幽地跟着漂亮的女孩子……"

黎茶茶冷静下来,她摸了摸包里小巧的电击棒,握在手心里,然后她又往四处打量了下,确认了摄像头的位置后,直接往那儿一站,盯着那人看,眼睛眨也不眨。

那人起初跟她对视了下,可没过多久,他忽然低下头,迅速离开。

黎茶茶撇撇嘴,微微卸了力气,一转身,身前便直接覆盖了一道颀长的身影。

肖南面无表情地看着她。

黎茶茶很是意外,愣了下,才说:"你……你怎么在这里?"

肖南瞥了眼她手里的电击棒,淡淡地道:"你知道男人与女人在生理上的差距吗?你拿着武器,被对方抢了怎么办?你有考虑过这个可能性吗?"

"考虑过,但是这里有摄像头,根据平时保安的巡逻时间,五分钟后保安就会从这条路上经过,所以我其实很安全的。"

肖南扯了扯嘴,皮笑肉不笑地说:"考虑得很周到啊。"

"谢谢夸奖。"

"不是在夸你,"肖南一本正经地说,"我给你的建议只有一个,下次再碰上这样的事情,你唯一要做的就是跑。"

黎茶茶知道他是为自己好,也不再多说什么。

蓦然,她又想起了自己断片的事儿,脸蛋开始火辣辣地烧起来。以前,她在各种比赛里能言会道，现在只能跟个哑巴似的，偏偏肖南也不说话，只一个劲儿地盯着她。

她只好僵硬地问了句："我脸上有东西？"

"没有。"声音似是有些不悦。

黎茶茶听出来了，抬了眼，又问："师兄，你怎么在这里？"

肖南硬邦邦地说："路过。"

"哦，那我先回寝室了，快到门禁的时间了……"

肖南却喊住她，睨着她，问："不打算还我人情了？"

黎茶茶也是这个时候才想起了钱包里的一千八百块，她伸手拿了钱包出来。正要取钱时，肖南又说："不收现金，只收微信转账。"

黎茶茶应了声，说："那我扫你？"

肖南直接打开了自己的好友添加二维码。

黎茶茶说："其实扫付款二维码会更……"

"方便"两个字还没有出口，肖南就催促道："快点，门禁时间要到了。"

黎茶茶只好加了好友。

她微信里的现金不多，只能从银行卡转账，需要花费一点时间。她说："要不我回寝室后再转你？我微信里只剩下三百块了。"

"直接给我三百块。"

"可是我查了，酒店房钱加椅子的钱是一千八。"

"我是白金卡会员，住一晚两百，椅子的钱不用给，是加入社团的福利，每个成员都有，还有一百算快递费，别婆婆妈妈，直接转三百。"

黎茶茶听得有点蒙。

一个海洋环保协会社员，进社还送五星级酒店的豪华欧洲宫廷风天鹅绒公主椅吗？

她愣愣地转了账。

肖南又在那儿盯着她，脸上写满了不悦和不满，似是想说些什么，可最后没有说出来，只是沉着一张脸把她送到了寝室楼下。

6

黎茶茶总觉得自己是不是哪里惹肖南不高兴了，他满脸不爽，但原因是什么黎茶茶也不知道，她左思右想，觉得自己唯一有可能招惹肖南不高兴的地方就是她记忆断片的那天晚上。

她想了一路,然而一周都没想起来的事儿,现在显然也不可能想得起来。

两人一路无言,沉默得像是两个陌生人。

到了寝室楼下,黎茶茶站定,终于开口说:"谢谢师兄送我回来,你刚刚说的话,我都记在了心里。"

未料肖南却问:"什么话?"

黎茶茶重复了一遍,一字不落。

肖南点点头:"记性很好。"

黎茶茶觉得两人之间的氛围有所改善了,说:"我记性一直很好,书看一两遍就能记住,"似是想起什么,又说,"你玩过'找碴游戏'吗?只要看一眼,我就能发现哪里不对。"

"哦,是吗?"

黎茶茶明显感受到了肖南语气的转变,那股子不爽越来越浓厚了。

她抬了眼,正好对上他的视线。他仍旧用那种直勾勾的眼神看着她,忽然伸了手,碰了碰自己的下巴。

黎茶茶发现肖南的五指还挺好看的,指甲也是干干净净的,修理得很整齐。

蓦地,黎茶茶便听他"嗯哼"了一声,疑似在提醒她什么,可惜她仍然是一头雾水,左思右想,她唯一能让肖南不爽的事情应该也只有一件了。

于是,她酝酿了下,说:"师兄。"

"嗯?"

"那天实在麻烦你了,我人生头一回喝酒,不知道自己的酒量,也不知道自己喝醉了会做些什么事情,如果我做了什么惹你不高兴,还请你多多包涵。"

话音刚落,肖南的面色微变,他盯着她,似是有些泄气,之后终于挪开了目光,说:"算了。"

黎茶茶松了口气:"谢谢师兄。"

"没成年就别喝酒了。"

"好的。"

听他语气有所松缓,黎茶茶终于问出了一周以来的疑惑:"我喝醉后没做什么吧?"

肖南瞥了她一眼。

小姑娘家家的,喝醉酒后,比她去酒吧跳舞时还狂野,一点也不像十几岁……

哦，还摸了他的屁股。

瞧她充满了好奇，他淡淡地说："没做什么。但是以后别喝酒了，你还没成年，影响发育，对脑子不好。"

说完，他又摸了摸自己的下巴，见黎茶茶还是没什么反应，又板起一张脸："走了。"

黎茶茶回到寝室的时候，顾恬正在床上敷面膜。

听见声音，她立马爬了起来，问："半路没有碰见金融系的变态吧？平时你都十一点二十分左右到寝室，今天迟了十分钟。我给你发了五条信息，还打了两个电话，你都没回我，茶茶，我刚刚都想去找辅导员或者报警了。"

黎茶茶微微一怔，低头一看，说："手机关静音了。"

她在图书馆学习都有开静音的习惯，生怕打扰了其他学生。

顾恬这才松了口气："那就好那就好，真是吓死我了，你今天怎么这么晚才回来？"

黎茶茶觉得内心有点暖，不由得微弯嘴角，说道："是我不好，回来的时候碰到了一个熟人，所以在寝室楼下多聊了一会儿。"

顾恬嗅了嗅，觉得有非比寻常的味道，问："什么熟人？"

黎茶茶说："你也见过的，刚开学的时候，他帮我搬过行李，是大三的师兄……"

话还未说完，顾恬便打断了，说道："知道知道！就是那个浑身散发着荷尔蒙的肖师兄！家里给学校捐了一栋楼，不好好学习就要回去继承家产的名人！这一周学生们茶余饭后的谈资！剃了胡子大变身，从成熟有魅力的大叔变成英俊迷人的帅哥！哦，对，就不是你喜欢的类型的那一位！"

顾恬一下子用了无比多的形容词。

黎茶茶听了觉得好笑，从前几天开始，先是学校论坛里有人拍了肖南剃胡子后的照片，然后一群姑娘没有节操地在底下喊着求嫁。作为八卦百晓生的顾恬自然而然地也给黎茶茶深度科普了一下，所以这几天她也没少看肖南前后对比的照片。

顾恬问："剃了胡子后的真人跟照片一样帅吗？"

黎茶茶微微沉吟，说："天色太黑了，没怎么注意，不过……"

顾恬眼睛骤亮："不过什么？"

黎茶茶想起了刚刚肖南的手，手掌宽大，指节分明，指甲盖也干干净净的，她点评道："我们社长的手，好看。"

肖南没回自己的寝室,他找了个安静的地儿抽烟。

抽到第二根的时候,微信来了信息,是甄宝女士发来的。

【阿南,周末有空的话把茶茶捎回来吃饭。】

然后,甄宝女士附了一张图。

是家里的客厅,支了张麻将桌,三位牌友也不知是哪家的太太。

甄宝女士又发来信息。

【赢钱了给你和茶茶买礼物。】

微信列表往下一拉。

很快,他就看到了黎茶茶的头像,她的头像是一张毛茸茸的黄色玩偶,也不知是狗还是猫,抑或是老鼠,最新一条信息,还是上次的转账信息。

他又不由得想起今晚的她,他给了无数提示,她仍旧视若无睹。

他狠狠地吸了口烟。

忽然,他的目光落在了甄宝女士的头像上。

肖南抽完最后一根烟,打车回了家。

到家的时候,甄宝女士还在打麻将。他母亲因为身子不好,睡得早,不过偶有麻将瘾,所以他父亲每个月准许她母亲打一次通宵,今天估计就是每个月通宵的日子,不然要是换了平时,他父亲很可能就要赶人了。

他一进门,甄宝女士瞧了他一眼,旋即愣住。

"儿……儿子?"

肖南微扬下巴,"嗯"了一声。

声音没错。

甄宝女士惊诧得连麻将都扔在了一边,过来摸肖南的脸:"阿南,是不是碰上什么事了?怎么突然就剃胡子了?跟妈说说,千万别想不开啊。"

肖南说:"没事。"

甄宝女士知道儿子的性子,说没事就是真的没事,于是也放下心来,又仔仔细细地打量了儿子的脸,高兴地说:"你早就该剃胡子了,整个人看着年轻又有精神。"

其他牌友纷纷附和:

"可不是吗?"

"真帅气。"

"长得跟他爸爸一个模样。"

"你们肖家基因就是好。"

甄宝女士拿了手机过来,咔嚓咔嚓拍了几张照片。肖南凑过脑袋去,跟她说:"这张还行,你要发朋友圈的话,就发这张吧,妈,我上楼了。"

甄宝女士还真发了一条朋友圈——

【我儿子剃了胡子惊呆了我,他爸的基因就是好。】

配图是肖南指明的那张照片。

肖南很满意。

然而第二天一早,肖南并没看见他妈妈朋友圈底下拥有该有的人的点赞,再刷新了下朋友圈,谭明发了一条泪眼婆娑的朋友圈——

【皮卡丘真的是太萌了!萌哭我了!】

配图是九个皮卡丘。

然后,得到了黎茶茶的点赞。

肖南的脸色更不好看了。

Chapter 05
他到底什么时候才能用南哥的录音打脸

1

周日那天,阳光奇好,明明都九月底了,可天气还跟酷暑时没什么两样。

黎茶茶提前二十分钟到了社团规定的集合点。上次社团开会,她踩着点到,然而还是成为最后一个,有了前车之鉴,她特地去问了祁馨,才知道他们社团的时间观念向来是提前十五分钟到。

于是,黎茶茶想着与其晚到不如早到。

未料,社团里的十五分钟还真的是十五分钟,她到达碧海银滩的二号地铁口时,一个社团的人都没有。

她拉了拉鸭舌帽,靠在墙上,想着今天要在海滩或者海上接受阳光的洗礼,她出门前就涂了防晒霜,戴了墨镜,还穿了防晒衫,不过倒是穿了一条热裤,露出了两条笔直的细腿。

等了五分钟,果不其然,时间一到,第一个社团的人出现了。

她摘了墨镜望去,第一个来的人是肖南。

他瞧了她一眼。

她礼貌地开口:"师兄好。"

他"嗯"了一声,之后便站在她的旁边,没有再说话。

黎茶茶不着痕迹地打量了下肖南,自从上次在寝室楼下见面后,她就再也没见过他,不过这几天肖南干了些什么,黎茶茶都知道。

大前天,肖南在实验室里。

前天,肖南在上专业课。

昨天,肖南午饭吃了什么。

…………

当然,这些事情黎茶茶都是从谭明或者是张东的朋友圈得知的,他们老成员最近的朋友圈大多跟肖南有关,而且还是附带肖南照片的那种。

冷不防地,她对上了肖南的视线,他忽然问:"冷?"

黎茶茶微微一怔,说:"不冷。"

肖南指着她的衣服:"长袖,"一顿,又说,"今天最高温度32℃。"

黎茶茶沉默了下,解释说:"这是防晒衫,挡太阳的。"

肖南望了眼外面的阳光,说:"小姑娘多晒点太阳,能长高。"说完,却猛地想起了甄宝女士说的话——

"阿南,你怎么过得这么糙?好歹涂点防晒啊,阳光里含有紫外线,容易晒黑不说,还容易长斑!你经常出海,还总是这么暴晒,现在年轻还好,以后老了你媳妇准嫌弃你。"

他的视线挪到黎茶茶的脸蛋上,她的皮肤就像剥了壳的鸡蛋一样,白白净净的。

他突然说:"有雀斑也好看的。"

黎茶茶疑惑地看着他:"什么?"

话音未落,地铁出口那边就传来了谭明的声音:"哟!南哥!你这么早到啊!我和东妹正好碰上就一起过来了,祁哥说她家里有点事,所以会晚一点点到。"

谭明走近时,黎茶茶已经把墨镜戴上了,他望了望,问了句:"茶茶师妹?"

黎茶茶点头。

"你来得也挺早的,你……"话音戛然而止,谭明露出了惊愕的神色,过了会儿才结结巴巴地说,"你你你你……"

黎茶茶问:"我怎么了?"

谭明想说"你是我们暑假时在碧海银滩碰见的女孩",但瞧了眼南哥的神情,他似乎一点儿都不诧异,又改了口:"你来得真早!"然后,悄悄地问肖南,"南哥,你早认出来了?"

肖南瞥了他一眼,说:"又不是瞎。"

谭明又默默地看了眼黎茶茶,心想茶茶师妹这副打扮能认出来才有鬼吧!一想到那天南哥老盯着人家小姑娘看,谭明又明白过来。

原来如此!

没多久,除了祁馨之外的其余成员也到齐了,一行人往碧海银滩走去。如今已经过了暑假,海滩上不再跟下饺子一样了,稀稀疏疏只能见到几拨人。

船停靠在另外一边的码头,走过去颇费时间,肖南走在最前面,后面跟了谭明和张东,然后才是黎茶茶,再往后则是其他新成员。

新成员们殷勤得很,四五个男孩争先恐后地围在黎茶茶身边。

"茶茶,要喝水吗?冰的。"

"茶茶,晒吗?我有防晒喷雾,国外的,海边户外专用,保证晒不黑。"

"茶茶,我给你打伞。"

"想吃冰西瓜吗?我包里有!"

此话一落,谭明忍不住瞄了眼,男孩斜背了个保温包,看模样,里面还真能藏个冰西瓜。

他嘀咕:"当女孩就是好。"

张东轻描淡写地说:"男孩也能有这样的待遇。"

谭明捂住自己的屁股:"并不想有这样的待遇。"

谭明又悄悄地瞄了眼肖南,发现他们家社长挺直背脊,大步往前走着,似乎丝毫未察觉到身后的热闹。

然而,就在此时,肖南头也不回地说了句:"黎茶茶,你过来。"

语气还颇为严厉。

黎茶茶应了声,快速走了过去,轻声问:"怎么了?"

谭明就听见自家社长硬邦邦地说:"你问问祁馨什么时候到。"

张东张嘴:"我……"

"问"字尚未出口,就被谭明一把扯住袖子,张东疑惑地看着谭明:"啊?"

"祁哥是女孩子,茶茶师妹也是女孩子,当然是茶茶师妹问比较方便。"

"社长不是说了吗?我们社里的女孩子要当男孩子用。再说社长什么时候把祁哥当过女孩子了?"

"这是钢铁直男的浪漫。"

然而,话一说完,谭明又觉得自己啪啪打脸了,有了茶茶师妹走在身边,南哥还走得飞快,没见到茶茶师妹已经有些吃力,都开始疾步走了吗?

谭明重重地叹了口气。

他到底什么时候才能用南哥的录音打脸?

黎茶茶平时也不是没跟肖南一块走过路，但今儿个到了海滩上，肖南的双腿跟装了马达一样，一眨眼，人就离自己已经有五六步的距离。黎茶茶觉得有点不好意思，只好提了口气，使了劲儿跟上肖南的速度。

等两人到达码头那边时，跟谭明、张东等人起码拉开了有五十米的距离。

黎茶茶打量了下周遭，这边的码头停了七八艘不一样的船，还有私家游艇。

肖南上了一艘白蓝相间的船，船不小，有两层，是普通私家游艇两三倍的规模，不过也不知是不是因为风吹日晒的缘故，又或是有些年头了，整艘船外身显得有些破旧，但很干净，船身擦得锃亮。

黎茶茶也跟着上了船，好奇地打量着。

这个时候，肖南忽然喊道："黎茶茶。"

又是那种严肃的语气。

黎茶茶觉得肖南真的有当领导的范儿，声音一沉，眼神微深，气势立马就出来了。她应了一声，问："要我做什么吗？"

肖南指着甲板，说："你站这里。"

"哦。"

等黎茶茶站定后，其余人包括后来的祁馨也都上船了。

肖南开始介绍："这是我们的船，专门清洁油污垃圾。具体而言，是收集各类水面漂浮垃圾及污油水，收集到的垃圾能自动卸载到指定的装载船、岸上、码头、垃圾运输车等适应设备上……"

"这艘船船前艏部，安装了前收集舱……"

"中间为垃圾储存舱，储存容量约 15 立方米。"

"收集舱前端安装吸油系统，还有两台处理能力为每小时 5 立方米的油水分离器……"

肖南介绍得专业，老成员们早就知道，所以也没怎么认真听，新成员们只觉好奇，但也没多大兴趣。最后反而是黎茶茶听得最认真，在肖南讲完后，她还提了个问题："我看过资料，这种船是不是还能当海上消防船？"

肖南略微惊讶，看了眼黎茶茶，才说："在船体上部驾驶平台后方左右分别布置有一台消防水炮和一台泡沫消防炮。"

黎茶茶问："有效射程是多少？"

肖南："八十米。"

接下来两个人开始讨论起这个话题，专业术语一个接一个往外蹦。

老成员们平时跟肖南接触得多,还算听得懂,新成员们完全是一头雾水。

甲板不大,站了十一个人略显逼仄。

肖南和黎茶茶讨论得热烈,其余人无事可干,加上又顶着大太阳,热得直冒汗。

此时,谭明忽然发现了一个事。

黎茶茶占据了甲板上最好的位置,她背后是驾驶舱,正好有阴影覆盖下来,而她前面站了南哥,在南哥高大颀长的身躯之下,太阳根本照不到她。

黎茶茶没有察觉到自己位置的与众不同,只觉得站在甲板上,偶有海风吹来,还颇为舒适。

肖南瞧了眼她,轻轻地哼笑了声,眼里有一丝自己都没发现的笑意。

2

肖南本来是想带社团成员出海,让他们体验一下捡海洋垃圾,但船上的备用救生衣不够,最后也只好作罢。

参观完船体后,已经将近十二点半,到了该吃午饭的点,大家饿得饥肠辘辘,索性在碧海银滩附近找了家小炒店就餐。

店是小店,没有大桌子,社团里总共十一个人,坐了两张桌。

新成员们都想和黎茶茶一块坐,但谭明眼疾手快地把黎茶茶喊了过来,还以继续讨论刚刚的话题为由,成功堵住了隔壁桌所有人的嘴。

听不懂也不感兴趣的专业词汇,在炎热的午后宛如催眠药般的存在,谁过去就是自找苦吃。

于是,新成员们只好悻悻住嘴。

谭明一脸深藏功与名的模样,又再度以父女情深为由,把黎茶茶送到了肖南身边坐着,然后才拿起菜单,跟祁馨、张东商量点什么菜。

祁馨贴心地问:"茶茶师妹,你有什么忌口的吗?"

黎茶茶客气地说:"你们看着点就好了,我吃得很随意。"

话音未落,肖南就睨了她一下,说了句:"小姑娘家家是不该挑食,容易营养不良,多吃点,不用怕长胖。"说着,却是把菜单拿了过来,上下扫了几眼,接着也没说话,把菜单给了祁馨。

没多久,祁馨喊了服务员过来点餐。

"辣子鸡、酸汤肥羊、鱼香肉丝、拔丝地瓜……"

谭明:"还要一份水煮肥牛,多放点辣椒。"

祁馨:"主食要一份蛋炒饭,再来两份饺子,玉米猪肉馅和韭菜牛肉馅的。"

祁馨放下菜单,此时,肖南开口了:"糖醋排骨、鸡蛋炒年糕……"一顿,望着服务员,"醋熘白菜可以改成土豆丝吗?"

服务员点头:"可以可以,给您加上了。"

"行。"

在场所有人都有些惊愕,祁馨、张东还有谭明是因为头一回见自家社长点餐,黎茶茶则是因为这几道菜都是她平时爱吃的。

她有些意外,抬眼看了看肖南。他一脸云淡风轻的模样,甚至还开始考起她问题。

"海面垃圾来源有几种?"

黎茶茶瞬间回神,思考了下,说:"三种:一是陆地上掩埋的塑料垃圾,因为暴风雨等气候原因吹到了海面上;二是部分海运业人员缺乏环保意识,把垃圾扔到了海洋上;三是海损事故。"

"准备功夫做得不错,对海保感兴趣?"

"还好,我只是习惯准备充分,提前做好任何准备。"黎茶茶的嘴角轻轻扬起,眼睛里闪着亮光,一副"能考倒我算你赢"的模样。

肖南瞧她这样,觉得新鲜,心里也来了劲儿,问:"有关海洋垃圾回收的智能 AI 你了解多少?"

黎茶茶愣了下,显然是没看这方面的资料,她绞尽脑汁地把自己知道的和智能 AI 相关的全部都说了出来。

肖南瞅着她,没吭声。

黎茶茶反问:"我说得不对吗?"

"小姑娘好胜心挺强的。"

他觉得她这个模样怪可爱的,明明没有了解过,估计也就知道点概念,还能长篇大论地跟他讨论,真不愧是拿过新概念作文一等奖的,一本正经地让自己表现得很专业。

他哼笑了声。

默默在一旁围观的三人终于小声地开口。

谭明:"南哥学这个专业的。"

黎茶茶面不改色地说:"哦,我知道的,我今天准备得不是很充分,我回去学习下,之后再回答你这个问题。"

"行吧,什么时候?"

"明天。"

"成,截止时间是晚上九点前。"

这时,服务员前来上菜,正要把一盘冒着红油的水煮牛肉放在黎茶茶面前时,肖南指了指祁馨对面,说:"放那儿。"

祁馨问:"为什么放我面前?"

肖南直接道:"没有为什么,糖醋排骨放这儿,还有醋熘土豆丝和鸡蛋炒年糕,辣的菜都放对面。"

服务员应声。

祁馨满脸问号。

伟大父女情(3)——

【灭霸爸爸:别问!】

【灭霸爸爸:你们就没看出来吗?茶茶师妹不吃辣!这是一名老父亲的宠爱!】

【祁哥:哦,我想起来了,那天吃自助,茶茶师妹就拿了这三样热菜。】

【东东天下第一美:社长原来有这么贴心的时候。】

【灭霸爸爸:还有很多你们不懂的时候!】

三人悄悄地在桌下用微信交流,黎茶茶忍不住看了眼肖南。

肖南提醒她:"吃饭,少说话。"

黎茶茶"哦"了声。

半晌,她又偷偷地看了下肖南,没来由地,嘴角微微弯了起来。

第二天是周日,肖南扎在了实验室里,谭明也在。

这周专业课的实验报告谭明还没做,周日他特意屁颠屁颠地跑来实验室准备抄肖南的。

"遗传算法的设计与实现……"

"使用二进制编码,随机产生一个初始种群……"

"根据设置的交叉概率对交配池中个体进行基因交叉操作,形成新一代的种群……"

谭明默念着肖南的实验报告,开始努力地中译中,三下五除二地就抄完了报告。

抬头看到南哥在做新的实验,谭明好奇地打量了下,没怎么看懂,老师们都说南哥是 AI 鬼才，有着过人的天赋，课程大多都是自己超前学完的，这会儿他在图纸上也不知画了什么，看着像是一架飞机。

谭明多看了几眼，觉得无聊，正准备走人的时候，发现肖南的手机响了下。本来正在专心画图纸的肖南立马停笔，他拿起手机，扫了眼，面色旋即不大好看，又重新放下手机。

谭明是知道肖南的习惯，做实验的时候手机从来都是静音，能不能看到信息全是随缘。

这会儿，肖南手机又响了，他再度第一时间查看，又再度露出了同样不好看的脸色，还微微带着冰冷。

谭明坐在一边围观，这么两三回后，终于想起了昨天的社团活动，明白肖南爸爸是在等女儿的微信了。

他左瞧瞧右瞧瞧，故意问："南哥，你是在等什么人的微信吗？"

"没有。"

"那你为什么一直看手机？"

肖南冷冷地说："看时间。"

"哦……"谭明拉长了音调，翻着朋友圈，"上次茶茶师妹给我的朋友圈点赞了。"

"是吗？"

"对，就是这条朋友圈。"

谭明翻了出来，拿给肖南看，也不知是不是错觉，总觉得手机递过去的时候，南哥的脸色又难看了几分。

谭明最怕南哥沉下脸色，他瞬间就怂了，语速飞快地解释："就是一部电影，讲皮卡丘的，剧情一般，但胜在皮卡丘还有其他宝可梦精灵，长得特别可爱特别萌，女孩子都喜欢。那天茶茶师妹点赞后，我问她有没有看这部电影，茶茶师妹说她忙，还没来得及看。南哥，既然茶茶师妹都喊你爸爸了，你带她去看啊。"

肖南："我不看这种东西，抄完报告了你就走。"

等谭明一走，肖南又继续画图纸。

不过，这一回没等手机主动响起，他自个儿又打开手机点开了微信，先是看了眼黎茶茶的黄色老鼠头像，接着又点开谭明的朋友圈，目光定格在那一句——

【茶茶回复灭霸爸爸：最近忙着泡图书馆，还没来得及看。】

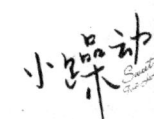

然后,肖南又看了眼黎茶茶的点赞,又对比了下甄宝女士发的朋友圈照片,原本渐渐消失的不爽又出来了。

他心烦意乱,出去抽了根烟。

回来的时候,黎茶茶还是没主动给他发信息,他又出去冷静了下,回来后,直接收拾了实验桌上的东西,离开了实验室。

他出了学校,打了辆车,直奔最近的电影院,买了一张《大侦探皮卡丘》的电影票,进了影厅。

肖南的票买得晚,能挑的位置只有前两排,影厅里小孩特别多,吵得不行。皮卡丘出来的时候,周遭的小孩都在尖叫,还有人嗷嗷嗷地说话,不乏"好可爱""我要死了""可爱到爆炸""想养一只"的句子出现。

全程下来,肖南面无表情。

出了影厅后,肖南从手办玻璃柜中看到了倒映出的自己。

他不懂,那只被爸爸灵魂附体、唱歌巨难听的黄老鼠到底哪里比得上自己。

正好这会儿,黎茶茶的微信来了,足足有一千字的长篇大论概述对"我国海洋垃圾回收人工智能"的认识。他瞅着黎茶茶的头像,过了会儿,把自己的定位发了出去,然后摁了下语音——

"给你二十分钟,来这里,我告诉你评价。"

3

黎茶茶看了下定位,有点蒙,擦了擦眼睛,又看了好几遍,最后才确认自己没看错,肖南定位的地方就是 A 大附近的电影院。她愣了会儿,带上手机和寝室钥匙出去了。

到达电影院门口后,她环顾一圈,没见着肖南的身影,低头发了条微信过去。

【师兄,我到了。】

刚发完,就听见有人喊了她一声。

"黎茶茶。"

抬头,肖南不知何时出现在她的身后,问:"雪碧可乐橙汁哈根达斯薯条爆米花吃吗?"

黎茶茶实在蒙,她不是很懂这个操作。

如果是别的男人这么问,她用脚趾头想也知道是想要追她的意思,可是这人是肖南，满脸还写着"老子对你没意思问这些都是为了学术为了研究"，这么一本正经的模样实在不好让她多想什么。

肖南似是不耐烦，又问了一遍："吃不吃？"

"不，不吃。"

"那走吧。"

黎茶茶再度愣了下，问："去哪里？"

肖南说："跟我来。"

片刻后，黎茶茶坐在电影院五号影厅的最后一排，左边坐着肖南。电影尚未开始，影厅里陆陆续续走进不少人，大多是年轻的学生情侣，也有不少带孩子的家长。

黎茶茶不用问也知道接下来是要看电影了，但是……

她侧首，正想开口，肖南又严肃地说："嘘，看电影。"

电影票在肖南那儿放着，黎茶茶也不知道是看什么电影，进门的时候，工作人员给了她一副3D眼镜。

此时，一对小情侣坐在了黎茶茶的右边，应该是还在热恋期，两人你侬我侬。一进来，就把电影院的座椅扶手拉了起来，男孩搂着女孩，女孩怀里抱着一大桶爆米花，男孩的另一只手里则拿了杯巨型可乐。

女孩吃着爆米花，男孩偶尔喂女孩喝一口可乐，两人视线对上时，又以迅雷不及掩耳之势悄悄亲上了。

黎茶茶多看了几眼，默默地收回了目光。

冷不防地，肖南问："看什么？"

黎茶茶忙说："没看什么。"

肖南不动声色地探头望去。这会儿，那对小情侣里的男孩已经离开了座椅，女孩一手抱着爆米花桶，一手握着显眼的巨型可乐，正懒洋洋地看着电影屏幕里的广告。

肖南收回视线，又瞥了眼黎茶茶。

她也在看广告，看得很是入神，不过眼神却是时不时往右边飘。

忽然，肖南站了起来，说："我出去一会儿。"

不等黎茶茶应声，肖南便一个箭步冲出了影厅。

今儿个电影院在做可乐加爆米花的活动，和往常卖的杯型都不一样，正常的大杯可乐，往上是大0.5倍的巨型可乐，再往上是比小桶爆米花还要大的杯型。

前台人员问:"要哪种?"

肖南记得黎茶茶旁边的女孩抱着的是中间的杯型,于是说:"要最大的。"

电影开始了足足十分钟,黎茶茶才见到肖南回来。

影厅里太黑,直到肖南坐下,她才发现他怀里抱了一桶巨大的爆米花,和超巨型的大杯可乐,转头还通通塞给了她,并表示:"拿着。"

黎茶茶问:"你是出去买可乐和爆米花?"

肖南说:"上厕所,顺路买的。"

黎茶茶沉默了下,忍不住说道:"厕所和卖爆米花的地方不顺路吧?"

"我在外面上的厕所。"

"你知道电影院里也有厕所吗?"

"哦,现在知道了。"

黎茶茶有点想笑,轻咳了一声,随手就捏了一颗爆米花送进嘴里,再搭配一口可乐,想起刚才的事又忍不住弯了弯眉眼。肖南看在眼里,内心只觉女人的本质果然是口是心非。

就在此时,电影院里有几个小孩在叫:"妈妈,皮卡丘出来了!"

紧接着也有不少人在说:"啊,好可爱!"

已经接受过一轮洗礼的肖南冷漠地听着,侧首看了眼黎茶茶,她看得很是入神,也很是安静,看到开心的画面就会浅浅地扬唇,此时正无意识地吃着爆米花,一颗接一颗地送进嘴里。

肖南看电影时是不吃东西的,瞧她吃得香,问了句:"好吃吗?"

黎茶茶这才反应过来,自己抱着一大桶爆米花吃得开心,完全把身边的肖南给忘记了。她连忙把爆米花桶递了过去,说:"好吃的,你吃吗?"

"不吃,你吃吧。"

"可我一个人肯定吃不完这么一大桶。"

"老规矩,你吃不完我吃。"

黎茶茶听着这个老规矩,也没觉得什么不妥,大概是有了之前吃甜点的经历。于是,她又接着吃了几颗爆米花,眼角的余光不经意一瞥,见肖南又望了过来。

她咽了口唾沫,又问:"你要不要现在尝尝?"

"等你吃不完我再吃。"

黎茶茶捏起一颗爆米花，递到肖南的嘴边，说："真的挺好吃的，师兄，你尝尝？"

　　爆米花炸得金黄，带着一股子玉米的香甜味儿，本来也没多勾人，偏偏捏着它的手指头圆润又小巧，就跟她的人一样。

　　鬼使神差地，肖南张嘴就咬住了爆米花，吞了下去。

　　黎茶茶问："好吃吗？"

　　肖南压根儿没尝出味来，只觉自己像个变态，吃颗爆米花吃出了烟瘾，腾地就站了起来。

　　黎茶茶连忙问："你去哪儿？"

　　"厕所。"

　　说完，肖南急匆匆地往影厅外走去。

　　等肖南回来的时候，电影已经放了大半，他坐下时，身上带了烟味儿。

　　黎茶茶看电影看得认真，闻到烟味后才察觉肖南回来了，她侧头问了一句："师兄，你还好吗？"

　　肖南"嗯"了一声，又问："爆米花吃完了吗？"

　　"还有一半，吃不下了。"

　　"我吃。"

　　他抱来剩下的半桶爆米花，抓着一小把一小把地往嘴里送，吃了会儿，又问黎茶茶："可乐喝完了吗？"

　　黎茶茶当然没喝完，于是也顺手把可乐递了过去，肖南接过，就着吸管喝了一大口可乐。

　　黎茶茶后知后觉地反应过来。

　　她平时有咬吸管的习惯，这会儿，吸管口已经又扁又平，在电影屏幕光的照射下，依稀还能见到几个牙印。可肖南似乎是没见，张嘴就直接含住吸管，覆盖掉了她的牙印。

　　黎茶茶的脸蛋瞬间就红了。

　　肖南望过来，她迅速扭头，望向电影银幕。

　　肖南问她："好看吗？"

　　黎茶茶连着咽了两口唾沫，才说："好……看，皮卡丘真的很可爱。"

　　肖南问："可爱到爆炸？"

　　黎茶茶很难想象这种词会从肖南的嘴里蹦出来，但皮卡丘确实萌到爆炸，于是她便使劲地点头，趁肖南不注意的时候，她又悄悄看向吸管，他似乎完全没有注意到吸管的异常，毫无介意地把可乐直接喝完了，然后扔进了清空的爆米花桶里。

黎茶茶安慰自己：肖南就是不拘小节的人。

一场电影看完，黎茶茶终于想起自己是为什么到电影院来的，她问肖南："我写得怎么样？"

"看了什么参考资料？"

黎茶茶说了几本书。

肖南微微颔首，说："找得不错，你写得很中肯，不过瞻望未来发展的方向过于死板，我回去推荐你看几本资料，你会有新的发现。"

两人边讨论边出了电影院。

黎茶茶这时终于问出了内心的疑惑："但是这跟皮卡丘有什么关系？"

肖南说："没关系。"

黎茶茶微怔。

肖南忽然又说："我一个大男人看这种电影太奇怪，所以喊你来帮忙。"

"可是你也没看多少……"

她想了想，肖南在电影院里估计就待了三十分钟不到，可电影有一个半小时的时长。

未料肖南却说："电影看了开头就能猜到结尾。"

"你开场了十分钟才进来的……"

"不用看开头也能猜到，你不信，我复述一遍情节给你听，黑人主角的父亲死亡，他继承了父亲的公寓，在里面碰到一只黄色老鼠……"

黎茶茶忍不住更正："那只黄色老鼠有名字的。"

"我知道，它的本质就是黄色老鼠。"

"其实它的原型是仓鼠。"

"都是鼠。"

黎茶茶无法反驳，然后安安静静地听肖南把剧情复述了一遍，再然后她不得不承认，肖南推理得确实很正确，剧情发展和他说的一模一样，不过听他喊皮卡丘为黄色老鼠，她内心就有些不平。

"黄色老鼠叫皮卡丘，它很可爱。"

"行吧，你说可爱就可爱。"

"不要喊它黄色老鼠。"

"行吧……"

4

电影院外放了一整排的夹娃娃机,因为《大侦探皮卡丘》的上映,这里连着三四台里面装的都是宝可梦精灵的娃娃。

这会儿娃娃机前有不少学生,黎茶茶又见到了刚刚坐在邻座的那对小情侣,两人站在皮卡丘娃娃机面前,女孩也不知说了什么,男孩立马拿手机扫了上面的二维码,开始夹娃娃。

然而,夹了三次都没夹到。

黎茶茶看得入神,肖南也逐渐发现了那边的小情侣,他上下打量了下,正好就瞧见女孩手里拎了个粉色的袋子,用他母亲甄宝女士的话来说,就是少女粉。

甄宝女士曾说:"阿南,女人都有少女心,对这种少女粉的东西没有任何抵抗力。"

肖南不以为然,不过瞧着黎茶茶目不转睛的模样,又轻轻地哼了声,问:"喜欢?"

黎茶茶说:"女孩子大多都喜欢这种东西吧。"

肖南又哼了声:"对,不分年纪,我妈也喜欢。"

黎茶茶微微一怔,想了想,甄宝女士家里确实有不少玩偶,甄宝女士有一颗少女心,会喜欢皮卡丘这么萌的玩偶不出奇,难道肖南也是被阿姨影响所以才喜欢上皮卡丘的吗?为了看电影还喊她出来帮忙,尽管口里嫌弃地喊皮卡丘黄色老鼠,但估摸着内心是十分喜爱了。

黎茶茶白喝了肖南的可乐,白吃了他的爆米花,还蹭了一张电影票,想了想有点过意不去。这个时候,没有夹到娃娃的小情侣离开了。

"我……"

"我……"

肖南和黎茶茶同时开口。

两人对视一眼。

肖南命令说:"你在这里等我。"

黎茶茶求之不得,立马应声:"好。"

肖南迈开大长腿,等离开了黎茶茶的视线后,三步并作两步在扶梯口追上了那对小情侣。肖南长得高,平日里又不苟言笑的,眉眼不经意间便会露出一股子的痞气,幸亏长了一张过分英俊的脸,如今又没了络腮胡的遮挡,半路拦下别人时仿佛都自带一股青春偶像剧的氛围。

女孩望望四周,问:"是在做节目吗?"

肖南改口:"是。"他指着她的少女粉袋子,硬邦邦地问,"这是什么?"

男孩说:"今天是我们交往二十天纪念日,我给我家宝贝买的礼物。"

肖南:"是什么?"

女孩好奇地问:"你这是什么节目?"

肖南掏出一百块:"哪儿买的?"

肖南的操作惊呆了小情侣,男孩连连摆手,说:"就在那家首饰店买的耳环,钱……钱不用了。"

肖南硬是塞到了男孩的手里:"有问有答,你应得的。"说完,转身就往首饰店里走。

说是首饰店,也不是专门卖首饰的,除了耳环、戒指、项链、手镯之外,还有各式各样的帽子和头绳,不少大学生都扎堆在里面选东西。肖南这种高个子、性别为男,满脸嫌弃地站在一堆闪闪的首饰间,显得格格不入,肖南觉得自己快要被闪瞎眼了。

有店员过来,问:"小哥,您是要买什么吗?"

"耳环。"

"是送女朋友吗?"

"不是。"

"女性朋友吗?"

肖南颔首,店员开始介绍:"我们店里最近新到了几款款式,都非常受女孩子欢迎,请问您要送的女性朋友多大了?"

"十七岁。"

"十七岁啊,那就是还在念高中,我推荐这款低调的耳钉,平时上学也可以戴,头发挡着基本看不出来,而且……"

肖南打断:"不是。"

店员:"?"

"她念大学了,跳级念的,很聪明,成绩很好,长得很好看,这样的女孩适合什么耳环?"

店员被呛了下,但很有职业素养地接道:"那您这位女性朋友平时戴什么类型的耳环?"

"没注意。"

"呃……那我向您推荐这款不会出错的耳钉,低调简洁大方,是不会出错的款式……"

话还未说完,店员就见英俊的男孩视线落在了另一头,她立马改口说:"最近不是上映了《大侦探皮卡丘》这部电影吗?我们这款可爱风格的皮卡丘耳钉也很受欢迎……"

肖南头一点:"行,就这个,包起来,要粉色袋子装。"

肖南回到电影院门口的时候没见着黎茶茶,于是给黎茶茶发了条微信。

黎茶茶过了会儿才回了一条。

【我在夹娃娃机这边。】

肖南往四周一望,不远处的娃娃机前被七八个人围着,人群里伸出了一只纤细的手臂,朝他挥手:"师兄,这里!"

肖南这才发现黎茶茶在夹娃娃,动作熟练,三下五除二就夹出了一个西瓜玩偶,一个长得清清秀秀的女孩抱起了西瓜玩偶,高兴地说:"太谢谢你了!"

黎茶茶说:"不客气,最后一个了,不夹了。"

此时,肖南又发现黎茶茶周围的人都人手一只玩偶,还有姑娘凑过来问黎茶茶的联系方式:"下次要一起看电影吗?我请你看电影,你帮我夹娃娃。"

黎茶茶说:"要是我们有缘再见,我免费帮你夹娃娃。"

她话里的婉拒很明显,不过她人长得好看,说话时也一副随和的模样,尽管带着几分疏离,可也不会让人反感,那姑娘听了也只好作罢。

渐渐地,周围的人群散去,肖南问:"你帮人夹娃娃?"

黎茶茶兴奋道:"她们看我一夹一个准,所以请我帮忙,娃娃机两块钱夹一次,她们给我十块钱,一会儿工夫我就赚了八十块。"

肖南突然想起那天黎茶茶喝醉,和他说:"我很穷,欠了很多钱……闻香和黎柏的……"

他敛了眉。

忽地,他眼前多了一只明黄色的玩偶,定睛一看,就是那只黄色老鼠。

"给你,我夹的,就当今天你请我看电影加爆米花、可乐的回礼。"顿了下,黎茶茶又解释说,"刚刚我看到娃娃机前的小情侣在夹,我看你也在看,就想你应该也会喜欢吧……我可厉害了,第一次就夹上来了。"

肖南面色复杂地问:"你在看人夹娃娃?"

黎茶茶理所当然地说:"对。"

肖南不吭声了。

黎茶茶又问:"师兄,你刚刚去哪儿了?"

肖南不动声色地把粉色袋子往背后挪去,说:"厕所。"接着,趁黎茶茶不注意,粗暴地把粉色袋子连同耳钉卷成一小块,塞进了裤兜里。

黎茶茶见肖南不接娃娃,便以为他不喜欢,也没多说什么,默默地收回来抱在了怀里。

"那我们回学校?"

肖南有点兴致缺缺的模样:"行吧……"

两人离开电影院的时候,碰见了一个熟人,严格来说,是肖南的熟人。不过黎茶茶也有印象,那天在酒吧里,就是这个男孩给她扫了二维码入群的,名字叫王乾。

王乾大老远就见到了肖南,直奔过来打招呼的时候才发现自家老大旁边还有一个小姑娘,长得超好看不说,怀里还抱着一只可爱的皮卡丘,两个人虽然站得不近,但怎么看都像是刚从电影院约会出来的模样。

王乾欣慰得想哭:"老大,您终于谈恋爱了!您终于脱单了!我多怕您一辈子孤独终老啊!嫂子您好,我叫王乾,王八的王,乾坤大挪移的乾……"

黎茶茶头一回听别人自我介绍说自己是王八,震惊得都忘记跟他计较嫂子的称呼。

肖南也没解释,就指着他脑袋:"有问题。"

王乾一把鼻涕一把泪:"当初跟着老大东征西伐,脑袋被一板砖砸了,差点出了问题,是老大把我救了回来,要是没有老大,就没现在的我……"

黎茶茶咳了声,紧接着也不知闻到了什么味儿,忽然打起了喷嚏,还一连五六个。她从包里摸了摸,没摸出纸巾,才后知后觉发现已经用完了。

她吸吸鼻子,肖南问:"要纸巾?"

黎茶茶点头。

肖南说:"我去买。"

一转身,他人就已经去电影院前台了。

王乾此时长叹一声,说:"嫂子,我跟您说,您一定要对我们老大好!别看我们老大风风光光,家里有钱,人长得帅……哎呀!我说怎么不对呢!老大怎么把胡子给剃了!一定是爱情的力量!嫂子您太伟大了!我们老大

·120·

念高中那会儿还不留胡子,自从高三毕业金盆洗手后就立下规矩不再动手打架,跟着就开始蓄胡子了,我们都不知道是什么原因,但我们老大是真不容易,嫂子您以后一定要多多体谅我们老大……"

5

肖南买了纸回来时,王乾已经不见了。

黎茶茶看了他一眼,说:"他进去看电影了。"

肖南递了纸巾过来,黎茶茶道了声谢,抽出一张擦了擦鼻子。

肖南又说:"他跟你说了什么,你都别在意,大多都是吹的,他以前有个外号,叫王吹吹,一天不吹就会死,打个喷嚏都能说自己得了绝症。"

黎茶茶想起王乾的话,轻轻点头。

每个人都有自己的秘密,像肖南生在肖家这样的家庭,看似风风光光,万人羡慕,实际上也不容易吧。黎茶茶没少听黎柏和闻香提过肖家,是个大家族,里面错综复杂,像肖南这种,一夕之间性格大变,肯定是发生了些什么。

年少时的迅速成熟,背后必然是外人无法想象的心酸和煎熬。

黎茶茶懂这种感受。

两人顺路一道回了学校。

黎茶茶表示现在天色尚早,她可以自己回寝室,肖南"嗯"了一声。

也不知是不是有了感同身受的这一遭,黎茶茶总觉得自己和肖南亲近了许多。怀里的皮卡丘抱着沉甸甸的,只可惜肖南不喜欢,黎茶茶还记得上回买的烟,对肖南说:"师兄,我下次请你抽烟。"

肖南瞥她一眼。黎茶茶立马说:"就当今天电影和爆米花的谢礼。"

肖南没表示。

黎茶茶有点忐忑,心想着是不是烟不够分量,正想说什么时,他忽然说道:"我跟你不是同个系的,你可以不喊我师兄。"

"那你想我喊你什么?"

肖南看着她,她迟疑地问:"爸爸?"

肖南快被气笑了,说:"你喊爸爸喊上瘾了?"

"我听说男孩都喜欢别人喊他爸爸,反正这对我来说就一个称呼,没别的意思……"

"我哪里像你爸爸?"

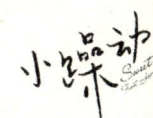

肖南终于问出了这句话,天知道他那天被这句话气成了什么鬼样,他年纪轻轻,不就蓄了个胡子,就被硬塞了一个十七岁的女儿。

黎茶茶思考半天,说:"都有胡子,你有胡子的时候是有点像。"

听她这么说,肖南眯眯眼:"哦,你知道我剃了胡子。"

黎茶茶说:"当然知道了,你剃胡子的第二天学校论坛就有帖子了,我看见了。"

"哦。"肖南淡淡地应了声。

黎茶茶认真地询问:"社长?南哥?"

"随便。"

"那我喊你社长,我先回寝室了。"

"等下。"

肖南看着她怀里的皮卡丘,面不改色地说:"烟不用买了,给我。"

黎茶茶一听,顿时明白过来。

肖南果然还是喜欢皮卡丘的,只是碍于男人的自尊,不好一个人看电影,也不好一个人抱着皮卡丘。

于是,黎茶茶很贴心地从包里拿出了一个环保袋罩住玩偶,然后才给了肖南,她小声地说:"社长你放心,不会有人发现袋子里装的是皮卡丘,要是别人发现了,你就说是买来送人的。不会有人知道你对皮卡丘爱得深沉!"

她说这话时,脑袋微微凑了过来。这会儿是傍晚时分,夕阳笼罩,她的眼笑弯弯,像是有一层潋滟水光。

肖南的眸色微深。

他忽然喊她:"黎茶茶。"

"什么?"

他语气也是淡淡的,说:"以后想去酒吧,喊我。"

肖南拎着袋子往自己的寝室走。

他一个人走路的时候,向来是面无表情的,抑或是板着一张脸,看起来不苟言笑。今日夕阳西下,将他的影子拉得很长。

有人鼓起勇气,走了过来:"师……师兄,我是钟青青,我……"话还未说完,肖南已经径直从女孩身边走过。

女孩:"???"

女孩不死心:"师兄!"

肖南头也未回地继续往前走。

女孩只觉难堪，抿紧唇瓣，转身就跑。

肖南压根儿不知道有人跟他搭过话，他满脑子都是黎茶茶说的那句：

"当然知道了，你剃胡子第二天学校论坛就有帖子了，我看见了。"

他哼笑了一声，没一会儿，又笑了第二声，然后，就这么一路哼笑地回到了寝室。

回到寝室，因为天热，肖南习惯性地先脱衣服，无意间瞥到了被放在地上的环保袋，皮卡丘正好冒出了尖尖的耳朵。

肖南单手把它拎了出来，皮卡丘圆滚滚的眼睛和他对上。

肖南嗤了声："哪里可爱了？就是一只黄色老鼠。"

语气里很是嫌弃。

然而，话虽如此，肖南还是又盯了它许久，仿佛在寻找它的可爱之处。

"除了卖萌你还会什么？

"电死人要负刑事责任。

"寝室不允许有大功率电器。

"……"

肖南想把它扔回环保袋里，打算找个角落放着，但手还未松开，又想起黎茶茶说的话："社长，你放心……不会有人知道你对皮卡丘爱得深沉！"

她的眼珠子也是黑色的。

目光挪到皮卡丘身上，肖南又盯了它一会儿，然后板起一张脸把它扔到了自己床上。

顾恬正在吃外卖。

她边吃边刷着学校论坛，听见开门声，头也不回地说："茶茶，你回来了呀，我正在刷论坛！呵呵，你知道吗？中文系的那一位又在秀存在感了。我早就知道'湖边的柳叔'是她的马甲，天天披马甲上论坛发自己的帖子，还真把自己当明星了！今天去商场逛个街买对耳环还找人拍照当街拍发，微博发一遍，论坛披马甲发一遍，底下还有好几个小号都是她自己，自吹自擂的功夫她敢认第二，咱们A大没人敢认第一。"

黎茶茶问："你在说谁？"

"自称王语嫣的那一位，就是中文系的王嫣然，大二的师姐，上一届的校花，不过我们大一的都说你比王嫣然好看多了，王嫣然不服气，成天在学校论坛披马甲 diss（怼）你。呵呵！我顾恬的眼睛什么做的？为了姐妹，我天天钻研她的微博，终于发现了蛛丝马迹，顺藤摸瓜找到了她的五个马甲，论坛的六个小号，加起来可是一场年度大戏！说真的，她就该去念表演系，舞台找她一个人就够了……"

话说到这儿，顾恬终于有空扭过头来，问："你下午去哪儿了？"

一顿，顾恬又愣了下，有些紧张地问："茶茶，你怎么脸这么红？是不是发烧了？"

"没有，可能是外面有点晒，我没事儿，喝点水休息一会儿就好，下午临时有社团活动。"

顾恬不放心，离开椅子，伸手摸了摸黎茶茶的额头，确认她没有发热后，才松了口气，又坐了回去继续吃热干面，边吃边说："茶茶，你放心，我替你盯着王嫣然，她 diss 你的话我都截图下来了，哪天她要是黑你，我就把这些截图全甩她脸上，看她以后哪里还有脸面称自己是神仙姐姐！"

黎茶茶喝了整整一杯凉白开，喝完后，才觉得脸蛋稍微没那么热了。

今天的天气其实不算热，傍晚走回来的时候路上还有凉风，可是肖南的那句话就像是一团烈火，兜头盖脸地就往她脸蛋上凑。

他说："以后想去酒吧，找我。"

想去酒吧。

找他。

黎茶茶觉得自己的脸蛋似乎又要烧起来了，再仔细一想，他今天还喝了她的可乐，她在吸管上咬了好几个印子，他似乎都没看见，一张嘴就含住了吸管……

她深吸一口气，企图平静下来，可惜没什么用，只觉得心里痒痒的，仿佛有一根羽毛掉了进来，轻轻地挠着她的心尖。

她拿起手机，鬼使神差地点进了微信，然后找到了肖南的头像。

他的头像是一望无际的大海，之前觉得十分像中老年人的风格，可现在瞧着似乎又看出了不一样的情绪来，碧蓝的大海，就像男人宽广的胸襟，还有不拘小节的大气。

她点进他的朋友圈，还是跟以前一样，什么都没有。

她又点进了甄宝女士的朋友圈，翻了很久，才翻到了一张肖南的照片，是肖南剃了胡子后在肖家别墅里拍的，当时她刷到的时候还不觉得有什么，可现在看着看着，她觉得肖南长得怪好看的，眼里像是装有汪洋大海。

她的手指动了下，保存了这张照片。

6

A大每一年都有校花评选比赛,不是官方的,是学生自主在学校论坛投票选出来的。

顾恬每天都在给黎茶茶实时直播。

"茶茶,帖子下面可多人推荐你了,推荐的理由五花八门的,把你夸得跟仙女似的。当然,你就是仙女!不食人间烟火的仙女!他们都夸得很中肯!我们茶茶要相貌有相貌,要成绩有成绩,要人品有人品,最关键的是还年轻!"

黎茶茶这几天已经很习惯这样的顾恬了,每天都变着花样夸她,夸完后,还必定会带上王嫣然。

"呵呵,不像王嫣然,她上学期成绩也就一般般,中文系三百多个人,她排二百五十名。成绩出来后还在微博卖惨,说上学期顾着去做志愿者,还有学生会的工作,没好好复习。真是呵呵了!别人一样学生会一样志愿者一样中文系,不一样考了全系前十?不是我针对她,是她做得太过分,每一页帖子里平均有三个人推荐你,她不服气,非要开小号把推荐数压过你才肯罢休!这就算了,每个人都有好胜之心,我理解,校花当久了不想下来也可以理解,但是她不能开帖子说觉得你不好看!她疯了吗!你全身上下连毛细血管都比她好看一百倍!"顾恬愤愤地吃着叉烧饭,边刷着手机边说。

黎茶茶应声:"哦哦。"

顾恬又问:"哎,茶茶,你就不想当校花吗?我就没看过你进论坛看校花帖,我听说别的系参赛的女孩子,天天都在拉票呢。"

黎茶茶老实地说:"我确实不感兴趣。"

顾恬话锋一转:"很好,你不感兴趣更好了,等王嫣然知道你压根儿不感兴趣,还轻而易举地当了校花,她肯定要气上半年!没事,你什么都不用做,我来干!为了我们寝室的荣耀!以后我就可以跟别人吹嘘,我的室友是校花!"

黎茶茶拿顾恬没办法,索性让她忙活去。

比起校花评选,黎茶茶更感兴趣的是肖南最近给她发的资料,她平时对人工智能关注得不多,也不算感兴趣,肖南给她推荐了几本浅显易懂、讲得又颇有深度的书,她看得津津有味。

除了白天上课晚上学习的时间之外,她逮着空子就在看书,国庆节假日她飞速地看完了两本书。

如今假期放完,她立马接着看第三本,遇到不懂的她就问肖南,肖南也很有耐心,每次都是秒回。

黎茶茶把餐盘里的最后一块西红柿塞进了嘴里,放下筷子,瞧了眼顾恬,她还有一半。于是,黎茶茶从包里拿出 kindle,继续看书。

没一会儿,手机响起,来了条微信。

她飞速地看了眼,瞧见"肖南"两个字时,她立马放下了 kindle。

【肖南:看到哪儿了?】

她给电子书拍了张照片,发了过去。

【肖南:在食堂?】

【茶茶:嗯。】

【肖南:哪个食堂?】

【茶茶:三。】

【肖南:等我一会儿。】

黎茶茶的目光落在了"等我一会儿"几个字上,片刻,抬眼打量了下周遭,莫名有点儿紧张。

顾恬本来还在关注着论坛上的帖子,抬眼瞧见黎茶茶一副心不在焉的模样,也顺着她的视线望去,这一望,顾恬就瞧见了食堂门口的肖南。

顾恬正想提醒黎茶茶"那不是你社长……"时,肖南已经望了过来,大长腿的优势彻底展现,一眨眼,人就坐在了黎茶茶面前。

肖南说:"在附近上完课了,正好过来。"

黎茶茶问:"吃饭了吗?"

"没,你吃完了?"

"我在等恬恬吃完,恬恬吃饭比较慢。"

"行。"说着,肖南把手里的书和水杯放下,又对黎茶茶说,"我去打饭,你帮我看着。"

黎茶茶应声。

肖南旋即起身,去打饭。

没一会儿,他就回来了,手里还多了两盒糕点。

三食堂这边的东北角有一家蛋糕店,最近新上市了一款酥香面包,脆脆的表皮,里面是浓厚的草莓夹心,十分受欢迎,每次都有学生排着长龙等待。

肖南没买他们新上市的蛋糕，就买了两块草莓奶油蛋糕，还有一盒蛋挞。

他右手放下餐盘，左手放下两盒糕点，自然而然地就递给了黎茶茶和顾恬。

"顺手买的，你尝尝好不好吃，好吃的话，下次让祁馨过来买当社团下午茶。"

说完，他也没再说什么，埋头开始吃饭。

黎茶茶开了蛋糕盒子，拿出一块草莓蛋糕，然而她刚刚才吃完饭，这会儿吃了一两口便不想吃了。她放下叉子，转头又打开了蛋挞盒子，尝了两个，把剩下那个给了顾恬。

顾恬觉得怪不好意思的，问："你社长不吃吗？"

黎茶茶问："社长，你吃蛋挞吗？"

肖南："不吃。"

顾恬还蛮喜欢吃这家蛋糕店的东西，听肖南这么说，便也不客气了，说了句："谢谢社长请我吃蛋糕，不是你们社团的成员，还吃你们社团的东西，怪不好意思的。"

肖南说："你是黎茶茶的室友，可以吃。"

顾恬总觉得这话有哪里不对劲，而此时，肖南已经把自己餐盘里的饭菜三下五除二地吃光了，一粒米都没剩。见黎茶茶的草莓奶油蛋糕还剩一大半，他问："不吃？"

黎茶茶摇摇头："吃不下了。"

"哦。"

肖南伸手就把蛋糕挪到自己面前，直接用黎茶茶用过的蛋糕叉子，四五口就把草莓奶油蛋糕给吃进了肚里。

顾恬看得目瞪口呆，她看看肖南，又看看黎茶茶，可两人似乎都没觉得哪里奇怪，反而习以为常，并且开始讨论起有关海洋垃圾回收的人工智能的话题，模样认真得不行。

顾恬悄悄听了一会儿，感受到了来自学霸们智商的碾压，于是又灰溜溜地刷帖子去了。正巧，这会儿刷到一个新帖。

【有些人长得好看心里恶毒，动画里绝对活不过两集，反派都轮不到你当。】

顾恬很认同，这话和王嫣然简直不能再配，顺手点开帖子，没想到对象还真的是王嫣然，洋洋洒洒七八百字，以师兄的口吻谴责王嫣然披马甲说黎茶茶长得不好看、疑似整容,尽管语气很"中二",顾恬却看得浑身舒爽。

她瞄了眼帖子的 ID——灭霸他爸。

顾恬觉得怪有趣的,立马去注册了个新 ID,叫灭霸他妈,然后回复了这个帖子,加入了讨伐王嫣然的阵营。

等她讨伐完,一抬头,肖南已经不见了。

顾恬问:"你社长呢?"

黎茶茶回道:"他晚上有课,去上课了。"

顾恬若有所思地问:"那个……你和社长是怎么回事?"

"什么?"

顾恬想起当初黎茶茶说的"他不是我喜欢的类型"以及"五年内不打算谈恋爱",又改口说:"没……没什么,就是觉得你们社员之间感情真不错。"

Chapter 06
因为肖南,她竟然生出了嫉妒的情绪

1

肖南周四下午有思政课,谭明提前半个小时到达教室占据了最佳座位——最后一排。

当老师在讲台上唾沫横飞地讲着有关社会主义市场经济的理论时,谭明正在兴致勃勃地用手机刷着学校论坛,他最近认识了一个志同道合的好伙伴,他们俩都是灭霸的亲戚,一个他爸,一个他妈。

尽管不知对方是男是女,可是谭明跟对方非常聊得来,多亏了"灭霸他妈",他才发现这个自称"王语嫣"的中文系校花戏是真的多!他也是头一回认识到,原来这个世界上的女孩子不都是单纯善良可爱的,也有王嫣然这种表里不一的!

谭明的新世界大门被打开了!

他刷论坛刷得专心致志,完全没有听老师讲课。

相比谭明,肖南也没怎么认真听课,他在画实验室里的机器图纸,旁边还有厚厚一摞的专业书。

等谭明刷完所有帖子后,又把"灭霸他妈"回他的信息看了一遍,他开始感到无聊,说了句:"才过了二十分钟,离下课时间还有七十分钟!啊……漫长的七十分钟啊……我要如何度过……"

肖南抬眼:"闭嘴。"

"南哥,你要不要跟我聊天打游戏?"

"不。"

"南哥,我觉得我们需要增进下感情,作为多年同学!多年社团好友!放在动漫番里,我们分分钟要一起被选中去异世界冒险!"

肖南用看智障的眼神看着他。

谭明只好拿出撒手锏,问:"南哥,你这几天有没有关注我们A大的校花评选大赛?投票名单已经出来了,我们社团的茶茶师妹也上榜了……"

谭明故意说:"南哥,我觉得有几个不错的女婿人选,他们推荐茶茶师妹的时候,写得可精彩了!理工科的学生,文笔也细腻得不行,每一个都有可能成为一代文豪!你看看……"

他打开推荐帖子:

"我推荐工商管理系的黎茶茶,大一的师妹,我认为古代夸赞美人的诗词放在她的身上都不足以形容她的美,她要是在古代,一定是六宫粉黛无颜色的存在,她一笑,所有皇帝都甘愿成为她的裙下之臣,哪怕亡国!"

"哦,是什么挡在了我的面前,是999纯金的厕所,还是拆迁的十八套房,抑或是倒满82年拉菲的浴缸,不,这些都不重要,没有黎茶茶一根头发重要,她是我心目中的校花,比十八套房,比999纯金厕所,比盛满82年拉菲的浴缸还要重要!"

肖南:"……"

见肖南已经放下铅笔瞥了过来,谭明的内心有些飘飘然,往一旁挪了挪手机,又说:"你瞧,他们还上传了茶茶师妹的照片,估计是偷拍的,不过拍得都挺好看。这是茶茶师妹军训时的侧脸,这是茶茶师妹上课回答问题的模样……"

然而话还未说完,肖南就不咸不淡地说了句:"真没意思,有这闲工夫不如多干点正经事。"

说完,肖南重新收回目光,继续专注地画他的设计图纸。

谭明很惆怅。

思政课结束后,谭明已经是一条咸鱼,他生无可恋地问:"南哥,去食堂吃饭吗?"

"我打包。"

"南哥,你不是说抵制塑料制品,从我做起吗?"

"自带饭盒。"

谭明左看右看:"在哪里?"

"寝室。"

谭明咽了口唾沫，问："也就是说，你要先回寝室拿了饭盒再去打饭？"

肖南问："有问题？"

当然有！这么麻烦的事情南哥你平时从来都不干的好吗！然而腹诽归腹诽，谭明也只能默默地表示："没有任何问题！"

肖南"嗯哼"了声，干脆利落地走人。

谭明瞅着自家南哥的背影，总觉得南哥走路的速度比平时快了一倍还不止。

实际上，肖南也确确实实是先回了寝室，拿着饭盒去了最近的食堂打饭，然后迅速回来了。

几乎是一坐下，肖南就打开了电脑，面无表情地把所有推荐黎茶茶的帖子和留言都看了一遍，才发现，为期半个月的推荐时间已经过了，现在是投票时间。

黎茶茶以六百五十票暂居第一。

他点击了下鼠标，黎茶茶的票数增加到了六百五十一。

退出投票帖的时候，他又看到有个新帖子飘在了论坛首页，帖子名字写着——今天为茶茶投票了吗？

ID 名字叫"今天也是沉迷于茶茶美貌的一天"。

肖南本来没在意这个帖子，一刷新发现这个帖子竟然热度惊人，不过眨眼间就有几百的点击率了，还有三四十的回复。

他点进 ID 名字一看，发现 ID 还有自我介绍——本人叫田超纲，和茶茶同班，每次上课都坐在一起，感情要好，我问过茶茶的理想型，就是我这种。

田超纲还发了很多帖子，全都和黎茶茶有关，甚至还发了不少黎茶茶上课的照片，从角度看来，确确实实和黎茶茶坐得非常近，黎茶茶还对着镜头在笑。

肖南的眉头立即蹙了起来。

"今天也是沉迷于茶茶美貌的一天"的 ID 头像是自拍照，肖南点开大图一看，是一个长得白白净净眉清目秀的男孩，左下角还有很明显的美颜相机 APP 的标志。

他冷不防就想起最初黎茶茶跟顾恬说的话："他不是我喜欢的类型。"

肖南沉默地关掉了论坛，去阳台抽了半包烟。

半晌，他眉头紧拧地说了句："啧，小白脸。"

他打了个电话给谭明,劈头盖脸就是一句:"论坛上的'今天也是沉迷于茶茶美貌的一天'是什么来头?"

谭明愣了下,旋即反应过来,惆怅了小半天的情绪顿时不翼而飞,立马把知道的信息通通告诉了肖南:"南哥,你有所不知!茶茶师妹是他们工商管理系的团宠!姓田的那小子喜欢茶茶师妹,人又很自恋,自作主张就把拉票任务揽到身上了,他们工商管理系都多少年没出过校花了,今年难得来了像茶茶师妹这样有模有样还成绩优秀的学霸级仙女,他们肯定要铆尽全力捧茶茶师妹上位,为工商管理系争光啊!所以田超纲等于有一整个工商管理系的后援团听他使唤,人气高得不行!"

"哦。"

肖南挂了电话,重新回到电脑桌前,板着脸,注册了一个账号,按下了发帖的按钮,开始编辑帖子。

【为黎茶茶拉票,截图进群领红包。】

准备发送的时候,他却微微顿了下,先给黎茶茶发了条信息。

【肖南:想当校花吗?】

【茶茶:不想,一点都不想。】

他取消了发送。

2

黎茶茶放下手机,有点想不明白,为什么肖南突然间会发来一条这样的信息?

她又低头把肖南的信息定定地看了几遍,还是没想明白,便编辑了条信息"为什么这么问"。还没发出去,背后的顾恬蓦然拍桌而起,大声说道:"什……什么?我不信!不可能!茶茶!"

黎茶茶问:"怎么了?"

顾恬转过身,一脸复杂地说:"呃……其实……也没什么……我就是看到了一个八卦,觉得不太可能,一定是骗人的,太过惊讶,然后顺便喊你一声。"

黎茶茶向来观察细微,和顾恬相处了一个多月,她一眼就识破了顾恬的不自在。

她没有戳破,说:"嗯,好的,有事喊我。"

顾恬点头。

黎茶茶默默地在心里数数。

一,二,三。

果不其然,顾恬那边又轻轻地喊了她一声:"茶茶啊……"

黎茶茶转过身,问:"嗯?怎么了?"

顾恬还是一脸复杂的情绪,咬着唇,一副欲言又止的模样。黎茶茶耐心地等着,片刻后,她终于下定决心,咬着牙,又小心翼翼地看着黎茶茶,说:"我要跟你说个事,你听了千万不要难过。"

"好,你说,我不难过。"

顾恬搬来笔记本电脑,打开了一个帖子,说:"是有关你社长的帖子。你也知道的,肖南是我们学校的名人,自从剃了胡子后,关注度就更高了,大家都很好奇他会谈什么样的女朋友,学校论坛里还出现过肖南女朋友的讨论名帖……"

黎茶茶瞄了眼,帖子里只有短短数句话。

"你们猜我在饰品店里看到谁了?肖南!他买了一对耳环!皮卡丘耳环!我们一直单身的肖师兄脱单了吗?是哪位小姐姐这么有本事?"

附图是肖南拿着皮卡丘耳环结账的照片。

照片拍得无比清晰,估摸着人就在旁边拍的。

黎茶茶仔细地看了几眼,认出了这家饰品店就在那天她和肖南去的电影院的楼下,肖南穿的衣服也和那天一模一样,只不过她也不确定是不是看电影的那一天,因为肖南的衣服都是同个类型,清一色的黑T恤,照片的角度也看不到黑T恤的图案。

此时,顾恬又说:"就在今天,王嫣然在微博放了张照片。"

她用手机打开了王嫣然的微博——

【礼物超可爱!谢谢{心}{心}{心}】

附图是王嫣然的自拍照,半边头发拂到耳后,露出了戴着皮卡丘耳环的耳朵。

王嫣然是上一届校花,生得本就不差,又是学生会成员,还主持过校文艺晚会,也不知有多少男生拜倒在她的石榴裙下,如今发了一条这样的微博,底下的评论都在问她是不是谈男朋友了。

王嫣然只回了一条评论。

【醋意桃桃呵呵哒:肖南也买了一对皮卡丘耳环,是肖南送的吗?】

【语嫣girl回复醋意桃桃呵呵哒:哎呀,不是啦,怎么可能啦,真的真的不是。{害羞}{害羞}{害羞}】

微博评论有七十八条，王嫣然唯独回复了这一条。

顾恬气愤道："知道中华语言的艺术吗？这就是！别看她每一句都在否认，但是加了最后三个害羞的表情就很意味深长了！而且前几天还有人看到他们俩从一个食堂里出来；还有肖南做实验的时候，王嫣然还特地在外面等了几个小时……现在大家都在传王嫣然和肖南谈恋爱了！"

她打量着黎茶茶的表情，那天在三食堂里，她看得出来两人关系有点不一样。

黎茶茶轻轻地笑了下，说："社长的私事我也不太清楚。"

顾恬问："你会难过吗？"

黎茶茶还是轻轻地笑："不会呀。"

顾恬松了口气，说："那就好，如果肖南真和王嫣然谈恋爱了，那就是他眼瞎！"

黎茶茶不在意地说："我继续看书了，有事喊我。"

她重新回到椅子上，摁亮了手机屏幕，上面是肖南的微信对话框。

她沉默地看了看，把还没发出去的那条"为什么这么问"的信息删掉了。

黎茶茶第二天晚上有公共选修课——日语。顾恬学不来语言类，见到密密麻麻的五十音图就放弃了要和黎茶茶一起上课的念头，奔向了不用期末考试的电影选修课。

两人在食堂吃过晚饭后，就分道扬镳，各自前往不同的教室上选修课。

黎茶茶上课向来喜欢坐前两排，她挑了离讲台最近的第一个位置，几乎是一坐下，就有人问她："茶茶，你身边有人吗？"

黎茶茶抬眼看了下，是她班里的同学，跟她一样选了日语选修课，好像姓王，连着几堂日语选修课都喜欢坐在她邻座，学得还不错，看得出来以前是有底子的。

这是黎茶茶对王同学仅有的印象。

她摇了摇头。

王同学坐了下来，笑眯眯地问："你五十音图背好了吗？这节课老师会抽查。"

"背好了。"

"也是，你记性好，五十音图肯定难不倒你，我本来还想着如果你背不会，我可以告诉你个有趣的小诀窍……"

"不用了，谢谢。"

王同学一脸憨笑:"别客气,大家都是同班同学,我田超纲一直都乐于助人,只要同学有用得上我的地方,我一定上刀山下火海,鞠躬尽瘁死而后已!"

见黎茶茶微微挑了眉,田超纲以为自己说的话戳中了她的心!他内心窃喜,又拍着胸口说:"茶茶,你以后要是有什么需要跑腿的地方,尽管喊我。"

黎茶茶正要开口说话,却听教室里响起一阵喧哗。

"那不是肖南吗?"

"大三的那一位?"

"对对对,不好好学习就要回去继承亿万家产的那个!"

"本人长得比照片好看。"

"感觉荷尔蒙爆棚!"

"啊啊啊啊啊啊!"

黎茶茶听见了,有些愕然,转身望去。

教室的后门不知何时出现了一道熟悉的人影,正是同学们口里的肖南,他站在教室后门,目光沉沉的,似是在寻找什么,不多时,便与黎茶茶的视线对上。

他迈开大长腿,在众目睽睽之下径直往第一排走去,手机一搁,直接坐下,正好和黎茶茶隔了一个过道的距离。

黎茶茶愕然极了,问:"社长?"

肖南轻飘飘地看了她一眼,又看了眼她邻座的田超纲。不知是不是错觉,黎茶茶总觉得肖南的眼神冷了几分,他轻描淡写地说:"旁听。"

黎茶茶更惊讶了。

大三的来旁听什么日语啊!

此时,田超纲喊了她一声:"茶茶。"

"什么?"

田超纲翻开日语书,问:"这道课后题你做了吗?我不是很会,你能让我看看你的答案吗?"

黎茶茶倒是很愿意帮助同班同学的,她从书包里把课本拿出来,直接给了田超纲。

田超纲翻开课本,感叹道:"茶茶,你的日文写得真好看!你念日语的时候,语调也萌,就像是平时日本动画的配音。"

两人的对话飘到了肖南的耳里。

肖南硬生生地转头，硬生生地看了两人一眼，又硬生生地转回头。

过了会儿，肖南忽然喊道："黎茶茶。"
黎茶茶转过头来："嗯？"
肖南说道："我没书，你过来。"
田超纲急忙说："同学，要不我把我的书……"
话还未说完，肖南就打断了他："我不认识你，黎茶茶，过来。"
未料，黎茶茶却把自己的书给了肖南，人没动，语气也有点硬邦邦："书给你，我和王同学看同一本书。"
田超纲："呃……我姓……"
"田"字还未出口，肖南直接拿了黎茶茶的书走到田超纲旁边，说："姓王的，让开。"
田超纲："我姓……"
黎茶茶："你凭什么命令王同学让开？"
肖南睨着她，此刻终于意识到今天的小姑娘与往常有点不一样，眉眼还是那样的眉眼，只是有几分说不清道不明的别扭。他的语气软了下来，说道："你们老师快来了。"
黎茶茶这才意识到她本来就坐在第一排，加上肖南又惹人注目，这会儿班里所有人都在看着他们。
黎茶茶拿了自己的书，往靠窗第一排的角落走去，肖南也跟着走了过去。
田超纲弱弱地在原地说了句："我不姓王，我姓田。"
然而，已经没有人搭理他了，吃瓜群众都一副兴致勃勃的模样，还有人在学校论坛发了个帖子——
【震惊！肖南大佬和校花候选人黎茶茶吵起来了！】
博人眼球的帖子一点进去，却是画风完全不一样的内容——
【你们从未见过的肖南大佬！
【对女生都不屑一顾的大佬居然放轻了语气！
【在哄黎茶茶！
【地点：智华楼201。
【前排兜售瓜子肥宅快乐水，旁听座位不多了！速速前来！】

3

上课铃打响，日语选修课的陈老师准时进入教室。

一进教室，陈老师就发现今天的课堂分外热闹，以往全部学生到齐，也坐不满整个教室，今天是除了靠窗的第一排外，通通都坐满了学生，还有几个学生自带塑料椅子坐在了一旁的过道上。

陈老师的教龄时间不长，头一回碰到学生如此捧场，欣慰地说："带椅子的同学，可以坐到第一排，这边还有三个空位。"

有人回："我们坐在这里就可以了，谢谢老师！"

还有人回："报告老师！我只有坐在塑料椅子上才能好好学习！"

顿时，引起全班大笑。

陈老师向来随和，也没有强求，笑呵呵地开始上课。

离不开塑料椅子的学生是谭明，他刚刚生怕被肖南认出来，所以捏着嗓子在说话。

他一瞧见论坛上的帖子，立马就把寝室的塑料椅子搬来了，百年一遇南哥打脸哄妹子的时刻他怎么可以错过！无论如何，先录屏再说，以后社团的百年回顾视频就靠这个了！

他霸占了一个绝佳位置，和茶茶师妹以及南哥在同一边，这个角度虽然远，但是镜头拉近了，正好能拍到两个人的脑袋。

忽然，有人悄悄地拍了下他的肩膀。

他扭头一看，不知道什么时候有个女孩蹲在他旁边，压低声音说："嘿，同学，我看你有两把椅子，分我一把成吗？"

谭明这才发现自己出门的时候，把邻床的塑料椅子也叠在一块带来了，他分开两把椅子，给了女孩一把。

女孩道了声谢，顺口问："你也是看了论坛的帖子过来看热闹的吗？"

谭明本来还想说他和南哥是同个社团的，不是单纯的吃瓜群众，然而，作为一名合格的宅男，他对着动漫手办和熟人可以滔滔不绝，对着不熟悉的女孩子就十分拘束，只是简单腼腆地应了一声。

应声后，他又悄悄地打量了眼女孩，总觉得这个女孩有点眼熟，似乎在哪儿见过一样。

冷不防地，他才反应过来，这是那天社团招新时和茶茶师妹过来的女孩！也就是茶茶师妹的室友！

顾恬压根儿没注意到谭明，她满脑子都是要拍到点什么证据，然后啪啪啪地打王嫣然的脸。

"同学，你能稍微让一让吗？给个位置我拍照。"顾恬笑眯眯地问道。

"你……你要什么照片?"

"两个人看起来很亲密的照片。"

"我……我拍到了给你。"

顾恬这才发现她前面的男孩手里早已立着一部手机,摄像头都开了。

顾恬义正词严地说:"拍到了什么要发论坛的话,先给我看看,我是黎茶茶的室友,不许随便胡诌,不许抹黑我家茶茶。"

谭明嘿嘿笑道:"真……真巧,我是肖南的同学,和茶茶师妹也是同个社团的,我……我叫谭明,之前社团招新的时候我们在图书馆见过。"

顾恬很自来熟:"果然巧,熟人熟人!"

第一排的那两位此时此刻都十分沉默。

课本就摊在两个人的中间,然而黎茶茶和肖南两个人谁也没开口说话。

黎茶茶握着水笔,边听课边记着笔记,看起来很是认真专注,仿佛身边压根儿没坐人。肖南没遇见过这样的黎茶茶,完全不知道她在闹什么别扭。

肖南内心有些莫名地烦躁,再仔细一想,从他进来教室的那一刻算起,她说话三句里两句都是王同学。

这么一想,肖南更加烦躁了,黎茶茶不说话,他也不想说话。

又过了十五分钟,到了课间休息时间,下课铃一响,黎茶茶倏地站起来往教室门外走去,转眼间人影就不见了。同学们望了眼肖南,大佬满脸阴沉,腾地也起了身,大步往外走去。

黎茶茶去了趟洗手间。

她拧开水龙头,洗了把脸,试图让自己冷静下来。她怔怔地看着镜子里的自己,清楚地感受到了自己内心的不爽,不是因为肖南和王嫣然的绯闻,她知道肖南和王嫣然之间不可能有什么,那些事儿百分之百是王嫣然自己为了蹭热度弄出来的,杜撰的事情而已,她根本没放在心上。

她在意的是,肖南确确实实买了一对皮卡丘耳环。

那样的一对耳环显然是给女孩子买的,也不可能是给甄宝女士的,所以,到底是给谁买的?

黎茶茶开始讨厌起这样的自己。

她竟然生出了嫉妒的情绪,明知肖南送给谁,跟她其实一点关系都没有,可她偏偏就有了一种占有欲。

她有点害怕这样的情绪,根本不敢顺着情绪摸向源头。

上课铃打响。

黎茶茶深吸一口气,往教室走。

她回到教室的时候,肖南人已经在座位上坐着了,她坐下的时候,闻到了一股淡淡的烟味。肖南忽然沉声问她:"要不要吃蛋挞?"

黎茶茶微微一怔:"什么?"

"下课后请你吃蛋挞,吃不吃?"

"不吃。"

肖南沉默了下,又说:"蛋糕吃不吃?"

"不吃。"

"糖醋排骨吃不吃?"

"不吃。"

"你要吃什么,说。"

"我为什么一定要吃什么?"

"不吃也得吃,黎茶茶你欠我人情,欠我人情你就得吃我的东西。"

黎茶茶有点蒙:"我什么时候欠你人情了?"

"自己想。"

黎茶茶想了十分钟都没想起来自己到底什么时候欠肖南人情了,说:"我没欠你人情。"

"推荐书籍,不算?"

黎茶茶无法反驳。

肖南又问:"想吃什么?"

"蛋糕。"

选修课下课后,学校里所有卖蛋糕的店全都已经关门了,只剩三食堂的蛋糕店还开着。

肖南和黎茶茶一块去了三食堂,肖南把蛋糕店里剩下的切块蛋糕全都买了,整整齐齐地装满了三个正方形的透明盒子。

黎茶茶问:"吃完就不欠人情了?"

肖南嗤了声:"你那小鸟胃能吃完?"

黎茶茶倔起来,说:"我能吃完!"

肖南无奈道:"行,你吃。"

黎茶茶晚饭吃得不少,这会儿肚子还是撑的,吃到第三块的时候,她胃里已经腻得不行,吃蛋糕的速度明显减慢,可还是一口一口艰难地吃着。

肖南冷眼看着。

黎茶茶终于忍不住,从包里拿了瓶水出来,拧开后喝了一口,又继续拿起叉子。未料,肖南突然夺过她的叉子,冷冰冰地说:"吃不下还硬撑。"

"我吃得下。"

"那你吃。"

黎茶茶又去拿新的叉子,还没撕开包装纸,就又被肖南夺走了,黎茶茶又去拿第三根,肖南又再次夺走。

所有叉子都到了肖南手里。

黎茶茶瞪着肖南:"你不让我吃。"

肖南却问了句:"你在和我生什么气?"

黎茶茶一下子就蒙了,低头说:"我没有生气。"

肖南皱眉:"你在跟我闹别扭,还跟我生分了,平时你吃不完都是让我帮你吃的,难道就是因为那个王同学?"

黎茶茶立马抬头,问:"跟王同学有什么关系?"

"你今天三句里两句不离王同学。"

黎茶茶纠正:"我觉得我今天三句里两句不离'吃'字。"

肖南冷笑:"爸爸现在明确告诉你,我不接受王同学当女婿。"

黎茶茶瞪大眼:"什么女婿?我和他根本就不熟!平时上课根本没说过话,只有选修课才一起上,我连他长什么样都记不住!"接着,她也学着肖南冷笑一声,"我喊你爸爸,你就真当你是我爸吗?行啊,那你什么时候带'皮卡丘妈妈'给女儿我见一见?让我看看过不过关?"

肖南问:"你脑子里到底在想什么?我为什么要娶一只黄色老鼠?我是没钱交电费还是怎么着?娶它发电吗?"

"你脑子里在想什么?我是说皮卡丘耳环!你准备送的女孩子!你要送给谁就带谁来见我!"

"给你的。"

"给你是谁?带来!见我!"

"你!黎茶茶!"

黎茶茶一下子反应过来,结结巴巴地问:"什……什么?"

肖南的心情早在黎茶茶说出"我连他样子都记不住"这句话的时候就好起来了,这会儿见黎茶茶不再剑拔弩张的,语调也软了起来。他先是从鼻子里哼了声出来,然后才悠悠地说:"那天你盯着皮卡丘娃娃机看,我还以为你想要,就顺手买了打算送你,当感谢你陪我看电影,后来忘记送出去了。"

黎茶茶"哦"了声,脸微微红了。

肖南问:"蛋糕还吃不吃?"

黎茶茶小声地说:"不吃了,不好吃。"

"浪费,挑食。"

话是这么说,肖南拿着叉子把剩下的蛋糕都吃完了。

4

黎茶茶和肖南走出了食堂。

黎茶茶的寝室离三食堂很近,走个五六分钟就能到。肖南的要远一些,三食堂在A大的南边,而他的寝室在A大的北边,走路起码要二十分钟,黎茶茶是知道距离的。

如今她心旷神怡,神清气爽,完全没了闹别扭的情绪,她正要很体贴地表示"她自己走回寝室"时,却发现肖南的面色有点不对。

她问:"你不舒服吗?"

肖南斩钉截铁地说:"没有。"

黎茶茶"哦"了声,眼珠子滴溜溜地转,然后似是发现了什么,露出了惊讶的表情:"啊,原来您也会吃撑的啊,我以为社长您肚子里有个黑洞,怎么填都填不满。"

虽然话里带了"您"字,语气却十分轻松。

肖南发现,经过刚刚那一场拌嘴,黎茶茶变得更加鲜活了,不像故作乖巧的她,也不像在酒吧里肆意张扬的她,此时此刻她眉眼间都是笑意,还带着几分调皮,越来越像一个真正的小姑娘了。

肖南哼笑道:"黎茶茶你胆儿肥了,竟然敢说我是饭桶?"他伸手往她脑袋上一拍,"有本事你再说一遍。"

十月下旬的夜晚已经入了秋,微微有点冷,他的手掌又宽又大,还带着一股子暖意,像是小太阳一样,碰到她的脑袋时,能感受到他刻意放轻的力度,仿佛就只是轻轻地摸了一下。

她不是没被摸过脑袋。

从小到大,作为曾经的国民女儿,不少长辈都喜欢摸她的脑袋,或轻或重,她都没任何感觉,只道是再寻常不过的动作。可偏偏肖南这么一摸,她便觉得心脏重重地跳了一下,手指间似是有电流一般,微微酥麻。

黎茶茶瞬间红了脸，她张嘴，用细若蚊蚋的嗓音说："饭……饭桶。"

搁平日里，哪个姑娘这么说话，肖南肯定要说她矫揉造作了，只不过今时今日，搁到黎茶茶身上，他反倒是瞧出了几分可爱之处来，被骂饭桶也没什么想计较的了。

他只说了句："行吧，我是吃得挺多的。"

"本来就是。"

"是你吃得少，我只好把你吃不完的都吃光，不可以浪费粮食。"

"其实你可以留到明天吃的，这个天气，蛋糕可以放一晚上的。"

肖南："……"

"你是不是没有想到这一点？"

肖南没吭声。

黎茶茶觉得自己难得抓到肖南的知识盲区，也顾不上脸红了，凑上前去，睁大眼，笑吟吟地说："看来社长没什么生活常识，没事，我会替你保守秘密的，保证不会有第三个人知道。"

黎茶茶一凑上去，他一低头就能见到她白皙细腻的皮肤，还有尚未褪去的红晕，巴掌大的小脸白里透红的，像是刚刚蛋糕上的奶油和草莓，咬起来也许都是甜腻腻的。

肖南察觉到自己龌龊的想法，硬生生地挪开了目光。

黎茶茶只当他不好意思，觉得百年难得一见这样的场景，又凑前了一点，仰着脑袋说："你喜欢皮卡丘娃娃的事情，我也不会告诉第三个人！"

肖南又挪开目光，黎茶茶换个角度，又再度对上。

一来二去，肖南索性不挪了，两个人的视线直勾勾地对着。片刻后，两个人不约而同地侧首。

黎茶茶抓着自己的衣角，语速飞快地说："我回寝室了，再……见……"

她才踏出一步，却听肖南说："我吃撑了。"

她收回步伐，问："那……怎么办？"

"走一会儿。"

"好。"

等两个人一走，食堂角落就钻出两道人影，谭明和顾恬互望了一眼。

谭明兴奋道："照片拍了！茶茶师妹脸红的照片拍到了！"

顾恬忙说："发我一份，不能上传论坛！茶茶谈不谈恋爱是她的事儿，放到网上又是另外一回事。虽然我很想打王嫣然的脸，但是不能用这样的方式……"

她喃喃道："不过有了今天选修课的这一出戏，王嫣然的小把戏应该也不攻自破了吧……"想到这儿，她很是高兴，"心里憋的那口气总算是出来了。谭同学，你还在这里做什么？别跟了！人家小两口培养感情你就别凑热闹了，让他们过二人世界吧！我就先回寝室了，还得去跟'灭霸他爸'好好八卦一下呢……改天请你吃饭！"

谭明一惊："……"

他默默地看着顾恬。

顾恬问："怎么了？"

"原来你……你讨厌王嫣然啊？"

顾恬这才想起来，虽然她讨厌王嫣然，但男孩子大多都还是喜欢那种楚楚动人的白莲花吧。

她打量了下谭明。

眼前的男孩长得一副书呆子宅男的模样，估计也是吃王嫣然的那一套……

顾恬看在两人今晚革命友谊的分儿上，决定不跟他计较，反正也没几个男的跟"灭霸他爸"一样，慧眼识英雄！有一双毒辣的眼睛发现她的好，并察觉出王嫣然的坏。

她挥挥手。

"走了，晚安，改天吃饭。"

肖南和黎茶茶两人漫无目地在学校里散步。

起初有些沉默，两个人都不知道该说些什么，直到后来肖南提起之前他给黎茶茶推荐过的书籍，两人才渐渐开启了话茬，并且渐入佳境。

沉默在两人中间散去，聊得兴起时，肖南忽然停下来，伸出手比画了下，问："黎茶茶，你有一米五五吗？"

"我一米六！"

"小矮子，以后要多吃点。"

"谁是小矮子？我一米六的身高在南方姑娘里不算矮了，而且我还没有成年，我还可以再长高……"她踮起脚，用手比画，"我起码能长到你的肩膀。"

肖南哼了声，说："你现在只到我的胸口。"

"那是你太高了。"她仰脖打量着他,"社长,你有一米九吗?"

"没。"

"一米八五?"

"再高一点。"

"一米八六?"

"嗯哼。"

"那也就比我高二十六厘米,我每天多吃三碗米饭就能长到你的肩膀。"

"那你到时候就不仅仅是小矮子了,还是小胖子。"

女孩大多都不能忍受别人说自己胖,黎茶茶也不例外,瞪着他说:"我吃你家大米了吗?你居然嫌我胖!"

肖南睨着她:"你是吃过。"

黎茶茶无法反驳,她还真的吃过……

"哼!不吃了,以后都不吃了,我就这个身高挺好的,反正我自己挺满意……"她踩着小白鞋,气哼哼地往前走,一不留神,被草坪前围起来的石槛绊了一脚。

就在黎茶茶即将狠狠摔在草坪上时,突然一股力道传来握住了她的手腕,天旋地转间,她的视线飞速转移,从黑漆漆的草坪到了黑漆漆的胸膛,还有腰间强而有力的胳膊。

她今天就穿了一件薄薄的裙子,肖南胳膊上的温度清晰地传了过来,烫得她心尖又开始咚咚地剧烈跳动。

脑袋上方响起了肖南低沉的嗓音。

"不吃就不吃了,有你这样走路的吗?要是没我在,你得摔成什么样子?"

黎茶茶很轻很轻地"嗯"了声。

肖南刚刚见黎茶茶差点儿摔倒,紧张得不行,这会儿把人稳住了,当下就是一顿数落,数落过后才意识到小姑娘还在自己怀里。

她身上有一股甜甜的香味,像草莓奶油蛋糕,但是不腻人,这么抱着,比寝室里的黄色老鼠手感还要好上万倍,软软的,香香的……一时半会儿,他不想松手了。

两个人都安静极了。

忽然,有奇怪的水声响起,伴随而来的是令人面红耳赤的喘息声,肖南和黎茶茶同时反应过来,黎茶茶瞬间就推开了肖南,轻咳了一声。

"我……我没事了，谢谢。"

万万没想到的是，黑暗里突然响起一道女孩子的尖叫声："有虫！"

"没事没事，打死了。"

"好怕！"

"没事没事，我们走。"

然后，一对情侣从黑暗中走出，两人衣衫整齐，与黎茶茶还有肖南的目光对上。

女孩有些害羞，躲在男孩的怀里。男孩倒是很坦荡，对肖南说："哥们儿，我们没干别的，就在里面接吻……"他望了眼黎茶茶，又很贴心地说，"如果你女朋友怕虫子千万别去东边，那边虫子特别多，我听说上次还有情侣碰到蛇了，你们需要雄黄吗？我随身带了，可以给你一份……"

女孩催促道："哎呀，快走啦。"

"好好好，宝贝，我们走。"

男孩边走边回头，说："记住啊，亲身经验告诉你，千万别去东边接吻啊！"

热心群众离开后，肖南和黎茶茶都有些尴尬。

两人对望一眼。

黎茶茶问："你还撑吗？"

"不撑。"

"那回去吧。"

"行。"

肖南回到寝室后洗了个澡，出来时见到床上角落里的皮卡丘。

他似是想到什么，翻箱倒柜地找了会儿，才在一个箱子里找着了那天在商场里买的皮卡丘耳环。

他拍了个照，发给黎茶茶。

【肖南：明天给你。】

【茶茶：好。】

肖南扔了手机睡觉，半天没睡意，一睁眼，就见到皮卡丘在看着他。他伸手戳了它一下，嫌弃地说："没黎茶茶软。"

皮卡丘仍旧看着他。

肖南哼了声，又说："你也没黎茶茶可爱，黎茶茶才更适合被放在娃娃机里。"

晚上，肖南做了个梦。

他梦见自己倾家荡产换了一屋子的金币，在一个装满黎茶茶的娃娃机前夹娃娃。

娃娃机里的黎茶茶长得都一模一样，张着小嘴，在那儿嘤嘤嘤嘤地说话。

"哥哥，带我走嘛。"

"社长，我不想待在这里。"

"爸爸，我要出去！"

"小哥哥，小哥哥……"

肖南夹了一整晚的娃娃，有其他人想来尝试，都被他暴揍了一顿……

后来也不知怎么，场景突然转变，到了学校里的情人林。

他把黎茶茶摁在树上，黎茶茶双眼水润又迷离，还用娇娇软软的语气喊着他："哥哥……"

肖南醒过来的时候，被自己的梦震惊了。他明显地感受到自己身体的变化。他打开手机，盯着相册里黎茶茶笑得温柔可人的照片，沉默地看了很久。

然后，他去阳台抽了根烟。

这会儿已经是早上七点，他寝室阳台外正好对着学校的湖泊，这个时间点已经有不少学生围着湖泊跑步，还有合唱社的人在开嗓。

肖南瞧见一对情侣，牵着手围着湖泊走，走得很慢，男孩也不知说了什么，逗得女孩哈哈大笑。忽然间，女孩踮起脚亲了男孩一下，旋即松手跑开，男孩又立马追了上去，往女孩额头亲了口，然后继续手牵手散步。

这样的场景，平日里肖南一般瞥一眼就懒洋洋地挪开视线，可今天不知怎么，瞧着瞧着就挪不开目光了。

过了很久，肖南终于收回目光，他打开手机，给甄宝女士发了条微信。

【肖南：妈，当初爸追了你多久？】

黎茶茶今天没早课，原本打算好好补个觉，可未料还没到八点，自己就醒过来了。

醒来后，她毫无睡意，一转身，就见到顾恬坐在电脑桌前，轻轻地敲着键盘。黎茶茶看了眼时间……七点二十分，能在这个点起来的顾恬一定是假的吧。

许是听见了黎茶茶翻身的动静，顾恬扭过头来，问："你醒了？是被

我吵醒的吗?"

"没有,就自然醒了,你今天怎么起这么早?"

顾恬放松下来,噼里啪啦地敲着键盘,说:"我之前不是在学校论坛里认识了一个同校的网友吗?他跟我一样都是复联爱好者,我们挺聊得来的,不知道为什么从昨天晚上开始他就对我特别热情,今天一大早还给我发信息了,我被他吵醒后,在床上待着也无聊,就索性下床上电脑跟他聊天,还顺便关注了下王嫣然的最新动态……"

说到这儿,顾恬哈哈笑了几声:"你知道吗!王嫣然删微博了!把皮卡丘耳环的微博给删掉了!我快要笑掉牙了,真是大快人心!呵呵,为了博关注度捆绑肖南,还故意在实验室外面等肖南,我昨天可是问了肖南身边的人,肖南连王嫣然是谁都不知道!那天在实验室外,根本看都没看她一眼。王嫣然真该去学表演了,像她这样好的演技在中文系里待什么呢?"

黎茶茶并不关心王嫣然的事情,得知顾恬是为了聊天才起这么早后,放心了。

此时,顾恬又说:"对了,我觉得这次校花选举,只要王嫣然不折腾什么幺蛾子出来,你肯定能稳稳当当坐上校花的宝座,也不知道是不是昨天学校论坛帖子的热度,今早你的票数涨了五千多呢,你现在有九千多票了!算一算我们学校一共两万五千名大学生,三分之一的人都把票投给你了!"

5

黎茶茶对校花评选始终不感兴趣,听了也没多大反应,她下床去洗手间洗漱,收拾好后准备去食堂吃个早饭。

她看了眼还和电脑腻在一起、噼里啪啦聊得火热的顾恬,问:"我给你带早餐回来,要吃什么?"

"啊啊啊,茶茶你真是我的小天使!"顾恬头也不回,十指在键盘上翻飞着,"我要吃十二号窗口的广式肠粉,要两个蛋,多放点生菜,爱你!"

"好。"

黎茶茶开始换衣服。

换好的时候,手机却突然来了条信息,她随意瞥了眼,发现是肖南的微信。

他的微信向来很简短,能用一句话交代完的绝对不用两句话。

【肖南：吃早餐了没？】

【茶茶：没有。】

【肖南：早餐买多了，要吃吗？不吃我扔了。】

【茶茶：……】

【肖南：省略号是什么意思？】

【茶茶：吃……】

【肖南：十分钟后下来。】

黎茶茶有点愣神。

过了几分钟，沉浸于与网友聊天的顾恬终于发现自己的室友在发呆，问了句："你不是要去食堂买早餐吗？"

"可能不去了。"

"没事没事，反正我也不饿，你要是饿了，我这里还有几片全麦面包……"顾恬伸手往袋子里摸了下，又惊喜地说，"还有一个三明治，培根鸡蛋的！要吃吗？"

"不……吃了。"

这时，黎茶茶的微信又响了，是肖南发了微信过来，这回还带着图。

她点开大图一看，不由得微微一怔，是一张很普通的照片，也不知道是学校哪儿的地，上面有脏垃圾。

【肖南：有学生乱扔垃圾。】

【茶茶：嗯，不是好习惯。】

她思考了一会儿，没懂肖南这条微信的意思。没多久，肖南又发了微信过来，这一回也是一张照片搭配一句话，照片估计是肖南自己拍的，照片里是干湿分类的垃圾桶。

【肖南：我捡起来扔了。】

【茶茶：好的……】

【肖南：学校的垃圾分类做得不够好，应该让学生会再给学校提个建议，加大宣传力度。】

黎茶茶想了想，觉得自己平时还是个非常文明的公民，从来不乱扔垃圾，自从开始垃圾分类后，她还背了相关知识，力求做到严格要求自己，为文明城市贡献一分力量。

但是！

她前天上课的时候，顾恬给她买了一杯奶茶，她没什么胃口，喝得不多，因为下堂课的教室有些远，急急忙忙的，扔垃圾的时候她也没把奶茶倒掉，就直接扔进了干垃圾桶。

本来正确的扔法,是把奶茶倒掉,里面的珍珠波霸椰果分类到湿垃圾桶里,装奶茶的塑料杯子扔进干垃圾桶。

难道她乱扔垃圾被肖南发现了?

这么一想,黎茶茶瞧着肖南这几条"意有所指"的微信就有些微妙了,心里还隐隐有几分心虚,想了很久,才给肖南回复。

【社长,我会严格要求自己的!】

肖南回了个"好"字。

黎茶茶觉得自己那天乱扔垃圾的事情肯定是被肖南发现了,不然肖南不可能无缘无故跟她提这一桩事,估摸着想侧面敲打她一下,让她别再乱扔垃圾了。

黎茶茶转念一想,又觉得肖南这样怪温柔的,都没有当面斥责她不要乱扔垃圾,而是循序渐进地引导她,让她认清自己的错误,还打着送早餐的借口。

顿时,黎茶茶明白肖南为什么要给自己送早餐了!

这是奖励!

奖励她知错就改!奖励她迷途知返!奖励她严于律己!

等黎茶茶下了寝室楼,见到肖南手里的早餐时,她内心更加感动了。

肖南说给她送早餐,粗粗一扫,像是把整个食堂的早餐都打包了过来,其中还有顾恬想吃的广式肠粉。

肖南很酷地说:"买多了。"

黎茶茶笑道:"我懂。"

"你看看你喜欢哪样?"

"有豆浆、油条、包子吗?"

"有,要什么包子?"

"豆沙包。"

肖南从早餐堆里把豆浆和油条给了黎茶茶,至于包子……他没办法从长得都差不多的面团里分清哪个是豆沙包。

他沉默了下,问:"哪个是豆沙包,知道吗?"

"不知道……"

肖南索性把每个包子都掰开,不巧的是,掰到倒数第二个的时候才找着豆沙包,他递给黎茶茶。

黎茶茶只拿了一半,问:"你平时是不是不吃豆沙包?"

"吃。"

"那我分你一半,我可喜欢吃豆沙包了,馅儿甜甜的,还有豆香。"大抵是平时让肖南吃自己吃剩的食物吃多了,她踮起脚,把另一半豆沙包送到肖南嘴边,动作再自然不过。

肖南微微垂眼。

眼前的豆沙包皮是皮,馅是馅,搭着小姑娘莹白的指尖,莫名有诱惑力。

他张嘴吃下,一口就把半个豆沙包吃了进去。

黎茶茶笑意盈盈地问:"是不是很好吃?"

没想到肖南却问:"你喷香水了?"

黎茶茶下楼的时候,拿了香水出来,特地喷了几下,喷头不大好用,头两下全都沾到了指尖上,没想到肖南闻出来了。

她轻咳一声,说:"嗯,对。"

"什么味?"

"玫瑰。"

"挺好闻的。"

黎茶茶一听,内心有些小欣喜,似是想到什么,又问:"这是肠粉吗?加了两个蛋的吗?"

"一个蛋。"顿了下,肖南又掏出一个水煮蛋,"现在两个蛋了。"

黎茶茶有些哭笑不得。

"我室友顾恬,我本来是要去帮她买早餐的,她喜欢吃广式肠粉加两个蛋……"

肖南直接把装了肠粉的早餐盒给她。

"我……我室友也有份?"

"反正买多了,你吃肠粉吗?"

"吃的,不过我吃了油条、豆浆、包子后就吃不下了,平时还是吃的。"

"什么肠粉?"

"虾仁加鸡蛋。"

"一个鸡蛋还是两个鸡蛋?"

"一个。"

肖南"嗯"了声,说:"行,知道了,上楼吧,早餐要凉了。"

"我吃完后会认真扔垃圾的!"

"行。"

肖南目送着黎茶茶上楼。

等黎茶茶的身影消失在他的视线后,他翻出手机,扫了下今早甄宝女士给他发的微信。

【妈:你爸是个二傻子,哪里会追女孩子?】

【妈:我们在一起后,他说追了我一整年,我愣得不行,后来仔细想了想,才知道他把每天给我分享生活里的小事叫作追我。要不是你爸长得好看,这个方法才不奏效呢。】

【妈:不过话说回来,你爸给我表白的时候,我现在仍然印象深刻,他说,喜欢一个人就是和她分享生活里的每一件事,大的小的,通通都想告诉我。】

6

黎茶茶在食堂和顾恬吃晚饭,她总觉得肖南今天怪怪的。

从早上她睁眼开始到她一整天的课结束,肖南陆陆续续给她发了许多信息。

【肖南:在上课。】

【肖南:墙角有一只死蟑螂。】

【肖南:在做实验。】

【肖南: {午饭.jpg}】

【肖南:又看见有人乱扔垃圾。】

【肖南:午休时间适合锻炼,我在跑步,你也可以适当锻炼,对身体好。】

【肖南:怕晒可以晚上跑。】

【肖南:在上课,两门课连堂。】

【肖南:我前面的人在打游戏。】

四十分钟后。

【肖南:打吃鸡。】

【肖南:上完课了,晚上还有课,在智华楼。】

与往常不大一样的肖南,令黎茶茶有些不安和担心。

她悄悄地去看了眼甄宝女士的朋友圈,和往常没什么区别,还是日常三部曲——买买买、秀秀秀、打麻将,可以推论出,肖南的变化跟家庭没关系。

那么,是什么导致肖南有了这些奇怪的举动?

黎茶茶又去查看了肖南朋友们的朋友圈,基本没人提肖南。黎茶茶想去问祁馨，但又不知道要怎么开口。

她重新看了眼肖南给她发的最后一条微信。

【上完课了，晚上还有课，在智华楼。】

她回复一句。

【我晚上没课。】

然后，肖南便再也没有回复了。

她又往上翻了翻，肖南的上一节课在乐育楼。

A大占地面积大，乐育楼和智华楼一南一北，平时她走路过去都要十五分钟，踩自行车的话，约莫就五六分钟。

她平时没见过肖南踩自行车，估计也是走路过去的，两节课之间只有四十分钟的休息时间，算上走过去的时间，也就剩下不到三十分钟，他也没发晚餐图，估计没吃晚饭？

黎茶茶想了想，发了条微信过去。

【你晚上有几节课？】

肖南回复过来。

【三节。】

"哈哈哈哈！茶茶你真棒！你的票数已经一万五了！你知道你比王嫣然多多少吗？八千七百五十九票！我再用小号给你投一票，凑个整！哼！我就说了，公道自在人心！这是正义的胜利！王嫣然把粉圈那一套用到学校里，活该她输！"

顾恬终于从手机前抬头，见黎茶茶在打量着每一个窗口，又问："你还要吃点什么吗？你去买，我帮你看着包。"

黎茶茶却问了句："你平时上课吃的都是什么？"

"糖果、饼干、巧克力，一切没有味道的东西！"

黎茶茶若有所思地道："你的自行车在外面，对吧？借我用一下，车钥匙给我。"

"啊？好！紫色的那一辆！就在食堂门口。"

"谢了。"

肖南今天的课程排得特别满，除了早上第一节课之外，其余都是满课。不过这样的强度，他早已适应。下午最后一节课结束后，他火速赶到最近的食堂，不到十分钟就吃完了晚饭，到达晚课的教室时，时间还有五分钟的剩余。

他随便挑了个空座位坐下，拿出手机拍了张教室的照片。

【肖南：还有五分钟上课。】

【黎茶茶：你在哪里上课？】

【肖南：505。】

肖南瞧着黎茶茶的问题，从这简简单单的几个字里嗅到了家长里短的快乐，他如今终于可以理解父亲每次被母亲查岗时，嘴角抑制不住上扬的心态了。

没多久，上课铃打响，肖南放下手机，认真听课。

过了一会儿，忽然有人轻轻地戳了下他的背。

"肖……肖同学……"

肖南扭头，发现班里的一个女同学有些战战兢兢地看着他，说："饼……饼干……别人给你的。"

肖南直接拒接："我不吃饼干。"

"那……那……"

女生话还未说完，肖南已经冷淡地扭回了头，继续听课。

此时，有一道人影悄悄地从教室后门溜了进来，又悄悄地坐到了肖南身边，问："南哥，老师点名了吗？"

"你今天狗命保住了。"

谭明彻底松了口气，摸了摸胸口说："还好还好，我就怕点名！唉，这不跟我家孩子他妈聊得太愉快了吗？连饭都忘记吃就顾着和她聊天了！我已经提前感受到了网恋的快乐！"

"肖……肖同学，我把饼干放这里了。"女同学不敢多说什么，迅速坐回原位。

谭明瞥了眼，说："苏打饼干呀，芝麻味的。南哥，别的姑娘给你的，你不吃我吃了？"

肖南无所谓道："随便。"

谭明伸手把饼干拿了过来，又说："饿死我了。"

谭明撕去包装，吐槽道："这搭讪的女同学是不是知道你胃口挺大的，还买的家庭装，这么一大包，吃到何年何月？"

就在此时，肖南的手机振动了下，来了几条微信。

【茶茶：我猜你可能没吃晚饭，给你买了一包饼干，我让你班里的同

学带给你了。】
　　【茶茶：{图片.jpg}】
　　【茶茶：不知道你喜不喜欢吃，这个饼干是咸味的。】

　　谭明撕开了包装的一角，准备把第一包饼干拿出来，却突然感受到一道冷冰冰的视线。
　　他扭头问："呃？南哥你也要吃？"
　　肖南张嘴："粘上。"
　　"啊？"
　　肖南指着课桌上薄薄的一角包装纸："粘回去。"
　　"什……什么？"
　　"十分钟内，我要见到完好无缺的饼干，否则后果自负。"
　　谭明最怕肖南这副模样，尽管不知道为什么，可他立马认怂了，毕竟南哥的后果自负是真的要自负！
　　他找周围的同学借了透明胶布，把撕开的一角包装袋重新粘了回去。
　　"您……看看？"
　　肖南这才淡淡地"嗯"了声，然后把饼干收到了抽屉里。
　　谭明瞧这个架势，灵光一闪，问了句："茶茶师妹买的？"
　　肖南不咸不淡地道："嗯哼。"
　　语调虽然如此淡定，但他已经抑制不住嘴角的弧度，快要翘上天了！
　　谭明看着这样的南哥，又想起这种苏打饼干，学校超市里就卖 13.88 元，南哥怎么就被哄成这个模样了？
　　他叹了口气，摇摇头。

　　晚上，甄宝女士后知后觉地致电自家儿子。
　　"怎么早上突然问起你爸怎么追我了？"
　　"随口问的。"
　　"少来了，你是我生的我养的，你打什么算盘我能不知道吗？有喜欢的女孩了？"
　　肖南没吭声。
　　"什么时候带回家给妈看看？"
　　似是想到什么，她又说："茶……"然而刚说了个字，又收住了，改了口，"算了，你喜欢谁就喜欢谁吧，妈妈都不反对，你爸这边也都好说，至于你爷爷那边,目前你谈恋爱也不是大事,等真要结婚了,就算你爷爷反对,爸爸妈妈都是站在你这一边的。"

甄宝女士又问:"那姑娘长得好看吗?"

"好看。"

"追上了吗?你千万别用你爸的方式追……"

"知道了,我的媳妇我自己追。"

甄宝女士笑道:"你懂什么?要不是我一早就喜欢你爸,就他那种追人的方式能成功吗?阿南,我告诉你,追女孩要用心,也要用钱,还有时间,该花的还是要花的。"

"知道了。"

"你别不耐烦,你要追女孩真不能用你爸的那种方法。"

肖南看了眼放在皮卡丘旁边的同色系饼干,轻描淡写地说:"她送我礼物了,四百克重。"

Chapter 07
你难道看不出我喜欢你吗？

1

不到十点，顾恬就抱着手机上床，戴着耳机，和网友聊得火热，时不时传来无法控制的轻笑声。

寝室里熄了灯，只有黎茶茶的电脑桌前亮着一盏小台灯，她仍然坐在电脑桌前，此刻正对着 LED 化妆镜看得入神。

镜子里的黎茶茶把两边的乌发都拂到了耳后，露出小巧圆润的耳朵，耳朵上有一对皮卡丘耳钉，是金属的材质，在 LED 灯的照耀下，微微闪着光。

她看得极其专注，等回过神来的时候，才发现嘴角边扬起了一抹弧度。她轻轻用手指碰触着冰凉的耳钉，只觉两颊发烫。

一个小时前的场景一次又一次地在脑海里回播。

肖南给黎茶茶发微信的时候，那会儿已经将近十点，她已经洗了澡，也洗好了脸，穿着睡衣正躺在床上看书。

【肖南：下楼。】

【茶茶：什么？】

【肖南：我在你楼下。】

【茶茶：等我五分钟。】

黎茶茶火速爬下床，伸手就捞过挂在衣柜前准备明天穿的衣服，然后迅速擦了个隔离，又画了个眉毛，涂了变色润唇膏。

她这般风风火火，顾恬看呆了："你你你……你要去哪里？"

黎茶茶："下楼倒垃圾。"

顾恬顿时心领神会:"好!慢慢倒!好好倒!仔细倒!要是倒着倒着想思考人生不回来,我也是可以理解的!提前在手机上和我说一声就好了。"

黎茶茶飞奔下楼。

她们的寝室楼位于山坡上,这个时间点将近门禁,从上到下都是依依不舍的情侣们。黎茶茶一出寝室楼,就在一堆情侣里见到了鹤立鸡群般存在的肖南。

肖南也是第一时间就注意到了黎茶茶,迈开长腿就爬上了山坡,停在她面前。

"伸手。"

她乖巧地摊开手掌,一个微微皱的巴掌大小的少女粉礼品袋落在了她掌心。

她微微一怔,问:"这是……"

"耳钉。"

黎茶茶想起来了,胸口微甜,五指抓紧了礼品袋的小绳子,问:"饼干好吃吗?"

"好吃。"

"那我下次再给你买。"

"可以。"

回播结束。

黎茶茶又再次回忆了几遍,每一句话,每一个眼神,每一个动作,肖南的,自己的,轮番在脑海里出现,明明就是很普通的话,也是很普通的眼神,很普通的动作,可她偏偏就能品出甜味来。

她又轻轻地碰触着耳垂上的皮卡丘耳钉,最终还是没忍住,抿着唇,笑出了声来。

初到A市时,心情沉重,无论如何都高兴不起来。可现下,心情却像太阳底下的湖泊,水波荡漾,泛着一闪一闪的光。

忽然,手机响了,黎茶茶望了眼来电显示,笑容顿时敛去。她抿了抿唇,拿着手机去了阳台。

过了会儿,她深吸一口气,才接了电话,电话那头响起一道陌生又熟悉的声音。

"茶茶,我和你爸爸来A市了,很久没见你了,明天你出来和爸妈吃个饭,地址等会儿发你,中午十二点,不要迟到。"

黎茶茶微微拧眉,闻香女士这样的语气她太熟悉了。

她直截了当地问:"妈,是有什么事情吗?"

闻香拔高了声音:"能有什么事?爸妈想你了,找你吃个饭还非得有事吗?你这孩子念个大学,怎么连基本的礼貌都不懂?爸妈很久没见你,想你了,想和你一起吃饭,能有什么事?明天记得准时到。"

黎茶茶正想说什么,闻香那边又说:"对了,你明天有课吗?"

黎茶茶有些惊愕,她妈妈居然懂得问她明天有没有课了……

"只有下午有一门课。"

"几点上课?"

"四点。"

"那可以的,吃顿午饭的时间绰绰有余,吃完了我还有个通告,你爸爸有空,让你爸送你回学校,明天记得穿好看一点,别穿网上买的那些几百块的衣服,就穿……"闻香顿了下,才说,"暑假前妈给你买的那条Gucci的裙子,搭一双白色板鞋。"

黎茶茶一听这要求,问:"要和谁吃饭?"

"能和谁吃饭?就我和你爸爸还有你。"

"真没第四个人?"

"没有,不说了,你好好休息,睡前敷个面膜,我和投资方还有应酬,挂了。"很快,闻香又叮嘱,"明天过来前洗个头,出门在外,身为国民女儿得注意形象。"

黎茶茶撇撇嘴,说:"哦。"

闻香挂了电话。

第二天,黎茶茶起了个大早。

她坐在电脑桌前,翻着昨晚没看完的书,半个小时过去了,仍旧停在那一页上。她垂着眼,也不知在想些什么。

片刻后,她才轻轻地叹了口气,认命地去浴室里洗头,出来后找着了闻香女士说的那条裙子,又搭配上了白色板鞋,之后又化了个淡妆,才出了门。

她准备打辆车直接过去,然而出了寝室楼,她又蓦然想起一事,匆匆忙忙地赶回寝室,把抽屉里的太阳眼镜、口罩还有鸭舌帽都拿了出来。

吃饭的地点是一家法国餐厅，离 A 大颇远，打车也花了四十分钟。

黎茶茶到达餐厅后，给闻香发了条信息。

【我到了。】

闻香立马回复了一条。

【我们在窗边，23 号桌。】

黎茶茶有些愣怔，她的母亲闻香女士非常有偶像包袱，吃饭向来都是要坐包厢的，鲜有在大厅吃过的时候。

门口的服务生引着她进门。很快，她一眼就发现了黎柏与闻香，她的父母正坐在窗边，也不知父亲说了什么，母亲微微一笑。

黎茶茶看得不动声色。

服务员问："小姐，您怎么了？"

黎茶茶仔仔细细地观察着四周，然而并没发现什么不妥。此时，闻香见着了她，朝她优雅地招了招手。黎柏也望了过来，宛如一个严格的父亲，微微点头。

黎茶茶坐下。

闻香笑说："我已经点了菜，喊了一个家庭套餐，"说着，她上下打量着黎茶茶，"都吃饭了，把口罩、墨镜、帽子都摘了吧。"

黎茶茶应声。

闻香又说："我上周刚从法国拍戏回来，给你带了一支口红，热门色号，你试试。"

说着，闻香从包里拿出一支没有拆封过的口红，白色方管，旋开后，是非常水润的浅粉色。

黎茶茶薄涂了一层，闻香赞道："果然适合你，很显气色，你试试再涂一层。"

黎茶茶照做了，闻香笑着说："这个年纪的小姑娘真是好，涂什么，怎么涂，都好看，脸上的胶原蛋白看着就让人羡慕，我们茶茶长得好看，又像我，也像你……"

闻香看向黎柏，笑吟吟地问："是不是？"

黎柏的眼里也多了丝笑意："像你多一些。"

没多久，前菜上来了，黎茶茶拿了一块黑面包，吃了一口。

黎柏又问她："我听说你们学校有校花评选？你参加了吗？刚上大学，课程忙不忙？我最近有部戏在 A 市附近的影视城拍，你把你的课程表给我，遇着空了一起吃饭。"

黎茶茶看看闻香,又看看黎柏,半天说不出话来,她又往餐厅周遭看了看,也没发现什么奇怪的地方。

黎柏见黎茶茶没出声,疑惑地看着她:"嗯?"

黎茶茶这才慢吞吞地回答了黎柏的问题,她心里觉得怪异极了,眼前的黎柏和闻香像是另外一个平行世界的父母,懂得关心她、在乎她,她打小就期待着这样的父母,尽管一次又一次地失望,可到了下一次,还是会忍不住期待,她无法控制自己的期待,却也不想承受更多的失望,所以到后来,她告诉自己,不去期待。

人呀,只要不期待,便不会失望,把期待值降到负数,人生便会快乐一些。

想到这里,她冷静了一点,如今的黎柏与闻香,就像是周围摆了一个无形的摄像头,他们虚伪又好脸面,在竭尽所能地营造出和谐又温馨的一家三口。她逼迫自己接受这个最有可能的猜测,她甚至觉得也许吃到一半的时候,服务员就会突然大变身,扛着摄像机,出来告诉她:他们正在录节目……

这么一想,她内心便越发平静,淡定地陪着闻香和黎柏聊天,吃了一顿昂贵的法餐。

可一直等到结账的时候,周围也没跳出扛着摄像机的工作人员,只有黎柏付了钱,说等会儿要送她回学校。

黎茶茶有些愕然,这一家三口的温馨戏还在上演?

到A大的时候,天空下起了小雨,初秋天气已经微凉,黎茶茶打了个喷嚏,黎柏脱了身上的西装外套,披在黎茶茶身上,又给她递了把伞,说:"茶茶,别感冒了,回寝室吧,下周我有空,再和你吃饭,想吃什么,微信告诉我。"

黎茶茶抓着伞柄,小小地"哦"了声。

2

黎茶茶下午有课,和黎柏分别后,就直接赶去教室上课了。

外面的雨一直在下,黎茶茶下课的时候还没停,她打开黎柏给的伞,往食堂走去。到食堂后,她把伞收了,仔仔细细地扣好伞带,然后挂在了手臂上。

五点半食堂里人很多,每个打菜的窗口都排着长长的队伍。

黎茶茶从包里摸出手机,想问问顾恬要吃什么,她可以给她打包回去,

·160·

然而拿出手机才发现没电了,不过顾恬的习惯很好猜。这么一想,黎茶茶先去帮她买好晚餐,然后又去了另外一个窗口排队。

忽然,有端着餐盘的同学从她身边匆匆经过:"麻烦让一下。"

她往后一躲,却不小心撞着了人,只听一声"哎呀",咣当一下,盛着汤水的碗掉在地上,溅了一地。

黎茶茶连忙说:"不好意思。"

幸好被撞到的同学十分友好:"没事没事,反正汤不用钱,我再去打一碗就好了。"

黎茶茶还是感到抱歉,摆着手说:"我来收拾这里,真不好意思。"

等同学一走,黎茶茶左看右望,这会儿食堂人挤人的,已经没了空位。她没找着地儿放包,只好把晚餐也一并挂在右手臂上,跑去食堂角落里拿了拖把。

再次回来的时候,却碰见了肖南,他微微拧眉,问:"怎么回事?"

黎茶茶轻咳一声,说:"不小心撞到人,打翻了汤碗。"

他上下看她一眼。她本就长得娇小,这会儿身上东挂一件西挂一件,活脱脱跟个儿童衣架子似的。

"不会喊人帮忙吗?"

"我自己可以。"

"行啊,你可以,你来。"

黎茶茶觉得肖南这话莫名有些冲,抬眼瞧了瞧他,说:"好,我自己来。"

说着,她就要去拖地,然而刚挪动了下,肖南就把拖把从她手里抢了过来:"啧,你去那边坐着,吃你的饭。"

"没位置。"

"有,我占的。"他指了指座位。

黎茶茶"哦"了声,抬脚往打菜的窗口走去。刚走几步,肖南又问:"去哪儿?"

"打饭,我手里拿的是恬恬的晚餐。"

"拎这么多东西,打什么饭?去坐着,要吃什么?"

"烧鸭咸鸡双拼。"

黎茶茶拎着东西找到肖南占的位置后,把手提包和顾恬的晚餐放到一旁,抬起头时,肖南正在六号窗口排队,兴许是察觉到她的视线,他看了过来,旋即又扭回头。

没多久,肖南拎着两份餐盘过来,又给黎茶茶递了餐具,埋头就开始吃饭。

黎茶茶喊了他一声:"社长。"

他抬眼,停下动作。

"我是不是哪里惹你不高兴了?"

"为什么不回我的信息?"

黎茶茶微微一怔,低头就去包里拿手机,在他面前晃了晃,说:"没电了,也忘记带充电宝了。"顿了下,又问,"你给我发什么信息了?"

"生活日常。"

黎茶茶想问肖南为什么要给她发生活日常,可话到嘴边,看着他又问不出来了,轻轻地应了声:"哦。"

肖南给她递了个充电宝:"充上电。"

黎茶茶充上电后,开了机,这才发现顾恬给她打了几个电话,还发了十几条微信,全都是"茶茶你怎么关机了""茶茶你去哪里了""茶茶你家社长问我你去哪里了""茶茶你不要吓我"之类的信息。

黎茶茶给顾恬回了微信后,才问肖南:"你问恬恬我去哪里了?"

肖南正在吃鸡腿,听到这话,动作一顿,随后又若无其事地把鸡腿上的最后一口肉吃进肚里,故作轻描淡写地说:"嗯,怕你被拐卖了。"

黎茶茶"扑哧"一声笑出来:"谁能拐卖我?"

"拐你进山里当媳妇。黎茶茶,社会新闻要多看,你这个模样很容易被人贩子相中,等你真被拐了,想哭也找不着地方哭,不能掉以轻心……"

说着,肖南还真的有模有样地给黎茶茶转发了五六条关于女大学生被人贩子拐进大山里的新闻。

黎茶茶点开微信看了看,咽了口唾沫:"你真去看这些新闻了?真以为我被拐卖了?"

"你不能排除失联的人有这个可能性。"

黎茶茶无法反驳。

肖南认真地叮嘱道:"下次要带充电宝,联系不到你,我上课没办法专心。"

黎茶茶没想到肖南会说出这样的话来,耳根微微发烫。

"我……晚上回去买个充电宝。"

"这个给你。"

黎茶茶愣了下。

肖南却问："旧了不想要？"

黎茶茶看了看，手里的充电宝怎么瞧都不像是旧的，她正想拒绝，也不知肖南从哪儿变出一张贴纸，撕下一个巨大的皮卡丘贴在充电宝上。

"你不要，我就把皮卡丘扔了。"

黎茶茶万万没想到肖南还有这种威胁式的操作，瞬间呆了。

"所以，你要不要？"

"要……"

"嗯哼。"

吃过晚饭后，外面还下着细细的雨，黎茶茶低头一望，瞧见长柄伞上留有刚刚汤碗溅出的汤汁，忙从手提包里拿了湿纸巾出来，仔仔细细地擦了一遍。

肖南瞧她这个小心翼翼的模样，不由得多看了几眼，他对这把长柄伞没什么印象。

他知道黎茶茶有两把伞，都是折叠的：一把轻便的小黑伞，伞内有一朵红色的花，出太阳的时候用；另外一把黑伞，外面是小碎花，下雨的时候用。

可现在她手上拿着的，却是墨绿色的长柄伞。

他问："新买的伞？"

黎茶茶抿唇笑了下，说："不是，我爸爸的。"

听到"爸爸"两个字，肖南老半天才反应过来是黎柏，问："你白天跟你爸爸在一起？"

黎茶茶点头，轻声说："嗯，我爸妈来Ａ市了，我跟他们一起吃了顿饭，我爸爸送我回学校的。"

她说着说着便想起那天闻香给她打电话，言语间频频提起自己和肖家的关系。她飞速地抬眼看了下肖南，声音越来越轻，然后她又猛然转了话题，说："谢谢你的充电宝。"

就在这时，一道窈窕的人影出现在两人面前。

黎茶茶望了眼，觉得有些眼熟，问了句："你是？"

女孩看了她一眼，又看了下肖南，神色有些复杂，又有些不甘，咬咬唇，说："王嫣然。"

黎茶茶一听，立马想起来了。

难怪觉得眼熟，恬恬每天都要在她耳边念叨王嫣然。

瞧对方一副杀气腾腾的模样，她仍是礼貌地问："有事？"

王嫣然今天是想来告诉黎茶茶，做人不要太嚣张。

她严重怀疑黎茶茶刷了票，就在今天下午两点整，黎茶茶的票数一刷新就多了一千，现在都快两万票了，学校总共才两万五千名学生，不说她自己本身就有八千票，再多的小号还能翻出一倍不成？可是她没有证据。

而且，眼下黎茶茶身边的肖南正冷飕飕地看着她，她到了嘴边的话又硬生生地给吞了回去。

王嫣然越想越觉得委屈，为了明年能继续当选校花，她一整年都在维持自己的形象，本来以为是囊中之物，没想到大一杀出了个黎茶茶，最过分的是，靠近一看，黎茶茶的皮肤还真白，连丁点毛孔都找不着！

她深吸一口气，鼓起勇气说："我们学校历届校花选举都要求公平公正，如果有任何刷票的行为……"

话还未说完，黎茶茶就打断了王嫣然的话："师姐，我对当校花不感兴趣。"

王嫣然一愣。

黎茶茶又说："我可以发一个声明，我主动要求退出校花选举，我现在就可以发。"

说着，黎茶茶拿出手机，打开学校论坛，当着王嫣然的面编辑帖子，不到三分钟，就组织好语言把帖子发到了论坛上。

王嫣然张着嘴，没想到黎茶茶如此干脆，一时半会儿竟有些不知所措，再看看旁边肖南不耐烦的眼神，脸一红，转身走了。

等王嫣然一走，黎茶茶点开了投票的帖子，她看着上面明显过高的票数，微微拧起了眉头。

肖南问："不舍得？"

"没有。"

过了会儿，黎茶茶才慢吞吞地说："我也觉得有点奇怪，票数实在过高了，我不像王嫣然在学校里那么活跃，单靠一张脸和我们工商管理系的支持，不可能拉得到这么高的票数……"

肖南忽然道："你比王嫣然好看。"

黎茶茶侧首，对上肖南的视线，他说得认真，听得她心里痒痒的。

她轻咳一声，转移了视线。

肖南却说："不过你要看着心烦，我可以帮你把票数全都弄没。"

她讶异地问:"怎么弄?"

"理工科的男人,没有黑不进去的网站。"

"真的?"

"你社长从不给做不到的承诺。"

3

在黎茶茶的坚持之下,肖南最后还是没黑掉黎茶茶的票数。

本身票数就高得过分,她又发了退出声明,要是没多久票数就全部清零的话,难免有做贼心虚被证实的嫌疑。黎茶茶这样的解释没能说服肖南,不过她话锋一转,又表示怕肖南黑学校论坛被抓,肖南这才舒缓眉头,哼哼唧唧地表示看在她担心他的分儿上,不干这一票了。

肖南晚上还有课,黎茶茶自己回寝室,回去的路上还给顾恬买了她平日里喜欢吃的蛋糕。校花评选大赛,恬恬的热情比她这个当事人还大,她这次一声不吭就发了个退出声明,有点担心恬恬会不开心。

未料回到寝室的时候,顾恬吃着她买的蛋糕,边吃边哈哈大笑地说:"太爽了!这脸啪啪啪打得太爽了!王嫣然当不当校花心里都得憋屈,这校花宝座赤裸裸地打上了黎茶茶不要系列,哈哈哈……当了校花吧,谁都知道是茶茶你不要,才勉强落到她头上的,不当校花吧,她也不甘心。"顾恬竖起大拇指,"茶茶,这一招高明!"

黎茶茶见她没不高兴,才微微松了口气。

顾恬吃完蛋糕,又说:"你想做什么就做什么,不用顾虑我!做人嘛,最重要的是开心,你做什么我都支持你……啊,我家孩子他爸给我发信息了,我先去回复。"她一屁股坐下,又开始噼里啪啦地敲字。

黎茶茶看了看顾恬扎得松松垮垮的丸子头后脑勺,又瞥了眼挂在床头的长柄伞,再摸了摸肖南送她的充电宝,上面的皮卡丘眼睛又黑又大,看着就萌萌的。

她浅浅地弯下眉眼,说了句:"真可爱。"

顾恬问:"啊?你说什么?"

黎茶茶笑道:"没,就觉得今天怪开心的。"

黎茶茶第二天是被顾恬的惊叫声喊醒的。

"天啦!茶茶!你赶紧醒醒!别睡了!你上热搜了!微博热搜!我的天,这什么神仙颜值!你果然是吃可爱多长大的!你小时候怎么这么好看!

而且原来黎柏和闻香是你父母啊!我看过他们演的电视剧!嗷嗷嗷,你小时候跳舞跳得好好啊,难怪你身体柔软度这么好,原来从小就有舞蹈底子……"

黎茶茶本来睡得迷迷糊糊,一听到"黎柏""闻香"两个名字,顿时睡意全无,腾地从床上弹坐而起。

"茶茶,你平时怎么不跟我说这个?噢!这个综艺节目我爸妈也看过!我妈妈那会儿可喜欢你了!她还夸过你好看呢,说这女孩长大后一定是个美人坯子,差不到哪儿去!果然是啊,茶茶你长大后是真好看!我居然和你成室友了!哈哈哈哈哈!"

黎茶茶似是猛地回神,抖着手在枕头下翻出手机,打开了微博热搜。

【#国民女儿长大后#】

【#A大校花的神仙颜值#】

【#国民女儿是学霸#】

三条热搜赫然在列,黎茶茶依次点开,里面全都是通稿,把她夸得举世无双,还配上了她的入学成绩单以及A大学校论坛的投票截图,还有好几张精修的抓拍图,甚至还有营销号发了一条微博——

【八卦总局:昨晚就见到黎柏和闻香在J家吃饭,身边还有个文文静静的女孩,原来就是黎茶茶。一家三口感情是真的好,吃饭的时候有说有笑,严父慈母漂亮女儿,一看黎茶茶就很有教养,没想到还是个超级学霸,连跳两级考上A大的工商管理系,颜值三百六十度毫无死角!来欣赏下A大校花的颜值!】

九宫格配图,除了黎茶茶和父母吃饭的照片之外,还有在A大校门口黎柏下车给她递伞的照片。

微博评论——

【这小姑娘太有灵气了,长得这么好看!还是学霸!A大学霸啊!工管系很难考的啊!连跳两级!厉害!】

【她小时候我就觉得好看了,那水汪汪的眼睛,还有小嘴唇一嘟,谁受得了啊!长大后不但没长残,而且更加好看了!我宣布,今天我就是黎茶茶的颜粉!】

【羡慕疯了,这一家三口什么神仙颜值!黎柏和闻香上辈子烧了高香才生得出一个这样的女儿吧!】

【这颜值是素颜吗?满满的胶原蛋白!代入所有校园文女主毫无违和感!那些三十岁还演十八岁小姑娘的几位明星麻烦让让路,让真女主来演好吗!】

【明明可以靠颜值吃饭,偏偏要靠才华系列!】

【就我一个人觉得这是炒作吗?隔三岔五就有最美校花的炒作?醒醒吧,最美校花都和优乐美一样,绕着地球能转三圈了。】

【呸!黎茶茶需要炒作吗?她打小就是国民女儿,不知道的回去问自己的爸妈,这么出名的童星,当初接广告接到手软好吗?你喝的奶粉、你用的学习机、你用的儿童手表,都是黎茶茶代言的好吗?】

【非杠。什么杂牌奶粉、学习机、儿童手表,我没用过。】

…………

"过分了啊!居然骂我家茶茶的脸是整的!眼睛不需要可以捐给有需要的人!茶茶……"顾恬望了眼床上的黎茶茶,话音戛然而止。

顾恬从未见过这样的茶茶,唇抿成了一条直线,眉眼间是无法形容的丧气,带着绝望,带着孤独,带着无助,宛如一个站在悬崖边上的人,半只脚已经踏空,一阵微风就能将她彻底推下悬崖。

顾恬有些不知所措。

"茶……茶茶,你别……理网上的人,那些都是喷子……"顾恬手忙脚乱地想找一些好的评论念给黎茶茶听。

黎茶茶动了动唇,说:"我没事,我有点困,继续睡了。"

顾恬便见到黎茶茶重新躺下,侧过身背对着她,被子盖过了头顶。

顾恬一时半会儿也不敢碰键盘,顿时,寝室安静得落针可闻。

过了一会儿,黎茶茶又重新坐起来,她垂着脑袋。顾恬也看不清她的表情,正要开口时,她又说:"我去阳台打个电话。"

声音很轻很轻。

黎茶茶爬下了床,走到阳台,又把阳台门带上。

电话很久才被接通,闻香女士显然很高兴,说道:"看到热搜了吗?我就说我们一家没有过气,就在五分钟前,我接到了一档综艺节目,指名要我们一家三口一起参加,我看了下他们的常驻嘉宾,女孩子都长得没你好看,你继承爸妈的优秀基因,要比相貌,绝对输不了人。"

"我们家的基因多优秀呀……"

"制作人特地和我说了,考虑到孩子的上学问题,特地挑了周六周日录制节目,就录制八期,一期两天,顶多让你请一天假。"

"这热搜虽然有一半是买的,但是底子不好,也上不去。你瞧瞧,你重新进入大家的视野里,大家又更喜欢你了。"

黎茶茶垂着眼,安安静静地听着。

闻香说得起劲,足足说了十五分钟有关综艺节目的事情后,才说:"最近和肖家的儿子怎么样了?"

黎茶茶忽然说:"妈,你知道肖家的儿子叫什么名字吗?"

"肖北?"

黎茶茶抿紧了唇瓣,又问:"昨天吃饭的照片是怎么回事?"

"你没演过戏,怕你看到镜头不自然,所以没和你说。这次营销确实做得不错,Linda,记你一笔功劳⋯⋯"

黎茶茶听到手机那头有熟悉的女声响起,是她妈妈的助理Linda。

闻香又说:"茶茶,妈妈要去赶通告了,晚点再和你说综艺节目的事儿,十一月中旬就要开始录制了,录制前你一定要管理好自己的身材,我明天让Linda给你发个饮食作息表,你严格按照上面的来做。现在的网友严格,什么瑕疵都不能有,你现在还是有点胖,得再瘦个十斤才行,你是国民女儿,一点错误都不能被挑出来,知不知道?"

黎茶茶垂着眼,没有回答。

闻香又问了一遍:"你有没有听妈妈在说话,茶茶?"

握着手机的五指微微泛白,黎茶茶说:"综艺节目,我不参加。"

然后,黎茶茶挂了电话,几乎是同时,闻香再次来电,黎茶茶再度挂了电话,关了机。她捏着手机,久久没有言语。

有一阵秋风刮过,带着地上的落叶飘了一段距离,黎茶茶觉得落叶真可怜,像是没有家的孩子。

顾恬屏着呼吸,时时刻刻注意着黎茶茶的动静。

阳台并不隔音,但黎茶茶说话声音太轻了,顾恬半个字都没听着,只能见到茶茶在外面站着,瘦弱娇小的身影仿佛随时都能被风吹走。

顾恬低头给灭霸他爸发信息——

【唉,我室友不知道怎么了。我觉得她好像很难过的样子,可是我又不敢问,怕问了不该问的东西。】

4

"南哥,茶茶师妹好像很难过的样子。"

肖南和谭明今天有早课,八点整,两人就已经在教室里。听到这话,肖南瞥了谭明一眼。

谭明又说:"真的,没骗你,我不是和茶茶师妹的室友认识了吗?她和我说的,哦对,茶茶师妹今早还上微博热搜了,原来茶茶师妹小时候还是个童星,难怪长得这么漂亮……"

话音未落,谭明便见肖南的神色凝重起来。

肖南问:"顾恬还和你说了什么?"

谭明便把顾恬告诉他的事儿用三言两语概括了出来,最后总结说:"可能是因为微博上的黑子骂得太凶了吧,我刚刚看了几眼,有些人的嘴巴脏得不行,不堪入目,茶茶师妹还没成年,怎么可能承受得了网络暴力……"

"不是。"冷不防地,紧拧着眉头的肖南说了一句。

谭明微怔:"什么不是?"

肖南淡淡地说:"她能承受的远比你想象中的多。"他合上课本,又说,"今天的课我不上了,谭明,能请假则请,不能请就算了。"

"啊?"

谭明还未反应过来,肖南已经站了起来。不巧的是,正在黑板上写字的老师转过身,喊住了肖南:"肖南,有疑问?"

"家里临时有急事,我请假。"

黎茶茶坐在出租车上,侧着脸,无声地看着车窗外倒退的高楼。

出租车司机是个年轻的小伙子,此时正偷偷地透过后视镜打量着黎茶茶。打从上了车,她就一直维持着这样的姿势,只说了句"星驰酒吧"就再无半点声响,看着怪让人心疼的,也不知遭遇了什么事情。

小哥终于忍不住开口:"我还没去过酒吧,但是酒吧白天一般不开门吧。"

"嗯。"

"呃……人生啊,就是起起落落,只要拥有健康的身休,没有什么过不去的坎!"

"嗯,谢谢。"

"呃……"

"谢谢你安慰我,我想一个人静静。"

车里一直播放着音乐电台,这会儿正好放到一首有关"家"的歌,黎茶茶用力地吸了吸鼻子。司机小哥迅速关掉了音乐电台,出租车内,顿时只剩窗外刮进来的呼呼风声。

A市入秋后，下一场雨温度便降个三四度，如今已是十月底，伴随着秋雨，空气里弥漫着一股子入骨的寒凉。

星驰酒吧晚上八点开始营业，兴许是大雨的缘故，此时有几分冷清。

黎茶茶下了出租车，踩着十厘米的高跟鞋往酒吧门口走。刚到门口，冷不防地冒出一道高大的身影，二话不说就扣住了她的手腕，拉着她往屋檐下走。

力道很大，握得她生疼。

"你……"

黎茶茶的话刚出口，就对上了一道熟悉的视线，话音戛然而止。

是肖南。

肖南找了黎茶茶一整天。

他离开教室后，给黎茶茶发微信，不回，打电话，关机。问顾恬她去哪儿了，顾恬也不知道，只说请了假之后带着一个巨大的化妆包就出去了。

肖南知道黎茶茶肯定是要去酒吧的，白天的酒吧大多不开门，但也未必全都不开，他跑遍了十几家酒吧都没找着黎茶茶，心情早已烦躁到了极致。

他甚至想，等见到黎茶茶的时候，一定要狠狠地骂她一顿，都多大的人了，手机不开机还乱跑，一个女孩子专门往酒吧里钻，还要不要命了？

但是这些话，在见到黎茶茶眼睛红肿的那一刻，通通都化成了虚无。

肖南松开她的手腕。

黎茶茶往后退了一步，未料却不是平地，只听"哐啷"一声，她险些没站稳，下意识地就想伸手抓住点什么，肖南伸出了胳膊让她抓住。

她站稳了身体，低头一望，才发现地上有一个烟灰缸打翻了。

她再次抬头。

肖南语调平静，问："进去吗？"

八点的酒吧几乎没人，冷冷清清的，肖南和黎茶茶坐在一个卡座上。

吧台的调酒小哥认得黎茶茶，正好这会儿没人，他就拿着酒单过来，说："你好久没来了，还是照旧吗？"

黎茶茶头一回和别人来酒吧，她瞄了眼肖南，有点局促，飞速地点了下头。

调酒小哥自然也是知道肖南的，老板卖肖家面子，当然也卖肖南的面子。

他问:"您呢?"

肖南说:"喊你老板过来。"

调酒小哥微怔,肖南拿出一张黑卡:"今天的场我包了。"

打碟的DJ小哥已经开始放音乐,舞池上空荡荡的,一个人也没有。肖南微微扬首,沉声说道:"要喝要跳要疯,随意。"

黎茶茶没有动。

肖南温声说:"想干什么干什么,当我不在。"

那一瞬间,黎茶茶有些想哭。

打从早上起来后,她的情绪便不太稳定,整个人阴郁极了,胸口像是有什么拉扯着她,可刚刚听肖南这么一说,心中的情绪竟一下子就没了。

黎茶茶拿起一杯鸡尾酒,仰脖就灌了进去,等杯里见底后,她才定定地看着肖南,问:"你为什么对我这么好?"

话音未落,她又猛地摇头。

"不,你别告诉我,我不想知道。"

"是因为阿姨的原因吗?"

"不,我不想知道。"

"你别和我说。"

肖南张嘴,黎茶茶往他手里塞了一瓶啤酒:"你不要说话。"

肖南没喝,把啤酒瓶放回酒桌,喊服务员上了一个大果盘,递到黎茶茶面前,问:"今天吃饭了没?"

"没有。"

"午餐也没吃?"

"还有早餐。"

肖南面色顿变,到底还是没忍住,语气有点凶:"你多大的人了,连饭都不吃?还想喝酒?黎茶茶你怎么不上天?今天什么天气?你不知道?还穿这么少?还穿这么高的高跟鞋?你是想明天进医院还是直接火葬?"

黎茶茶的眼眶立马泛红,她拿起第二杯鸡尾酒,仰脖就喝,喝了一半,被肖南半路截下。

"你说让我随便喝的!"

"先吃饭!"

说着,肖南喊服务员送了一份简餐过来。

"我不吃,我就要喝酒。"

"我说不行。"

黎茶茶听了,也学着肖南:"你说不行就不行,肖南你怎么不上天呢?"

肖南被气笑了:"你以前喊我爸爸的时候,怎么不这么想?"

黎茶茶拔高声音:"我又没有真的当你是我爸!"

肖南瞪她,凶巴巴的:"吃不吃?"

"吃!"

黎茶茶不按套路走,拿了勺子就挖白米饭,一口又一口地塞进嘴里。肖南在一旁拿了筷子,把荤菜夹到白米饭上:"吃点肉,别只吃白米饭。"

未料话音一落,黎茶茶就停住了手里的动作,刚刚还只是泛红的眼睛,现在吧嗒吧嗒地掉起豆大的泪珠。

肖南一瞧她哭,就有些不知所措:"不吃肉就不吃肉,有什么好哭的!爱吃白米饭就吃,服务员,买桶白米饭过来!"

酒吧里客人的要求向来都是千奇百怪的,服务员立马去后厨搬了一桶白米饭过来,立在酒桌上,宛如一个庞然大物。

肖南给她递了一个大木勺:"好了,别哭了,白米饭来了,吃吧!想吃多少就吃多少,管够!"

黎茶茶握着大木勺,看着肖南关怀备至的目光,"哇"的一声,又哭得不能自拔。

肖南不知所措,看看服务员,又看看不远处的调酒小哥,蒙了。

过了会儿,黎茶茶似是哭够了,吸吸鼻子,用红通通的眼睛看着他,用无比沙哑的声音说:"你比我爸对我还好。"她一顿,用了个成语,"感受到了父爱如山。"

肖南发蒙的眼神瞬间变了,他声音沉沉地道:"父爱如山?你难道看不出我喜欢你吗?"

5

如果有人问肖南,跟女孩子告白是什么体验,肖南肯定会回一句:

"啧,太紧张了,没发挥好。"

肖南没想过要在今天表白的,黎茶茶情绪不好,他的本意是来安慰黎茶茶,而不是乘虚而入。可听着她说的那些话,他太阳穴就突突突地疼,有些话就直接从心底蹦出来了。

话一出口,肖南自个儿都愣住了。

然而，话都出口了也不能收回，他装作镇定的模样，直勾勾地看着黎茶茶。

他看不见黎茶茶的表情。
在他表白后，黎茶茶就垂下脑袋，埋头吃着白米饭，一勺接一勺地吃。
慢慢地，她的耳尖泛着微红。
酒吧里灯光太过昏暗，肖南看不见，只有黎茶茶自己知道耳朵烫得厉害。

黎茶茶不说话，肖南浑身都僵硬得很，整个人紧张到不行，头一回感受到什么叫"人生中不知该开口说什么"。
他张张嘴，想说点什么缓解下这无声的氛围，可惜失败了。
尝试了两遍后，肖南拿起手机，微信通讯录里人不少，然而全都是单身狗，找不到一个能求救的，最后肖南认命地打开了搜索引擎，问：表白后女孩子不说话是什么意思？
【兄弟，认清现实吧，不说话就是不喜欢你，不要自作多情地以为是害羞！血泪经验告诉你，就一句话，不喜欢你，不说话是想让你有自知之明，知难而退。】
【要是真喜欢你，你表白的话肯定早就欢天喜地地答应了！】
【死心吧老弟，哥告诉你，女人没一个好东西！】
【谢邀，作为一个女孩子，我可以给你分析以下两种心理状态：一，不喜欢你，不知道怎么拒绝，不说话是在思考如何拒绝你而又不失尴尬；二，没那么喜欢你，可能你是个备胎，不说话就是思考和你在一起值不值得。】
肖南面无表情地看完这些回答，又面无表情地关掉，抬头看黎茶茶。
她显然已经被白米饭撑得不行，换了一把普通的饭勺子，慢吞吞地一粒米一粒米地吃着，但就是死活不肯抬头看他。
肖南今天光顾着找黎茶茶，也没怎么吃东西，这会儿也饿了，硬邦邦地问了句："吃饱了没？"
黎茶茶如小鸡啄米似的点头。
"吃饱了就放下勺子，我饿了。"
肖南没喊服务员拿新的勺子来，直接用黎茶茶的勺子把剩下的简餐吃了，还有一碗米饭。
肖南吃饭的时候，黎茶茶也没说话。
于是，落在不远处调酒小哥的眼里，就是一幅两人先后沉默吃饭的画面，相当尴尬。

肖南吃饭的速度向来快，十分钟后便停下了动作。

他往沙发椅上一靠，睨着黎茶茶。她还是老样子，完全不敢和他对视，放在膝盖上的纤纤细指握成了拳头。

他的心情百般复杂，最后还是决定要执行"父爱如山"式的包容与退让。他淡淡地开口："黎茶茶，刚刚你当作什么都没听到。"

黎茶茶猛地抬头，两人的视线终于对上了。

肖南不由得一愣，她眉眼间是无法遮掩的难过情绪，红肿的双眼有泪珠在打着转。

"你……"

话音未落，黎茶茶又避开了他的视线，重新垂下脑袋。

此时，肖南的手机忽然响了，来电显示是"母亲"。

肖南只好说："我妈来电话了，我先接一下。"

打碟的小哥很有眼色，见到金主接电话了，立刻停了音乐。酒吧里顿时安静下来，黎茶茶可以清晰地听见手机话筒里甄宝女士的声音。

"你见到茶茶了吗？"

"在我身边。"

"那就好，她爸妈找不着她，她手机又关机，她爸妈担心她出什么事了，给我打了电话。还好在你身边，要是出什么事就不好了，阿南，好好照顾人家小姑娘……"甄宝女士轻叹一声，"唉，怪可怜的，她妈妈真是……"

肖南起了身，往外面走去。

等他回来的时候，酒吧里又放起了劲爆的音乐，黎茶茶一个人在舞池里跳舞，她跳得无比专注，脑门已经开始微微冒着热汗。她的节奏感相当好，每一个动作都踩着节点，不盈一握的小蛮腰随着动作若隐若现，白得像是会发亮一样。

肖南看得目不转睛。此时，黎茶茶也注意到了舞池外的肖南，她眉眼微扬，扭着身体转眼间就到了肖南身边，伸手把他拉进了舞池。

"我们一起跳呀。"

肖南闻到了一股淡淡的薄荷味。

她笑吟吟地说："我喝了酒，怕嘴里有酒味，刚刚吃了两块薄荷糖，那边调酒的小哥哥给我的，你要不要吃？"

她往身上摸了摸，却没摸着，有点傻乎乎地说："我记得身上还有一颗的……"

她身上就一件小吊带和小短裙,一眼望去压根儿找不着任何口袋,偏偏她还要四处乱摸,胸口摸一摸,臀部摸一摸,然后仰着脑袋,说:"找不着了。"

"我不吃。"

"哦……"

她似是有些失落,不过转眼间又恢复了一张笑脸,整个人仿佛充满了元气和热情。她拉着他的手说:"那我们来跳舞吧!都包场了,我们可以跳个够!你会跳吗?"

肖南拧眉看着她。

这样的黎茶茶太不对劲了。

没等到回答,黎茶茶也没在意,她松开肖南的手,在舞池里自己转了个圈,然后回首,说:"我在酒吧里学过热舞,我跳给你看,你来当我的椅子……"

她卖力地跳着性感又热辣的舞蹈,柔软的腰肢紧紧地贴着他的身体,眼里似是有星星,眨也不眨地看着他。

他纹丝不动地站着。

渐渐地,黎茶茶也不动了,她嘟嘟嘴,说:"不跳了,你这张椅子当得不称职,我要回去喝酒。"

黎茶茶重新回到卡座上,肖南也跟着回来了,低头一看,酒桌上的十杯鸡尾酒,只剩下五杯,此刻黎茶茶正拿起第六杯,跟灌水似的咕噜咕噜地往嘴里倒,很快便见了底。

肖南有点头疼:"黎茶茶。"

她的手指一顿,细长的眼睫毛扇了扇,眨巴着眼睛。

"你喝得够多了。"

黎茶茶扁扁嘴,乖乖地收回了握着酒杯的手,露出一副委屈巴巴的模样。她往肖南身边挪了挪,仰着脖子,说:"你不要喊我黎茶茶。"

"那要喊你什么?"

黎茶茶打了个嗝,说:"茶茶呀、宝贝呀、心肝呀、小宝贝呀、小心肝呀、小可爱呀、小妖精呀,这些都可以,就是不要连名带姓地喊我。"

肖南严肃地问:"你知道你在说什么吗?"

"知道的,我没有喝醉,我让你在茶茶、宝贝、心肝、小宝贝、小心肝、小可爱、小妖精里挑一个喊我,不要喊我黎茶茶……"她又嘟着嘴,"你说你喜欢我,可是你还喊我全名!直男!钢铁直男!钢铁直男战斗机!"

肖南确定黎茶茶喝多了,跟上回的她有异曲同工之处。

他张嘴,还没开口,黎茶茶的一张脸忽然在他面前放大。她凑了过来,盯着他的眼睛,一字一句地逼迫他:"快喊!"

她嘴里还有薄荷的味道,淡淡的,喷在他脸上,她的睫毛又长又细,跟小扇子似的。

"喊嘛!"

"哥哥,喊嘛。"

"肖哥哥,南哥哥,好哥哥,你就满足我嘛……"

肖南确认了,这女孩真的是妖精。

"茶茶……"

黎茶茶终于心满意足,这才往后退了退,直接靠在沙发椅上,胳膊紧挨着他,脑袋靠在他的肩上,得意地说:"早喊不就完事了吗?哼,男人!"

她似是想到什么,又坐直了身子,摸上了自己的胸口。

"你看我的胸。"

肖南僵着身体:"不看。"

"你看我胸上的文身。"

他这才勉强挪了视线,她胸口上方有一个小小的文身,是一簇小火焰。

黎茶茶轻轻地摸着它,又说:"我十二岁的时候纹的,那时老板死活不同意,我缠了老板很多天,给她编了一个故事……"

她晃着腿。

"我骗她说,我是一个没人要的孩子,本来想要跳楼轻生的,然后有人给我讲了卖火柴的小女孩的故事,所以特别感动,想要一根小火柴,可是火柴的火很快就灭了,火柴一灭就觉得特别特别冷,还特别特别黑……于是,我就想要永远都不会熄灭的火,有它我就觉得我还能再坚持下去……然后老板就答应了,在我这里纹了一簇小火焰,没收我的钱,还跟我说,要好好活下去,"她笑嘻嘻地说,"南哥哥,你看,这世间的陌生人多温暖。"

她又凑到他耳边:"我偷偷告诉你哦,我最后还是给钱了,我在老板的文身相册里塞了一张一百块,那一百块是我给我同桌做作业赚的,我黎茶茶的火焰必须得用自己的钱买。"

肖南听得很是心疼,说:"我送你回寝室,你喝多了。"

"不要。"她拒绝,"我的鸡尾酒还没有喝完。"

·176·

她又去拿酒杯，肖南拦住她。她不开心了，"啪"的一声，用手打他，还凶巴巴地说："我给你两个选择，一是让我喝酒，二是你亲我，你挑一个吧。"

肖南松开了酒杯。

黎茶茶抱着酒杯，喝了口，眼睛滴溜溜地转。她接着又喝了一口，说："都说你们成年人不做选择，成年人什么都要，你这个成年人怎么一点都不像成年人呢？"

她软软地说："南哥哥，我来教你做成年人吧。"

说着，她揪着肖南的领子，张嘴就亲了过去。

6

黎茶茶的吻根本不叫吻，叫咬。

不到几秒钟，肖南的嘴角就被咬破了。他不敢动，生怕自己一动就磕着黎茶茶。他不动，黎茶茶又不高兴了，睁着眼，瞪他："你是骗子。"

"我骗你什么？"

黎茶茶委屈地说："你说喜欢我，可是我亲你，你都不动。"

她说这话时，离他很近，呼气喷在他唇畔。她半个身子都依偎在他身上，温香软玉在怀，他浑身也跟着发烫。他直勾勾地看着她，眼神深邃，喉结正上下滚动。

见他不说话，黎茶茶又说："你果然是个骗子。"

"你喝多了，脑子不清醒，明天醒过来你会忘掉今晚的事。"肖南嗓音很低，带着一股子极力的压抑。

"不，我不会忘。"

"你不回亲我就是不喜欢我。"

"你是个骗子，你才不喜欢我，别人都说了喜欢的女人在怀里，根本把持不住！"

"你现在就像个和尚！"

"你不喜欢我！"

察觉到肖南躲了下，黎茶茶似是抓到证据一般，伸手指着他："你躲我！别人都是靠过来的，就你躲！肖南，你不亲我就算了，你居然还躲我！躲我！我是海洋上的垃圾吗？不，我不是，我连垃圾都不如，你碰见垃圾都要去捡它，可是你躲我，我亲你你不回应，你躲我，你躲我，你躲我……"

虽然肖南包了场，但酒吧里还有不少工作人员，眼下难得见到肖南这副百般无奈的模样，都忍不住频频望过去。

小姑娘喝得醉醺醺的，半依偎在肖南的身上，瞧瞧肖南的眼神，跟抱了个易碎的珍宝似的，生怕她摔了，被小姑娘指着鼻子骂，也不吭声，一副"你开心就好"的宠溺模样。

"你现在都不看我了！"

"肖南，我是长得不好看还是怎么着？你宁愿看调酒小哥都不看我！"

"我……"

她"哇"的一声就哭了出来。

"我感受到了侮辱！"

"我最后问你一遍，你到底亲不亲我？你……啊……"

冷不防地，黎茶茶被肖南扛在了身上，她惊叫了声。

肖南无奈道："等你醒酒了再问我这句话。"

"我没醉！不信你问我一加一等于多少。我没醉我没醉我没醉，你放我下来，你要带我去哪里！"

肖南没回答，扛着黎茶茶就离开了酒吧。

黎茶茶一出酒吧便不闹了，整个人乖乖地趴在肖南的肩上，一动不动。过了会儿，她轻轻地吸了吸鼻子。

肖南感到肩膀微微湿润，不由得叹了口气："以后果然不能让你喝酒，一喝酒又哭又闹的。"

这话一出，黎茶茶的鼻子抽得更厉害了，肖南的肩膀很快便湿了一大半。

这会儿已经十点多了，回学校是来不及了，肖南略微思索，问她："带身份证了吗？"

黎茶茶嗓音里带着哭音："你要看我身份证就得先亲我。"

"你这小姑娘怎么喝醉了老想着亲人？"

"又没亲过别人。"

肖南冷哼一声："你还想亲谁？"

"你、你都不亲我，我亲你，你都不动，我不要亲你了……不要亲你了……你都不知道我鼓起多大的勇气……你不亲我你不亲我你不亲我……"

一提到这个话题，黎茶茶就不哭了，窝在他宽厚的肩上，一句接一句地说。

她的声音越来越小，小到肖南后面完全听不清她在说什么，只知她在他耳边哼哼唧唧地嘀咕着。

星驰酒吧位于 A 市寸土寸金的市中心，周遭酒店林立，肖南扛着黎茶茶进了一家酒店，把身份证一递，又低声问她："你的身份证放在哪儿？"

黎茶茶的声音很小，前台的两个工作人员只能依稀听到："被发现……不行……"

两人悄悄地互换了个眼神，对肖南的打量顿时多了几分警惕，其中一名问道："请问有预定吗？另外一个客人的身份证也需要的。"

肖南空出一只手，拿出手机打了个电话。

"五哥，你在淮阳路的酒店包的总统套房借我住一晚。"

没多久，大堂经理急急忙忙地赶过来，挤出一个标准的职业笑容，说："南哥这边请，五少给我打过招呼了，说他最近都不会过来，南哥您想住多久都没问题。"

肖南淡淡地说："房卡给我，我自己上去。"

大堂经理立马把三十二层的房卡给了肖南。肖南没动，又说："你的外套借我。"

大堂经理又脱了外套，肖南直接用西装外套盖住了黎茶茶的脑袋，然后才往电梯口走去。

两个前台姑娘小声地交谈。

"那姑娘是不是哪个明星？"

"有可能，毕竟是肖家的儿子，五少不是就经常带明星过来吗？"

"可你没看见他和那个女孩说话的语气吗？简直不能再宠了！完全是对媳妇的态度……不过话说回来，我总觉得这女孩的背影看着怪眼熟的……"

大堂经理："少八卦，多干事。"

肖南拿房卡开了门，把黎茶茶放在了床上。她闭着眼，眼角还有泪，兴许是闹够了，累了，她满脸写着疲倦。

他低声说："好好睡一觉吧。"

她又睁开了眼，眼睛红肿红肿的，扁嘴："骗子。"

说完，她又闭上了眼，说话含含糊糊的："你不回亲我，你才不喜欢我，你不喜欢我你不喜欢我你不喜欢我……"

肖南无奈地问："你想我怎么证明？"

"亲我。"

话音未落,肖南忽然俯身靠近了床上的黎茶茶,两人之间的距离就只剩下半个手指头,黎茶茶一下子就睁开了眼。

她看着他。

他也看着她。

肖南沉声说:"你没有完全酒醒,我是不会亲你的,但是你要证明的话,我现在可以给你……"

他轻轻地动了下,声音沙哑地道:"茶茶,感受到了吗?"

热。

烫。

黎茶茶无比清晰地感受到了,她傻傻地看着他。

肖南低头在她额头亲了一口,说:"别怕,我不碰你,你还小,但是你不能说我是骗子,我从没喜欢过哪个女孩,不知道要怎么表达,如果我表达不到位,明天你彻底酒醒后我再给你表白一次,睡吧。"

他准备起身,黎茶茶却拽住了他的手:"南哥哥,你可不可以再亲我的额头一下?"

肖南微怔。

黎茶茶小声地说:"梦醒后,你就不在了。"

肖南揉揉她的脑袋:"说什么傻话,你又不是做梦,明天等你醒来了,我还在,明天酒醒后给我一个答复,知不知道?"

"亲我额头一下。"

肖南低头轻吻她的额头,动作温柔。

她吸吸鼻子,又擦了擦眼角,说:"晚安。"

7

肖南被黎茶茶折腾了半宿,实在是难受得不行,不是心难受,是身体。

他去了趟洗手间,一出去就见黎茶茶毫无防备地躺在柔软的床褥上。她睡着后,他替她掖了被子才进的洗手间,这会儿出来时,被子已经被她踢到了一边,她侧过身子,枕在了自己的胳膊上,身上的小吊带肩带掉了一半,垂在纤细的胳膊间,隐隐约约露出了一角黑色抹胸,修长均匀的大腿蜷缩成一团,莹白的脚丫子上是五个圆润又粉嫩的趾头,也不知她做了什么梦,脚趾微微动着。

肖南深吸了一口气,闭眼上前,又重新给黎茶茶盖上了被子,这回为了防止她又踢被子,他还去其他房间搬来了几个枕头压在四个被角上。

接着,他又重新回了洗手间……

半个小时后,他坐在马桶上,长长地松了口气。

此时,手机响起,他瞥了眼来电显示,沉默片刻才接了电话,喊了声:"五哥。"

电话那头十分吵闹,莺莺燕燕的声音一会儿高一会儿低。

"弟弟,哥够意思了吧?怕打扰你的好事,特地过了四个小时才给你打电话。你可终于开窍了,不容易啊!五哥我多担心你一辈子就守着那垃圾船过日子了。"

肖南无语道:"说正事。"

"这就是正事,弟弟,哥跟你联络下感情,非得有事情吗?"

肖南哼笑一声:"说吧,我能帮你肯定帮。"

"真是小事,下个月月底不是有家宴吗?你在老爷子面前晃一圈就成。"说着,他又立马接上,"没闯祸,真没闯大祸,就是之前我和几个小明星闹了点绯闻,上了头条和热搜,有嘴碎的人和老爷子说了,老爷子不高兴……不过要是你在老爷子面前出现,怒火转移,我就不显得讨人嫌了……"

电话那头的人长叹一声:"弟弟,有了你的对比,咱们肖家几个兄弟只要乖一点,老爷子就都不挑剔了。"

肖南板着脸:"挂了。"

"弟弟!别!开玩笑开玩笑,下个月的家宴你真的得参加,我是来提醒你的,三哥、四哥那边为了讨好老爷子,无所不用其极!啧啧,老爷子那天夸了柴家的姑娘一句,三哥转头就去追柴家的姑娘了……"他声音突然变得一本正经,"弟弟,你们家要再不争,恐怕就没什么机会了。"

肖南淡淡地说:"我知道了。"

"你们一家是不是还在为以前……"

话还未说完,肖南猛地打断:"行了。"

电话那头的人叹了口气:"行,不说了,哥也不打扰你了,挂了。"

电话结束后,肖南离开了洗手间。

黎茶茶这一回睡得乖巧许多,细长如扇子般的睫毛垂着,在下眼睑处投落一片阴影,她的皮肤光滑细腻,也不知是不是有些热,两颊染上了一抹酡红。

肖南看着看着,觉得有些不对劲,伸出一根手指,在黎茶茶的眼皮上轻轻地碰了下,擦出了一抹棕色来,他又动手擦了擦两颊的红晕,手指也沾上了一抹粉红。

肖南后知后觉地反应过来,这是妆。

他去咨询了甄宝女士。

【睡觉可以带妆吗?】

甄宝女士予以回复。

【不可以!千万不要!对皮肤损伤太大了,一定要卸妆,卸干净了才能睡!你以后要是谈了女朋友,女朋友太累忘记卸妆的话,记得用卸妆水给她卸,她会感激你的!】

肖南又去了洗手间。

总统套房里的洗漱用品配备齐全,有明明白白写着"卸妆水"三个字的玻璃瓶以及卸妆棉、棉签。

他浸湿了一整块卸妆棉,然后仔仔细细地擦着黎茶茶的脸,原以为顶多就是十秒钟的事,没想到足足擦了十分钟,她脸上才擦不出脏东西来。

肖南万分不解,往脸上涂这么厚的跟颜料似的东西,不会热吗?明明不涂这些也很好看。

忽然,黎茶茶轻轻地嘤了声,似是在梦呓。

他问:"什么?"

她又说了遍。这回,肖南听清楚了,她在说:"肖南,亲我。"

他低头在她的眼皮上轻吻了下,她又继续安安静静地睡了。

肖南望着她的睡颜,先前的那通电话带来的不愉快通通消失得无影无踪。蓦然,他想起了一个事,又用手机打开了搜索引擎。

【表白后女孩子不说话,喝醉了后一直索吻。】

答复——

【不用问了,这女孩子一定是害羞。】

【恭喜恭喜,喝喜酒的时候喊我,这女孩一定是喜欢你。】

【百年好合,过,下个问题。】

【早生贵子,再见。】

【酸了,柠檬树下柠檬精,柠檬树下你和我。】

【是来秀恩爱的吗?过分了,表白成功就表白成功,还秀什么后续呢?欺负我没有女朋友吗?】

肖南扫了眼,又给黎茶茶掖了掖被子,然后去隔壁的房间睡了。

第二天,肖南起来,发现了件事——黎茶茶不见了。

Chapter 08

喜欢不应该带来无穷无尽的麻烦，
所以……我不配说我也喜欢你

1

肖南给黎茶茶打电话。

关机状态。

肖南眉头立即拧起，他环望四周，床上的被褥和枕头叠得整整齐齐，又摸了摸床单，早已没了余温，显然已经离开一段时间了。

蓦地，他在地上发现了一个纸团，摊开一看，上面有一句话：我先走了。

他走了几步，又在垃圾桶里发现了七八个纸团。他捡了出来，里面全是"我回去上课"划掉了，"我有事先走"划掉了，"谢谢"划掉了，"有急事"……

字迹有些抖。

肖南打电话给顾恬，问："黎茶茶回寝室了吗？"

顾恬轻咳一声，说："没……没有。"

"好，谢谢。"

顾恬放下电话，迟疑地看着坐在对面的黎茶茶，说："他说，好，谢谢。"

黎茶茶轻轻地应了声。

顾恬似是还想说些什么，但瞧着黎茶茶这个模样，最后还是没说出来，上前抱了抱她，才说："茶茶，如果你想倾诉的话，我很愿意倾听，如果你想一个人静静的话，我可以等会儿就出去。你不要难过，除了生命与病痛之外，没有什么是过不去的坎。"

黎茶茶轻轻地点头。

顾恬多瞧了她几眼，确定她没事后才重新回到自己的位置，继续跟"灭霸他爸"聊天——

【唉，我室友真的很难过，我也不知道要怎么安慰她。我原本以为是因为网络上黑子的人身攻击，但现在发现好像不是，我觉得我室友跟她的暧昧对象出现感情问题了……】

谭明转头就给肖南发信息。

【灭霸爸爸：南哥，你和茶茶师妹咋了？我听她室友说，她现在看起来很难过。】

【肖南：她在寝室？】

【灭霸爸爸：是啊，好像早上六点多就回了。】

黎茶茶上了热搜后，学校里对她的关注度明显增多了，不管她走到哪儿都有人悄悄地拍照。黎茶茶被逼无奈，只好重新拾起墨镜、口罩、鸭舌帽，连平时上课爱坐的第一排也改成了低调的最后一排。

她下午有专业课，跟顾恬坐在了最后一排。课间休息的时候，教室里忽有喧哗声响起，顾恬对黎茶茶说："茶茶，肖南来了。"

黎茶茶应了声，没抬头。

顾恬疑惑道："咦，他没走过来，就坐在对面的最后一排。"

黎茶茶又应了声，仍然没抬头。

上课铃打响，老师也发现班里多了一个同学，笑眯眯地问："最后一排的男同学，你是哪个专业的？"

班里有不少人都密切关注着学校论坛的动态，自然是没错过那次肖南和黎茶茶之间的暧昧。于是，有人瞧瞧黎茶茶，又瞧瞧肖南，两人各坐最后一排的边边，活脱脱就是闹别扭的小情侣，开口就助攻："报告老师，他是来追我们的系花的！"

老师也年轻过，听见回答笑了一声，说："行，学业、爱情两不误，好好听课，多了解我们专业的知识才能和我们工管系的女孩有共同话题。"

教室里哄堂大笑。

老师开始讲课，不少同学悄悄注意着两人，他们似乎完全不受影响，各自坐在角落里，一个在认真做笔记，另外一个还真的在听讲，两个人压根没望过对方一眼。

直到下课，两人仍旧没任何交流。

同学们陆陆续续地离开教室，顾恬望了两人一眼，对黎茶茶说："茶茶，我有社团活动，先走了。"

说完，她也离开了教室。

渐渐地，教室里就只剩下黎茶茶和肖南两个人。黎茶茶收拾好东西，起身往教室前门走去，肖南腾地站起来，挡住了黎茶茶的去路，还顺手把教室前门给关上了。

他看着她，问："你躲什么？"

"我没躲……"

"昨晚的事情还记得多少？"

"都忘了。"

"什么意思？"

"我什么都忘了，进酒吧后的事情都忘了。"

她低着头，没看他。

肖南见她这个模样，心底一股气直冲脑袋。

酒店里的事情忘了就算了，在酒吧里前半个小时她明明没喝酒，她明明记得他表白的事，却低垂着脑袋，什么都不说。

那一瞬间，肖南觉得自己的自尊心被黎茶茶踩在了脚下。

"黎茶茶，我再问你一遍，你真的什么都不记得了？"

黎茶茶沉默了下。

他气得冷笑，说："行。"

肖南转头就走，忘记自己把前门关上了，"砰"的一下重重撞上去，额头瞬间红了一大片。黎茶茶下意识抬脚又收回，肖南没注意，他狠狠地推了下门，门受力过重，因为惯性前后猛晃，他气得要命，又怕门碰到黎茶茶，下意识地稳住了门。

他扭头一看，黎茶茶仍垂着脑袋，更气了。

第二天是周末，黎茶茶终于开了手机。

一开机，她就收到无数信息，黎柏和闻香的未读信息和未接来电铺天盖地地席卷了她的手机屏幕。她直接一键清除信息，看也没看。

过了五分钟，黎柏来电了。

她抿紧唇。

过了会儿，有人来敲黎茶茶的寝室门，是隔壁寝室的姑娘，穿着睡衣，手里还提着外卖，显然是刚下寝室楼取外卖了。她打着哈欠，说："黎茶茶，你爸妈找你，在楼下。"

黎茶茶道了谢："谢谢。"

"不客气啊，你爸妈保养得真好，比电视上还好看，羡慕，你们感情真好。"

黎茶茶扯了扯唇。

等隔壁寝室的姑娘回去后，黎茶茶才发现黎柏和闻香又给自己打了两个电话。这一回，她直接发了条微信过去。

【我现在下楼。】

出门的时候，她习惯性地把墨镜、口罩、鸭舌帽捎上，但走了几步，又折回来通通扔在了桌面上。

黎茶茶一下楼，就见到了黎柏和闻香，两个人都戴着墨镜，站在树下。

有学生认出他们，还过去要了签名，闻香笑容可掬地签了，还笑吟吟地说："你跟我们茶茶同个寝室楼吧，麻烦多多照顾我们茶茶。"

黎茶茶走近，正好听见，嗤笑了声。

闻香签完名，见到黎茶茶，向她招手："怎么才下来？"

黎柏也开口说道："上车吧，爸妈带你去吃饭。"

黎茶茶摇摇头。

闻香似是注意到什么，说了句："擦防晒了吗？怎么不戴帽子？皮肤晒伤了不好养回去。"

黎茶茶仍旧摇头。

"你这孩子怎么老摇头？见到爸妈……"黎柏语气微微拔高，可紧接着似是注意到什么，又放平了声音，"上车，去吃饭。"

黎茶茶往后退了一步，她定定地看着自己的父母。

"我不去。"

"怎么了，闹什么脾气？"闻香看看四周，又压低声音，"爸妈让你参加综艺节目是为你好，你不想参加可以直说，没必要关机。昨晚是跟肖家的儿子在一起，是吗？什么时候和肖家的儿子关系这么好了？"

黎茶茶又往后退了步。

"我可以参加综艺节目，但我有两个要求。这是我最后一次陪你们参加综艺节目，也是最后一次同台，以后不管是什么节目我都不上；另外，参加综艺节目的酬劳得归我所有。"

闻香的面色瞬变:"茶茶,你这是什么意思?"

黎茶茶提醒道:"妈,你注意点,这里是学校,是公共场合,多亏了您我最近在学校很火,走到哪儿都有人偷拍,说不定现在就有你们看不见的手机摄像头偷录着视频,你们不会希望这样的视频上传到网络吧?"

黎柏不悦地道:"黎茶茶,你念了个大学翅膀硬了吗?"

黎茶茶淡淡地说:"我不知道我翅膀硬没硬,我只知道爸妈你们都很需要这次的综艺节目,我要是不参加,不签合同,你们会失去这个难得的机会吧?"

闻香脸色微白,说不出话来。

黎茶茶又说:"我这个要求不过分的,以前我参加的节目、拍的广告代言,我一分钱也没要,你们说替我保管,那就给你们了,我不要了。但是现在的钱,我马上成年了,是我应得的,我也有权利拥有。如果你们不答应,也没关系,这个综艺节目你们没法强迫我参加,假如媒体来问我为什么不参加,我会按照我的内心感受,如实回答。"

她扯出一个笑容:"爸爸,妈妈,你们好好考虑下,想好了再给我打电话。"

说完,黎茶茶不等黎柏、闻香回答,转身就回了寝室楼。回到寝室,她只觉腿有些发软,靠在门上,长长地松了口气。

2

张东、祁馨两人都发现这几天他们的社长不太对劲。

社团活动的时候,那几位新成员被训得大气都不敢喘一下,祁馨正想把茶茶师妹这尊大佛拎出来缓和气氛时,谭明疯狂地给她使眼色。

【灭霸爸爸:别提茶茶师妹!别提!千万别提!】

【祁哥:???】

【东东天下第一美:发生什么事?】

【灭霸爸爸:我家孩子他妈不是和茶茶师妹同个寝室吗?】

【祁哥:秀恩爱?】

【东东天下第一美:行了行了,知道你最近在网恋,说重点。】

【灭霸爸爸:没有网恋,还没确定关系,我家孩子他妈还不知道我长什么样子。】

【祁哥:现在重点是社长!】

【东东天下第一美:对对对,你的网恋小女朋友已经说了无数遍了,

我们现在只想知道社长怎么了。你们同个班,应该比较了解。】

【灭霸爸爸:哦,是这样的,南哥和茶茶师妹疑似吵架了。】

祁馨恍然大悟。

原来是两人闹别扭了。

当天,社团里的几位新成员陆陆续续给祁馨打电话以各种各样的理由申请退团,祁馨思来想去,觉得这样不行,为了社团的可持续发展,她和张东、谭明三人一起开了个小会。

次日,肖南出现在烤肉店的门口。

谭明伸手:"南哥,这儿!"

张东也伸手:"社长,这里!"

肖南走过去坐下,问:"好端端吃什么烤肉?"

谭明说:"以前总是南哥你请我们吃饭,我和东妹想了想觉得怪不好意思的,正好上次吃了烤肉,还有打折券,今天就和东妹请南哥你吃饭!南哥,你尽管点,我和东妹买单。"

肖南望了眼张东。

张东轻咳一声,递过菜单:"社长,随便点!"

肖南接过菜单,没看,反而看着他们俩,手指轻点桌面,问了句:"祁馨人在哪儿?你们平时都是一起活动。"

谭明:"家里有事。"

张东:"生病了。"

两人互望一眼,又齐齐改了口。

谭明:"生病了。"

张东:"家里有事。"

两人再度互望一眼,发现了各自的嫌弃,张东重重一咳,说:"生病了,家里也发生了点事儿。"

谭明使劲地点头:"对对对。"

肖南睨着两人,说道:"说吧,什么事?"

两人这回频率终于对了:"没事!真没事!"

然而话音未落,旁边烤肉桌已经出现了两道人影,正是祁馨和黎茶茶。祁馨拉着黎茶茶的手,说:"这家烤肉特别好吃,但我找不到人陪我吃,还是师妹你人好……"

说着,祁馨与隔壁桌的三人组对上视线,祁馨真诚地说:"咦,这么巧吗？"

张东："真的好巧！"

谭明使劲地点头："缘分缘分，拼桌吗？都是一个社团的！"

三人看看黎茶茶，又看看肖南，他们两个人完全不吭声。

祁馨努力地化解尴尬，问："师妹，你不介意的话，我们跟东妹还有社长他们一张桌？"

黎茶茶沉默了下，祁馨已经把黎茶茶推了过去。

谭明、张东、肖南三人坐的六人桌，一边能坐三个人，谭明和张东坐在了一边，肖南坐在另外一边。

祁馨直接把黎茶茶推到了肖南那边，然后自己坐在了张东旁边，三人仰头，齐刷刷地对黎茶茶说："师妹，坐呀。"

黎茶茶没办法，只好在肖南旁边坐下，不过坐得远，中间隔了一个人的距离。

那三人悄悄地在桌下击掌。

耶！计划通！

祁馨说："大家都没什么忌口对吧，我来点菜。"

张东："好。"

谭明："没忌口！"

两人很捧场，然而对面那边一直在沉默，打从黎茶茶坐下来后，肖南便没开过口，黎茶茶也是没抬过头，要么在看桌上的杯子，要么在看自己的手机。

三人悄悄地互换眼神，齐齐地低头。

伟大父女情（3）——

【灭霸爸爸：他们这样不行啊，谁都不说话，硬凑到一块也没用啊。】

【东东天下第一美：我们聊个什么话题？】

【祁哥：万一他们不接，我们岂不是很尴尬？】

【东东天下第一美：社长确实很有可能不接。】

【灭霸爸爸：革命尚未成功，我们仍需努力！你们想一直看吓走新成员的南哥吗？】

革命果然是艰巨的。

三人费尽心思想出来的话题，肖南和黎茶茶都没接，于是三个人只好尬聊。到了后面，三人都放弃了，开始默默地烤肉，一张六人桌硬是坐出了相亲失败的氛围。

过了会儿,黎茶茶忽然轻咳了一声。

三人充满期待地望向黎茶茶,然而黎茶茶却没有后续,又低下了头。过了会儿,一直沉默的肖南蓦然说道:"起来。"

谭明问:"南哥,你要去哪里?"

肖南说:"厕所。"

黎茶茶起身让了路。

不到两分钟,肖南就回来了,黎茶茶正要起身的时候,肖南忽然说了句:"坐进去。"

黎茶茶微怔。

肖南又不耐烦地说:"坐进去。"

黎茶茶这才往里面挪了下,而肖南则是坐在原先黎茶茶坐的位置上,"伟大父女情"三人组都觉得很莫名,但是两个人主动开口说话了,这就是天大的进步!

张东和祁馨继续给大家烤肉,渐渐地,细心的祁馨发现了件事——他们这个位置,烤肉出来的油烟通通都往社长身上飘。

刚刚他们吃得欢乐,完全没注意到烟是往茶茶师妹身上飘的,只有社长注意到了。

虽然社长和茶茶师妹闹着别扭,但还是很关注茶茶师妹的举动嘛。

祁馨笑眯眯地给两人的盘子夹了刚烤好的肥牛,说:"趁热吃吧。"

黎茶茶说:"谢谢。"

过了会儿,黎茶茶又说了句:"谢谢。"

张东和谭明都有些愣怔,正想开口,被祁馨各自夹了块五花肉打断了。

祁馨笑眯眯地说:"吃你们的,别说话。"

结账的时候,祁馨拉着两人飞速去买单,六人桌里顿时就剩下黎茶茶和肖南两个人。

肖南起身,就在这时,黎茶茶忽然拽住肖南的衣角,仰着脖子说:"我有话想和你说。"

3

肖南低头看着她,黎茶茶又重复了一遍:"我有话想和你说。"

她的五指拽得很紧,甚至依稀能感受到一丝微颤,她眼睛眨也不眨地看着他,像是鼓起了极大的勇气似的,又拽了下,说:"你坐下来,我有话和你说。"

肖南坐了下来,问她:"什么话?"

黎茶茶从包里拿出一管药膏,递给他:"这个对撞肿的伤口特别管用,你额头的乌青可以试试这个,三天就能好了。"

肖南那天被黎茶茶气得不行,压根儿就没在意被门撞出来的乌青,现在听黎茶茶这么一说,又睨着她,声音微微冷:"就说这个?"

黎茶茶抿住唇瓣。

肖南一瞧她这个模样,又来气了:"行,又不说话是吧?黎茶茶,给我一个答复这么难吗?要么答应,要么不答应,不管哪一个我都可以接受,你一声不吭是什么意思?喜欢就喜欢,不喜欢就不喜欢,你躲什么?"

黎茶茶深吸一口气,说:"我五年内不打算谈恋爱。"

"你要和我说的就是这句?"

"是的。"

"行。"

肖南站起来,又淡淡地说:"黎茶茶,感情本来就是你情我愿的事情,我喜欢你,你不喜欢我,那就算了,同个学校抬头不见低头见,你没必要再躲我。"

说完,他直接走了。

接下来的一个月,黎茶茶再也没有见过肖南。

说是同个学校抬头不见低头见,实际上学校这么大,若非同个专业,能碰见的机会是少之又少。

临近合同签约日期的时候,黎柏与闻香终于妥协了,答应了黎茶茶的条件,黎茶茶这才和他们一起签了合同。

第一次录制的时间是十一月底。

黎茶茶忙着学业,忙着录制综艺节目,还忙着运营自己刚建立起来的微博和公众号,一天巴不得能把二十四小时当作四十八小时用,连喘口气的时间都没有。

周末的时候,顾恬逮着还没起床的黎茶茶,说:"茶茶,陪我去逛街好不好?就一个小时!一个小时!我下周要和网友见面,就是'灭霸他爸',我逛了好久淘宝都没找到好看的,你眼光好,你陪我去买衣服好不好?"

黎茶茶睡得迷迷糊糊,看了眼时间,早上六点半,离她闹钟响还有半个小时。

她从床上爬起来,说:"等下,我看下今天的安排。"

她打开手机备忘录,顾恬瞄了眼,上面全是密密麻麻的行程安排,粗粗一扫,根本没休息的时间。她编辑了下备忘录,把"10:00~11:00 写软广长微博"见缝插针地分到了吃饭时间。

顾恬想问"你这么忙和肖南有关系吗",然后话到嘴边又咽下去了,茶茶已经很久很久没提过肖南这个名字了。

顾恬也不知两人之间发生了什么,只知有一天黎茶茶和他们社团的祁馨去吃了顿烤肉,回来后在阳台发呆了五个小时。她本来有些担心黎茶茶的状态,但那天过后,黎茶茶就开始忙起来了,渐渐地,又跟以前没什么两样。

于是,她改口问:"茶茶,你比大四的师兄师姐还忙,很缺钱吗?"

黎茶茶点头,又说:"我们去附近的商场?九点四十出门,十点到,商场正好开门,我给你挑衣服。"

顾恬有点不好意思了,说:"要不我还是自己去逛吧,你这么忙……"

"没事,时间挤挤总能出来,今天周末,我也正好可以趁机歇一下,九点四十出门,没问题吧?"

"没问题!"

然而计划赶不上变化。

黎茶茶和顾恬到了商场,还没进第一家店挑衣服,就有人认出黎茶茶。不到十分钟,她身边就被里三层外三层地围了起来,签名、合影一个不落。她签了半个小时,周围的人只增不减,她只好找借口摆脱人群。

等她艰辛地钻出人群后,又听见有人说:

"黎茶茶在这个商场吗?"

"对,刚刚给签名了,应该没走远。"

"那个像不像黎茶茶?"

黎茶茶吓得疾步往外走,准备出去后再给顾恬发微信,刚刚人群冲上来要签名,她压根儿见不到顾恬在哪儿。

顾恬很快就回复了——

【妈耶!刚刚那阵仗吓死我了!茶茶你还是先回去吧,还有好多人想找你要签名、合影,我周围就有两个姑娘在打听你人在哪里!你赶紧跑,衣服我自己挑就好了。】

黎茶茶回了个"好"字,放下手机的时候,又听见有人在说:"黎茶茶是不是出来了?"

黎茶茶出门的时候没想到会碰见这种情况,变装三宝都没带在身上,只好垂着脑袋远离声源,去路边打车。

未料刚在路边站定,就有一辆白色的轿车停下,车窗摁下,一张熟悉的脸庞出现在黎茶茶面前。

"茶茶?果然是你,我刚刚就觉得路边的人像你,"甄宝女士笑吟吟地说,"是要回学校吗?我捎你一程。"

黎茶茶听见身后的脚步声,也没有多想,乖巧地说了声:"好的,谢谢阿姨。"然后,就钻进了车里。等系上安全带坐稳后,她才蓦然发现车里除了甄宝女士和司机之外,副驾驶座上还坐着肖南。

甄宝女士说:"我刚从你们学校出来,阿南这孩子一点都不恋家,我要不去找他吃饭,他都不知道要回家!今天总算在学校逮着他了,满脸胡子拉碴的,也不知道泡在实验室里多久了,我好说歹说,他才好好收拾了下自己……"

似是想起什么,甄宝女士又问:"你吃午饭了吗?没吃,我们一块去吃。"

黎茶茶婉拒道:"谢谢阿姨,我吃过了。"

甄宝女士心疼道:"那么早就吃了,到时下午饿了怎么办?你再陪陪阿姨,我给你叫点甜品,阿姨好久没见你了……来,让阿姨瞧瞧……怎么瘦了这么多?"

黎茶茶轻咳一声,说:"可能是没睡好。"

"女孩子一定得睡好,你现在还年轻,不懂……"一顿,她又说,"我们家阿南最近都开窍了,懂得追女孩了,前阵子还问我,他爸爸是怎么追我的。我跟他说,千万别学他爸爸,用你们小年轻流行的话来说,他爸爸就是钢铁直男,追我那会天天跟我分享生活里的每一件小事……"

提到自己的丈夫,甄宝女士眉眼间都是遮挡不住的笑意。

"我儿子可不能学他,不然我这媳妇不知道何年何月才能见到。茶茶,你知道阿南在追哪个女孩吗?什么专业的,大几的?长什么样子?"

黎茶茶咳了下。

此时,一直沉默的肖南说了句:"妈,到了。"

甄宝女士点完菜就上洗手间去了,包厢里只剩肖南和黎茶茶两个人,两人都很沉默。

没多久,服务员上了一壶花茶,肖南提了茶壶,倒了杯花茶递给黎茶茶,问了句:"最近忙什么?"

"录综艺节目,上课复习,看书,做公众号和微博。"

肖南微微讶异:"公众号和微博?"

"运营起来可以打软广赚钱。"

肖南应了一声。

大抵是开了个头,黎茶茶也不再沉默,主动问道:"你呢?最近在忙什么?"

"泡实验室。"

"挺好的。"

"嗯。"

黎茶茶捧起玻璃杯,喝了口花茶。

茶水有点烫,刚进嘴就被烫到了,她顿时倒吸了一口凉气,放下茶杯,急急忙忙地拿起手边的冰水,连着喝了好几口。

放下水杯时,却见肖南侧过了头,望着窗外,薄唇抿紧。她顺着他的视线望去,外面除了一树光秃秃的枝丫之外,别无他物。

此时,肖南又侧过头来,对她说:"刚刚在车上,我妈说的话你不用放在心上,都是过去的事了,我现在对你没有任何想法。"

黎茶茶又喝了口冰水,小声地应了一声。

忽然,放在桌面上的手机振动了下,来了条微信,她解锁手机——

【温叔叔:我明晚有事,你下午能过来吗?】

肖南的余光瞥了下,微信页面,置顶温叔叔。

黎茶茶回了句"好"。

肖南总觉得这头像有点眼熟,他的第二专业修的是心理学,上周末有个知名心理学教授温明来Ａ大开了讲座,主题是抑郁症,肖南也去听了。讲座结束后,不少同学围上去加微信,因为加的人太多,最后温明提议拉个群,肖南也被拉了进去。

他点开早已设置成勿扰的群,找到了温明的头像,果然和黎茶茶手机里的一模一样。

4

黎茶茶和甄宝女士还有肖南吃完午饭后,打车去了温明的工作室。

温明的私人工作室开在商住两用的公寓小区里,装修得简单温馨,前台姑娘长得温柔可人,声音甜美,一进门就让人感受到了放松。

黎茶茶进去时，前台姑娘便熟稔地道："茶茶你来了，温医生在办公室里了。"俏皮地眨眼，"知道你要来，煮了你爱喝的水果茶，还买了小蛋糕，等会儿我给你送进去。"

黎茶茶点点头，道了声"谢谢"。

前台姑娘笑眯眯地说："快进去吧，温医生在等你了。"

黎茶茶进了办公室后，便见到温明站在金鱼缸旁，注视着里面的金鱼。

她轻声喊道："温叔叔。"

温明微微侧首，低笑："来了呀，我临时有个讲座，明天得飞英国，三天的行程，所以才跟你改了预约日期。"他打量着她，伸手轻拍她的脑袋，"这几天感觉怎么样？"

"吃了药，忙着上学，好像没那么难受了……"黎茶茶摸着自己的心口，抬头看着温明，"温叔叔，以前这里不会疼，可是现在会，今天也很疼……"

温明问："碰上那个人了？"

黎茶茶点头，但很快又说："我最近有进步了，再也没想过自杀，每天就想着念书赚钱。那笔账我算过了，按照我现在的赚钱速度，五年后，或者可以再提前个两年，我就能赚够两百万，然后还给黎柏和闻香，这样我就不欠他们什么了。"

她似是想到什么，又说："我给你看看我微博和公众号接的广告，一天能赚八百块呢，等以后我更火了，广告费肯定会更高……"

她停顿了下。

温明问："然后呢？"

"还清钱后，我就不打广告了。我出身不好，只有学习能力强，除了念书、比赛，其他什么都不会，每次闻香、黎柏一问起那个人，我就觉得自卑……"

她又停顿了下，才说："会想他们为什么可以这么理所当然地利用别人还能心安理得？我以前觉得站在那个人面前都抬不起头，但又觉得以后不会有什么联系，那也就算了吧，可是后来……"

她轻轻地捂了捂心口："他说喜欢我，可是闻香、黎柏巴不得我能攀上肖家。一想到这层关系，我就觉得我不配，我没办法说出'我也喜欢你'这样的话来。喜欢不应该带来无穷无尽的麻烦，而是带来快乐，带来喜悦，带来幸福，我做不到这些，我不配说我也喜欢你。"

黎茶茶吸吸鼻子，又说："温叔叔，我现在觉得胸口好疼，你觉得吃抗抑郁的药有用吗？我不忙的时候，心情总是很难过，觉得天像是要塌下来。"

温明温柔地拍拍她的脑袋："傻孩子，这个不是病。"

黎茶茶问："是情伤吗？"

温明温声道："你不要把它当作情伤，谁都会有难过的情绪，你不要害怕它，要去接受它，再慢慢消化它，你最近情况有点糟糕，我们慢慢来，不着急。"

黎茶茶乖巧地点头。

"好，我不着急，我慢慢来，先从停掉药物开始。我发现我一吃药，就注意力不集中，学习效率慢，还不爱说话。"

她深吸一口气，又说："温叔叔，和你说了之后我好一些了。如果有什么情况我会随时和你联系的，你在英国不用担心我。"

"你上次的药应该到今天就吃完了，我再给你开一周的量，随后是否再吃你视情况而定。"说着，温明又向黎茶茶递了张名片，"这是我的好朋友胡秉，这几天如果你有什么紧急情况，可以联系他。"

"谢谢温叔叔。"

"吃饭了吗？没有的话，留下来和我一起吃晚饭。"

"下次吧，我还要回学校，还有很多事情没做完。"

"好，那下次。"

温明看着黎茶茶的背影，怪心疼的，不由得轻轻地摇了摇头，多好的一个孩子，怎么就摊上这样的爸妈？

遇见黎茶茶的时候，他还在读博，正好过年回老家B市，大半夜的，一个十二岁的小姑娘穿着红色连衣裙独自一人走在胡同里。他以为是哪家迷路的孩子，便过去问："你爸爸妈妈呢？"

小姑娘长得精致，一双杏眼水汪汪的，却没什么情绪，她平静地回答："我没有迷路，你不用管我，我有事会求救警察叔叔，往东边走五百米就有派出所。"

说的话过于老成，温明第一眼就发现了这孩子有问题。

他假装离开，随即尾随，没多久，他见到了人生中难以忘记的一幕。

小姑娘走到一座高桥上，静静地看着底下漆黑的河面，然后开始攀爬护栏。温明赶紧上前阻止，硬是把小姑娘拦腰抱了下来。

小姑娘轴得很，面无表情地说："你拦得了我第一次，拦不了我第二次。"

温明劝说着："你还小，不管是因为什么，都要好好珍惜自己的生命，有什么烦恼，和叔叔说，好吗？"

小姑娘问："你是拐卖儿童的坏人吗？是的话，我跟你走。"

温明哭笑不得："行，我是坏人，你先跟我走，告诉坏叔叔，你叫什么名字？"

小姑娘迷茫又无措，半晌，才张嘴说："黎茶茶。"

没想到一转眼就过了五年，当年的小女孩已经生得亭亭玉立。

温明叹了声。黎茶茶是他的第一个病人，最初带她去医院的时候，她还死活不乐意，说自己没病，后来诊断出来了，是轻度抑郁。他给小姑娘用通俗易懂的语言解释了轻度抑郁的定义。没想到小姑娘听了，却问他，是不是轻度抑郁好了，爸爸妈妈就会疼她了？当时的温明也不过二十八岁，听了怪心疼的。

再后来，他读完博回国，被A市的第一医院聘为心理医生，干了两年后，才在A市开了自己的心理工作室。

黎茶茶这个病案，他从拿到医生执照后就开始接手，如今已经整整四年了。

心理疾病需要依靠药物，也需要依靠强大的自身以及友善的外界环境才能痊愈，黎茶茶虽然是轻度抑郁，但是在不友善的环境里长时间受着刺激，加上自身又不是特别强大，所以整整四年也没有痊愈，直到现在遇到了她口里的那个人，让温明觉得希望来了。

黎茶茶就像是一个在黑暗里待久的人，如今没有光，没有灯，她努力地迈开了踏出黑暗的第一只脚。

温明感慨了一会儿，直到前台姑娘进来通知有下一位预约的病患，他才回过神来，发现黎茶茶忘记把药带走了。他看了眼手表，说："茶茶走得不快，现在估计还没到地铁站，你和她联系一下，把药带给她。"

前台姑娘立马应声，带上药就匆匆忙忙地下楼了。

工作室附近不远处就有地铁口，前台姑娘刚刚已经和黎茶茶联系上了，黎茶茶现在在地铁口等她。她一路飞奔过去，走得急，快到地铁口的时候还撞到了一个人,药盒也掉到了地上。

她正想弯身捡起,那个人比她快了一步,宽大的手掌拾起了药盒——盐酸氟西汀分散片。

男人微微拧眉,嗓音低沉地道:"抗抑郁药?"看了眼她的胸牌,又说了句,"温明工作室?"

男人生得英俊,前台姑娘忍不住脸红,点了点头:"有人把药落下了,我要送过去。"

这时,她的手机响了,来电显示——黎茶茶。

她接了电话,说:"别!茶茶,别!你不用走过来,天那么冷,你在地铁口等着就好了,我快到了,最多两分钟。"

说完,她挂了电话,却听男人说:"不是送药吗?去吧。"

前台姑娘想说能不能留个联系方式,然而此时男人已经掉头走了,她只觉可惜,拿了药就往地铁口奔去。

黎茶茶早已等在了地铁口,拿了药就跟前台姑娘道谢。前台姑娘忙说:"不客气不客气。"

说着,却是微微一怔,她竟然看到了刚刚帮她捡药的英俊男人。她可以万分确定,他还朝她们这边望了眼,但转眼间又消失在晚高峰的人流里。

5

入夜后的星驰酒吧渐渐热闹起来。

肖南前脚刚到,后脚就有经理热络地过来打招呼:"南哥您来了……一个人吗?是要卡座还是包厢?我们老板说了,南哥来了就得好好招待,星驰永远为南哥您留一个好位置。"

肖南说:"吧台。"

酒吧里能当上经理的,自然少不了察言观色的技能,一瞧肖南这语气、这模样,立马便说:"好嘞,给您安排上。"

说着,便领肖南进去。待肖南坐下后,经理又不动声色地离开,给他留下一个安静的环境。

吧台这边有一半划分到了吸烟区,肖南沉默地抽着烟,兴许是脸上明摆着"别惹我"的表情,他坐了半个小时,都没有人上来搭讪。

过了很久,肖南似是想到什么,看向了调酒小哥。调酒小哥立马会意:"南哥,您想喝什么?"

肖南问:"上次和我一起来的小姑娘,知不知道?"

"知道。"

"她平时喝什么,就给我调什么。"

"好嘞!"

片刻后,一杯鸡尾酒递到了肖南面前。

酒调得特别好看,红色渐变层,像是天气好时的晚霞天空,犹如一块红宝石,又依稀带着几分梦幻之感。

肖南喝了口,忽然拧了眉,他问:"没酒味?"

调酒小哥说:"是啊,她每次来喝的都是不含酒精的鸡尾酒。"

恕我直言在座都是垃圾(5)——

【东东天下第一美:@肖南,社长!我得到消息,下下个周末城市展览中心有个海洋生物展,我们社团要组团去看吗?】

【祁哥:有大鲨鱼吗?】

【东东天下第一美:有!】

【祁哥:赞,@肖南,社长我们去看吧!】

【灭霸爸爸:告诉你们一个不好的消息,我已经两天没联系上南哥了,电话也打不通,不过倒是请假了,我悄悄问了辅导员,辅导员说是家里临时有事,我看了下新闻,最近除了南哥的五哥和陆薇闹绯闻之外,肖家也没啥新闻啊。】

【东东天下第一美:@肖南,社长你还好吗?】

【祁哥:难道是家中巨变?现在封锁消息了?】

【东东天下第一美:@全体成员,你们最后一次和社长联系是什么时候?我是上周三。】

【祁哥:同上周三。】

【灭霸爸爸:周五专业课。】

【茶茶:周日中午。】

【灭霸爸爸:冒昧问一句,你们做什么去了?】

【茶茶:正巧碰上,一起吃了午饭。】

过了很久,黎茶茶又发了一句让在座各位都震惊的话——

【你们不要担心,我问了社长的妈妈,阿姨说他出远门了,过两天就回来。】

又过了很久,黎茶茶再度发来一句让大家惊掉下巴的话——

【阿姨说谢谢你们的担心,说有空的话,可以一起去社长家里吃饭。】
接着,黎茶茶又发来一句让大家彻底石化的话——
【阿姨问明晚怎么样。】

群里三人震惊到不能自已,茶茶师妹和南哥这部偶像剧,他们难道是给快进了吗?
伟大父女情(3)——
【东东天下第一美:茶茶师妹是和社长和好了吗?】
【灭霸爸爸:没有吧,我家小可爱说没有!】
【东东天下第一美:行了,拒绝秀恩爱。】
【祁哥:师妹和社长妈妈居然认识?师妹还喊社长爸爸?这关系有点混乱啊……】
【东东天下第一美:脑补了一出虐恋情深的青梅竹马大戏。】
【灭霸爸爸:我认识这么久都没去过南哥家!】
【东东天下第一美:那我们去吗?】
【灭霸爸爸:不知道。】
【东东天下第一美:我听祁哥的。】
【祁哥:去!当然去!你们就不好奇有钱人的别墅长什么样子的吗?】

此时,黎茶茶的微信又连着来了几条信息,全都是甄宝女士的——
【有没有什么忌口?我让阿姨做点你们喜欢吃的菜。】
【家里真是太久没来过阿南的朋友了。】
【阿南不在也没关系,阿姨替他招呼你们,那就这样定了,晚上七点,吃完饭后我让司机送你们回学校。】
黎茶茶起初看到肖南失联的消息时也吓了一跳,忍不住去问了甄宝女士,没想到甄宝女士如此热情,还用不容拒绝的语气提出了这样的邀请。
黎茶茶心想:肖南不在的话,应该也没关系吧。

因为只有黎茶茶知道具体地址,所以大家一致决定四人先在校门口集合,然后再由黎茶茶带路过去。
谭明第一次去南哥家做客,有点紧张,祁馨和张东也是,黎茶茶则是有些心不在焉,全程都很是沉默。大伙儿也不敢问黎茶茶和社长究竟和好了没有,几人你望我望你的,都没怎么说话。

最后,还是张东忍不住,临近目的地时问了句:"师妹,你跟社长和好了没有?"

黎茶茶说:"我们没有吵架。"

可是你们在冷战啊!

张东不懂现在的年轻人在想什么。

谭明拍了拍他的肩膀,说:"少说话,感情的事情外人别插手。"

张东又问:"社长和师妹不是伟大父女情吗?"

祁馨也发蒙了:"对啊。"

谭明看着两个没谈过恋爱的单身狗,无奈道:"伟大父女情的感情也别插手!"

到了肖家的别墅后,谭明、祁馨还有张东都有点拘束。祁馨小声地问:"我们来社长家做客,什么上门礼都没有带,会不会显得没礼貌没家教呀?"

张东也附和说:"可是买水果也很奇怪,社长家会不会不吃我们平时吃的水果?虽然社长平时不挑食,但是我看社长的五哥每顿饭都是四位数起,据说吃水果只吃空运进口的那种……"

谭明看向黎茶茶,问:"要带上门礼吗?"

黎茶茶说:"阿姨不看重这个,人到了就好……"

说着,她摁了下可视门铃。

很快,屏幕里就出现一张皱纹横生的脸,黎茶茶打招呼:"张叔,我是茶茶,我和阿姨约好了吃饭的。"

"好嘞。"

别墅大门缓缓打开,黎茶茶熟门熟路地带着几个人进去,边走边说:"刚才的张叔是肖家的司机……"

张东几人互望几眼,最后派出了谭明做代表:"师妹,你经常来南哥的家吗?"

黎茶茶一顿,又说:"我之前因为私人关系在肖家住过一段时间,所以知道得比较清楚。"

难怪!

几人很快就想明白了。

但是没多久,几人又看不懂了,尽管肖南不在,可他们都明显感受到了甄宝女士对黎茶茶的亲昵和照顾,仿佛她才是甄宝女士的女儿,一点违和感都没有。

吃过晚饭后，甄宝女士又在小餐厅里招待他们吃饭后甜品，还一边笑着说："我听茶茶说你们没什么忌口，所以就按照我的喜好让厨师做了这些蛋糕，如果不喜甜，还有咸点。"

甄宝女士又感慨说："家里真的好久没来过这么多小年轻了，阿南脾气随他爸，以前我就担心他交不到真心的朋友，让他多出去玩玩，他也不听，幸好生得高大，也没人欺负他。唯一一次带朋友回家还是在他念高二的时候，是个长得清清瘦瘦的男孩，染着一头绿毛，看着虽然像不良学生，但是待人很有礼貌，见着我腼腆拘束得不行……"

甄宝女士陷入了回忆里，又说："我这当妈的，只想孩子高兴、不闹事，能健健康康地成长就好，他爸倒是严格，对孩子交友规定条条框框，我看了都无法忍受，阿南还因为这事和他爸吵了好几次，每次都是我在中间劝和。后来，那孩子又陆续来过几次，只可惜，他最后在阿南高中毕业的那一年自杀了……阿南因此受到了不小的影响，整个人都有些变了，他还选修了心理学当他的第二专业，他爸本来不同意，但孩子长大了，也没法管……"

黎茶茶最初也没明白，为什么肖南一个学 AI 的还会选心理学作为第二专业，如今听甄宝女士一说，这才明白。

甄宝女士又说："这几天是那孩子的忌日，阿南会去他的老家拜祭。那孩子老家地理位置偏僻，来回要两天，那儿信号不好，联系不到也正常。谢谢你们担心阿南，如果没有意外的话，他周四白天就会回来了。他这人吧，外表大大咧咧，实则很重感情，他那朋友过世三年，他年年都去，拜祭完后还帮他那朋友的父母干活儿……"

饭后甜点吃过后，甄宝女士让司机送他们回学校，四人在校门口分别。

黎茶茶听了甄宝女士的话后，心中难以平静，没有直接回寝室，而是独自一人走在学校的小径上，走得很慢很慢，脑子里一直在想着甄宝女士说的话，当听到甄宝女士说"那孩子在肖南高中毕业那一年自杀"时，她忽然间就很想抱抱肖南。

人生头一回产生了这么强烈的情绪。

想要好好活着，想要努力地生活，想要变得更优秀。

这样就能光明正大且理直气壮地站在他身边，在他难过的时候给他一个拥抱吧！

黎茶茶想得入神,以至于都没发现前面有人,"砰"一声,撞入了一个硬朗的胸膛,额头以肉眼可见的速度红了起来。

她吃痛地喊了声,往后退了几步,却落入一双眸色深邃的眼睛里,她不由得怔住了,一时间也忘记了额头的疼。

直到眼前的人声音低沉地说了句:"黎茶茶,你走路不看路的吗?"

黎茶茶这才反应过来,愣愣地道:"你怎么会在学校?"难道不是应该在一个信号不好的偏僻地方吗?

思及此,黎茶茶又打量了下眼前的肖南,他一副风尘仆仆的模样,头发有些油,胡子看起来应该有两天没刮了,大抵还是五官占了优势,这样竟也别有一番凌乱的风味。

他说:"从外地回来,直接回了学校。"

他盯着她额头的红肿,问:"上次你给我的药膏带了吗?"

"在寝室。"

他看看四周,又说:"等我一会儿。"

接着,黎茶茶便看着肖南匆匆走进学校里的小药店,不到一分钟又出来,把药膏递给她,说:"擦吧。"

黎茶茶不是很懂肖南态度的改变,但也接过药膏仔细擦了擦红肿处。一抬头,又见肖南盯着她,眼神里还带着几分她看不懂的情绪。

他问:"吃夜宵吗?我饿了。"

"好。"

学校里的食堂还开着,肖南要了两份麻辣烫,端到角落的餐桌上:"没给你放辣椒,吃吧。"

黎茶茶蒙蒙地吃了几口麻辣烫。

她今天晚上在肖家吃了不少,这会儿肚子都是撑的,吃了几口便再也吃不下了。

肖南又说:"吃不下放着,我吃。"

黎茶茶"哦"了声。

肖南似乎很饿,一碗麻辣烫埋头吃得飞快,吃完后,他又把黎茶茶的那一碗挪到自己面前。

黎茶茶问:"没吃晚饭?"

"嗯,飞机赶到C市后转车回的A市,走得急,晚饭来不及吃。"

"我和谭明他们晚上去了你家吃饭。"

"我知道,群里的消息我刚看见了。"

似是想起什么,他又问:"你渴吗?要不要喝什么?果汁喝吗?"

"我不喝,你……"

她想问肖南这样代表什么意思,可是话到嘴边又说不出口,而且不知道是不是她的错觉,她觉得今晚的肖南分外温柔,甚至有些小心翼翼了。

肖南问:"你想说什么?"

黎茶茶抿紧唇。

他又郑重地说:"黎茶茶,我考虑过了,我五年内也不打算谈恋爱,我们之间没有任何冲突和矛盾,你爱喊我爸爸就爸爸,爱喊哥哥就哥哥,爱喊社长就社长,我们该怎么处就怎么处,你看行不行?不行的话,我们继续商量。"

6

周末的时候,海洋环境保护协会有社团活动,由张东提出的前往市中心参观海洋生物展,约好了早上十点左右,社团人员在校门口集合。顾恬作为家属,也一并参加,不过这个家属,不是黎茶茶的家属,而是谭明的,两人见面后奔现成功,至今已经谈了半个月的恋爱。

那天,顾恬起了个大早,在梳妆镜前化妆打扮了整整一个小时,衣服也挑了半个小时,离开寝室的时候已经晚了十分钟。

顾恬很不好意思,先悄悄地和男朋友说了声,又对黎茶茶说:"茶茶,你帮我在你们社团的群里说一声,都是我的原因才害你迟到。"

黎茶茶在群里发了条消息——

【不好意思,我们迟到了,还有五分钟左右到校门口。】

几乎是同时,肖南回了句——

【不着急,我们刚到。】

已经到了二十分钟的张东和祁馨默默地看了眼自家社长,也颇有秩序地回复——

【对,刚到,不着急。】

伟大父女情(4)——

【东东天下第一美:每日一问,社长和茶茶师妹和好了吗?】

【祁哥:从社长最近不那么暴君的行为看来,是和好了?】

【灭霸爸爸:@灭霸妈妈,小可爱有情报吗?】

【东东天下第一美：过分了啊，注意点，这是群。】

【祁哥：没眼看。】

【灭霸妈妈：报告组织！回归到妥妥的伟大父女情，前天肖爸爸送茶茶回寝室了。】

【灭霸爸爸：吹爆孩子他妈！收集情报技能点满！】

【东东天下第一美：{柠檬.jpg}】

【祁哥：{柠檬.jpg}】

黎茶茶和顾恬到校门口后，一行人便出发前往地铁站，打从上个月开始，因为肖南的暴君行为，如今社团里为黎茶茶而来的男成员们已经全部退散，社团只剩原始人员加一个黎茶茶。

展馆不算远，离A大就五站地铁站的距离。

今天周末，附近的大学生都出来玩了，地铁里一个空位都找不着。

黎茶茶进去后，连扶手的位置都没有了，她正想找个靠门的位置站着，后面新进来的人却堵住了去路。这时，头顶忽然响起一道低沉的嗓音。

"扶住我。"

肖南宛如一座巍峨不动的大山矗立在她面前，黎茶茶这个身高站着，脑袋就只到他的胸膛。

她问："扶哪儿？"

"都可以。"

"哦……"黎茶茶应了声，伸手就拽住肖南的衣角。

肖南又说："这个点过去打车可能会堵车，怕你晕车，所以选了地铁作为交通方式。"

在一旁偷听的张东默默地和祁馨说："难怪不让我们打车去！"

祁馨："可恶的父女情！"

两人再望向谭明。

处于热恋中的小情侣这会儿已经在角落里你侬我侬，成为各自的扶杆。

两人对视一眼，祁馨小声地说："哼，我以后也要带家属参加活动！"

黎茶茶有了前车之鉴，如今出门都是全副武装——鸭舌帽、墨镜、口罩三件套，这会儿地铁里开了暖气，不一会儿便有些热了。

黎茶茶轻轻地喘着气。

冷不防地，她的帽子被摘下。她愣了下，一仰脖，却见肖南把她的帽子戴在了自己的脑袋上,低头对她说:"把口罩和墨镜摘了,靠在我身上,没人见得到你。"

她左右扭头,肖南的双臂已经搁在了她肩上,挡住了周遭的视线。

她悄悄地把墨镜和口罩摘了,往前面挪了小半步。地铁仍然一晃一晃,有的时候她的鼻尖甚至会碰到他坚硬的胸膛,他身上有一股须后水的味道,怪好闻的……

黎茶茶觉得像是在做梦一样。

那一夜之后,肖南又开始频繁出现在她的生活里,对于过去两人的不愉快只字不提,也没再说喜不喜欢的事儿,两个人似乎又回到了之前的相处模式。他一有空就会给她带早饭,手机里也依旧会发一些日常生活的信息,要是碰到两个人时间凑得上,便会一块去食堂吃饭。

她之前心口还会觉得疼,如今是一点都不疼了,抗抑郁的药她还在吃。她悄悄地将药放在了维生素C的药瓶里,每次吃的时候,肖南的眼神便会分外复杂。

思及此,黎茶茶总觉得肖南识破了她的小心思,仰脖一望,正好对上他垂下来的视线。

两人对视,半分钟后才挪开。

肖南一本正经地问:"用的什么洗发水?"

"茉莉花香味儿的洗发露。"

肖南评价:"挺香的。"

"我还有樱花味的。"

"下次洗了让我闻闻。"

"好。"

张东压低声音对祁馨说:"祁哥,你有没有觉得他们的对话有点违背'伟大父女情'的价值观?"

祁馨说:"同觉得。"

两人后知后觉地反应过来。

张东结结巴巴道:"我我我……我怎么觉得他们像在谈恋爱呢?"

祁馨回忆了下他们两人过往的相处,不由得"哎哟"一声。

展馆位于A市的艺术展览中心,这儿经常举办各式各样的大型展览,每次的布置看得出来是费了心思的,好比这次的海洋生物展,连通了两个展馆，场地整体布置成了海洋蓝，大大小小的玻璃水缸里全是形形色色的海洋生物。

肖南按照惯例给社团成员布置作业："展览参观完后一千字观后感，主题要涉及海洋垃圾。"

张东说："社长，我们看的是海洋生物啊，你看，这么漂亮的水母，跟垃圾有什么关系？"

黎茶茶说："我可以写两千字，从被海洋垃圾杀死的虎鲸为入口。"

张东弱弱地问："社长，我可以只写五百个字的观后感吗？"

肖南："不行。你们要向黎茶茶学习。"

沉浸在恋爱中的谭明表示："好，向茶茶师妹学习，写多少字都可以。"

张东觉得谭明没救了，谈了恋爱后新番不追了、寝室不宅了，天天和女朋友聊天腻歪，以前谭明最怕写观后感，让写八百字都叫苦连天，现在居然无所谓了。

张东叹了口气，问："社长，这次还是像以前那样集体活动吗？还是分散活动？我看着两个展馆挺大的，应该能看两个小时。"

祁馨说："要不我们分成两人一组？我和东妹一组，谭明跟他女朋友一组，社长你和茶茶师妹一组？"

肖南："行。"

祁馨："我的观后感写五百字行吗？"

肖南："行。"

张东："……"

于是，一行六人分成三组各自观看展览。

黎茶茶发现肖南对于海洋有关的知识了解甚广，即便不是海洋垃圾，面对着海洋生物，他也能侃侃而谈，他甚至不看展缸下面的生物介绍都能准确地说出玻璃缸里是什么生物，还有他们的习性。她好奇地问："你不是AI专业的吗？怎么对这些这么了解？"

"我以前有个朋友对海洋生物特别感兴趣。"

黎茶茶若有所思地看了他一眼。

肖南又说："他是个天才，也非常有担当，年纪轻轻就特别有社会责任感，我一直认为他以后能成为最优秀的海洋生物学家……"

见黎茶茶目光有些复杂，他似是意识到了什么，补充了句："是男的朋友。"

黎茶茶轻咳一声,说:"好,我知道了,你不用特意解释。"

"嗯哼。"

"然后呢?"

"没有然后了,他十八岁那年因为抑郁症自杀了,我当时年纪小,对抑郁症不了解,还觉得他一个大男人整天情绪低落,一点也不爷们……在他人生最需要别人伸出援手的时候,我没有尽我的一份力……"

海边的孤僻少年染着一头张扬的绿毛,提起海洋生物时,眼里似是有星光,见到被垃圾破坏的海洋,又会生着闷气,埋头就去清理,清理完后,就会露出罕见的微笑。

肖南从未见过这样的人,对一样事物有着极致的热爱,满腔的热情通通奉献给了海洋,整个人都在发亮。

肖南见到他时,混混沌沌的日子像是被猛然劈开。

他又说:"我一直很后悔。"

他时常在想,如果当初他对那个人多点关注,又或者对抑郁症多一点认识,兴许那个人就不会固执地去寻死,也许事情会有转机,故事的结局也会改写,闪闪发亮的绿毛少年现在仍旧在坚持着自己的梦想,最后成为一个优秀的海洋学家。

他不动声色地打量了一眼黎茶茶,她听得正入神。

这一次,他一定不会让悲剧再度重演。

7

等把展馆里的海洋生物全都看完的时候,已经是一个半小时之后的事情了,而其他组的成员都还没见到人影,黎茶茶在微信群里问了下。

她抬头和肖南说:"祁哥那一组还要二十分钟,谭明和恬恬说是已经在外面的咖啡馆里坐着了。"她顿了下,见肖南的视线落在了不远处。她也顺着他的视线望去。

看完展馆出来后,有一个小厅,里面卖的全是周边产品,比如鲨鱼笔记本、水母签字笔、海星发箍之类的,正值午饭时间的缘故,这会儿小厅里只有四五个人的样子。

肖南问:"要看看吗?"

黎茶茶有点惊讶肖南会对这些东西感兴趣,说:"好呀。"

两人一道进入贩卖周边产品的小厅。

黎茶茶本来想观察下肖南对里面的什么东西感兴趣,但走近后,便被里面的文创产品吸引了目光。这个展览不仅仅办得用心,连周边产品也制作精良,文创类的大多都做成了Q版,凶猛的鲨鱼顶着两只过分可爱的大眼睛变得萌萌的,下面连着一支圆珠笔,摁下去的时候还会有模仿鲨鱼的叫声响起,还有水母笔,摁一下就会有不同的颜色。

她忍不住说:"真可爱。"

肖南问:"哪个?"

"都可爱啊。"

肖南沉默了下,问了句:"这么多文具,你用得完吗?"

黎茶茶反应过来,说:"我夸它可爱也不一定代表我要买,有些东西只欣赏一下就好了。"

肖南"哦"了声。

黎茶茶逛了圈后,他又问:"有什么是你夸可爱之后要买的?"

黎茶茶问:"这个店里吗?"

"嗯。"

黎茶茶望了圈,说:"笔我倒是不缺,双十一时我已经囤了三盒,本子也囤了很多……如果非要买一个的话,会买发箍吧,我寝室里洗澡用的发箍正好坏了。"

说到这儿,黎茶茶又说:"那买一个好了。"

她低头挑发箍,有点选择困难症,水母和海星都挺可爱的,她有点犹豫要买哪一个。就在这时,旁边忽然来了一家三口,一对年轻的夫妻带着一个小女孩。

小女孩指着发箍:"妈妈,我想要这个,想要海星宝宝!"

妈妈不悦地道:"你怎么什么都想要?家里堆的全是你的东西,上次才买了芭比娃娃,两百多块,都够我们一天的开销了!还有这次,年纪小小看什么展览?在门口拍个照上传就好了,你们还非得进来感受。里面的和视频有什么区别?你们两个人就是不知道过日子……"

妈妈拿起发箍,看了眼价格,又翻了个白眼说:"二十块一个?怎么不去抢?这种劣质材料做的发箍,街边就卖一块钱一个,二十块我能买二十个,还让老板送我两根头绳!"

妈妈拍了下小女孩的脑袋。

"别看了,走,回家了,你才多大就知道要这个要那个,你懂得赚钱吗?你知道钱多难挣吗?你知道你一年的生活费和教材费多少钱吗?等你以后赚钱了自己买,现在不行!走,不许看!"

爸爸似是想说什么,但在妈妈的强权之下还是闭了嘴,一家三口逐渐走远。

黎茶茶握着发箍的手微微收紧。

冷不防地,肖南拿了一个海星发箍迅速结了账,追上那一家三口,把海星发箍给了小女孩,说了句:"你们是我们店里的第一百九十九位顾客,'199'是我们的幸运数字,能获赠发箍一个。"

他直接塞进小女孩的手里,便头也不回地离开。

黎茶茶有些愣怔,此时,肖南已经走了回来。

她问:"你给她了?"

肖南应了声,又不着痕迹地看了她一眼,才淡淡地说:"有时候人想要拥有的东西,最好不要指望别人给你,不然只会一次又一次地失望。比如刚刚的小女孩,指望她的父母给她买发箍,她得到的结果只可能是失望,还不如指望自己以后挣到零花钱的时候买。她年纪还小,不懂这个道理,以后或许就会懂了。而且……"

他一顿,又说:"能给她买发箍的人,不止她父母,她以后会有朋友,会有对象,会有很多暖心的陌生人,也许没有血缘关系,但是她一样能得到自己想要的。"

说完,他伸手拍了拍黎茶茶的脑袋。

"喊我一声爸爸,爸爸给你买发箍。"

黎茶茶本来听得认真,这会儿却忍不住笑了,说:"你真想当我爸爸啊?"

"喊哥哥也行。"

"不行,我自己能买的东西才不让你买,我又不是没钱,我们辅导员说我这学期的奖学金稳了……"

肖南却径自拿了八个发箍去结账。

这时,祁馨和张东观展完了,从出口出来正好撞见了两人。

张东屁颠屁颠地走过来,刚站定,脑袋就被肖南戴上了一个鲨鱼发箍,祁馨走过来,肖南把剩下五个发箍给了她:"社团活动福利,拿去分了吧。"说着,把海星发箍和水母发箍给了黎茶茶。

"拿着。"

肖南这么一说,黎茶茶也不好拒绝了,她拿了一个水母发箍,戴在了鸭舌帽上，见周围没人，把墨镜和口罩都摘了，仰着脖子问肖南："好看吗？"

肖南瞥了眼，语气很平静："不错。"

张东问："社长，我的好看吗？"

肖南直接回道："不错。"

张东：社长你都没看我一眼呢！

张东想抱怨一下，然而话还未出口，又见自家社长的视线落在了茶茶师妹的身上。

挪开，又回去，挪开，又回去……

张东住嘴了。

算了，单身狗没资格开口。

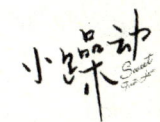

Chapter 09

她的心咚咚地跳着,那般热烈地
告诉着自己——她不想等了

1

期末转眼将至,黎茶茶毫无意外地考了全系第一。顾恬因为忙着谈恋爱,无心学习,她看看自己的分数,又看看自己室友的逆天分数,长长地叹了口气,问:"你啥时候回去?"

黎茶茶说:"没定。"

"我明天就回家啦,这个分数简直没脸,太惨淡了……"顾恬长吁短叹的,又说,"你别管我了,继续看电视剧吧,我自己疗疗伤,跟男朋友哭一下就好了。"

黎茶茶应了声,便转过身继续看电视剧。

顾恬踮脚探头歪脖子,视线才略过那一张豪华的欧式天鹅绒靠背椅,就看见黎茶茶的电脑屏幕,又是一部泰剧。

相当相当小众的泰剧,据说是肖南推荐的。

这几个月以来,肖南一直在给黎茶茶推荐各种各样的小众外国剧,顾恬分外诧异,也特别好奇像肖南那样的人会喜欢看什么电视剧,按照理工男的思维,应该会是一些正儿八经和学术有关的纪录片或者是紧张刺激的侦探悬疑片吧?可万万没想到,都不是……肖南居然喜欢看各种各样的小众泰剧、英剧、美剧、德剧等等,而且内容都很狗血励志。

有一回,顾恬搬了小板凳和黎茶茶一起看,是一部冗长狗血的泰剧,女主拥有一堆极品亲戚和吸血父母,打小没爹疼没娘爱,有着凄惨的童年,长大后碰见了霸道总裁,在他的帮助下,斗父母斗亲戚,然后成为新一代霸道女总裁。

顾恬又瞄了几眼黎茶茶的电脑屏幕,尽管听不见声音,可是瞅着一个小姑娘浑身伤痕地在破烂漆黑的阁楼里哭泣,她用脚指头想肯定又是一部逆袭的励志剧。

她摇摇头,心想,可能这就是学霸们的情趣吧。

顾恬当夜就收拾好了行李,第二天直接坐车回家了。寝室里就剩黎茶茶一人,她准备去宿管那儿领一张假期留宿表,不打算回B市过年了。

没多久,黎茶茶接到了闻香的电话。

"茶茶,什么时候回家?今年爸妈都不赶通告了,咱们一家三口一起过年。"

黎茶茶问:"水果台不是邀请你们参加春节晚会吗?"

"合同还没签呢,上台唱个歌太老土了,你爸爸也觉得无趣,反正钱也不多,咱们一家三口还是一起在家过吧!我看过阵子有寒流,今年过年估计挺冷的,要不我们去找个海岛度假吧?马尔代夫和巴厘岛你想去哪个?"

说来也是奇怪,打从黎茶茶强势起来后,黎柏和闻香倒是变得弱势了。

他们一家三口参加的综艺节目在上个月月底已经录制完毕,反响特别不错,黎茶茶自带颜值的学霸人设,可甜可盐,圈了一大批粉,黎柏与闻香的事业虽然渐有起色,但是论吸粉程度仍远远不及黎茶茶。

黎茶茶直截了当地说:"不用讨好我,第二季我不会参与录制,我很忙,寒假不打算回家。水果台的邀请我也收到了,他们通过微博联系我了,我也不打算参加。"

闻香声音顿变:"黎茶茶,你……"

黎茶茶打断她:"妈,你们当初答应我的条件,虽然没白纸黑字写下来,但是我有录音,同样的话,我不想再说第二遍,你们的模范父母人设崩不崩在于我。"

闻香那边沉默了。

过了会儿,闻香又说:"茶茶,跟爸妈处得像仇人一样,是谁教你的?"

黎茶茶也沉默了,与闻香不一样,她的沉默带着一种如释重负的安静,她张了张嘴:"妈,我为什么会变成这样,您真的不明白吗?我很久之前就已经决定了,如果以后我生了孩子,不能对他负责的话,我宁愿他不出生在这个世界上。我曾经想过我真的是你们亲生的吗?你们真的知道怎么当合格的父母吗?你们扪心自问,你们了解我吗?知道我喜欢吃什么吗?

知道我以后想做什么工作吗？你们只会在我对你们的事业有帮助时想起我，只会为了你们虚伪的面子和我通电话，我大概是你们生命中一个不美好的意外，本来就没有人欢迎我出现在这个世界上吧。"

黎茶茶挂了电话，心情格外平静，她原以为这些话她可能一辈子都要藏在心里，没想到今天在不经意间就通通说出来了。

心里头像是有一块巨石猛地落下，沉甸甸的心情消失了。

2

黎茶茶提交了寒假留宿表后便离开了寝室楼，准备去食堂吃午饭。没走多久，她就在半路碰见了肖南，A市的冬天分外寒冷，他只穿着一件轻薄的黑羽绒服。见着黎茶茶时，他的眼神微微柔和了几分，问她："去吃饭吗？"

黎茶茶点了点头。

肖南抬腕，看了眼时间，不动声色地问："今天怎么迟了？"

"我刚去宿管阿姨那儿领了寒假留宿表，花了点时间。"

肖南有些讶异，问："不回B市？"

"不回了，在学校待着也挺好的，我找师姐借了下个学期的课本，打算提前学习。我们专业的老师都很喜欢我，说如果我能提前自学并掌握知识点，可以不去上课，期末考试去了就行，这样一来我能省一半的时间去做其他事情。"

肖南知道她口里的"做其他事情"是指什么，赚钱。

这小姑娘脑子里天天都在想怎么赚更多的钱，好几次，肖南见她辛苦，想说"你要多少钱我给你"，但话到嘴边又咽了下去。

她这人，自尊心强，这话说不得。

只不过……

肖南上下打量了她一眼，整个冬天下来，她身上穿的都是同一件大衣，或者是黑色的羽绒服，脚底也是同样的鞋子，温度低的时候就穿雪地靴，温度尚不错时就穿小皮鞋。肖南还特地拍了鞋子去问过甄宝女士，鞋子大衣都不是什么名牌，可能一件下来，就两三百块。

恰好这时，两人身边走过一个姑娘，戴着毛茸茸的白帽子，穿着斗篷，踩着长靴，打扮得很是精致。

肖南不着痕迹地收回目光，说了句："吃完饭，有空吗？"

"有。"

"陪我出去一趟。"

黎茶茶也没问去哪儿，直接点头。

吃过饭后，黎茶茶先回寝室取了墨镜和口罩，再和肖南一块出去。

等两人到达目的地时，黎茶茶有些诧异，无论怎么想都想不到肖南会带她来商场，还是高端商场。

转念一想，她又望了眼肖南，仿佛是洞察了黎茶茶的心思，他说："不是快过年了吗？我得给我妈买新年礼物。我不知道我妈喜欢什么，你应该比较了解。"

黎茶茶一听，说："没问题，包在我身上。"

"你打算给阿姨买什么当新年礼物？"她瞅了眼商场指引，问了句，"衣服？皮包？珠宝？化妆品？"

"衣服。"

"什么衣服？连衣裙？大衣？上衣？裤子？还有预算多少？"

"不用考虑钱。"

黎茶茶一听，表示："我明白了。"

黎茶茶平日里没少关注甄宝女士的朋友圈，通过她平时晒出来的日常穿搭，对于她的喜好可以说是了如指掌。还不到小半个钟头，黎茶茶就挑了件廓形的雾霾蓝双面羊绒大衣，轻薄保暖又优雅，价格对于肖南的家庭而言，不算贵，加上商场折扣，将近九千。

肖南说："行，就这件。"

"不用再看看其他吗？"

"不用，我相信你的眼光，你挑的东西我妈肯定会喜欢。"

一旁的店员姑娘捂着嘴，笑眯眯地说："你们是要见家长了吗？"

黎茶茶有点脸红。

未料，肖南却说了句："已经见过了。"

黎茶茶蒙了下，望向肖南。

肖南面不改色地问："难道你没见过我爸妈？"

黎茶茶竟然无法反驳。

肖南拍了下她的脑袋，说："我去结账，你在这儿等我。"

等肖南一走，黎茶茶的手机响了，她看了眼来电显示，有点愣怔，是之前那个综艺节目的导演。她微微犹豫，出了服装店，在一旁的玻璃扶杆前停下，接了电话。

"王导，您好。"

手机那头是个年轻的声音，只听他说："茶茶，我听你父母说了你不愿意签第二季合同的原因，我还是想亲自来当一回说客。你担心不能兼顾学业，这不是问题，我们节目组可以配合你的时间，绝对不让你翘任何一节课。"

"谢谢王导您的赏识，除了学业问题之外，还有我个人的问题，具体原因我不方便说，实在抱歉了。"

未料，王导却话锋一转，说："你态度这么坚决我也没办法，可惜了，第一季我们合作得很愉快。对了，我朋友有个青春校园的网络剧，男主定了陆晨，女主还没有定，你的形象和年纪都符合，我向我朋友推荐了你，他非常满意，愿意给你一个试镜的机会。我看你微博接了不少广告，还不如去拍一部电视剧，片酬问题你不用担心，以你现在的热度，一部剧三十集的话，一集谈个五六万问题不大，你要是感兴趣可以去试试！我等会儿把联系方式和试镜地址都发你。"

王导挂了电话。

黎茶茶抿了抿唇，有些心动，算五万一集，三十集就有一百五十万，扣掉税之后也有一百多万，加上这几个月她接的广告，还有综艺节目支付的片酬，以及之前靠奖学金存下来的那笔钱，加起来应该有两百万了。

就在此时，黎茶茶听到商场一楼蓦然响起好几声惊叫，她下意识地拉高了口罩，往四周望了望，周围并没几个人。

她又定睛一看，这才发现一楼有个商演活动，临时搭建的舞台上站了个高挑的男孩，底下那群兴奋的小姑娘都在喊"陆晨"这个名字。

她微微一怔，旋即想起来这就是导演刚刚在电话里提到的那个男主。

她摘了墨镜，低头一望，舞台中央的男孩拿着话筒在唱歌，看起来阳光可爱。冷不防地，陆晨抬头，与她的视线对上了。

她吓了一跳。

这时，有人拍了下她的肩膀，问："看什么？"

黎茶茶这才缓过神来，说："没，我就看看是哪个明星。"

肖南不感兴趣，说了句："走吧，去三楼。"

黎茶茶重新戴上墨镜，问了句："还要给阿姨买什么吗？"

"先上楼。"

等到了三楼,肖南步伐一顿,转身就拐进了一家风格甜美的服装店。黎茶茶粗粗一扫,这儿的衣服怎么看都不像是甄宝女士会穿的,正想说话时,就见肖南对店员低声说了什么。

很快,店员拿了一条高腰紧身连衣裙和一件殷粉色的狐狸毛斗篷过来。

肖南对黎茶茶说:"你进去试。"

黎茶茶微怔,说:"阿姨应该不穿……"

肖南言简意赅:"给表妹买的。"

黎茶茶又是一怔。

没听说过肖南有表妹啊?有的话,关系这么好吗?过年都能送衣服?

不过肖家亲戚繁多,黎茶茶也没多想,抱过裙子和斗篷便进了试衣间。出来的时候,店员猛夸了一顿,说:"我从未见过穿得这么合适的姑娘!"

黎茶茶心想,她墨镜和口罩都没摘呢。

然而,她一抬眼,就见到肖南直勾勾地看着她,眼神深邃又热辣。

黎茶茶的心瞬间就狂跳起来。

黎茶茶深吸一口气,镇定下来,在肖南面前晃了晃,又转了个圈,问:"还可以吗?"

肖南直白地说:"很好看。"

"那我进去换下来。"

肖南"嗯"了声。

等黎茶茶再次出来的时候,肖南已经结了账,手里又多了一个购物袋。

黎茶茶问:"你还要给什么亲戚买礼物吗?如果是女性的话,我可以适当给你一些建议,男性的话,我就不太了解了。"

"没有亲戚了。"

两人一道走出商场,又一起回了学校。

到了校门口,肖南说:"我也提交了寒假留宿申请,你有什么事可以找我,我下午还要去实验室一趟,就不送你回寝室了。"

黎茶茶点点头,倒不是很意外肖南也会申请留宿,毕竟甄宝女士经常说她和她儿子一个月大概就能见个一两次。

忽然,肖南伸出手。

"给你,我肖南不欠人情,你帮我挑礼物,这个当人情还你了。"

他手里是商场的购物袋,里面正是黎茶茶试过的连衣裙和斗篷。

黎茶茶"啊"了声,肖南直接塞到她的怀里,然后迅速转身,挥手。

"拿好了,走了。"

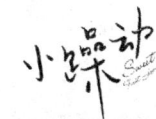

3

寒风吹过,夹杂着一股子透心凉的寒冷,黎茶茶的手指被冻得僵硬。半晌,她才回过神来,往手心里呵了几口热气,抱着购物袋飞速地往寝室里跑。

一回到寝室,迎面而来的是暖洋洋的惬意,她小口小口地喘着气,三下五除二便脱了衣服,换上针织连衣裙,旋即又套上了斗篷大衣。她微微一顿,又拿了卷发器给自己烫了个公主卷,之后又化了个淡妆,搭配了同色系的眼影和口红,这么一套流程下来,差不多过去了半个小时。

黎茶茶站在镜子前,看着自己,嘴角傻傻地扬起。

就在这时,她的手机响了下,来了条微信,是肖南发的。

【下雪了。】

黎茶茶推开阳台的门,外头果真飘起了柳絮般的雪花,还未离校的学生们高兴地欢呼着,隔壁寝室的一个南方姑娘更是开心得捧着脸在阳台上尖叫,路上的学生们纷纷停下步伐,有伸手接雪花的,也有拿手机拍照的,还有情侣抱在了一块儿。

黎茶茶心中微动,直接给肖南发了个视频邀请。

肖南秒接。

他也站在寝室的阳台上,后面是飘落的白色雪花,他第一句话就是:"黎茶茶,换羽绒服再出来看雪。"

黎茶茶没有动,瞅着他。

肖南问:"怎么?"

黎茶茶又看着他,眨了眨眼睛。

肖南还是没什么反应,半天才说了句:"你穿这个太薄,会感冒,回去换衣服再出来。"

黎茶茶放弃了,乖巧地应了声,回寝室里脱了斗篷,又换上了羽绒服,才拿着手机出现在阳台上。

此时,肖南状若无意地说:"天气预报说过年那几天也会下雪,今天雪小,等雪大起来的时候,我带你去堆雪人。"

黎茶茶眼睛顿时亮起来,问:"真的吗?"

"你社长什么时候骗过你,别在阳台站着了,回屋里吧,外面太冷了。"

黎茶茶应了声,虽然心底有一点点因为肖南没注意到她精心打扮的失落,但是一想到能和肖南去堆雪人,那一丢丢失落又消失得无影无踪了。

视频通话结束后,黎茶茶又瞄了眼镜子里的自己,穿衣镜里的女孩眉眼、嘴角都是藏不住的粉红泡泡,心咚咚地跳着,剧烈而有力。她从未像今天这般如此地期待着明天,甚至恨不得能装上一个时间快进仪,一转眼便飞到未来。

黎茶茶对着镜子又傻傻地笑了起来。

过了很久,她才被手机里弹出来的推送声音拉回了思绪,头条弹送了一条微博娱乐消息——陆晨帅出新境界。

她点开一看,是今天陆晨在商场里参加活动的九宫格照片,全是路人抓拍的没有精修过的图,尽管如此,仍旧没法抵挡陆晨过分英俊的相貌。

黎茶茶想起了今天王导的话:

"男主定了陆晨……以你现在的热度,一部剧三十集下来,一集谈个五六万问题不大,你要是感兴趣的话,可以去试镜。"

她又去看了眼自己的银行卡余额。

黎茶茶找到了王导发来的试镜时间和地址,做了个决定。

黎茶茶没有任何拍戏经验,她只上过两次综艺节目,因此试镜前有些忐忑,不过在看了剧本后,那一丝忐忑又消失了。如同王导所说的,这个故事对女主角的要求很简单,一要青春气息,二要长得漂亮,三要有少女感。

这三点,于黎茶茶而言,简直是量身定做,她只需要演自己便可以了。

试镜完后不到一周,黎茶茶便收到了试镜结果,她很幸运地被导演选中了。负责人先把电子合同给黎茶茶看了,黎茶茶还特意去咨询了法律专业的张东,确认没问题后,才表示春节后签合同,因为那时候黎茶茶正好成年。

"温叔叔,你看!"

黎茶茶第一时间去了温明的工作室,把这个好消息告诉了他:"李导拍摄时间预计两个月,取景地点就在A市,等拍完后我就能拿到钱了!最迟也就在今年六月之前,也就是说我终于可以把闻香、黎柏他们这些年养我的钱全还了!"

她摸着胸口,又说:"一想到把钱还了后的日子,我就对未来的每一天都充满了期待!温叔叔,我已经有三个月没去过酒吧了!"

温明问:"药也没再吃吧?"

黎茶茶摇头。

温明含笑道："这是非常好的现象，你离痊愈不远了，以后可以不用这么频繁地过来，你半年过来一次吧。"

黎茶茶眨眨眼，说："我觉得我已经痊愈了，再也没想过自杀这种事情。"

温明摸摸她的脑袋，说："还是得过来复查。"

"好的，我知道了！"

黎茶茶的手机响了下，她低头看了眼消息，眉梢间立即掠过一丝欣喜。她笑吟吟地说："温叔叔，我先回学校啦，他约了我吃饭。"

温明微微颔首："去吧，路上注意安全，回到学校后给我个信息，知道吗？"

黎茶茶如小鸡啄米式地点头。

等黎茶茶走后，前台姑娘进来收拾茶具，见温明站在落地窗旁露出一脸的担忧，不由得问："温医生，茶茶不是快要痊愈了吗？你为什么还这么担忧？"

温明摇摇头，没多说。

前台姑娘也知是病人的隐私，没有再问，收拾好便出去了。

温明仍是有几分惆怅，虽然说茶茶逐渐痊愈是好事，但作为她的主治医生，她怎么痊愈的，他是一路看着过来的。与其说是她想通了，倒不如说是她把心灵慰藉转移到了肖南身上，他能看得出来她如今有多么依赖肖南。

可温明毕竟不是小孩，他知道这世间最没定数的就是"感情"两个字，尤其是男女之间的感情。

4

肖南坐在商场内的一家西餐厅里。

离春节还有几天，商场里逐渐冷清，偶尔才能见到置办年货的人，商铺门口的店员无聊地打着哈欠。

服务员给肖南递了菜单，肖南接过来一页一页地翻着，看得仔细，和黎茶茶一起吃饭久了后，他便发现这小姑娘是真的挑食，喜甜不喜辣，吃牛排一定得是五分熟的，还要浇黑椒汁，配餐必须是两块奶酪面包，还有一份意面，意面要条状的，最好是番茄味意面，肉酱意面还不行，她不喜欢里面有猪肉的味道，每一餐，她都还得吃蔬菜，要绿色的，西蓝花最佳，娃娃菜、空心菜其次，生菜绝对不吃。

肖南浏览完整本菜单，开口示意："肉眼牛排五分熟黑椒汁，配番茄味意面，配的面包要奶酪面包，还有一小份白灼西蓝花，甜点要香草味冰淇淋华夫饼加一块草莓奶油蛋糕，饮料要柠果冰沙，少一点冰……"一顿，又说，"你们意面是条状的，不是螺旋状的，对吧？"

服务员说："是的，您要是需要螺旋状的，我们可以给你换。"

"不用换。"肖南合上菜单，"再来一份土豆焖牛腩的简餐。"

服务员问："饮料还有需要的吗？"

肖南说："不用了，上两杯水就行。"黎茶茶这小姑娘点得多又吃不完，他正好可以帮她吃，加上一份简餐，差不多够饱了，女孩子喜欢的那些面包特别填肚子。

肖南点完餐后，又给黎茶茶发了条微信，问她还有多久到。

黎茶茶回复还要十分钟。

肖南退出微信，打开了日历页面，瞅了眼上面大年初一的日期，略微思索，给甄宝女士打了个电话。

电话一接通，甄宝女士便说："知道给你妈打电话了？过几天是什么日子你知道吗？你平时随性我和你爸爸都可以不管你，但是我们肖家过年的规矩你不能忘，不管你爷爷怎么针对你，他始终是长辈，老一辈就喜欢过年团团圆圆，这个我们都得陪着……"

肖南说："年初三的家宴，我没忘。"

甄宝女士问："年初一呢？"

"妈，我年三十晚上就回去。"

甄宝女士这才满意了。

肖南又面不改色地对空气说了句："服务员，再添一份餐具，我还有个朋友。"

甄宝女士问："和谁吃饭？"

"和黎茶茶，她不回去过年，在学校里待着，我正好碰上，跟她一起吃顿饭。"

甄宝女士一听，立马说："不回去过年？在学校过年？这怎么像话？邀请她来我们家过年呀！这么多年过年，家里都没个小姑娘，你和你爸一样，都是冷木头，茶茶那小姑娘声甜人乖巧，有她在，家里热闹一些。"

肖南的语气里很是不情不愿:"你让一个男人去邀请一个女孩子来家里过年,合适吗?"

甄宝女士点点头:"也是,确实奇怪。算了吧,我来说吧。"

这时,黎茶茶来了,肖南也挂掉了电话。

黎茶茶问了句:"你和谁打电话?"

肖南眼睛都不带眨的,淡淡地说:"谭明给我推荐一月新番。"

黎茶茶说:"谭明真的是到处给别人猛推动画……"

刚坐下,黎茶茶便接到了一个电话,她瞧了眼来电显示,讶异地看了眼肖南,说:"你妈妈给我打电话了……"

肖南淡淡地道:"是吗?"

黎茶茶接了。

"阿姨,中午好。"

"嗯,是的。"

"对。"

"啊?"

"这不太好……啊,那……好的,谢谢阿姨。"

黎茶茶挂了电话。

肖南把服务员端上来的杧果冰沙推到她面前,问了句:"我妈和你说了什么?"

"你跟阿姨提了我一个人在学校过年吗?"

"我妈向来神通广大,她又一直关注你,不知道她从哪儿得来的消息……"

这些话,他说得面不改色,脸不红心不跳的,很淡定地把服务员端上来的菜推到她面前,说:"我给你叫了白灼西蓝花,等会儿还有五分熟的肉眼牛排,加黑椒汁的……"一顿,又不经意地问,"我妈让你来我家过年吗?"

黎茶茶拿叉子戳了一朵西蓝花,点了下头。

"也行,我妈每年都嫌家里冷清,你来了可以多陪我妈说几句话,要是她给你塞红包,你也别推辞,这是我们家过年的规矩,但凡去我家拜年的小辈,不管有没有血缘关系,见者有份儿。"

黎茶茶眨眨眼,问:"真不会打扰吗?"

"没有打扰不打扰,你待着呗,要是下雪了,还能在院子里堆雪人。"

·222·

黎茶茶是年三十晚上的时候，和肖南一块回了肖家。别墅里的用人和司机都放了假，回老家过年去了，偌大的别墅里只剩甄宝女士和她的丈夫两个人。

一进门，甄宝女士便招呼黎茶茶来沙发上坐。

她拉着茶茶的手，嘘寒问暖："你这孩子，早告诉阿姨呀。要知道你不回家过年，我就提前大半月让你过来住着，阿南也是，竟然临近过年才告诉……"

肖南重咳一声，问："爸呢？"

甄宝女士说："在厨房里，家政阿姨都回老家过年去了，你爸说露一手厨艺，你就别进去了，我今天在这里提前和你们父子俩说了，过年这几天都给我安安分分的，不可以吵架，知道了吗？"

肖南不以为意地说："知道了。"

甄宝女士的目光又重新落在黎茶茶身上，她摸着黎茶茶的小手，万分怜爱地道："你上的综艺节目我也有看，你小时候上的节目我也录制下来了，对比起来，真是女大十八变，当年的小女娃真长大了……"

甄宝女士拿出手机。

"你瞧瞧，我都把你的照片设成屏保了，别人问我是谁，我都说是我家茶茶。"

肖南在另外一张单人沙发上坐下，听到这话，嗤了声，说："我妈老早就想你当她女儿了，我小时候那会儿，还天天指着你的照片说我要是长成你这样就好了，乖巧可爱！可惜啊，是个顽皮捣蛋的男孩。"

甄宝女士捂嘴笑："可不是吗？要是身体允许，我真想要个女儿，阿南这孩子打小就独立得很，学什么都快，我丝毫都没体会到养孩子的乐趣。给他买衣服，他也不要，当时想着没有女儿，把儿子打扮成小王子也成，他就喜欢跟我反着来，还皮得很，干干净净的衣服，他穿一天都跟在泥潭滚了一圈似的，回来衣服都废了。"

似是想到什么，甄宝女士从桌底下拿出一本相册，翻出了肖南小时候的各种照片。黎茶茶看得认真，夸了句："南哥哥小时候长得很好看，虽然衣服脏兮兮的，但五官底子在，看着就很有精神气。"

甄宝女士闻言，对于她"南哥哥"的称呼有些愣怔，一侧首，却见黎茶茶目不转睛地看着一张肖南坐在地上抱着玩具枪眉开眼笑的照片，眼神分外专注。

蓦然，黎茶茶咳了几声。

甄宝女士问："生病了吗？这几天天气冷，容易得病……"

黎茶茶掩着嘴："没有，就是突然呛到了……"

甄宝女士正想开口让自家儿子端杯水来，就见肖南的手已经伸了过来。一杯温水递到黎茶茶面前，肖南板着脸说："多大人了，还会被呛到，喝点水。"

黎茶茶接过水杯，小口小口地喝着。

这时，甄宝女士又见自家儿子站了起来，往周围望了望，最后目光落在餐桌的果篮上。

肖南问："是别人送的果篮？"

甄宝女士应了声。

肖南直接过去拆了果篮，拿了几个橘子出来，又坐回原位，伸手开始剥橘子。

甄宝女士很是讶异，她家儿子在吃喝上都很随便，吃东西也不讲究精致，怎么方便怎么来，平日里让他吃个橘子，他懒到巴不得连皮一起吃进去再吐出来，可如今竟然正儿八经地剥着橘子皮，剥完后还仔仔细细地挑着白色的橘络，再掰成一瓣一瓣，整整齐齐地放在果盘上，然后对黎茶茶说："吃橘子。"又问，"想吃草莓吗？"

黎茶茶说："都行。"

肖南又问甄宝女士："妈，家里有草莓吗？"

甄宝女士愣愣地道："没有。"

"我去小区里的进口超市买。"肖南说完，干脆利落地起身，拿了手机钥匙就离开了。

甄宝女士看在眼里，冷不防似是想到什么，露出了老母亲欣喜的笑容。

5

也不知是不是因为心境的不同，这一回待在肖家，黎茶茶已经没有了上一次的难堪和不自在。

肖父仍旧一副不苟言笑的严肃模样，但也不晓得是不是甄宝女士和他说了什么，从大年三十那天晚上开始，肖父便用一种审查的目光在看她。她回以一个微笑，肖父便轻咳一声，板着脸让她多吃菜。

而甄宝女士比以前还要热情，看她的眼神仿佛随时随地都能沁出笑意，不管她干什么事儿，甄宝女士都能夸上天，仿佛自带了一百米厚的滤镜。

譬如，她给果盘戳上叉子，甄宝女士也能夸上一句："瞧瞧放叉子的手法，一流的艺术感，本来苹果看着普普通通，茶茶你这叉子一放上去，就别有一番风味，以后谁能有你当儿媳妇可真是得乐翻天了。"

还有她打了个喷嚏，甄宝女士夸张地道："哎呀，我们茶茶没事吧！我们茶茶打个喷嚏也这么好听，再打几个都能开演唱会了。"

以及她见到庭院的枯枝被吹到了屋里，弯腰捡了，甄宝女士又夸道："随手捡垃圾真是个好习惯，我们茶茶就是有素养，以后有了孩子肯定是个好家长，正所谓一屋不扫何以扫天下，别看捡垃圾是个小事，这反映了个人的素质与品格，越是小事情越能反应一个人的品质……"

黎茶茶尴尬地笑笑："呃，阿姨过奖了。"

晚上睡觉前，肖南给黎茶茶发微信。

【我妈妈可能因为过年太过兴奋了，你不用放在心上。】

黎茶茶知道甄宝女士对她的喜爱，慢慢也习惯了这样的热情，只是让她比较在意的是今天大年初一，肖家父母给她包了一个巨额红包，里面整整有一万块！

她知道对于肖家而言，这个红包不算什么，肖南也让她安心收下。不过到底无功不受禄，黎茶茶思考了一整晚，还是把红包里的钱留在了房间的柜子里，她只拿了个红包，权当过年的好彩头。

第二天早上，黎茶茶起了个大早，她原本打算帮忙做个早餐，出房间时才发现隔壁肖南房间的门已经开了。她微微一怔，望了一眼，屋里的被子叠得整整齐齐，看样子已经起来很久了。

她下了楼梯，听见厨房里丁零当啷的，跟拆家一样，得亏隔音好，不会吵到还在休息的肖家父母。她走进厨房，看见肖南一副手忙脚乱的模样，水槽里已经堆了两三个大汤碗，料理台上还有七八个鸡蛋壳和两朵西蓝花，玻璃碗里一堆生虾，旁边还有几包生的面条……

黎茶茶又瞥了眼垃圾桶，里面有一半黑乎乎的东西，看样子像是煮煳了的食物。

她微微一怔，问："你在干什么……煮面条吗？"

肖南立即否认："不是。"

黎茶茶以自己多年的厨房经验再次确认了一遍，目前这些食材除了面条之外实在做不出什么其他的来。她又默默地看了眼肖南，很识趣地表示：

"社长,你放心,不会煮面条不是丢人的事情,我可以教你。"

说着,她又瞄了眼垃圾桶里那堆黑乎乎的东西,安慰道:"能煮成这样子,也可以叫作天才。"

肖南:"……"

黎茶茶问:"要不我教你煮普通的面?"

"不用,你出去。"

黎茶茶眨眨眼,说:"好吧,那我在客厅里坐着,需要我的话喊一声。"

"嗯哼。"

肖南直接关上了厨房的门。

又过了半个小时,黎茶茶见肖南还没有出来,正想过去敲门看看情况,却听见屋外有摩托车声响。

她微微一愣,走到窗边一看,只见别墅门口站了个外卖小哥,小哥手里提着一袋外卖,另一只手则拿着电话。

不到一会儿,黎茶茶就看见肖南出现了,她微微睁大了杏眼,看了下紧闭的厨房门,旋即又反应过来,厨房里有窗子,理论上应该是可以爬出去的。

肖南给外卖小哥塞了一张红通通的人民币,外卖小哥喜笑颜开地骑着摩托车走了,肖南把外卖藏在身后,鬼鬼祟祟地从别墅的另外一头消失了。

目睹了一切的黎茶茶:???

十分钟后,厨房的门开了。

肖南走出来,手里端着一碗面条,汤汁浓郁,根根分明,上面的葱花青翠,虾仁粉嫩,还有摆得宛如艺术品般的六七朵西蓝花。

他捧到黎茶茶面前,说:"长寿面,生日快乐!"

黎茶茶一下子就愣住了,今天是她的十八岁生日,她自然没有忘记,可她实在没有料到……肖南竟然知道。

她的鼻头瞬间就泛酸了。

"把它当早餐吧。"

他放到餐桌上,给她递了筷子。她夹了一筷子送进嘴里。

肖南问:"味道怎么样?"

黎茶茶吸吸鼻子,说:"好吃!"

她一筷子接一筷子地吃,只觉这是世界上最美味的食物了,吃进肚里暖暖的，外面皑皑白雪仿佛都因此带了三分暖意。

肖南又给她递了杯橙汁，说："吃慢点，吃不完我吃。"

黎茶茶连连摇头，说："我吃得完。"

肖南问："有这么好吃吗？"

黎茶茶小声地说："第一次有人给我做长寿面，肯定好吃。"

她一口接一口地吃，虾仁、西蓝花、鸡蛋，连汤汁都没剩下，通通进了肚里，她打了个饱嗝。

肖南面色倒是有些不自然，说了句："明年再给你做。"

黎茶茶小鸡啄米式地点头。

这时，楼道上响起甄宝女士的声音："哎呀，两个人怎么起得这么早？好香啊……你们煮了早餐？我还想说带你们出去吃早餐呢！我和你爸预约了位置。"

肖南说："煮了面，但是吃光了，妈，你和爸出去吃吧。"

甄宝女士心领神会："行，我们午餐、晚餐、夜宵都预约了在外面吃，会很晚回来。阿南你陪茶茶好好玩，不过晚上得早点睡，知道吗？明天还要去爷爷家拜年。"

肖南应了声，甄宝女士又重新上楼了。

过了半个小时，肖父先下了楼，去车库将车开了出来，甄宝女士精心打扮了一番才下来，手里提了个白色的礼袋。她又叮嘱了肖南和黎茶茶一番，才含笑看向黎茶茶，把白色礼袋给了黎茶茶："这是阿姨给你的成年礼，人一辈子还很长，成年了就是新的开始，茶茶，生日快乐。"

肖南的长寿面已经是意外之喜，没想到甄宝女士的惊喜还在后头，这一番话对黎茶茶而言，无疑是感动的。

甄宝女士就像一位她梦寐以求的慈母，扇动着洁白的翅膀，如天使般降临在她身旁，告诉她——

她的人生刚刚开始，美好的事物都在未来，生活里充满了期待。

她一时半会儿，竟不知该怎么表达感谢。

甄宝女士摸了摸她的脑袋，轻笑道："感谢的话就不必说了，不用客套，好好玩，我早已把你当成我的女儿，"一顿，又对肖南说，"别欺负茶茶啊，好好陪她玩，知道吗？"

肖南"嗯"了声，甄宝女士挥挥手，离开了。

肖南看向黎茶茶，说："不看看我妈给你送了什么？"

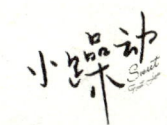

黎茶茶这才反应过来，低头从白色礼袋里拿出一个包装精美的礼盒，她小心翼翼地拆开，发现里面是一个小书包。

黎茶茶在闻香的影响下，对奢侈品牌也算得上颇为了解，知道这个包在欧洲买也要小两万，她有些迟疑地说："这……"

肖南说："妈给你的，你收着吧。"

黎茶茶微微脸红。

6

甄宝女士他们离开后，偌大的别墅里便只剩下肖南与黎茶茶两人，孤男寡女共处一室。

黎茶茶瞅了瞅肖南，肖南也在看黎茶茶。

此时此刻，两个人脑子里都有一个共同的问题——做点什么才能打发时间。

半晌，肖南问："看纪录片吗？"

"可以……"

"我去找点吃的，你先下去，影音室在地下，架子上有很多蓝光纪录片，你挑个喜欢的。"

黎茶茶应了声，转身下去了。

肖南想了想，决定出门去小区里的超市看看，随后买了一堆黎茶茶可能喜欢吃的薯片、饼干、糖果、小蛋糕、爆米花之类的零食。

等他回来的时候，黎茶茶已经挑好了纪录片，他把零食袋递给黎茶茶，然后播放影碟。

黎茶茶挑了个海洋纪录片，讲述的是一百多种海洋动物的生存状态以及相处方式，肖南看过几遍，早已烂熟于心。黎茶茶是头一回看，很是专注，眼睛一直盯着幕布，看到有知识点的地方还会在手机里做笔记。

过了会儿，甄宝女士给肖南发微信问他们在做什么。

【肖南：在影音室看纪录片。】

【甄宝女士：照片。】

肖南咔嚓了一张，正好拍到黎茶茶低头做笔记的模样，而幕布上正在上演大白鲨与露脊鲸大战的血腥画面。

【甄宝女士：茶茶十八岁生日且大年初二，你就在家里办学习小组研究海洋生物？】

【肖南：不行？】

【甄宝女士：我原以为你会是你爸爸的升级版，没想到你不仅不是，而且还是低配版。】

【肖南：？？？】

甄宝女士发来几个公众号文章链接。

【哄女孩子开心的一百零八种方式！】

【和女孩子在室内约会应该干什么？】

【直男约会方式你中了几条？】

肖南沉默了一会儿，抬头问黎茶茶："纪录片好看吗？"

黎茶茶疯狂点头："好看！"

肖南"嗯"了声。

肖南不服气地给甄宝女士反馈了，甚至表示甄宝女士的那一套不适合黎茶茶。

【甄宝女士：{冷笑.jpg}就算茶茶真的喜欢看纪录片，但今天是她十八岁生日！十八岁生日懂吗？女孩子都是需要仪式感的，需要浪漫！浪漫懂吗？活该你单身！】

肖南被"活该你单身"五个字气得面色都变了，思考片刻后，给谭明发了信息。

【肖南：顾恬生日你做了什么？】

【谭明：陪她去迪士尼玩了一整天，晚上放烟花的时候可浪漫了，我家小甜甜感动哭了，第一次主动亲我。】

【肖南：生日这天看海洋纪录片很直男？】

【谭明：神经病才看海洋纪录片啊！】

【肖南：……】

【谭明：啊！不对！如果是南哥您和茶茶的话那就另当别论了，你们都是学霸学神，过生日的方式当然和我们凡人不一样。这个没有固定的答案，也没有正确的答案，只要你们都喜欢，那就行了，反正两个人要是互相喜欢的话，在一起的时候做什么都行，这也是我谈恋爱后感受最深刻的。对了！我家小甜甜让我和南哥您说，上次茶茶在教室里见到别人玩吃鸡，还蛮感兴趣的，南哥你不是玩得挺好的吗？要不你教黎茶茶玩呗。】

纪录片结束后，黎茶茶说："这部纪录片拍得真不错，聚焦于海底生物，104分钟下来，全都是海洋生物的镜头，海底景色波澜壮阔，五彩斑斓，旁白也恰到好处，不会过分生硬……"

一顿，却见肖南目不转睛地看着她。

她微微一怔，问："我说错什么了吗？"

"为什么挑这个纪录片？"

"我猜你会喜欢。"

"那你呢？"

"我也喜欢啊……"轻轻一顿，黎茶茶飞速地抬眼看了他一下，旋即又收回目光，略微不自然地说，"我其实对什么都挺好奇的，而你喜欢的东西，我会特别好奇。"说着，她又垂下目光，手指微动，拧开瓶盖喝了一大口果汁。

半晌，一直没听见肖南那边的动静，她悄悄地望了过去。这一望，便落入肖南深邃炙热的眼神里，他的眼瞳是黑色的，深得像是有磁石一样。

"你……"他声音喑哑，"想玩吃鸡吗？"

黎茶茶一愣，说："你怎么知道？"

"谭明告诉我的。"

"谈恋爱的情侣之间真的没有秘密啊。"

"玩过吗？没玩过的话，我教你，你要玩端游版还是手游版？"

黎茶茶确实挺感兴趣的，她上次看别人用电脑玩《绝地求生》，游戏画面制作精良，还有许多各种各样的枪械，玩起来紧张又刺激。

她眉眼微动："端游？"

"行。"

电脑在肖南的卧室里。

肖南坐在人体工学椅上，一只手握着鼠标，另一只手在键盘上操作，给黎茶茶讲解完各种按键的用法后，准备演示一局。

他玩的是单排，一局下来杀了八个人。

黎茶茶没想到肖南打游戏也这么厉害，有些激动地问："你经常玩吗？"

肖南淡淡地说："念高中那会儿闲，学业也简单，所以玩得比较多，上大学后几乎没怎么玩了，里面有不少数据都改了，今天还有点手生。"

手生还能杀八个人……那不手生的时候得有多厉害？

"让我试试。"

"行，想玩哪张地图？"

"雪地吧，我上次看别人玩穿了件白色的吉利服，怪好看的。"

肖南让了位置出来。

家里还有两台电脑在书房里，只不过都是肖父常用的工作电脑，肖南有心想带黎茶茶打双排，然而没有多余能碰的电脑，他想了想便也只好作罢。

黎茶茶学得快，打了三四局后，便彻底上手了，杀了第一个人后，她高兴地把头戴式耳机摘下来，指着电脑屏幕，对肖南说："你看！我杀了一个人！他对枪没有对过我！"

她一副眉飞色舞的模样，整个人看起来轻松自在。

这会儿，一个没留神，在她和肖南说话的时候，有人一枪狙了她，她气鼓鼓地说："大意了！我应该躲在屋里的！站在雪地上太明显了！等着！"

她一扭头，又开了新的一局，重新戴上耳机，左手键盘，右手鼠标，配合得越来越好，只要杀了一个人，眼睛就会发光，跟个小孩似的。

肖南眼里添了分笑意。

黎茶茶玩得入迷，一盘接一盘，没怎么注意时间的流逝，也没注意肖南的动静。等她肚子开始叫的时候，她才发现已经是傍晚时分了，身边的肖南不知去了哪儿。

她愣了一下，摘了耳机，下楼。

一楼开了灯，但是空荡荡的，她喊了声："社长？"

庭院的落地窗开了一小半，这会儿天上还有红色的晚霞，雪地映照出一片暖洋洋的橙红。肖南此时背对着蹲在雪地上，许是听见了声响，他扭过头来，问："是饿了吗？我叫了外卖，放在餐桌上了。"

他一边说着，用手搓了搓鼻子，大抵是在雪地里待得久，他的鼻子被冻得通红。而他的身前，立了两个圆滚滚的雪人，一大一小，可爱极了。

他说："还差一点，你等会儿。"

他去甄宝女士的衣帽间拿了顶帽子出来，戴在小雪人的脑袋上，才说："好了。"

黎茶茶仔细一看，这才发现一个是男雪人，一个是女雪人，两个雪人面前写了四个字——生日快乐。

她问："这个是你吗？"

肖南"嗯哼"一声。

"这是生日礼物吗？"

肖南又"嗯哼"一声，似是想到什么，又进了屋里，出来时手里多了个雪人娃娃玩偶,他递给黎茶茶:"这几天过年买不着穿白色吉利服的娃娃,只好给你买雪人娃娃了。黎茶茶,你已经十八岁了,从今天开始,你未来的人生,由我保驾护航。"

黎茶茶一听,眼眶微微泛红。

他的语气很平淡,可是她知道他每个字都是认真的,他说出来的话,从来都没骗过她。

黎茶茶有种被人放在心尖上珍重的感觉。

她直勾勾地看着他,他在雪地里待太久了,鼻子是红的,双手也是红的,轻轻一碰,像冰块一样。她问:"冷吗?"

肖南说:"还行。"

她的心口忽然间就热了起来,这一瞬间,什么五年后再谈恋爱,什么等还了钱再考虑感情问题,通通都被抛到了脑后。

她的心咚咚地跳着,那般热烈地告诉自己——

我不想等了。

Chapter 10
我想喊你男朋友,行不行

1

黎茶茶这辈子就没跟人表过白,思来想去,便想着要郑重一点。她上网搜索了下表白攻略——女孩如何给男孩表白?

网上众说纷纭——

【谢邀,俗话说得好,男追女隔重山,女追男隔层纱,你有颜值吗?有的话,压根儿不需要你表白,钩钩手指,人就来了。】

【妹子,姐姐实话告诉你,如果对方喜欢你,你根本不需要表白,需要女孩子表白的男人都是大猪蹄子,不值得。】

【同意这个观点,虽然不能一棍子打死所有人,但还是那句话,女孩子不要主动表白,显得廉价,对方也不会珍惜你。】

【身为一个男人,如果被表白了,对方长得不丑,我愿意试试,横竖也不吃亏。】

黎茶茶看来看去,仍旧一头雾水。

最后,她致电恋爱成功人士顾恬,打算取点经

"谁先表白?哦,说出来你可能不信,是我先表白的!谭明那个二傻子跟别人说得一套一套的,轮到自己就傻乎乎的了,喜欢的眼神是藏不住的,我一直等着他表白,给足了暗示,可他还没开口脸就红了个透,整得跟小结巴似的死活说不出口。我们是好姐妹我才跟你说,这事儿你可千万别告诉别人,谭明要面子,我们对外都是声称他主动告白的,塑造了他情商、智商都两百的人设,实际上是他频频掉链子,最后我忍无可忍,对他说了句'谭明,我喜欢你,你要不要和我在一起',然后,他傻眼了。"

黎茶茶没想到真相如此，愣了愣。

顾恬又在电话那头说："恋爱里没有绝对，反正我觉得啊，只要你内心不后悔就行了！不用顾虑这么多恋爱攻略，指不定写攻略的人都没谈过恋爱呢！茶茶，你跟着心走就好了，这才叫青春无悔。"

和顾恬通完电话后，黎茶茶颇有感触，她想了一整晚，决定要主动表白一次。

黎茶茶向来是准备功夫做很足的人，决定要表白之后，她发挥了自己作文一等奖的水平，洋洋洒洒地写下了真诚的表白台词，打算第二天逮着空子对肖南念出来。

一大早，她蹲守在客厅里，有点紧张，人生里从未干过这样的事儿，成年第二天给喜欢的人表白，怎么瞧应该都很有意义吧……

就在此时，楼道上响起了脚步声，黎茶茶深吸了一口气准备站起来，突然蒙了。

下来的人除了肖南之外，还有肖父和甄宝女士，三人都打扮得很正式，肖南也难得穿了西服，衬衫扣子紧紧地扣着，莫名有几分严肃之感。

黎茶茶咽了口唾沫，一时半会儿竟有些移不开目光。

直到甄宝女士微微讶异地道："茶茶，你怎么起这么早？"

黎茶茶这才回过神来，迅速收回目光，说："阿姨早上好，我……我习惯起这么早了。"说着，黎茶茶又跟肖父打了声招呼，"叔叔早上好。"视线落在肖南身上，有一点点不自在，她轻轻地点了点头，便也算打过招呼了。

甄宝女士又说："我们今天得回本家拜年了，吃过晚饭才回来，你要一个人待着无聊，可以看看电影，看看书，或者玩玩游戏……"

似是想到什么，甄宝女士打开手机看了眼，又说："小区里有个沙龙，就在六栋，年初三就开门了，我在那儿办了不限次数的年卡，你无聊的话可以过去做做SPA，我一会儿跟那边打声招呼。"

黎茶茶连忙说："我自己一个人待着就可以了，谢谢阿姨。"

"也行，那你一个人在家好好待着，有什么事给阿姨打电话。"

肖父却说："我们家是能进贼还是刮大风，一个人待着能出什么事？要是不放心直接捎去本家得了……"

甄宝女士嗔了丈夫一眼："你呀，大老爷们儿都不知道怎么关心女孩子！得了得了，不说了，赶紧回本家拜年吧。"

肖南低声对黎茶茶说:"等我回来,无聊的话就打游戏,电脑密码你知道的。"

黎茶茶的眼神有些闪烁,应了声。

肖父开了车出来,甄宝女士坐在副驾驶座上,肖父探过身子,给甄宝女士系上安全带,甄宝女士的面上有几分惆怅。

肖父问:"在担心?"

甄宝女士轻叹一声。

肖父安慰道:"没什么好担心的,反正年年都这样,父亲是对阿南期待过高。你也知道父亲的性子,谁跟他反着来,他越来劲,越是想调教。那臭小子不服管,有自己的想法,我们又能怎么办?父亲顶多也就在所有人面前打骂他一顿,死不了。"

甄宝女士瞪自家丈夫一眼:"大过年的,说什么不吉利的话呢!刚刚你也真是的,明知我们本家的情况,还提什么捎茶茶一块去,你哥哥叔叔伯伯那群恶狼猛虎还不得把她给吃了?我今天可是把话撂在这里了,那是我的未来儿媳,你不心疼,我心疼!"

说到这儿,她望了自家儿子一眼。

肖南戴上了耳机,坐在车后座上,一副心不在焉的模样,一看就知道没怎么听他们夫妻俩的对话。

甄宝女士收回了目光,和丈夫说:"对外我们是一个阵营的,你多帮儿子说说好话,茶茶的事情不急,现在孩子们还小,谈个恋爱老爷子也不会说什么,以后要真谈婚论嫁了,我们再说服老爷子。"

肖父:"行,听你的。"

2

A市今天的天气不大好,将近八点,天色还是灰蒙蒙的,不见半缕阳光。

肖老爷子喜欢清静,老宅挑了几处,最后落在了A市与D市的交界处,这儿以前还是明清时期一位王爷修的避暑胜地,亭台楼阁间假山荷池环绕,春夏秋冬各有其景致。

肖南是在这座老宅里出生的,直到他六岁那年,肖父在外置办了房产,才带着甄宝女士和肖南一块儿搬了出去。

老爷子定了八点一起吃早饭,晚辈们都不敢迟到,肖南一家提前了十分钟,然而进入厅堂时里面已经很热闹了,他们一家是最晚到的。

"三叔三嫂新年快乐。"

肖南风走过来,含笑打了声招呼。

甄宝女士微微笑:"是南风啊,好些日子没见,比镜头里瘦了不少,最近工作忙?"

肖南风苦笑一声,说:"三嫂您就别挤对我了,我那些都是花边新闻,没几个是真的。"

肖南淡淡地说:"没几个是真的?就是有真的。"

肖南风瞪了肖南一眼:"弟弟,大过年的,不怼我要死吗?"

肖南淡淡地说:"五哥新年好。"

肖南风把他拉到一旁,说:"我还真怕你不来,又怕你来。你来了爷爷心情不好,你不来爷爷心情也不好,老人家的脾气可真难搞。"

肖南闻言,瞥了眼自家五哥,说:"你这不着调的话要被老爷子听了,今天你第一个祭天。"

"没事儿,我要是祭天了,你就是第二个,然后我们的三哥四哥在一旁给爷爷递柴,顺带鼓掌庆祝……"一顿,肖南风说,"对了,你知道吗?爷爷上周周末去了医院,说是做常规的身体检查,叔伯还有大房那边都紧张得不得了,天天带水果、补品来老宅探望,我看他们明面是探望,实际是来打探爷爷得病没有……"

他指着心,说:"他们心都脏,关心的只是爷爷的遗嘱。"

肖南冷淡地"哦"了声。

肖南风又说:"反正二房三房都只有我们一个独生的,大伙儿都没把我们俩当竞争对手,大房就生怕叔伯那边跟他们抢家产,每次家宴看他们都觉得像是一场戏。"

肖南抬了抬眼,轻飘飘地瞥了下那边的亲戚。

他们一家子进来后,唯一有反应的只有五哥一家,其余人连个眼神都没给。

他扯了扯唇。

肖南风见他兴趣寥寥的模样,也习以为常,忽地不知道想起了什么,眼神发亮,带了几分八卦问:"上次你往我的总统套房里带了个姑娘,是哪家的呀?还是学校里认识的?我听酒店的经理说长得娇小,你护得跟宝贝似的……弟弟还是可以的呀,这可比捡垃圾有趣多了,不过你可千万别谈爷爷不喜欢的,骂惨你。"

肖南说："我的事，老爷子管不着。"

肖南风拍手："很好，弟弟，我就欣赏你这股跟爷爷对着干的气势。"

"跟谁对着干？"

蓦然，一道苍老的声音响起。

肖南风面色顿变，一扭头，果不其然见到肖老爷子无声无息地站在身后。肖南风咧嘴笑嘻嘻地插科打诨："我和弟弟在聊天呢，顺口提起野叶科技那家不入流的公司，他们研发的家务机器人最近上市了，弟弟不也学这个专业吗？弟弟智商高，我让他毕业后开家专业的公司跟他们对着干……"

肖老爷子冷哼一声，说道："他的智商全拿来顶撞长辈了，进屋十五分钟，连和长辈打招呼都不会，长得牛高马大，浑身都是刺。"

甄宝女士不动声色地推了推自己的丈夫。

肖父轻咳一声，说："爸，是我没教好孩子，回去我一定好好教育他。"

肖老爷子驰骋商场多年，向来是喜怒不形于色，如今到了花甲之年，也仍旧不减当年威严，在家人面前也鲜少露出温和慈祥的面容，混浊冷淡的目光落在了肖父身上，便听他沉声问了句："听说你们家里带了个女孩回去过年？"

甄宝女士说："是朋友家的孩子，爸妈不在本地，我看她可怜，便把她带回家过个年。"

"是吗？"

"是的，那孩子品学兼优，跟阿南还是同个学校的，为人善良，怪惹人怜爱的。"

肖老爷子没继续说下去，让大家入座吃早饭。

餐桌是定制的圆桌，能容纳三十个人，上面还有一个巨大的滚盘，摆满了各式各样的中式早点。肖老爷子患有糖尿病，饮食都是请营养师精心制作，独家一份，整整齐齐地摆在他面前。

大房一家把老爷子周围的位置都占了，嘘寒问暖，很是孝顺，肖家大哥还时不时拍下马屁，虽然肖老爷子没什么表示，但也不像对肖南那般开口就是斥骂。

肖南一家跟肖家二房坐在一块，离老爷子颇远，安安静静地吃着早饭。对于肖老爷子的斥骂，肖南没有任何感觉，他大大咧咧地喝着豆浆嚼着油条，时不时还塞个肉包。

过了会儿,肖南的手机振动了下,来了条信息,他瞄了眼,是谭明发来的,没再多看,继续吃早餐。

又过了会儿,他的手机再度振动了下,又来了条信息。他的眼角余光一瞥,见到"茶茶"两个字,顿时放下筷子,打开手机,黎茶茶问他大概什么时候回来。

肖南立马回复。

【老爷子五点半就要吃晚饭,吃过晚饭差不多七点,到家应该八点左右。】

黎茶茶回了个"哦"。

肖南这才顺便去看了下谭明的信息——

【灭霸爸爸:南哥,我想了一整晚还是决定告诉你。昨天晚上我女朋友给我透露了一个事,和茶茶师妹有关的,但她没有细说,神秘兮兮的,让南哥你这几天一定要多注意下茶茶师妹的情绪。】

看见"情绪"二字,肖南神色顿变,他仔细一想,觉得今早黎茶茶的神色确实有些奇怪,躲躲闪闪……还带着几分不自然。

他给黎茶茶发了条微信问在做什么,黎茶茶过了快二十分钟才回复。

【睡回笼觉。】

肖南眯眯眼。

不对劲,黎茶茶今早起来精神奕奕的,怎么看都不像是需要睡回笼觉的模样。

肖南越想越担心,觉得自己不该把黎茶茶一个人留在屋里,毕竟今天才是她十八岁的第二天,他昨天有仔细观察,她父母压根儿没来过电话,只在微博里假惺惺地发了生日祝福,今天留她一个人在家,万一触景生情……

肖南风探过头来,看了眼微信:"大概什么时候回来?回来……"一顿,似是想到什么,惊诧地道,"难道三嫂口里乖巧善良的女孩子就是你女朋友?"

肖南风声音刻意压低了:"行啊,过个年把女朋友都带回家了,现在心急如焚想走人是吧?"

肖南难得没有否认。

"叫我一声哥,我帮你。"

肖南半点犹豫都没有:"哥。"

"下次我要是有什么花边新闻惹爷爷生气了,你替我挨骂。"

.238.

"成交。"

肖南风立即捧腹大叫:"啊,我的胃病又犯了!痛!痛!痛!弟弟,赶紧的,背我上车,去医院打个点滴。"

肖南:"哥,你撑着,我背你。"

肖南风又气若游丝地说:"爷爷,我打完点滴立马回来陪您过年。"

肖南扛起肖南风就迅速往门口奔去。

等上了车,肖南面无表情地说:"演技太浮夸,胃痛,你捂住小腹是什么意思?"

肖南风调整了下车内的座椅,换了一个舒服的姿势,才懒洋洋地说:"爷爷火眼金睛,哪能不知道我是装的?反正暂时成功出来了,挨骂挨打等回去再说呗!瞧着叔伯和大房那边谄媚的嘴脸,我待着就不舒服,还不如回去抱我的美人小姐姐,明华路的十字路口放我下来。弟弟,你自个儿回去抱你的温香软玉,要是老爷子那边通知我回去挨骂的话,你得来救场啊!兄弟一场,有骂一起挨!"

肖南很义气:"成。"

3

肖南回到家时,将近中午,偌大的别墅里静悄悄的,他停在黎茶茶的房门前,伸手敲了敲门:"茶茶?"

没有人应他。

他拉了拉门把手,上锁了,他想起谭明说的话——

"我女朋友只透露了让你多注意茶茶师妹的情绪……"

没来由地,肖南有些不安,似曾相识的回忆一下子涌了上来,那时也是这样,明明只隔着一扇门,却没有任何回应,再次相见已是阴阳相隔。

"黎茶茶。"

肖南拍门,力度大得震天响,然而房间里仍旧没任何反应,给黎茶茶打电话也没人接。他抿紧了唇,给甄宝女士发了条信息,问家里的备用钥匙在哪儿,然而甄宝女士此时正高度紧张地回答肖老爷子的问题,并没有注意到手机。

肖南等了不到十秒钟,放弃了,转身就进了自己的房间,匆匆走到阳台,用视线测量了下两个阳台之间的距离,一个利落的翻身后便直接跃到了隔壁的阳台上。

幸好阳台的落地门没锁,他直接推开,进了房间。

见到躺在床上的黎茶茶后,他呼吸有些急促,又疾步走到她身边,微微弯腰,感受到她的呼吸声后才彻底松了口气。

也是这时,肖南才在床头柜上发现了两瓶啤酒,已经空了瓶,他微微皱眉,再度弯腰在她脸蛋上闻了闻,果真闻到了啤酒的味道。

肖南顿时有些无奈。

"难怪听不见声音……"

想到这儿,肖南整个人就有些生气,伸手就捏了捏她的脸蛋,说了句:"小浑蛋,吓谁呢!"

黎茶茶嘤咛了声,似是梦呓一般,也不知她在说些什么。

肖南想听清楚内容,俯下身来,离她更近了,她的呼吸喷洒在他的耳畔,微微热,还有些痒,他听了老半天,才听清楚了两个字——喜欢。

他立马坐直了身体,问了句:"小酒鬼,喜欢什么?"

肖南等了半天,她也没有回答。

他不由得摇摇头,百般无奈地说:"算了,你都迷糊成这样子,还能指望你回答什么?"

说着,他起身。未料刚有动作,躺在床上的黎茶茶却一把拽住了他的手,水润的眼睛半睁,娇软地喊了声:"南哥哥。"

肖南只觉半边身子都酥了,垂眼看她,声音沙哑地问:"醒了?"

她没有回答他的问题,仍是娇娇软软地说着话:"南哥哥,我想你了,我告诉你,你不要在我梦里走来走去的,进来了你就别想走了!"她拉着他的手,摁在自己心口上,"你!待在这里!不许走!这辈子都不许走了!"甄宝女士怕冷,入冬后地暖的温度开得极高,黎茶茶睡回笼觉的时候喝了点酒,越发觉得热,此时就只穿了一件短袖,里面连内衣都没有。

肖南没料到黎茶茶会有这举动,此时此刻宽大的手掌正好覆盖住了那一处柔软,而黎茶茶还没有察觉到半点危险,只觉肖南的手掌冰冰凉凉的,很是舒服,动了动身体,又往他的掌心蹭了蹭,还扯了一下自己的衣服,皮肤白得刺眼。

肖南不过二十出头,正是精力旺盛的青年,压根儿禁不住黎茶茶这种诱惑,这会儿身子是彻底全酥了。

"啧!"

肖南猛地收回了自己的手,硬生生挪开了视线,闭着眼睛给黎茶茶盖上了被子,咬牙切齿地道:"小酒鬼,你下次再喝酒我就打你屁股。"

黎茶茶这回倒是乖巧了,抱着肖南送的雪人娃娃睡得安静。

肖南这才离开了黎茶茶的房间。

黎茶茶昨天夜里想着如何表白，几乎没怎么睡，今早原本只打算在床上睡个回笼觉，未料再次睁眼时，天色已经黑了。

她看了眼时间，晚上八点，睡了……将近十个小时？她吓了一大跳，急急忙忙地出了房门，却发现房间外黑漆漆的。她微微一怔，难道他们还没有回来吗？

此时，隔壁房间传来"啪"的一声，灯光亮起，肖南从里面走出来。他面无表情地看着她，像是有些生气。

黎茶茶蒙得很："你回来了？"

"楼下有饭菜，热的，下去吃。"

"叔叔阿姨也回来了吗？"

"他们今晚不回来，在我外婆家睡。"

黎茶茶眨眨眼。

不回来！也就是她今晚有很大的发挥空间。

她咽了口唾沫。

然而，肖南又用奇怪的眼神看着她，似乎还有那么一点点的不爽，声音也是低沉的："吃完饭把药吃了。"

黎茶茶愣了愣："什么药？"

肖南声音仍旧低沉："自己下去看。"说完，他转身回房，径自在电脑桌前坐下，也没再看黎茶茶一眼。

黎茶茶刚醒来不久，脑袋还是昏昏沉沉的，一时半会儿也没能明白肖南在说什么，索性下了楼。餐桌上摆了几份外卖，都是一些家常菜，这会儿还热着，旁边还有一个保温杯，隔壁是一盒醒酒药。

醒酒药。

黎茶茶终于反应过来。

黎茶茶拎着药上楼，肖南人已经不在电脑桌旁，而是在阳台上抽烟。兴许是听见她的脚步声，他转过身，眉头拧着，问："吃饭了没有？"

"因为我喝酒了，所以你不高兴？"

"为什么喝酒？"

"我……"话到嘴边，黎茶茶又抿住了唇。

顿时，房间里分外安静，只能听到墙壁上的钟滴滴答答地走着。这时，黎茶茶的肚子叫了声。

"先吃饭。"

似是不放心，肖南轻飘飘地看她一眼，又说："药半小时后吃。"也不知想起了什么，他哼笑了声，"黎茶茶，你当初那声爸爸叫得不亏。"

黎茶茶捏紧了手里的药盒。

肖南见她不动，皱眉道："傻愣什么？去吃饭。"

黎茶茶却往前走了几步。

肖南见她要往阳台来，怕冷着她，索性熄灭了烟头，回了屋里。

黎茶茶仰着脑袋，眼睛眨也不眨地看着他，张嘴说："我喝酒是为了壮胆。"

肖南微怔："怎么，想要打什么人？"

黎茶茶慢吞吞地摇头："不是打人。"

她看着他，一字一句地问："你那天说喊爸爸也好，喊哥哥也好，喊社长也好，喊什么都由我说了算，这句话还作不作数？"

肖南愣住了。

黎茶茶不给他反应的时间，说："你说过的话要作数，我……我当真了，我不想喊你爸爸，也不想喊你哥哥，社长也不想喊，我想喊你男朋友，行不行？"

黎茶茶说完后，整张脸都红了，一颗心扑通扑通地飞速跳着。她咽了口唾沫，又说："你好好想想，我……我先去吃饭。"

说完，她溜得飞快。然而还未走出房门，就有一股力道扣住了她的手腕，轻轻一拉，她整个人就到了肖南身前。

他低头看着她的双眼，声音沙哑地说道："你再说一遍。"

黎茶茶的脸更红了："不，我只说一遍。"

肖南箍住了她的腰肢，问："你想喊我什么？"

明明刚从外面的冰天雪地进来，可是此时此刻他的手掌却热得发烫，放在她的腰肢上就像有电流穿过一样，酥麻酥麻的……她已经无法思考了，可他此时却还轻轻地捏了下她的腰，她只好投降，小声地说："男朋友。"

似是想到什么，她眨了眨眼，又说："但是我有个小小的请求，就是可……不可以先不对外公开？我之前找张东咨询的事情，你知道吗？"

见他摇头，她又说："之前那个综艺节目的导演推荐我去试镜了一个校园网络剧，没想到真的通过了！合同里面有一条条款，就是从拍摄到播出期间，需要保持单身的感情状态……不过剧年底就上了，估计也就是一年之内的事情。"

见肖南不说话，黎茶茶有点紧张，又说："你……"

"行。"

黎茶茶一时间没反应过来，问了句："什么？"

肖南松开她的腰肢，微微俯身，视线与她持平。他用沙哑又认真的语气说道："我们之间，你说了算。"

4

黎茶茶坐在电脑桌前，整张脸还是滚烫滚烫的，房间里只有她一个人，她的新晋男朋友下楼给她拿外卖去了。

没多久，肖南便拎着外卖和保温杯进来了，他的电脑桌宽敞，摆上黎茶茶的外卖后仍旧不显拥挤。

他给她递了洗干净的筷子。

黎茶茶的脸蛋已经没那么烫了，问了句："你吃了吗？"

"六点的时候吃过了。"

黎茶茶摸了下外卖，还是热的，问了句："你怎么知道我八点会醒来？"

"你要是不起来，我也会喊你起来，睡太久对身体不好。"

肖南打开游戏："你吃，我玩一会儿。"

肖南打游戏的时候，分外认真，视线紧锁电脑屏幕，左手键盘，右手鼠标，头戴耳机，专注得仿佛身边完全没有其他人存在。

作为新晋女朋友的黎茶茶蓦然间就有点不爽了，她去咨询恋爱成功人士顾恬——

【茶茶：你和谭明确定关系后干了什么？】

【顾恬：哇，恭喜恭喜，表白成功了是吗？我就知道你会成功的！改天要不要来个四人约会？】

【茶茶：这事先保密，你先回答我的问题。】

【顾恬：我想想啊……】

【顾恬：其实也没干什么，谭明就跟个二傻子一样，我们那天就只是吃饭看电影，但是全程谭明都在盯着我看，知道二哈吗？他就像一只傻傻的二哈，看见我就傻笑，这样一直维持了快一周吧，他才确认自己真的脱单了。】

【顾恬：你瞧，谭明真的是个傻子。】

黎茶茶知道性格不同，处事风格也会不一样。

然而，此时此刻的肖南哪里像刚刚谈了女朋友的样子？刚确定关系，他就开始自己打游戏了，都不陪女朋友吃饭，她坐在他身边，就跟个透明人似的。

黎茶茶的眼珠子滴溜溜地转，飞快地把饭吃完。

吃完时，肖南也正好打完一局，她瞄了眼，看他玩得挺凶的，居然才只杀了两个人？肖南摘下耳机，叮嘱她："吃药。"

"我就喝了两瓶啤酒，虽然脑袋有点疼，但是已经不醉了。"

"你上次也是喝了两瓶啤酒，喝了之后做了什么你还记得吗？"

黎茶茶："……"

说实话，她真想不起来了，除了那张豪华的欧式天鹅绒靠背椅之外，她没有任何印象。

"想不起来就乖乖吃药，下次别再让我抓到你喝酒。"

黎茶茶扁嘴。

男人确定关系后，就开始凶巴巴的了。

不过想归想，黎茶茶还是乖乖地吃了药，似是想到了什么，她往肖南身边靠近了一点。未料，他反应很大，对着电脑屏幕，看也没看她就说："刚吃饱别坐着，你下楼走走。"

黎茶茶心底不服气，又瞅了他几眼，深吸了一口气，慢吞吞地说："行，我下楼走走，一个小时后再上来。"

话是这么说，黎茶茶下楼就走了二十分钟，剩下的四十分钟，她洗澡洗头，还顺便漱了个口，全身擦了香香的身体乳之后，还喷了上次肖南说很香的玫瑰味香水。最后，她把吹得蓬松的头发扎成了丸子头，又穿上了一件居家的格子纹长衬衫。

长度正好到大腿中间。

黎茶茶探出半个头。

肖南还在玩游戏，她瞄了眼，右上角显示人数还剩下三个人，他就在天命圈内，全身都是好装备，还有用得顺手的枪，天时地利人和，怎么瞧都像是要胜利的模样。

她一坐下，就见到西边有个人正在跑毒，肖南切枪，换了AWM狙击，开了四倍镜预判他的走位。

黎茶茶看得紧张，换了个姿势，单手撑在了肖南椅子的扶手上，说了句："爆头！"

肖南开了枪，然而没爆头成功，还让敌人发现了位置。他迅速转移方位，而那位跑毒的敌人已经被另外一个生存者一顿乱射打死了。

黎茶茶又说："他也开枪了，暴露了方位，你戴着耳机一定能听见他在哪儿，现在圈这么小，根据敌人死的位置，我估计就在东边的草丛里，南边是平原，没有任何阻挡物，还有一条大马路，不可能有人……"

黎茶茶觉得自己分析得很在理，实际上，敌人也确实在东边，然而肖南和人对枪时却频频出错，最后以第二名与胜利失之交臂。

肖南摘下耳机。

黎茶茶惋惜道："真可惜。"

他看了她一眼。

黎茶茶含笑说："还玩吗？"

"你想玩？"

"我想看你玩。"她撑着下巴，眨眨眼，忽然问了句，"我们现在是男女朋友了，对吗？"

肖南"嗯"了声。

黎茶茶又眨眨眼，问："那你可以抱着我玩吃鸡吗？"她不等他回答，一个侧身就坐在了肖南的腿上。她长得娇小，肖南长得高大，她坐在他怀里跟抱小孩似的。

她靠在他的肩上，说："好了，你玩吧。"

肖南没有动。

黎茶茶委屈地说："你是不是觉得我妨碍你玩游戏了？"

她扁嘴："你们男人都是大猪蹄子，刚确认关系，就顾着打游戏不理女朋友。我在一旁吃饭，你看都没看我一眼，是我没有魅力，还是游戏更好玩？你看，我都这么贴心了，你玩你的，我坐在你怀里看你玩……"

肖南瞧见了她眼里的一丝狡黠，眼神微微一深，开了单排，跳了一个相当偏僻的角落，只有稀稀疏疏的几栋房子。

黎茶茶指挥："往R城跑。"

肖南听了女朋友的话。

黎茶茶感受到了指挥男朋友的快乐，又说："你扔掉这把手枪，再捡一把霰弹枪,这样才能展现你无与伦比的实力……"

然而,话音未落,黎茶茶整个身体就僵住了,她感受到臀下有一股硬烫的力道……她重重地咽了口唾沫。

肖南却若无其事地说:"我处于血气方刚的年纪,不是不想看你,但这样的话,你这会儿可能就要待在床上了。"

黎茶茶不敢动了。肖南唇边有一丝笑意,瞧着怀里整张脸都红了的她,故意动了动,声音低沉地问:"嗯?以后还要在我怀里玩游戏吗?"

黎茶茶内心大抵是一个小妖精,此情此景仍不肯认输,柔弱无骨的双手缠上了他的脖颈,仰着小脑袋,软软地说:"那你不和我干点有趣的事情吗?"

她的呼吸喷洒在他脸上。

肖南眼神顿变,露出一个危险的眼神,咬牙说:"黎茶茶,等会儿你别后悔。"

"我能后悔什么?嗯?"

她学他刚刚的语气。

一阵阴影覆盖下来,她的唇直接被堵住,肖南亲吻着她的唇瓣,鼻尖的气息交互,像触电般阵阵酥麻。

两分钟后。
黎茶茶有点喘不过气来,挣脱开他:"我听见枪声了……"
"游戏哪有女朋友重要,让他死吧。"
说着,他又低头去亲黎茶茶。
五分钟后。
黎茶茶整张脸突然爆红,身上的格子衬衫被解开了一半。
十五分钟后。
黎茶茶的眼睛水润,耳根子、脖子都是红的,她抓着肖南的衣领,气嘟嘟地喊了句:"坏蛋。"
肖南仍旧衣冠楚楚,空出一只手拍了拍她的脑袋。
"下次别再尝试挑战一个血气方刚的男青年,不真枪实战一样能让你记忆深刻。"
说着,肖南又把微微滑下去的黎茶茶往怀里抱了抱,怕她坐得累索性把身边的椅子也挪了过来,让她把双脚搁在上面,低头瞧她一脸娇羞,又没忍住在她侧脸亲了一口。

"乖,好好在我怀里待着。"

他一副满足的模样,然后新开了一局游戏。

这一回,是真的遇敌杀敌,遇佛杀佛,一把步枪搭配一把栓狙称霸了绝地海岛,轻轻松松地拿下了第一。

5
黎茶茶和肖南悄悄地开始了恋爱。

知情的人就只有四个——谭明、顾恬、张东,还有祁馨。

顾恬知情是因为黎茶茶过年时的恋爱咨询,谭明则是从顾恬那里知道的,小情侣你侬我侬,两人之间压根儿没秘密。

至于张东和祁馨,他们是在一次社团聚餐时发现的,张东不小心掉了一根筷子在地上,弯腰去捡的时候,一抬头惊呆了。

桌子底下,社长和茶茶师妹手牵手,十指相扣!

他拽了拽祁馨。

祁馨故意摔了筷子,往桌底一瞄,也惊呆了!

两人都以为自己眼花,又轮番摔了四五次筷子,跟土拨鼠似的,一个接一个钻到桌下,害得谭明也好奇起来。

最后,黎茶茶盯着三只土拨鼠,无可奈何地给了肖南一个眼神。

肖南敲桌:"行了,都别看了,我们俩在谈恋爱。"

黎茶茶在一旁补充:"不过因为工作关系,暂时需要大家保密。"

谭明第一个附和:"嫂子!"

张东和祁馨也跟着喊了句:"嫂子好!"

黎茶茶看着三位师兄师姐,很有大嫂风范地轻咳了一声:"嗯,好……大家都好。"

为了有机会观摩社长的恋爱,前"伟大父女情小组"、现"社长与他的小师妹夫人小组"的成员们暗中开了个小会,挑了个风和日丽的周末,撺掇社长开启一场海上捡垃圾的社团活动,在一望无际的大海里一边为环保做出贡献,一边看社长谈恋爱,这般富有社会责任感兼娱乐特色的活动,简直是周末必备。

于是,在"社长与他的小师妹夫人小组"的期待之下,周末到来了。

船离了岸,驶向大海。

黎茶茶对清理海洋垃圾的印象还停留在船只机械提供的清洁功能以及

人工清洁，未料船只停下来后，谭明从船舱里抱出一个箱子，里面是一台黑色的机器，机身是倒三角的形状，上面还有一个类似鲨鱼鳍的东西。

黎茶茶好奇地问："这是什么？"

"南哥去年得奖的大作！名字叫黑鳍，解放双手，还你一片干净的海洋。"

说着，谭明启动了开关，他怀里的机器立马闪着红光，嘀嘀嘀的启动声响起，接着就是："放我下去，我要干掉那些垃圾！"

谭明嘿笑一声："台词我写的，怎么样？"

黎茶茶："嗯……很有你的风格。"

谭明走到船边，松手，黑鳍掉落在海面上。黑鳍的鲨鱼鳍开始闪着蓝光，不过须臾，这片海面上漂浮着的塑料袋就通通被它吸了进去。

肖南从船舱里走出来，说："其实原理类似于家务机器人，它可以自动收集海洋上的垃圾，还能自动识别分类，装满后会自己回来，卸完后又能重新开始工作。"

今天海上有微风，拂过来时，黎茶茶的鬓发黏在了额头上。

肖南自然而然地伸手，动作轻柔地替她拂到了耳后，触碰到她柔软的耳根时，有些没忍住，捏了捏，又把一顶鸭舌帽扣在了她的脑袋上："你过阵子要去拍戏，不是怕晒黑吗？把帽子戴着。"

谭明立即给张东和祁馨使眼色，压低声音说："快看！这是南哥谈恋爱的模样！"

张东咂咂嘴说："我看和平时没什么区别。"

祁馨也说："伟大父女情的时候，也是这么相处的。"

谭明："我们要当透明人，让他们感受到独处的氛围，这样才能见到南哥谈恋爱时的模样！不知道哪天南哥会不会孩子气地对茶茶师妹说：啊！老婆要抱抱！"

张东 & 祁馨："不敢想象！这也太可怕了吧！"

谭明笃定地说："再成熟再沉稳的男人在自己喜欢的女人面前都有孩子气的一面，不信你们等着！"

两个单身狗在半信半疑中和谭明开启了暗中观察模式。

就在他们等着茶茶师妹来个甜蜜互动时，却见茶茶师妹理了理脑袋上的鸭舌帽，带着一副探讨的语气问："这是要充电的吧？如果可以利用潮汐能和太阳能发电,再制造出一个大型的海洋垃圾收集器,直接固定在海面上,会不会更加省时省力?"

肖南微微沉吟:"理论上是可行的。"

"这些垃圾都会随着洋流漂浮,与其追着垃圾跑,不如让垃圾自己进来,不是更省力吗?"

肖南似是受到启发,拉着黎茶茶进入了船舱。

他从抽屉里拿出纸笔,画出了五大环流,说:"洋流有循环,垃圾也会跟着走,五大环流则会形成五大垃圾带,假如我们在这几处地方分别设置一台靠潮汐能和太阳能发电的海洋垃圾收集器,机器再设分类编程,就可以大大地节约资金,还可以减轻污染。"

黎茶茶拿过肖南的笔,在图上把刚刚肖南画上的几个点连了起来,说:"洋流是阻力,也能是动力,这样的Z字形可以阻拦大部分流向海岸的垃圾……唔,或许可以设置成漂浮在海面上?这样还不会妨碍海洋生物,一举两得……"

"细节可以再想,这个点子不错。"

…………

两人探讨得极其投入,你一言我一语,语速越来越快,像是思想的火花在碰撞,噼里啪啦一阵带电,把在外面默默围观的三人看得一愣一愣的。

谭明:"学霸谈恋爱的方式果然特别。"

祁馨:"我开始懂社长喜欢茶茶师妹什么了……"

张东:"学霸们的世界……"

于是乎,"伟大父女情小组"改成"社长与他的小师妹夫人小组"后,又再度更名,三人正式成立"神仙谈恋爱小组"。

6

社团活动结束后没多久,黎茶茶便开始忙碌起来。

她参演的青春校园网络剧已经准备就绪,即将开始长达三个月的拍摄,老师们在黎茶茶上学期优秀成绩的说服之下,答应了这学期黎茶茶只要来参加期末考试的请求。

拍摄地点大部分在A市,只有几场在国外。

黎茶茶没有任何演戏经验,导演考虑到这一点,让黎茶茶边拍戏边参加了一个演员自我修养的培训班,黎茶茶还怕落下学校的课程,偶尔有空闲时间还得学习专业课程,以至于她每天的睡眠时间只有五个小时,好几次回到酒店，妆都没卸就趴在床上睡得酣甜。

与此同时，肖南也很忙。

进入大三下学期后，除了两个专业的课程之外，他一逮着空余时间就钻进实验室里研究上回黎茶茶提供的新思路，往往一待就是一宿。

两人各忙各的，难得有时间通个视频电话。

可往往视频电话一开，黎茶茶有气无力地跟他说上几句话后，没多久便慢慢睡着了。肖南知道她累，也不打扰她，把手机撑在一边，继续埋头通宵搞研发，她有时并未熟睡，半梦半醒间便会叫他一声。

他应声："我在。"

"嗯……"

他再看视频，她的手机摄像头里只能见到天花板，扬声器里传出她的呼吸声。

他的手微微一停，低笑了声。

转眼间便过了两个多月，将近暑假。

经过这些天通宵的努力，肖南的海洋垃圾收集器模型已有雏形，其间他还参加了一个海洋环保的研讨会，这个思路得到了不少专家的认可，只不过真正进入制作仍需要资金的投入。肖南对它的前景很有信心，打算自己创业，开一个海洋清洁公司。

谭明是第一个知道肖南有这样想法的人，当即便兴奋地表示要给肖南当助理。肖南一早便有了这样的考虑，接了话茬："到时候社团开会再讨论，这个事先别说出去。"一顿，又强调，"你女朋友也不能说。"

谭明愣了愣，不过很快秒懂："是还没和茶茶师妹说吗？"

肖南说："我和她先报备。"

"报备"两个字，肖南说得理所当然。

谭明瞬间有种南哥仿佛有了老婆，万事都得向家里那一位报备的错觉。

只不过，谭明有些犹豫，张了嘴，一副欲言又止的模样。

肖南瞥他一眼："有话直说。"

谭明搓了搓手："南哥，你和茶茶师妹多久没见面了？"

"两个多月。"

"你们平时有通话吗？"

肖南又瞥了他一眼："有什么直接说。"

谭明咽了口唾沫："那……那我直接说了，我……我没有别的意思，就是想提醒你,两个多月没见面的话,是不是要抽空去和茶茶师妹见一见?茶茶师妹现在人气越来越高,身边肯定有不少人虎视眈眈,娱乐圈水深,心怀不轨的人肯定比学校里还没出象牙塔的学生复杂多了……"

肖南皱眉:"有人在追我女朋友?"

谭明在顾恬的叮嘱下已经表达得十分委婉了,没想到南哥还是一针见血,他不由得重重地咳了下,把女朋友的话抛之脑后,拿出手机来,点开一篇又一篇的娱乐新闻。

【晨茶 CP 在线发糖,戏里戏外甜度爆表!】

【陆晨夜会黎茶茶,两人共进甜蜜晚餐!】

【陆晨自爆喜欢黎茶茶这类型的女孩!】

…………

"南哥,你最近忙着搞研发,所以我也没和你说,现在微博里全都是'晨茶女孩',天天都在为'晨茶 CP'的美好爱情而落泪!虽然我们都知道这是电视剧的宣传手段,但是从男人的角度出发,我觉得那个陆晨就是在追茶茶师妹!爱情最经不起异地和时间的考验,南哥你就不怕茶茶师妹被人撬了墙脚吗?"

肖南只瞥了眼新闻,没有细看,神色淡淡地道:"我信她。"

黎茶茶还有小半月的戏便能杀青,今天导演在赶女二的戏份,扮演者是最近绯闻颇多的陆薇。黎茶茶这会儿没事,正拿着课本抓紧时间学习。

也是此时,她的手机来了条微信,低头一看,不由得露出一个笑容。

【肖南:今天几点结束?】

【茶茶:我今天只有三场戏,已经拍完了,女二的戏也拍得快,我怕晚上导演会让我补拍昨天的戏,所以留在剧组里看书学习。】

肖南很久没回消息,黎茶茶以为他忙去了便没在意。未料过了会儿,肖南又发来了一条语音,她放在耳边一听,肖南的低音炮嗓音传来:"我很想你。"

黎茶茶心中微动,左右一望,红着耳根回了条文字微信——

【我也很想你,还有小半月就能杀青了。】

肖南又发来一条语音,问:"方便打电话吗?"

黎茶茶戴了耳机,往远处的树下走去,然后给肖南拨了语音,未料那边刚接通,一道身影就突然出现在她面前,说了句:"茶茶,这么晒你不打伞吗?你要是晒黑的话,你的化妆师又该和我的化妆师哭诉了。"

黎茶茶看了眼来人，说："我打个电话就回去。"

陆晨温声说："我给你买了白桃苏打气泡水，零糖零脂肪零卡路里，还是冰冻的，可以解暑气。"

"谢谢。"

"不客气。"

等陆晨走后，黎茶茶对着手机"喂"了声。

肖南淡淡地应："嗯。"

黎茶茶这才笑吟吟地说了句："我也很想你。"

"刚刚是谁在和你说话？"

"我们剧里的男主，叫作陆晨。"

片刻后，黎茶茶听到一道不轻不重的哼声。

黎茶茶：？？？

7

没多久，导演差人来喊黎茶茶去补拍一个镜头，黎茶茶应了声，便与肖南结束了通话。

她拍完后又重新回到原先的椅子上，正要拿起书本时，陆晨走了过来，在她身边坐下，笑说："给你气泡水，冰冻过的。"

黎茶茶正好有些渴，道了声谢，然后拧开瓶子喝了一口，冰镇过的气泡水喝进肚里，很是消暑，她舒服地弯了下眉眼。

陆晨看得目不转睛，只觉眼前的女孩很特别。

他第一次见到黎茶茶是在C市的影视城，那会儿黎茶茶参加的综艺节目就在他剧组隔壁录制，他拍了半天的戏，略感疲劳，索性出去走走，正好碰见黎茶茶对着摄像头分析导演的用意，她说话时语调软甜，遣词用句却非常精辟，逻辑无可挑剔，硬是把她的跟拍导演说得一愣一愣，甚至还无意识地露出了"你是人类吗"的神情。

当时阳光明媚，女孩像是会发光一样。

陆晨一见钟情了。

没多久，他的经纪人给他递了个校园剧本，他本来没多大兴趣，但导演属意他，三番五次上门劝说，他那时在悄悄关注着黎茶茶的微博，看她每天疯狂地打着广告，便知她缺钱，心中微动，向导演推荐了黎茶茶，并表示如果有她加入，那么他也会考虑一下。

果真如他所料，黎茶茶答应了。

陆晨没什么追女孩的经验，只知道不能操之过急，他慢吞吞地和黎茶茶相处了两个多月，发现黎茶茶这个女孩很怕欠别人人情，于是准备先从好朋友做起，等再熟一些，便让人给她不经意间地透露是他帮的忙，到时候，顺水推舟，一切都水到渠成。

陆晨不动声色地笑着。

忽然，有剧组的工作人员领着外卖小哥进来，还推着一辆手推车，上面全是隔壁星巴克的各式饮品，还有各种小蛋糕。

此时，一场戏拍完，导演让演员们休息，工作人员喊了声："薇姐，是肖家的少爷送来的。"

陆薇先是一愣，随后冷若冰霜的脸顿时春雪初融，绽放出一个笑容来。她步伐轻盈地走了过去，低头问外卖小哥，声音不小："是南风给我的吗？"

外卖小哥说："我……我也不清楚，只知道是一位姓肖的先生送来的，没说给谁。"

陆薇："我看看外卖订单的电话。"

黎茶茶周围的工作人员都在窃窃私语。

"肖家五少不是把陆薇甩了吗？怎么又和好了？"

"情侣分分合合不是很正常嘛。"

"你看，现在又来送下午茶了，送这么多，一看就知道是来秀恩爱的。不过我是服气了，粗略数了下，我们人人有份，应该还有剩余的。"

然而此时，陆薇的表情却有点不对劲。众人正想再调侃一下，一道颀长的身影突然从手推车后出现。

男人看起来很高，穿着一件白色衬衣，上面两个扣子没有扣，隐约还能见到精壮的胸膛，仿佛是行走的荷尔蒙，举手投足间，令人挪不开目光。

"哇，这人是谁？隔壁剧组的小鲜肉吗？"

"什么时候有了这样一号人物？"

"我们戏里不是有个硬汉角色吗？我觉得他就适合！"

黎茶茶一下子就站了起来，呆呆地看着他。

肖南径自走来，轻描淡写地说："师妹，我正好路过，没跟你打招呼就过来了，你不介意吧？"说着，给她递了个袋子，"你爱喝的冰沙和草莓奶油蛋糕。"

黎茶茶还是呆呆地看着他。

肖南低笑一声，伸手拍她的脑袋："傻乎乎的。"

黎茶茶这才反应过来，结结巴巴地喊了句："师兄。"

此时，陆薇走了过来，面色不大好看，但走到肖南面前时便克制住了。她主动打了声招呼，眼神在肖南与黎茶茶之间转了个圈，说："茶茶，你真不够意思，和阿南认识都不告诉我。"

肖南却道："我们同个学校的。对了，五哥让我和你说，下周吃饭。"

陆薇面上露出一丝喜悦："你五哥跟你提我了？"

肖南面不改色地应了声，又看向黎茶茶，问："没有打扰到你拍戏吧？"

陆薇替黎茶茶回答了："她今天的戏已经拍完了。"

黎茶茶讷讷道："呃，是的。"

"那，师妹陪我出去走走？"

"呃，好。"

"你们拍戏辛苦了，平时多谢你们照顾我师妹，下午茶尽管吃，不够的话我再让人送新的过来。"说着，他便和黎茶茶一块离开了剧组。

周围的八卦群众从短短几句话里嗅到了不寻常的味道。

"肖家还有一位这样的孙子啊……"

"长得真帅……"

"我说黎茶茶是什么来头呢，原来背后是肖家，难怪能让陆薇给她作配，厉害。"

陆晨失去了笑容……

黎茶茶被肖南这一出整得有点蒙，后知后觉地反应过来她男朋友可能是吃醋了。

她和陆晨搭CP炒作营销，她是知道的，有好几次她都想和肖南提这件事，但是每次视频都困得不行，说着说着就忘了。如今看到数月未见的男朋友，黎茶茶的脑袋似受当头一棒，再想起前不久他那一声意味深长的哼，她咽了口唾沫，有些心虚地瞄了瞄肖南。

肖南也没看她，沉默地走着。

过了会儿，黎茶茶忽然说："我带你去一个地方。"

他们剧组拍摄的地点在A市一个影视城，里面搭了学校的景。黎茶茶熟门熟路地走到一个昏暗的房间，里面摆了不少体育器材。

门一关，黎茶茶便将肖南摁在了门板上，肖南讶异地挑了下眉，没吭声，低头看着她。黎茶茶踮脚就去亲他，轻轻啄着他的唇，还有脸颊。肖南没想到她一上来就献吻,眼睛微微睁大,反守为攻,低头亲了个爽。

黎茶茶被亲得气喘吁吁,眼睛也雾蒙蒙的。

肖南瞧着她,正好前方有一个半人高的矮柜,他直接抱起她放在矮柜上。两人视线对视,黎茶茶小声地说:"我和陆晨的绯闻都是炒作,是配合剧组宣传的营销,你不要生气,也不要误会了,我不喜欢陆晨,我就只喜欢你这样子的。"

肖南挑眉。

黎茶茶伸手圈住他的脖颈,脑袋往前一凑,又轻吻了一下,说:"南哥哥,你不要生气好不好?"

肖南哼笑了声,说:"我没有生气。"

黎茶茶一愣:"那你沉默什么?"

"看你紧张。"

"你故意的!"

她伸头撞了下肖南的肩膀。

肖南用手摸摸她,说:"傻不傻?不疼?"随即一顿,又说,"我信你,你可以做任何你想做的事。我来这里,不是为了吃醋,主要是……"

他抱住她,让她的脑袋贴着他的胸膛,心跳声强而有力。

"茶茶,我想见你了。"

Chapter 11
我们肖家,永远是她的后盾

1

黎茶茶重新回到剧组的时候,所有人都投来了颇有深意的目光,还有人调侃黎茶茶:"是追求者吗?"

黎茶茶笑了笑,没有说话。

再次回到座椅上时,导演正好在拍陆晨和陆薇的戏。陆晨的演技不错,黎茶茶和他一起搭戏学到不少东西,不过这一场戏,他却频频出错,连着NG了四五次,连导演都忍不住皱起了眉头。

一旁的人小声嘀咕:"晨哥不知道怎么了,从下午开始就一直不在状态,明明上午还挺好的……"

黎茶茶听着,也没在意,继续看自己的书。

小半月后,剧组杀青,黎茶茶总算松了口气。一想到可以回归校园生活,可以和男朋友待在一起,她心底便有几分雀跃,半夜愉快地在酒店收拾行李,准备第二天一大早就退房回学校,然后给男朋友一个惊喜。

未料刚回到学校,还未来得及去肖南的实验室,黎茶茶就接到了一个电话,她看了眼来电显示,抿住了唇,没有立刻接。

过了好一会儿,她才心平气和地接通了,但没有出声。

"茶茶,我和你爸来了A市,方便吃饭吗?我们在杨海路的古韵餐厅订了座。"

"不方便,我要上课。"她淡淡地说,"没什么事我挂了。"

"行吧。"

闻香那边很干脆，却也没挂电话，黎茶茶等了几秒，自己先挂断了。

黎茶茶许久没回学校，社团里的人都很想念她，所以今天晚上大伙儿都约在了一块聚餐。顾恬也许久没见自家室友，跟着男朋友谭明一块来了。

黎茶茶给大家分享剧组里的事，顾恬、祁馨等人听得很是入神，肖南坐在黎茶茶的身边，时不时便给她夹个菜。

谭明见状，内心松了口气，他就担心陆晨和茶茶师妹两人的绯闻会影响到他们之间的感情，现在见两人感情稳定恩恩爱爱的，总算是落下了心头的大石头。

他一转头也想给女朋友夹菜，却见顾恬看着手机神色古怪，微微咬着唇。他凑过去，压低声音问："咋了？"

顾恬在桌底下拽了拽他的手，把手机递给他。谭明拿来一看，神色也古怪起来。

黎茶茶第一个注意到了两人的不对劲，问了句："你们俩怎么了？"

谭明看了女朋友一眼，支支吾吾。

顾恬小声地说了句："那个……茶茶，你爸妈和陆晨一起上热搜了。"

黎茶茶愣住，打开手机微博一看，果真如此，现在的热搜第一是——

【#陆晨陪黎茶茶父母吃饭#】

点开热搜一看，全是CP粉在兴奋。

【噢，我这次磕到真CP了吗？】

【晨茶夫妇终成正果？啊喂，不对，茶茶和陆晨都没到法定结婚年龄吧？难道是要订婚了？】

【妈耶，什么神仙爱情！酸了！】

【晨茶女孩今天过年！正主和正主父母一起撒糖糖！】

【开心！晨茶夫妇生下来的孩子该多好看！】

黎茶茶的面色瞬间就变了。

此时，一只手掌忽然伸过来拿走了她的手机，反向一盖，直接搁在了桌上。

肖南淡淡地说："吃饭，你看你为了工作都瘦成什么样子？现在戏拍完了，要好好养回去。给你立条家规，以后吃饭的时候不许看和工作有关的内容。"

说着，他又给她夹了块牛肉。

"娱乐圈什么样子你又不是不知道，别想太多，好好吃饭。"

肖南这么一说，谭明立马心领神会地接道："唉，我原本还想着进娱乐圈，以我的本事说不定能一炮而红！但是看茶茶师妹这样子还是算了，一群人瞎起哄！还得配合电视剧宣传，没点感情自由，太惨了吧！"

祁馨："你还想一炮而红？"

张东："就是，你能不能当横店群演都不好说。"

顾恬笑："我家明明在我心里就是男主角。"

张东："酸了。"

祁馨："我们是在场唯二两个没谈恋爱的，我们不配说话。"

经这般插科打诨，气氛瞬间又好了起来，没人再提微博热搜的事。黎茶茶心里一阵温暖，本来有几分烦躁，此时也消失得无影无踪。

聚餐结束后，黎茶茶先回了寝室。

她在阳台上站了会儿，最后还是给陆晨打了电话。电话刚通，手机那头就响起了陆晨的声音："茶茶，巧了，我正想给你打电话。"

黎茶茶"嗯"了声，开门见山地问："热搜是怎么回事？你怎么会和我爸妈一块吃饭？"

"正好在餐厅里碰见了。"陆晨笑了声，"叔叔阿姨很热情，和他们聊天很愉快，叔叔阿姨还说下次有空我们四个一起吃饭。"

说实话，陆晨内心也挺高兴的，他明里暗里地追着黎茶茶，可惜没什么效果，见到肖南之后更是觉得危机感重重。如果他没记错的话，那天他在商场里做活动，黎茶茶在二楼，身边的男人就是肖南。

陆晨沮丧了好几日，浑浑噩噩地总算把戏给拍完了，本来想着杀青时找黎茶茶好好地谈一下，没想到黎茶茶心不在焉，第二天早上又溜得飞快，他原本以为就这样断了联系，幸好天无绝人之路，他来餐厅散个心，居然也碰着了黎茶茶的父母。

陆晨重新燃起了希望！

黎茶茶这条路走不通，没关系，条条大路通罗马，他可以先攻陷黎茶茶的父母，有她父母帮忙，说不定容易得多！万幸的是，黎茶茶的父母对他也很是满意，不过是第一次见面就已经有了把他当未来女婿的意向。

黎茶茶那边有些沉默。

陆晨以为信号不好，喊了声："茶茶？"

却听黎茶茶冷淡地说："好，我知道了，谢谢，没什么事我先挂了。"

2

黎茶茶给闻香打电话,没人接,又给黎柏打了电话,也没人接。

她略微思索,去翻了下闻香和黎柏的微博。根据她对父母平日里的习惯,但凡在一起时总要秀秀恩爱来稳固娱乐圈里模范夫妻的形象。

果不其然,半个小时前夫妻俩齐齐发了晚餐的微博,各自配了秀恩爱的文案。

黎茶茶直接给闻香发了个微信。

【你们住在哪个酒店?地址发我,不然我就发微博问智慧的人民群众。】

回黎茶茶微信的却是黎柏。

【我们俩是上辈子欠你了还是怎么着?有你这样当女儿的吗?爸妈辛辛苦苦赚钱为的还不是这个家?你三天两头就威胁父母,当真以为翅膀硬了我们奈何不了你吗?你上大学后除了天天惹你妈妈哭之外,还学到了什么?】

黎茶茶看到这样的信息,心情格外平静。她终于明白了一个道理,天底下不是所有父母都疼孩子,她没办法选择父母,但是她可以选择自己未来的人生。

她直截了当地回复了一条:

【我没什么耐心,十分钟内把地址发我。】

发完这条微信后,她回了寝室里。

她寝室的衣柜里有一个小型保险箱,里面只有三件东西——一张父母打生活费、学费的银行卡,一张放着这些年她自己赚的钱的银行卡,还有一份与父母断绝关系的声明书。

就在前不久,她的片酬已经打进她的银行卡了,她原以为自己会特别高兴,可真到了今天,她似乎做什么事情都分外平静。

她把这三样东西通通装进自己的包里。

而就在此时,她手机里来了条微信,是黎柏给她发的定位。

黎茶茶打了辆车直奔酒店,黎柏和闻香住在十七层的1708房间。

到了酒店后,她让前台帮忙开了电梯,前台的姑娘认出了她,激动得不行,还要了个签名。黎茶茶客气地给了,前台姑娘又说:"我真的超级喜欢你,你的综艺节目我都有看,很期待你的电视剧!"

前台姑娘似乎是想到什么,又兴奋地说道:"黎柏和闻香的电视剧我也喜欢!你们一家人我都超级喜欢!原谅我词穷,我我我……实在是太激动了!真的超级喜欢你们一家人!哦,对了……今天找你父母的人挺多的,前不久刚上去了一个男人,长得可帅可帅了……"

黎茶茶只轻轻地点头,说了句:"谢谢你的喜欢。"

说着,她关上了电梯。

电梯里只有她一个人,她仰着脖子,看着不停往上升的红色数字,不由得捏了捏斜挎包上的兔娃娃。兔娃娃长得很是可爱,两只眼睛圆滚滚的,卖得也很贵,将近一千,看似挂件,实则是个带音频的针孔摄像头。

黎茶茶扯了扯唇,觉得有点可悲,谁能想到和父母谈事,也得带上针孔摄像头留下证据,以防万一。

但是,只要过了今天,她就真的解脱了。

电梯门缓缓打开。

黎茶茶出了电梯,踩上柔软的地毯,走到1708的房门口。她正想摁门铃,却发现门是虚掩着的,想要推开,却意外地听见了一道无比熟悉的声音。

"你们有关心过茶茶吗?你们知道她得过抑郁症吗?你们知道她从小到大,因为你们的疏忽和冷漠曾经多次轻生吗?"

是肖南的声音。

黎茶茶愣住了,更令她震惊的是,她原以为自己瞒得天衣无缝,没想到他却知道这么多。也是此时,她终于明白过来,为什么向来只喜欢看纪录片的肖南天天给她推荐各种各样的狗血励志电视剧。

他竟然用这样另类的方式来打开她的心结。

"你们是茶茶的父母,是长辈,我理应敬重你们,但是抱歉,我没办法,也做不到,也无法原谅你们。我一想到茶茶万一哪次没有熬过去自杀了,我就……

"你们应该庆幸,对茶茶有生育之恩,不然换了其他人,恐怕国内已经没有你们的立足之地。我今天是来通知你们一声,从今以后,茶茶得不到的爱,我们肖家给,我们肖家是她永远的后盾。"

脚步声响起。

黎茶茶急急忙忙地往另一旁的拐角躲去。没多久,肖南走了出来,随着电梯声响,他很快便离开了。黎茶茶从黑暗里走出来,吸了吸鼻子,又伸手擦了擦眼角。

过了会儿,她也上了电梯,离开了酒店。

3

凌晨两点,尚在睡梦中的微博维护程序员被喊醒,手机那头是有气无力的声音:"老王别睡了,微博服务器崩了,起来加班。"

老王立马惊醒,睡意全无,心慌地问:"哪一家结婚了?离婚了?分手?在一起了?"

"是和陆晨搭档的那位学霸校花。"

"官宣在一起了?"

"都不是,"手机那头的人抽了口烟,语气有些沉重,说了句,"啧!生了孩子不好好养真是缺德,你赶紧起来吧,在天亮前把服务器弄好。"

老王一听,便知这回服务器崩的性质有点不一样了,紧赶慢赶地爬起来,去瞄了眼微博。

【# 黎茶茶抑郁症 #】

【# 黎茶茶曾经多次轻生 #】

【# 童话家庭都是假的 #】

【# 你小时候羡慕过黎茶茶一家吗 #】

【# 黎茶茶与父母断绝关系 #】

【# 黎茶茶的两百万 #】

【# 人家的十八岁 #】

热搜来源是黎茶茶在深夜一点三十分发的一条长微博——

【深夜叨扰大家了,原本没想过在这样的场合说出自己的故事,但是忽然想起自己已经十八岁了,是可以承担法律责任的成年人了,有些事情我可以勇敢地说出来了。

【我曾经得过抑郁症,尝试过河水的冰冷、水果刀的锋利,还有高楼之上的寒风,每次都想着一了百了,这样就不会再去渴望父母的关怀,也不会再因为得不到而郁郁寡欢。我起初不知道这是病,直到后来我碰上了一位心理医生,他告诉我,这是病得治,我才恍然初醒,也明白了生命的可贵,积极接受多年的治疗,至今已经痊愈。

【我受够了在人前上演完美一家三口的戏码,也厌倦了只有在人前才能得到虚伪的亲情,更不愿与黎柏先生闻香女士捆绑在一起,我感激黎柏先生与闻香女士的生养之恩,也感激两位十八年来在物质上的养育,我特此还你们两百万,当作还十八年来的养育之恩。

【生养之恩,我无法彻底还清,我知道没法彻底断绝关系,我愿意遵纪守法,尽到为人子女赡养的义务。但是特此声明,从今往后,黎柏先生

与闻香女士的所作所为与我无关。】

附图是两百万的转账照片,还有断绝关系书。

这一条微博犹如石子落水,惊起千层浪。

【我去!真的假的?】

【我粉了这么多年的模范家庭,结果告诉我是假的?】

【心疼茶茶,我们茶茶不到十八岁就背负了这么多。】

【难怪茶茶要一直打广告,原来是要还钱,以后只要是你打的广告,不管什么我都买!】

【我是黎茶茶中学时隔壁班的,当时就觉得很奇怪了,为什么从来没有见过黎茶茶的父母来接她。】

【我也是黎茶茶的同学,每次见到黎茶茶总觉得她不快乐,好几次见她在学校天台待着,还以为那是学霸喜欢待的地方,现在细思极恐!】

【闻香和黎柏真不是人!利用女儿赚钱,还不给关怀!】

【我妈真神预言!当初就说了黎柏和闻香这对夫妻不是真心对女儿好的,要真心为女儿着想,才那么点大的年纪,怎么可能舍得让女儿接这么多的广告?】

老王:黎柏和闻香不配当父母!

黎茶茶发完微博后便把手机关机,拒绝了一切采访,然而饶是如此,还是挡不住记者们的积极。

次日早上,顾恬从阳台上往下数了数,说:"树丛里有两个,树后面一个,楼下门口光明正大站着的还有五个,看起来就不像是我们学校的学生!茶茶,你要是走出这个门,恐怕你连教学楼都进不去了。我……我去!他们见到我了!是哪个浑蛋泄露了我是你室友的信息!刚刚对着我猛拍了几张,我还穿着睡衣没化妆!"

顾恬一个闪现躲回屋里。

她瞧着黎茶茶,关心地说:"茶茶,要不我帮你请假吧?正好今天就只有早上有课,你之前拍戏那么辛苦,昨天刚回来,要不再休息休息?"

黎茶茶心里只觉温暖。

她在网上声明要与父母断绝关系,尽管在微博上得到了大部分人的支持,可是在当今社会上仍旧算是出格的做法,她看到有不少人骂她,认为她矫情,可顾恬不仅帮她怼了回去,而且还表示支持她的做法。

黎茶茶朝她弯眉笑了笑，说："你先去上课吧，再不去的话早课你就要迟到了。"

"没事儿，大不了就记名，现在下面蹲了这么多记者……"似是想到什么，顾恬又咬牙切齿地说，"这些娱记真不厚道，为了新闻都不考虑下你还是个学生，耽误了事情谁来负责？"

这时，顾恬的手机响起。

"我男朋友给我打电话，茶茶你等一下，我接个电话……"接通后，顾恬愣了下，"南……南哥，我……我现在把手机给茶茶。"

黎茶茶接过手机，点着头说了句："好。"

黎茶茶还她手机，说："你等我一下，我和你一起下楼。"

"可……可是楼下有一群记者……"

黎茶茶却扬眉笑道："没事儿，我男朋友说他能搞定。"

"行吧……"

黎茶茶和顾恬一块下了寝室楼，还未出门口，便听见外面好一阵嘈杂声。

顾恬往外一望，惊呆了。不知什么时候，她们女生寝室楼下浩浩荡荡地站了一百多号人，跟铜墙铁壁似的，围住了那一小群娱记。

也是这时，一只手抓住了黎茶茶的手臂，熟悉低沉的嗓音传来：

"跟我走。"

话音未落，黎茶茶便被塞进了一辆车里，绝尘而去。

顾恬张大了嘴巴。谭明也过来了，激动道："南哥太牛了，不到半个小时靠着一张嘴就把工管系的男同胞们给说动了，自愿过来围堵记者，好让茶茶师妹能安全离开寝室楼。"

小情侣看看那群被围在中间瑟瑟发抖的记者们，又互望一眼，发出了一模一样的感慨："南哥真是男友力爆棚。"

黑色轿车直接驶出了A大。

肖南给黎茶茶递了个牛皮袋子，里面有一杯豆浆和三个豆沙包，黎茶茶一早起来就接到无数个电话和信息，最后忍无可忍才把手机关机了。她忙着应对娱乐圈，压根儿把早餐给忘了，现在闻到包子的香味，忍不住咽了咽口水，伸手拿了一个包子出来，咬了一口。

肖南说："这几天你还是先别上课了，我帮你请了假，你们辅导员很痛快地就批了，我带你去一个地方，我们玩几天，等回来的时候，你这个事儿也差不多消停了。你不必担心，剩下的事儿都由我来处理，手机也不用拿了，要是有什么需要联系的话，先用这个。"他掏出一部新手机，"里面是新的电话卡，你这几天先用着。"

他的态度如此明显——你做你想做的，我无条件支持。

黎茶茶感动极了，她不动声色地瞄了眼前面的司机，见对方正专注地开车，于是伸手偷偷地钩住了他的两根手指，几乎是在缠上的那一瞬间，他便自然而然地反握住她的手。

他微微侧首，问了句："不问我带你去哪儿？"

"你要是拐我，我也愿意。"

肖南低笑道："行，你都发话了，我就拐你一回，身份证带了吗？"

黎茶茶点头："在包里。"

肖南对司机说："去最近的机场。"说着，又上下打量了她一眼，"我拐你去个地方，机票刚买了，等会儿去机场把生活用品置办了，就待几天。等这边的媒体消停了，我再带你回来。"

黎茶茶乖乖地点头："好的，坐等被拐。"

等到了机场后，黎茶茶内心有些疑惑，机票上的终点是C市，还算发达，有必要在机场里就把牙刷牙膏拖鞋这些东西都买了吗？还买了两个28寸的行李箱。

置办完这些后，肖南还带她去服装店买了两件羽绒服，一件薄的，一件厚的，码数都是加大，从颜色、款式和风格看来，都不像是他们两人会穿的。

紧接着，肖南又在机场的各种商店里买了不少东西，把两个行李箱都塞满后，才去办理了登机手续。

等坐在飞机上后，肖南问："不问？"

黎茶茶挽住他的胳膊，摇头："不问，如同你信我，我也信你。"

4

到了C市后，肖南直接租了一辆车，开了将近七个小时。

车程途中，碰见超市时肖南还进去买了些水果、肉品，他相当有经验，大抵是怕如今天气炎热闷坏了这些，还问老板要了保温冰袋，然后通通放在了后面的车座上。

到达目的地时已经是晚上九点。

黎茶茶睡了一路，精神极好，帮着肖南从车里提行李箱出来。刚放下东西,便听见两道急促的脚步声响起,映入眼帘的是两张淳朴憨厚的脸,一男一女,看得出来是夫妻,都上了年纪,两人皮肤黝黑,女人穿着颜色泛黄的长衣长裤,袖口有些破,还打了不同颜色的补丁。

两人一张嘴就是黎茶茶听不懂的方言,拉着肖南的手,十分激动。黎茶茶安静地听着,心底已经猜到了这是哪儿。

这时,肖南伸手揽着黎茶茶的肩,对夫妻俩说了什么,黎茶茶也没听懂,不过却能见到老夫妻两人看她的目光多了几分慈祥。

肖南给黎茶茶翻译:"他们问你饿了吗?饿了的话,他们给你做一桌拿手的农家菜。"

黎茶茶在路过加油站的时候吃了碗泡面,虽然这会儿有些饿了,但是她包里还有不少超市里买的零嘴,再看眼下的天色和老夫妻俩显然是一副准备睡觉的模样,也不想再麻烦,说:"谢谢叔叔阿姨,我不饿,不用劳烦你们了。"

肖南又给两人说了。

老夫妻俩便领着两人去房间休息,又拉着肖南的手说了好一通话。等他们离开后,肖南才放下身上的行李,在一个小木柜里找出烧水壶,烧水的同时,又从行李箱里拿了一盒速食米饭出来。

他动作利落,没一会儿便煮了一壶花茶,以及热腾腾的土豆牛腩饭。

"山里凉,别喝矿泉水了,喝点热的。"说着,肖南又把饭推了推,"吃几口吧,吃不完我吃。"

黎茶茶有些诧异,问:"你怎么知道我饿了?"

肖南瞥她一眼:"你是我女朋友,你今天吃了多少,该不该饿,我能不知道吗?山里条件不好,你将就几天……"说着,他又开了一盏灯,"光线会暗吗?"

黎茶茶坐在小桌子前,咬着土豆,说:"不会。"

"这里还是去年才通的电。"他边说边开了行李箱,整埋着床铺。

黎茶茶起初不明白肖南为什么要在超市里买床垫,如今见他把捆起的床单铺开才恍然大悟,哭笑不得地说:"其实我没那么娇气呀,睡地板我也可以,之前录制综艺,有两期也是在农村里,睡的就是硬板床,我能接受的。"

"你喜欢睡软床,而且这床垫到时不带走,留在这儿杨叔他们还能接着用,买了不亏。"

黎茶茶没想到肖南观察如此细微,心里一阵齁甜,再看了看窗外黑漆漆的山色，倒也不觉得恐慌，只觉一股与世隔绝的宁静。

她心中微动，又瞅了瞅周遭，这会儿才意识到屋里只有一张床。

肖南似乎察觉到她内心所想，说了句："我睡地上，你睡床。"

"不行，你着凉了怎么办？"

肖南微微挑眉："那你是让我跟你睡同一张床？"

黎茶茶理直气壮地说："你是我男朋友，跟我睡同一张床怎么了？"

"行，你说的。"

话一出口，黎茶茶就有些后悔了，再瞧瞧肖南的眼神，她咽了口唾沫。

黎茶茶在肖南的催促下先上了床，肖南又整理了一会儿，才跟着后脚上了床。

他一上床，便伸手将背对着他的黎茶茶揽到了怀里。黎茶茶感受到他炙热的胸膛，又咽了口唾沫。几乎是瞬间，她便感受到有什么。

她立即装睡，还发出小小的呼噜声。

肖南低笑一声，紧了紧揽着她的胳膊，说："不碰你，就这么睡，等你再长大一些。"

"那你现在怎么办？"

"嗯？不装睡了？"

黎茶茶转过身来，在黑暗中与他脸对脸。她心虚地说："我只是被你吵醒了，没有装睡。"

"嗯哼。"这一声，意味深长。

"真的！"

"行了，我知道是真的。"

他凑过去，在她唇上亲了一下，缩回来时又没忍住，再次含住她的唇，给了她一个深吻。直到她气喘吁吁时，他才松开了她，一脸餍足地说道："好了，睡吧，明早带你去见一个我的朋友。"

黎茶茶对肖南口中的这一位朋友隐隐约约有一些猜测。果不其然，第二天，肖南带她去了一个山头，山头上绿树成荫，还有一座寻常的坟墓，石碑上刻着三个字——杨韬。

周围打扫得很干净，半棵野草也没有，坟前还摆了一罐百事可乐，从瓶子的新旧程度来看，估摸着放了不到小半月。

肖南说："二狗喜欢喝可乐，而且还只喝百事可乐……杨叔杨婶隔几

30天 Flag 不倒表

Monday	Tuesday	Wednesday	Thursday	Friday	Saturday	Sunday	FLAG
月　日	月　日	月　日	月　日	月　日	月　日	月　日	
月　日	月　日	月　日	月　日	月　日	月　日	月　日	
月　日	月　日	月　日	月　日	月　日	月　日	月　日	
月　日	月　日	月　日	月　日	月　日	月　日	月　日	
月　日	月　日	月　日	月　日	月　日	月　日	月　日	

随《小瑕动》附赠

天就会来看他，给他打扫干净，二狗生前有洁癖，绝对不允许屋里有半点垃圾，屋里所有东西都得摆得整整齐齐……"

他蹲在坟前，把一罐可乐和石碑对齐了。

"二狗，我带女朋友来看你了。"

黎茶茶也跟着肖南一块蹲了下来，平视着石碑上的照片。黑白照片上的男孩生得眉清目秀，正是人生中最美好最青春的年纪。

她认真地说道："嗯……韬哥你好，我是肖南的女朋友，黎茶茶，黎明的黎，喝茶的茶。"

"我女朋友碰上了点小事，我带她过来避避风头……对了，上次我女朋友提出了一个构思，海洋垃圾收集器……"他把构思和目前的进度一一说了，说这些话时，他的眉眼间里很是平静自然，仿佛他面前不是一座冰冷的坟墓，而是一个活生生的朋友，如今他就在和朋友闲聊。

黎茶茶蹲得有点累，站了起来，没有吭声，安安静静地听他说话。

过了许久，他才站起来，和黎茶茶说："我刚认识二狗的时候，他高冷得要命，隔三岔五就往海边跑。起初我以为他只是喜欢海，后来才知道他年纪轻轻，想法却不少，只可惜当时我还不够成熟稳重，十八岁的年纪叛逆又嚣张，总觉得天塌下来也没什么好害怕的，直到二狗走了……我才知人都很脆弱，理解是很重要的一件事……"

黎茶茶心中微动，问："这是你蓄胡子的原因？"

"嗯，当时总想着要做出改变，我那会儿是寸头，也没头发可以剪了，便索性开始蓄胡子，每次看着胡子，就提醒自己要成熟要稳重要理解他人……"

"我当时在胸口纹文身也是这种想法……"

"挺好看的……"说着，他也不知想到了什么，特地压低了声音，对着坟墓说，"二狗，保佑我和女朋友以后顺顺利利，最好是那个时候……"

黎茶茶红了脸，用手肘撞他："你疯了，和韬哥说这些干什么！"

肖南说："先求了再说。"

黎茶茶又撞了他一下，说了句："没个正经。"

5

回去的路上有一条小溪，水流叮咚作响，小溪清澈见底，还能见到一两尾小鱼游得自在。

肖南问她："想吃鱼吗？"

"你来抓？"

"之前我跟杨叔学过。"

黎茶茶打小就在城市里生活，自然没有抓过鱼，见肖南挽起裤脚进了小溪，她觉得有些新鲜，也想进去试试。

肖南见状，立马阻止："水还有些凉，你在河边等我，我抓到给你看。"

黎茶茶点点头。

未料小鱼有些狡猾，肖南抓了十几分钟硬是没碰着它，一扭头，见黎茶茶看得专注，一张小脸已经被太阳晒得红扑扑的都没注意。他略微沉吟，又上了岸，四周一打量，见不远处有乘凉的地方，拉着黎茶茶过去了。

"不抓鱼了吗？我觉得还挺有趣的……"

"等会儿抓。"

他围着大树转了一圈，伸手摸了摸树干，身手利落地爬了上去，把黎茶茶看得一愣一愣的。一小会儿后，他下来，脱了上衣铺到树荫下，对黎茶茶说："你坐这里，我已经检查过了，树上没蛇，树干表皮上也没虫。"

肖南知道女孩子大多怕蛇虫，他看过黎茶茶的综艺节目，有一集在农村里，树上趴了只虫子，碰上去软软的，还会蠕动，把一群女孩吓得面色顿变，黎茶茶也在其中。

黎茶茶笑："哎，我哪有这么娇气。"

"你可以娇气，我女朋友娇气，我受着，别人管不着……"大抵是环境的缘故，肖南也难得奇思妙想了一回，说了句，"要是我们俩流落荒岛，我也一样能把你照顾得跟公主似的，现在你好好坐着，我给你抓鱼去。"

他转身又下了小溪。

黎茶茶瞧着认真抓鱼的肖南，悄悄地弯了下眉眼，觉得内心宁静又满足，有种一辈子这样也无妨的感觉。

但是很快，黎茶茶就有些面红耳赤。

肖南是光着上半身在河里抓鱼的，因为晒了太阳的缘故，他有些出汗，汗水滑过他结实的胸膛，再顺着八块腹肌滑下。她不由得咽了口唾沫，她的男朋友浑然不知地散发着自己的荷尔蒙，越看越能让她勾起之前那几次害羞的回忆，尤其是那些缱绻缠绵的碰触……

肖南抓到两条鱼，一上岸，却见自家女朋友在树荫下红了整张脸。

他抬头看看天空，纳闷了："怎么，你觉得更热了吗？"

黎茶茶使劲地摇头："有点闷。"

"那我把鱼带回去,等会儿让杨婶给你烤,我顺便帮他们干点农活,你就在屋里吹会儿风扇。"

黎茶茶应声,把屁股下坐着的衣服丢给了他:"穿……上,我们回去。"

回去后,黎茶茶在屋里待了小半个钟头,才把心里的燥热给驱散了。等面上的热度降下来后,她抱着刚刚杨婶给的小半个西瓜,出了屋子。

肖南在田里和杨叔一起干农活,两人离黎茶茶不远,说话声音也不小,只不过黎茶茶听不懂。这会儿,肖南注意到了黎茶茶,站直了身体,对她说:"别站在太阳底下,往屋里去。"

黎茶茶挪了几步,躲在了屋檐下。

杨叔咧开一个笑容,抬头看了她一眼,不知和肖南说了什么,肖南应得爽快,又在那儿说了几句。杨叔再次看了她几眼,绽开了一个更大的笑容。

黎茶茶集中了注意力,努力想分辨出他们谈话的内容,可还是连半个字都听不懂。

"肖哥哥和杨叔说我媳妇皮肤敏感,晒不得太阳。杨叔说城里的女娃子都这样。肖哥哥说我媳妇特别不一样。杨叔问打算什么时候成家,肖哥哥说媳妇还没到法定的结婚年龄,等到了就娶回家。"

黎茶茶一侧首,身边不知道什么时候多了个女孩,十二三岁的模样,扎着两根小辫子,穿着花衣裳,皮肤晒得黑黑的,五官倒是有几分灵气。

见黎茶茶望来,女孩好奇地问:"你是肖哥哥的媳妇吗?"

黎茶茶抬头望了眼肖南,见他和杨叔走得远了,肯定听不见自己的话,才偷偷摸摸地应了声:"嗯,我是他媳妇。"说着,心里又觉得怪甜的,一顿,又重复了一遍,"对,我就是你肖哥哥的媳妇。"

回答完小女孩的问题,黎茶茶有些诧异,问了句:"你会说普通话?"

女孩说:"王老师教的。我成绩可好啦,王老师说我一定能走出大山,考上清华北大!"

黎茶茶笑了:"你叫什么名字?"

"我叫小元宝。"

"好,小元宝。"

小元宝又说:"我喜欢肖哥哥,我们村里都说肖哥哥是我们的福星,他每次过来都会带很多很多的东西。姓肖的都是好人,你是肖哥哥的媳妇,所以你也是好人。"

黎茶茶一听,问:"为什么姓肖的都是好人?"

小元宝说:"以前我们村里没有通电也没有修路,上学都要爬过两座大山,走很远很远的路,爸爸妈妈都很愁。可是肖哥哥一来,没多久我们就有了柏油路有了电,还有了小学,还有了王老师。王老师说这些都是一位肖老先生私人资助的。"

黎茶茶问:"肖老先生?"

小元宝得意地说:"王老师上课时说的,班里其他同学都没我听得认真!"

小元宝又说:"姐姐,以后你生的孩子也姓肖,你们一家都会是好人。"

黎茶茶摸了摸她的脑袋,正好包里有个波板糖,她给了小元宝:"姐姐给你糖。"

小元宝开心地蹦了一下。

黎茶茶和肖南在山里待了三天才离开。

大山地理位置偏僻,信号不好,出了大山后,黎茶茶才刷了下微博,发现她的热度已经降了许多。这三天娱乐圈大料小料不断,几个一线明星轮流屠版,把黎茶茶之前的话题都不知挤到哪个角落去了。

黎茶茶看了几眼热搜,正巧见到有人说——

【我听说黎茶茶背后有人,本来这些明星的料是要分批爆的,现在全都一次性拉出来就为了给黎茶茶挡风头,现在也没记者敢去Ａ大堵人了。】

这条微博很快便消失了。

黎茶茶问了句:"微博上说我背后有人,是你吗?"

肖南说:"是我妈。"

黎茶茶一愣。

肖南又说:"四舍五入,也算是你妈。"

黎茶茶:……

还有这种四舍五入法?

6

说曹操曹操就到。

肖南的电话响了,他瞄了眼,说:"我妈,你接吧,我开车不方便。"

于是,黎茶茶拿过手机接了电话,还开了扬声器,她轻咳一声:"阿姨,肖南在开车,不方便接电话,我……"

话还未说完,甄宝女士便关心地道:"我听阿南说了,他带你去了那个地方，山里环境艰苦，这几天你吃得还习惯吗？别担心，网络上的事儿阿姨帮你解决，你好好地上学就好，要是阿南亏待你了，跟阿姨说，阿姨带你吃香喝辣的，把他甩一边去……"

黎茶茶瞄了眼肖南。

肖南说了句："妈，有你这样挖墙脚的吗？"

甄宝女士："妈是在提醒你，不要欺负茶茶。"

黎茶茶："阿姨，他没有欺负我，他……他对我很好……"说着，又觉得有些害羞，在肖南的母亲面前说这话，感觉特别奇妙。

肖南："妈，听见了没有？"

甄宝女士："儿子，妈告诉你，对一个女孩好，没什么值得骄傲的，对一个女孩儿一辈子好，才是值得骄傲的事。你爸都还在考察期内，没过你妈这关呢，你还嫩着，别太早放松警惕了。"

肖南沉声道："我知道了。"

两人谈恋爱都是偷偷摸摸的，也没告诉家里，现在一听甄宝女士的话，黎茶茶嗅出点不对劲，她睁大了眼，无声地指指手机，又指指自己和肖南。

肖南摇头，用口型说：我没说。

黎茶茶也疯狂摇头：我也没说。

手机那头的甄宝女士察觉到小两口的沉默，轻轻地笑了声："两个傻孩子，谁没年轻过呢？谈恋爱的人哪里能骗得过其他人？眼神早就出卖你们俩了，我只是装作不知道而已，每次瞧你们偷摸谈恋爱，还怪有趣的！"

这话一出，黎茶茶的脸瞬间爆红！万万没想到，甄宝女士对一切了如指掌。

比起黎茶茶，肖南要镇定得多，他面不改色地道："姜还是老的辣。"

甄宝女士到底考虑到女孩子的颜面，很快便转移了话题，说："阿南，昨天你爷爷又去医院了，我打电话问过，说是没什么事，只是小半年前你爷爷才去做过一个全面的身体检查，这　回恐怕没有这么简单。我心里有点不安，下周末，我们一家回老宅看看，你……"

甄宝女士顿了下，有些欲言又止。

肖南语气有几分不耐烦："行了，我知道了。"

甄宝女士说："阿南，当年的事我不计较了，你也别计较了。"

肖南淡淡地说："知道了。"

甄宝女士叹了声。

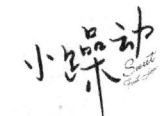

结束通话后,黎茶茶把手机放回了原位,抬眼看了下自己的男朋友。

他沉着一张脸,表情还带着一丝严肃。她在肖家待过一段时间,虽然从未开口问过,但是从他们一家三口和肖老爷子相处的情况看来,也知不太和谐。

想到小元宝说的话,她心中微动,问了句:"可以说说,当年发生了什么事吗?"

肖南如今也不瞒黎茶茶,说:"老爷子自视甚高,向来容不得别人忤逆他,当年不满我爸和我妈的婚事,在老宅里百般刁难老妈,直到怀了我后,老爷子对我妈还是冷着张脸。后来有一天,我爸跟叔伯他们出去参加一个重要的宴会,老爷子因为生病留在了家里,我妈也因为怀孕行动不便没去参加,偏不巧,那天老爷子和我妈又吵架了,害得我妈早产,差点一尸两命,救回来后我妈身体就一直不太好。后来我出生了,老爷子对我也是诸多不满,比对其他孙子要求还要严格,不管我做什么,他都能挑出刺来……"

黎茶茶没想到这中间还有这样的事儿,说:"你知道……"

她想说杨韬村子里修路通电的事儿,然而还未开口说完,肖南话题一转,又说:"要不要去H市转转?这里开车过去只要五个小时,到时候我们可以直接坐高铁回A市。"

黎茶茶微怔:"去H市?"

"山里的环境和条件都不好,你这几天都没好好洗澡,我们找家好的酒店,好好休息一下,玩一两天,到时候再回学校。"

黎茶茶有点心动,这话四舍五入,就是跟男朋友一块去旅游呀。

顿时,黎茶茶就把想说的话抛之脑后,小鸡啄米式地点头道:"好呀好呀。"

H市有个远近驰名的湖景景点,具有古老的历史和神话般的传说,肖南选了它附近的一个五星酒店,建筑仿的是江南园林的风格,古色古香,韵味十足,房间都是独栋,私密性极好,每一栋还有一个小院子和小阳台,阳台外则是湖光山色的景致。

肖南订了一间湖景房,屋里还有圆形大浴缸。两人一路舟车劳顿,到酒店时已经是半夜一点,两人各自洗了个澡,往床上一躺就直接入睡了。

第二天早上,黎茶茶是在肖南的怀里醒过来的,一睁眼,就看见他温暖结实的胸膛。她咽了口唾沫,不自在地微微仰了仰脖子,经过一夜后,肖南的下巴有些胡楂,看着很是性感。

都说女色迷人,黎茶茶觉得男色也一样,瞧着男朋友的盛世美颜,她也有点蠢蠢欲动了。

肖南醒过来的时候,怀里已经没人了。

他坐起来一看,黎茶茶正趴在不远处的软沙发上翻着酒店的宣传册。他走过去,黎茶茶察觉到动静,扭头:"你醒来了?"

肖南把她抱在怀里,下巴先是蹭了蹭她的脸蛋,才搁在她的肩上,一只手搂着她的腰肢,另一只手则不老实地往下拍了拍,问:"你几点起的?怎么不叫我?"

黎茶茶拍了下他的手。

他声音沙哑地说:"我摸我女朋友怎么了?"

黎茶茶又感受到了熟悉的烫热,忍不住红了脸,说:"你怎么每次一抱我就……"

肖南很淡定地说:"年轻人都这样,我要是抱着女朋友没点反应,你岂不是很没面子?"

黎茶茶竟无法反驳。

她转移了话题,说:"我想喝这个下午茶。"

"可以,安排到四点,等会儿先吃午饭,这儿的龙井虾仁和宋嫂鱼羹都很出名。"

"那我等会儿跟前台说预订下午茶,这个我来安排。"

"好。"

7

船夫缓缓地摇着船。

湖光山色里,风光无限好,入目之景,皆是怡人的翠绿深绿,层层叠叠的,宛如一个大自然的氧吧,空气分外清新,令人不得不沉醉其中。

突然传来"砰"的一声,肖南扭过头,看见黎茶茶拔开了葡萄酒的木塞子,然后拿起两个高脚玻璃杯,往杯里倒酒。

肖南眯眼,尚未开口,黎茶茶就说:"你说的话我都记得!"她拍拍胸口,说,"我男朋友的话,每一句,包括标点符号,我都记在了这里!"

小姑娘嘴巴甜起来让人心都能化。

肖南问:"那你现在在做什么?"

"现在船上只有我和你,不算有外人,我喝酒没问题。"

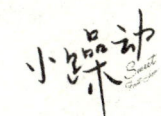

肖南看了眼船头的船夫。

黎茶茶眼巴巴地说:"不算嘛!你不是让我来享受的吗?我保证不贪杯,就喝这一口,再说了,要是喝醉了,不还有你吗?我们到时回房间休息就好了呀!"

她眨巴着眼,撒娇:"南哥哥,好不好嘛?"

黎茶茶每次一撒娇,肖南就觉得自己像被掐住了软肋,明明就是简简单单的一句话,可偏偏从她嘴里说出就这么有杀伤力,让他自愿缴械投降。

他妥协:"就一杯。"

"那你也喝。"

"我们俩在外面只能有一个人沾酒。"

黎茶茶眨眨眼,声音软软的,问:"家规吗?"

"家规"两个字,听得肖南心底一暖,再瞧着黎茶茶,明明她一口酒都没喝,这副模样却十分勾人。

他挪开视线,从鼻子里哼了一声出来:"嗯,家规。"

黎茶茶妥协了:"行吧,你不喝,那我喝。"

她抱着酒杯一仰脖,喝得有些急,还咳了好几声,脸蛋都咳红了。见肖南扭头看她,她脸红得更厉害了,说:"你的家规里还有不许喝酒被呛到?"

肖南给她递了杯水,才慢吞吞地纠正:"不是我,是我们的家规。"

黎茶茶使劲地点头,一脸诚恳地说:"我错了,我自罚一杯。"伸手又去拿冰桶里的葡萄酒,刚碰到酒瓶,手就被肖南握住了,他微微拧眉,看着她,眼神里颇有深意。

黎茶茶顿时有些心虚,正要缩回手时,肖南先松手了。

他点着头,说:"可以,你自罚一杯。"

黎茶茶在肖南的注目下,把高脚玻璃杯又倒满了。

这一回,她不再牛饮,而是小口小口地慢慢喝着,边喝还边吃小蛋糕,一本正经地点评着下午茶。

肖南似笑非笑地看着她。

黎茶茶挺直胸膛,故作镇定地问:"你要吃吗?"

肖南:"……"

半个小时后,黎茶茶杯里的葡萄酒已经见了底,喝了一杯半,她脑袋竟清醒得很,一点都没有上头。她有些惊讶,偷偷地去瞄了眼葡萄酒瓶的酒精度,傻了眼,居然比啤酒的酒精度还低。

肖南问:"看什么?"

"研究葡萄酒的构成。"

肖南哼笑一声。

黎茶茶心想着酒精浓度不够,那就用量来凑:"今天是我们第一次在景区里约会,我再喝半杯,纪念下。"说着,她伸手又去拿葡萄酒瓶。这一回,肖南也没有阻止她,任由着她又喝了半杯。

直到她第三次去倒酒时,肖南才把冰桶直接放在了脚边,朝她勾勾手,示意她凑过来。

黎茶茶探过身子。

肖南在她耳边沉声说:"你要是想勾引我,坐在我怀里对我笑,我命都肯给你,不用靠酒这玩意儿。"

黎茶茶被识破,脸"唰"地就红了。

她迅速坐回原位,再也不碰酒了,安安分分地坐着。

过了会儿,船回到岸边,肖南先上了岸伸出手,黎茶茶把手搭在他的掌心里,他握住后便没再松开。

酒店里宛如一个园林,羊肠小道特别多,这会儿也不是什么旺季,两人走在路上隔好久才能碰到接送客人的摆渡车,偌大的园林里仿佛就只剩他们两人。

黎茶茶还红着脸,觉得丢人丢到太平洋了,可转眼一想,又有些不服气,怎么样气场都不能输呀,而且不到最后还不知道谁赢呢!再说了,在自家男朋友面前,她出糗的次数还少吗?

这么一想,黎茶茶的眼睛又滴溜溜地转起来。

肖南问:"想回去还是逛逛?那边的秋水阁可以钓鱼。"

黎茶茶说了句话,肖南没听清楚。

黎茶茶说:"你凑过来。"

肖南弯下腰,黎茶茶凑到他耳边,故意用娇媚的语气说:"我们回去好不好?我想试试看其他勾引你的方法……"

肖南的眼神瞬间就变了,连带着声音也沙哑起来。

"我怕这样不好。"

黎茶茶一听,有些恼了,她都表现得这么明显了,难道还会闹着玩吗?她伸手推了推他的胸口,说道:"肖南,我有个疑问,你是不是不行?"

肖南这下面色都沉下来了,抓着她的手就往房间走去。

"黎茶茶,再添一条家规,有些话能说,有些话不能说。"

天色还未暗下来,黎茶茶与肖南的房间就已经门窗紧闭,挂上了请勿打扰的牌子。他们本来只订了两晚的房间,有了这一遭,肖南硬是又多加了四天。

Chapter 12
黎茶茶，我正式请求你嫁给我，当我肖南的媳妇儿

1

黎茶茶回到学校时，已经是周一的早上。

顾恬在教室里和黎茶茶汇报："学校里已经没有记者了，虽然微博上还有人关注你的动静，但是已经没上周那么多了，大伙儿都在吃其他明星的瓜，今天一个，明天一个，后天又一个，忙得不可开交……哦对，不过我想你的剧组应该会挺高兴的，因为你这个事，不少人都在关注你们的网络剧……"

一顿，顾恬往黎茶茶身边靠了靠，深深地嗅了几下，又退回去，上下审视着她。

黎茶茶问："怎么了？"

顾恬压低声音，挤眉弄眼地调侃："你是不是和南哥滚床单了？"

黎茶茶万万没想到顾恬如此直接，忍不住害臊起来，脸蛋热得发烫。

她不说话，顾恬就当默认了，八卦地靠过去，说："难怪你气色看起来这么好！我总算明白了什么叫不施粉黛的美！"

说完，顾恬跟变魔术似的，偷偷摸摸地从书包里拿出几本书。黎茶茶扫了眼，惊呆，竟然全是与生理卫生有关的书，顾恬说："我凑巧找到的，一字不落地看完了，颇有收获，你要看吗？"

黎茶茶郑重地点头，她左望右望，见没人注意到她们俩才以迅雷不及掩耳之势把那几本书塞进自己的书包里，打算晚上自个儿在寝室里时好好地研究研究。

未料课上到一半,黎茶茶却突然接到了导演的电话,她不由得一怔,导演知道她要上课,一般都不会在这种时间给她打电话的。

她略微思索,用了上厕所的借口,拿了手机出去接通电话。一接通,导演那边的声音就有些沉重。

"你上周三在 H 市 Y 家酒店?"

黎茶茶愣了下,旋即反应过来,问:"是的……"

她和肖南去 H 市是临时起意,没有告诉过身边的朋友,连甄宝女士都不知道,如果导演知道的话,那就只有一个可能性,她心下一沉,问:"是有人拍到什么照片了吗?"

导演说道:"我也不瞒你,最初和你签合同的时候,那一条'不许谈恋爱'的规定就是为了我们这部剧初期的宣传,我们希望你能和陆晨好好地配合我们剧组的 CP 营销,把剧的热度炒起来,但现在你的绯闻和我们剧组的初衷有所违背。不过现在还没到不可挽救的地步,有记者拍到了你和一个男人亲密游湖的照片,还拍到了你们十指相扣,只不过照片没发网上,记者先给我报了个价,要的钱不算多,就二十万,钱货两讫。"

黎茶茶一听,知道是自己有违合同在先,立马说道:"这次是我疏忽了,抱歉,我以后会注意的,这钱过几天我就给您打过去。"

导演也没有难为黎茶茶,提醒道:"你以后注意一些,要是真被放到公众面前了,只要不是过分亲密的照片你都可以打死不承认。我们的合同还剩半年的时间,很快就过去了。"

黎茶茶应了声。

结束通话后,黎茶茶揉了揉太阳穴,有些烦恼。她现在手里能用的钱只有五万多,几天之内要凑十五万可能有些难,她想了想,打算和肖南一块吃晚饭的时候和他商量商量。

蓦然间,她自个儿愣了愣。

黎茶茶意识到一件事,不知从什么时候开始,她不再一个人把所有事情撑着,遇到困难的时候会第一时间想起肖南。他也没大她几岁,可是在她心里,却强大得让她无理由依赖,横竖事情总有办法解决的。

她不再是一个人,如今,她是两个人。

在这一瞬间,她觉得自己对肖南的喜欢又更深了一层。

只不过接下来发生的事儿,却让黎茶茶有点摸不着北。

上完课没多久,导演又给她来电话了,说是记者诚惶诚恐地给他致电,

先是道了歉,随后又自行销毁了照片,说是以后绝对不会再偷拍任何与黎茶茶有关的照片。

二十万的事儿就这么过去了?

黎茶茶以为是甄宝女士帮的忙,发微信询问了下,才发现甄宝女士并不知情。

肖南下午的课结束得比她晚,她索性先回寝室休息,未料刚走到寝室楼下,就遇到一个穿西装的男人,态度强硬地把黎茶茶请上了一辆黑色保时捷,还拿走了她的手机和书包。

黎茶茶起初有些惊慌,可发现他们除了拿走她的随身物品之外,并没有意向做其他恶劣的事情,也就渐渐冷静下来。她问:"你们是谁?要带我去哪里?"

驾驶座和副驾驶都坐着人,一个是司机,另一个是"请"她上车的西装男人,大概是因为两人都生得一脸正气,她内心没有太多的害怕。

他们没有回答她的问题。

车厢内十分安静,黎茶茶见状,开始打量车内的环境,还有车外的路。

开了五十分钟,车驶向了郊外,越走越偏僻荒凉。黎茶茶手机被拿走了,没有导航,压根儿不知道走到了哪里,她不动声色地又望了眼两个沉默的男人,正巧和副驾驶座上的男人对上了眼神。

他面无表情地审视着她,很快又收回了目光。

黎茶茶解开了安全带,她移到车后两个座位的中间,微微探了头,忽然开口说道:"第一,虽然你们开车的路线不一样,但是我发现你们一直在同个地方打转;第二,带我上车后一声不吭,却一直在偷偷打量我,所以我猜,这是一个考验?"

她盯着后视镜:"这上面应该有针孔摄像头吧?"

她清清嗓子,说:"肖爷爷您好,初次见面,我是黎茶茶,不知道我的表现是否令您满意?"

2

肖南给黎茶茶发了五条微信,都没有得到回复。

他看了眼手机——下午五点十分。这个时间点,她早已上完课,也不可能在午睡,他打了个电话过去,手机显示已关机。

他给顾恬打了电话。

顾恬正在和谭明约会,接到肖南的电话时,吓了一跳,以为他发现了自己给茶茶看的那些乱七八糟的书,赶紧手忙脚乱地把手机丢给了自家男朋友。

谭明开了扬声器。

电话一接通,肖南那边开口第一句就是:"茶茶手机怎么关机了?"

顾恬和茶茶当了很长一段时间的室友,非常明白茶茶只要认真专注起来就可以彻底隔绝外界的一切事物,她立即脑补了自己的室友坐在桌前以一种严谨的科学研究精神阅读那些书的画面,可眼下肖南过来问了!她总不能直接说,你女朋友可能在寝室里"研究"得太过入迷以至于手机关机了都不知道。

顾恬疯狂地给谭明使眼神,谭明心领神会:"不知道。"

肖南又问:"你们几点分开的?"

顾恬说:"三点多我们就分开了,茶茶说要回寝室休息看书,可……可能是看得太入神所以不知道手机没电了吧?"

话是这么说,顾恬还是讲义气的,立即用谭明的手机给她们寝室隔壁的同学发信息,让她们帮忙去通知黎茶茶她男朋友可能要来查岗了。

未料,同学回来告诉顾恬:黎茶茶不在。

顾恬蒙了。

没多久,又有同学来告诉顾恬,说是看到黎茶茶在三点半的时候上了一辆车牌号为××××× 的黑色保时捷,根据当时情况,黎茶茶似乎不大乐意,但还是被强硬地塞进了车里。

顾恬终于意识到事态的严重性,颤颤巍巍地给肖南打了电话。

顾恬原以为肖南听完后会十分紧张,未料他冷静得很,还问了她一句:"还有什么没说?"

顾恬:"啊,我知道的都说了。"

肖南沉声:"你再想想。"

顾恬一琢磨,把早上给黎茶茶借书的事儿也讲了,末了,她问:"这事和茶茶被带走有关系吗?"

"没有。"

然后,肖南挂了电话。

顾恬松了口气,说:"你们社长听到消息后这么淡定,估计就是小事一桩……"一顿,似是想到什么,她回过神来,和谭明说,"哎呀,你们社长真是人精!套话本事一流!我居然把茶茶给卖了!我对不起茶茶!"

肖南直奔肖家老宅。

等他到的时候，已经是晚上七点多了，除了老宅里常驻的管家和保姆之外，还有道熟悉的身影。肖南风坐在紫檀木沙发上，正懒洋洋地翻阅着一张报纸，见着他，似是有些意外："弟弟？今晚吹的是什么风，居然把你吹到爷爷家来了？"

说完，他又指了指楼上。

"管家说是有客人，在二楼书房，我在这里待了将近一个小时，人都没下来过。"似是想到什么，他又说，"平时老爷子雷打不动六点半吃晚饭，今天居然为了客人破了例，你……哎，弟弟，你这是要去哪儿？"

肖南风把报纸一丢，跟着肖南上二楼。

"怎么着？你还想偷听？你不知道老爷子家的隔音做得特别好吗？一万只尖叫鸡在房间里大喊大叫，外面都听不到声音。"

肖南没吭声。

兄弟俩就这么站在书房外，肖南风好奇地问："你是来做什么的？气老爷子？"

肖南抬了眼皮："哥。"

肖南风："哎？"

肖南微扬下巴，指着书房门："我来接女朋友。"

肖南风愣了下，难得结巴地问了句："是黎茶茶？"

肖南颔首。

肖南风是知道老爷子作风的，他望望肖南，又望望书房门口，拍拍肖南的肩膀，说了句："旧的不去新的不来，不知道老爷子会给你的小女朋友开什么样的价码。话说回来，我倒是很好奇，平时老爷子也不管我们谈恋爱，你们俩也没到法定结婚年龄，怎么老爷子就开始插手了？"

肖南沉着脸："滚。"

"别这样啊，弟弟，五哥站你这一边，大不了你们偷偷摸摸地来往呗。再说感情不重要，男人最重要的是事业，"肖南风搭着肖南的肩，"大房二房那边都在等着看你的笑话，赌你不可能不靠肖家创业，要不要哥哥偷偷给你投资赞助一笔钱？"

"没必要。"

"得嘞，哥哥就欣赏你这股傲气。"

说话间，书房的门开了。

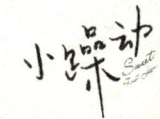

肖南风一见着老爷子，立马松手，背脊挺得笔直，赔着笑说："爷爷，我来探望您了，您的身体有好一些了吗？"说着，目光不由得落到了老爷子的身后。

肖南风是头一回见黎茶茶本人，比屏幕里还要娇小，肤色雪白，穿着背带裤，看着像是没有成年，不过被老爷子叫去谈话这么久，出来时还面色如常，这副不卑不亢的模样倒是让他有几分敬佩。

肖老爷子轻飘飘地说："你少惹些麻烦，我多活一天。"

肖南风："爷爷，我最近很听话，真没惹祸。"

肖老爷子的目光落在肖南身上，不冷不淡地说："我这老宅是阴曹地府不成？过年吃个饭遁得比谁都快，如今倒好，眼巴巴地在我老爷子这里坐上一个小时，我还能吃了她不成？"

肖南正要开口，一旁的黎茶茶笑眯眯地就接上了："老爷子说的是哪儿的话，阴曹地府才没您这儿好看呢！老爷子不是要吃饭吗？刚好您两个孙子都在，索性让他们一块陪着您吃，"她眼睛滴溜溜地一转，又说，"他们肯定也没吃饭，让阿姨烧点他们爱吃的菜摆在他们面前，不让他们动，就让他们看着您吃，当惩罚了，看他们以后还敢不敢吃饭的时候遁地走。"

肖老爷子笑了："这提议我喜欢。"

黎茶茶搀扶着肖老爷子下楼，趁肖老爷子没注意，空了一只手放到身后，朝肖南勾了勾。

肖南风处于震撼中，连带着看黎茶茶的眼神也不一样了。

弟弟究竟找了个什么妖精，居然把老爷子哄得这么高兴？和他想象中的"你不配和我孙子一起拿着钱滚"的剧本完全不一样！

肖南比肖南风沉得住气。

面对着一大桌色香味俱全的菜肴，以及与老爷子谈笑风生的黎茶茶，他保持了应有的镇定和沉稳。而肖南风在震惊过后，逐渐转变成向美食投降，眼巴巴地看着一桌子美食。

也不知是不是他的模样取悦了老爷子，肖老爷子大手一挥，也让两个孙子开始吃饭了。

吃过饭后，肖老爷子也没看肖南一眼，说："该干什么干什么去，别留在我的宅子里，碍眼。"说完，便从众人的视线里消失。

肖南风好奇得很，想问问黎茶茶到底做了什么事。然而话还未出口，黎茶茶就被肖南带进了车里，她坐在副驾驶座上，还打了个饱嗝。肖南没开车，探过身来，替她系上了安全带，然后也没退开，就只是上上下下仔仔细细地打量着她。

黎茶茶笑眯眯地问："你不问我吗？"

肖南却伸手摸了摸她的脑袋："辛苦了。"

这话一出，黎茶茶的鼻子就有些发酸，但她忍住了，说："不辛苦！一点都不辛苦。我'国民女儿'的称号不是白来的，长辈见到我都会喜欢，老爷子表达关心的方式虽然极端了一点，但我是晚辈，他又是你爷爷，我不觉得委屈……"

她轻轻地在他额头上亲了亲，又说："我被带走的时候确实挺害怕的，手机、背包什么都被没收了，但我很快就镇定下来了。老爷子也没对我做什么过分的事情，在车上好吃好喝地供着，车内还有晕车丸！我很快就猜到是你爷爷了，老爷子就是刀子嘴豆腐心，其实很关心你，韬哥村子里的路都是老爷子通了关系让人提前修的……"

肖南望着她："你还跟他聊了什么？"

黎茶茶避开他的眼神，似是想到什么，又重新看向他，眨眨眼，说："我说了，你能不能别生我的气？"

"说吧。"

"老爷子让我今年暑假开始去他公司里实习，我没和你商量，答应了……"

见他面色微变，她又说："不是老爷子强迫我的，是我自愿的。我知道你一直想靠自己白手起家，也不愿接手肖家的产业，我明白你的难处，你有自己的爱好，但是你是肖家的子孙，有些事义不容辞……可是我不一样啊，我从小到大都没有什么爱好，只想着把事情做到最好，以为这样就能换来父母的关注，所以考上 A 大后我也是选择了最好的工管系，学到现在我觉得也蛮有趣的，我相信我自己有这个能力去胜任。以前一直是你帮着我，护着我，我也想帮你，也想护着你，你不想做的事情，我来做。"

她又说："我是成年人了，我可以和你一起面对风雨了。"

她说这话时，声调还是软软的，像是在和他撒娇一样。

看着这样的她，肖南的心窝暖得不可思议，他想把她放在心尖上，使劲地宠着。

"我明天找老爷子谈谈。"

黎茶茶点头："嗯。"

"你大三不是还想出国当交换生吗？提前实习可以写进你的履历里。"

黎茶茶点头："嗯。"

肖南已经开始为黎茶茶的未来做规划："MBA 想读吗？"

黎茶茶又点头。

"你这个专业需要实践，老爷子开了口，你也不要客气了，多积累点经验，失败了没事儿，顶多亏点钱，这点钱老爷子还是给得起的。要是有不懂的地方，可以问我爸。"

黎茶茶点头。

3

肖南送黎茶茶回了学校后，没有回寝室，他回了肖家别墅。

这会儿已经是晚上十一点，要是搁平时，甄宝女士早就歇了，今天也不知是不是母子之间心有灵犀，此时甄宝女士正坐在沙发上看黎茶茶之前录制的综艺节目，节目里正好播到黎茶茶接到任务，去路边卖一百块一个的红薯，这俨然是天价，可箩筐里有将近五十个这样的红薯。黎茶茶没选择在路边卖，她拖着一筐红薯找到了一家不起眼的文艺小店，小店是专门做下午茶的，店面虽小，但是装修风格文艺，处处彰显着精致。黎茶茶和小店老板商量了一道香橙红薯的甜品，录了 vlog，最后还上传到了自己的微博，老板最后以五千块的价格买了黎茶茶的所有红薯。

镜头定格在黎茶茶弯眉浅笑的模样。

甄宝女士摁了暂停，对回来的儿子说："瞧瞧茶茶，模样水灵灵的，就该被宠成小公主。"

肖南把空调调高了两度，又把沙发上搭着的毛毯递给了甄宝女士，说："爸回来见你不睡，要不高兴了。"

"谈了女朋友就是不一样，变细心了，以前老觉得没人管得住你，现在……"她望了眼屏幕里的黎茶茶，"碰着对的姑娘，就算你是孙猴子也翻不了如来的五指山。"

肖南在甄宝女士旁边坐下来。

甄宝女士问："今天去老爷子那儿了？"

肖南有些意外："你知道？"

甄宝女士却笑了："老爷子那边有多少人盯着，大家心眼都活得很。我们小家就只有你一个，你爸爸管着分公司，你心思不在这里，我们也不勉强你，孩子大了有孩子的自由，我只想你快快乐乐地长大，钱赚得够用就行。"似是想起什么，她又说，"说来也是奇怪，肖家孩子这么多，老爷子偏偏最关心你，别看你爷爷平时就顾着骂你，但你看看，他对哪个儿孙这么严格过？要不是你打定主意要自己创业，大房跟你叔伯那边早就盯紧你了，现在他们也生怕你创业失败回肖家和他们争。"

肖南沉默了很久，问："妈，你真不介意了？"

"起初介意过，后来生了你便不介意了。你出生后，别看你爷爷对你严格，实则也很关心。不说以前的事儿，你和茶茶谈恋爱，你护着她，你爷爷也护着她，今天有人拍到你们游湖的照片，我本来想出手处理，后来才知道你爷爷已经雷厉风行地先动手了，现在谁不知道茶茶是我们肖家要护着的人？"

肖南又沉默了片刻，才声音沙哑地道："妈，我明白了。"

甄宝女士打了个哈欠："明白就好，时间不早了，你也别回学校了，在家里睡吧，下周末喊茶茶过来吃晚饭，家里新请了个厨子，杨枝甘露做得一绝，茶茶肯定会喜欢。我去睡觉了，再不睡你爸该查岗了。"

她摇摇头，眼里却全是笑意。

次日一早，肖南去了老宅，陪老爷子一块吃了早饭，然后爷孙俩在书房里待了一整天，直到晚上肖南才离开。

大房那边的人着急坏了，找人打听也打听不出个所以然来，索性去问了肖南风。肖南风也发蒙，只说了老爷子对弟弟的女朋友还挺满意的。肖家人又去查黎茶茶，发现她只是个没什么背景、成绩比较出色的女孩，加上肖南一家之后也没什么动作，老爷子也没任何表示，他们才放下心来。

然而，万万没想到的是，小半年后，大二放暑假的黎茶茶就在老爷子的安排下进了公司底层实习。

这一操作，硬是把肖南风看得一愣一愣的，他逮着空子，问肖南："弟弟，你们是打算要做什么？"

肖南最近很忙，连见肖南风的时间都是挤出来的，他的CCN海洋垃圾收集有限公司已经成立，公司渐渐步入正轨，设计出来的海洋垃圾自动收集器已经开始在太平洋地区投放，比起原有的垃圾清理方式，他们在降低一半的成本之余，还减少了人工的投放，并加快了垃圾处理的进程。肖南还因为这个项目获得了联合国环境署颁发的地球卫士奖。

只不过清理海洋是个庞大的工程，非一日之功能解决。

肖南隔三岔五就得出海调查，加上开会等事务，忙得不可开交，就在肖南风和他说话的这会儿工夫，他已经接了五六个电话，等他一一回复后，已经是半个小时后了。

他看了下表:"哥,你还有十分钟的时间。"

肖南风顿感人与人之间的差距,看到弟弟如此努力,他也不大好意思成天鬼混了,只说:"算了,我也不好奇了,很久没见你,晚上跟哥一起吃饭呗。"

"我和女朋友有约。"

"我可以和你们一起吃。"

"不行,你太亮,我需要和我女朋友的独处时间,等她暑假结束后,要去A国当交换生,我们将有长达一年的异国恋时间,现在我们分秒必争,没时间和你吃饭。"

"啧,看不出来那小姑娘柔柔弱弱的,还挺能干。"

"十分钟到了,我要去接我女朋友了。"

肖南接了黎茶茶去一家俄罗斯餐厅吃饭。

黎茶茶穿着利落的职业装,坐在他对面笑意盈盈。

肖南看着她道:"你高了?"

"我穿了高跟鞋,当然高了。"

"你晚上回去量一量,说不定真高了。"

黎茶茶一听,摸了摸下巴,说:"我觉得这也不是不可能的事儿,你不在国内的时候,阿姨都让我住在家里,天天怕我吃得没营养,还找营养师给定了一日三餐,隔两天还让人给我送补汤……"

她又捏了捏脸蛋:"有没有觉得我胖了?"

肖南定定一看:"是有那么一点。"

黎茶茶不高兴了,嗔他一眼,说:"那我今晚不吃了。"

"你再胖一倍,我都能单手抱起你。"

黎茶茶向来好哄,听他一说,那点不高兴早就消失了,撒着娇说:"我要胖成两百斤,你才抱不动我呢,不过这个工作强度下,要胖也挺难的……"

肖南问:"有没有人难为你?"

"有是有,不过都是小事,我应付得来,而且也挺有趣的,就当是历练了……"她一顿,"我要真处理不来再和你说,"似是想到什么,又说,"老爷子肯定盼着我和你说,他这几天就一直等着我忍不住去求你呢。"

"爷爷打的如意算盘就没藏起来过。"

黎茶茶笑眯眯地说:"我知道,他就想我仗着你对我的心疼,让你回来继承肖家的产业。不过我真觉得挺好玩的，实践起来比书本上的理论能收获的东西更多，累是累，但是心里很踏实。"

"你做得高兴就好，不高兴了和我说，我养你。"

黎茶茶打趣说："是是是，肖总能养我了。"

肖南认真地道："我现在可以养得起你，也可以支持你追求自己的爱好，不用看任何人的脸色，在我这里，你可以娇纵，也可以肆意妄为。"

黎茶茶愣了愣，本来有些疲惫的身体，像是瞬间被清除了一样，心中微甜，说："我知道。"

两个月后，黎茶茶的暑假实习生活结束，即将踏上A国开始交换生的生活。

肖南送黎茶茶去机场，嘱咐道："那边我都安排好了，房子也找好了，还请了一个信得过的家政阿姨，你专心念书就好了，要是缺钱了就跟我说，我给你的附属黑卡拿着，你不用给我省钱，否则你就该想想用什么方式哄我不生气了。"

黎茶茶笑道："可你把什么都安排好了，我也没什么要花钱的地方呀。"

"你在那边会认识新的朋友，资源人脉积累好了迟早能用得上，"蓦地，他沉下声音，"搭讪的不用理，死缠烂打的告诉我，我去解决。"

黎茶茶忍俊不禁："你现在真的很像交代女儿出国留学事项的父亲。"

肖南挑眉："你以前也不是没喊过。"

黎茶茶踮脚，在他耳边轻轻地说："可惜你起码有一段时间听不到了。"见肖南眼神都变了，黎茶茶心里好不得意，笑眯眯地在他脸颊亲了口，"南哥哥，我走啦，下了飞机就给你发微信。"

她提着包过了安检，又对他挥挥手，还给了个飞吻。

她本来有几分离别的伤感，可现在看着自家男朋友愣在原地，一副巴不得把她吃进肚里的模样，又觉得有趣。她知道肖南明天还有个重要的会议要开，不然他今晚肯定会陪自己去A国。

长达十个小时的飞机落地后，有司机来接黎茶茶，她在车上给肖南发微信。

【我到机场啦，现在在车上。】

机场离她住的地方有些远，开了将近五十分钟才到，而这五十分钟内，肖南并没有回她微信。黎茶茶算了下时间，国内现在是早上，肖南应该已经起来两个小时了。

她索性拨了电话过去，然而电话一通，就被挂断了，黎茶茶愣住了，头一回被男朋友挂断电话。

她立马给祁馨发信息。

【你们老板在公司吗？】

祁馨没回复。

黎茶茶又给张东和谭明发了一样的信息，他们两人也都没有回复。

黎茶茶又打电话去问顾恬。顾恬说："谭明昨晚加班，因为太晚了没回来睡，这会儿应该还在公司里睡着呢。"

黎茶茶问："我男朋友也加班吗？"

顾恬说："肖总加不加班我不知道，不过东妹和祁哥也一起加班了，看情况应该是有什么重大项目吧？所以我推测，也许肖总是在的……"

话还未说完，黎茶茶就愣住了，顾恬的声音像是瞬间飘远了，此时此刻的黎茶茶眼里只剩下眼前的男人。

她惊呆了："你……"

肖南说："我坐了私人飞机过来，航线比你少两个小时，工作在飞机上提前完成了，你在我身边，我没办法专心工作，所以没和你说，"他抬腕看了眼手表，声音沙哑地道，"从现在开始，你有八个小时的时间可以喊我爸爸。"

黎茶茶："……"

顾恬那边只听一声轻呼，吓得连忙挂了黎茶茶的电话。

她知道自家男朋友突然加班的原因了！

4

黎茶茶正式开始了和肖南的异国恋。

进入新环境后，黎茶茶适应得很快，学习、交朋友，每天都过得很充实，肖南在国内也忙。两人隔着白天与黑夜的时差，微信里发了消息，往往另外一个回复都要很久之后。

顾恬特别佩服他们之间的感情。

某天，顾恬和黎茶茶打语音电话，提到这事儿，说："我和谭明谈恋爱这么久，还是想时时刻刻黏在一起，哪天他要是回来晚了，我都觉得不放心，心里没有安全感。不要说异国恋了，异地恋我都受不了，谈恋爱就想一直待在一起，"一顿，顾恬又说，"不过每个人的恋爱方式不一样啦，适合自己的才是最好的。"

黎茶茶说："我挺满意现在的相处方式,虽然不在一起,但是各自都在为相同的未来努力着,虽然见不着,相处的机会和时间也少了很多,可是很安心。"

这几个月里,肖南和黎茶茶两人都很忙,见面的频率是一个月一次,时间还特别短,但是肖南跟她分享生活日常的习惯仍旧没变,每天她醒来时便会见到手机里有许多自家男朋友发来的信息,吃了什么,做了什么,工作上碰见了什么人,都会一条接一条地发过来。

大抵是因为这个,黎茶茶从不觉得缺乏安全感,直到出国小半年后,她才有了一点点的动摇。

那会儿正好是二月底,A国下了一场很大的雪,黎茶茶穿得少,回去时有点感冒的症状。

家政阿姨问她:"要不要喝点姜汤?"

黎茶茶笑着说:"不用,我抵抗力好,睡一觉就行了。"

说完,就连着打了几个喷嚏,她吸吸鼻子说:"我等会儿自己吃点感冒药就行了,阿姨,天色不早了,您也早点回家休息吧。"

家政阿姨见状,便应了声。

黎茶茶本来打算吃药的,但刚回来,同学就给她打电话问课题报告的进度。黎茶茶只好坐在电脑前赶了两个小时的报告,发给同学后,已经是晚上十点了,她忙了一整天,困得厉害,打起精神去洗了个澡,连肖南发的消息都忘记回就躺在床上睡了过去。

她本来想着睡一觉起来便能好了,没想到第二天起来的时候,感冒加重了,嗓子、耳朵、鼻子都在疼,烧得晕晕乎乎,她下床在药箱里找了退烧药和感冒药,按说明书的要求吃下去后,她裹着被子躺在柔软的大床上,头一回如此迫切地希望肖南就在自己身边,想要和他说说话,想要他抱抱自己,也想要他亲亲额头。

她以前也不是没有自己一个人生病过,有一次眼角长了脂肪粒,还是自己一个人去医院预约的手术,可是那时习惯了一个人,便觉得独自做什么事情都是理所当然的,也无所谓孤独不孤独,寂寞不寂寞,反正她已经习惯了自己坚强地活着,自己负责自己的人生。

可自从有了肖南后,她便渐渐习惯了自己的生活里有另外一个人的存在,百分之两百地信任他,同时也变得脆弱,需要另外一个人的陪伴。尤其是之前在国内的时候,她要是生病了,肖南会鞍前马后地陪着她,她胃痛,他便抱着她,搓热了双手,轻柔地揉着她的胃,温柔地哄着她,亲她的额头,亲她的眼皮,喂她吃药,给她煮粥,然后又一口一口地喂进她的嘴里。

有了对比,如今便觉得一个人生病是件如此难以接受的事情。

黎茶茶彻彻底底地感受到了异地恋的难过。

她拿着手机,想给肖南打电话,可是想到国内的时差,又想起他最近碰见一件棘手的事压力有点大,便不忍心打扰他了。她觉得自己如今只是生病的小情绪,等病好了,熬过去了,情绪自然就没了,没必要给自己的男朋友再增加烦恼。

可是想归想,黎茶茶内心还是有些难过,她很想肖南,想见他,想抱他,也想亲他。

她后知后觉地翻了翻月历,原来离回国的时间还有那么长,如今在A国也只不过待了五个月……她捏着手机,想东想西,不知不觉中睡着了。

醒来的时候,天色已黑,房间外飘来了皮蛋瘦肉粥的香味。

她有些诧异,她记得今天的晚餐应该不是这个呀。她推开房门走出去,然后愣住了,有那么一分钟都觉得自己在做梦。

厨房里杵着一道熟悉的高大人影,在洗碗槽旁一颗一颗地洗着红色小番茄,许是听见脚步声,回头望了眼,眼神一定,关了水,径直走来,伸手探向她的额头。

"不烧了。"说着,他弯腰亲了亲她的额头,"粥煮好了,我把小番茄洗一洗,等会儿你就可以吃了。"

她呆呆地看着他,一脸做梦的模样,半晌,她才问:"你怎么在这里?"

肖南说:"昨晚家政阿姨说你打了几个喷嚏,我给你发的消息你没回,不太放心就过来了。"

"可是你不是忙……"

"工作再忙再重要,也没你的身体重要,钱没了可以再赚,但是你生病了就该得到应有的照顾,"他又淡淡地说,"异国恋问题多,但都不是大事,我不会让这些问题成为你的烦恼和困扰。"

他拍拍她的脑袋。

"好了,去餐桌上坐着吧。"

黎茶茶的眼睛瞬间湿润了,她伸手抱住他的腰,脑袋埋进他的胸前,她声音软软地说:"我很想你。"

此刻，曾经有过的那一点点动摇荡然无存，她知道他在用心地维护着两个人的感情，就凭这一点，她又觉得异国恋没有任何问题。

剩余的六个月，去掉寒假的一个月，就只有五个月，也不过是眨眼间的事儿。

然而，计划总是赶不上变化。

黎茶茶寒假的时候因为表现优异，被教授留下当了助理。黎茶茶知道这是一个难得的学习机会，和肖南商量了下，没有回国，就直接留在了A国过年。

年初一那天早上，黎茶茶在视频里给甄宝女士还有肖父拜了年，甄宝女士对黎茶茶说："红包微信发给你，生日礼物也邮过去了，等你回来我们再给你补一个正式的生日晚宴。"

黎茶茶愣了下，说："不用这么隆重……"

甄宝女士笑得神秘兮兮："要的要的，一定得要，人生里只有一个二十岁。好了，让阿南和你说，我们下楼了。"

视频里出现了肖南的脸。

黎茶茶小声说："你和阿姨说一声，真的不用这么隆重。"

肖南叹了口气，说："我妈是什么样的人，你也不是不知道，你就让她折腾吧，她办晚宴自己心里也高兴。"

黎茶茶一听，觉得有道理，便也不再多说。

两个人在一个月前就开始商量过她的二十岁生日要怎么度过。黎茶茶体谅肖南天南地北到处跑，不想他来回折腾二十个小时的飞机，便打定主意说今年不过生日了，等回国后再补回来，肖南也同意了。

黎茶茶想了想，还是不放心，叮嘱道："真的不许过来啊，就一个生日，别折腾了，我还有五个月回国，到时候再补办也一样。"

肖南："嗯哼。"

不过话是这么说，黎茶茶一个人在A国过年时，还是感受到了一丝落寞。

晚上，她窝在沙发上刷朋友圈，朋友圈里百态皆有，非常热闹，张东还发了条脱单的朋友圈，把所有人感谢了个遍，附图是和祁馨十指相扣的自拍。紧接着，祁馨也发了一条图片一模一样的朋友圈，一群人在他们俩的朋友圈底下恭喜。

黎茶茶也凑热闹点了个赞，发了一条恭喜脱单。

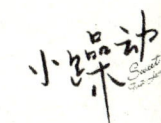

很快得到了张东的回复:【谢谢老板娘!】

祁馨:【嘘!】

张东很快就删掉了这条回复,祁馨也一块删掉了,短短几秒钟之内,张东又回了条:【谢谢茶茶师妹。】

黎茶茶全程目睹,回了句:【???】

然而,两人没再回复。

黎茶茶也没放在心上,继续百般无聊地刷着朋友圈,有一句没一句地在微信里和肖南发着信息。

快到十二点的时候,家里门铃突然响了,黎茶茶有些诧异。

她低头又给肖南发信息:【是不是你来给我过生日了?】

肖南:【我没给你过生日,生日等你回国后补办。】

黎茶茶跑去可视门铃瞄了眼,入目之处是一捧鲜红的玫瑰,以及肖南的脸。

黎茶茶开了门,第一句便是:"说好回国补办生日的呢!"

肖南没吭声,却低头看表。

两个人相处久了,有些东西实在是太熟悉了,她用脚趾头都能想到他的用意,忍不住笑:"是要等十二点吗?你从哪儿学来的浪漫?还懂得买花了……"

秒针滴滴答答地走着,十二点整。

肖南单膝跪下,献上花束。

"我等你到法定结婚年龄这一天很久了,今天不是来给你过生日,而是来求婚的,本来打算等你毕业的,但是太久了,我等不及了。我这人不会说情话,也不懂得承诺,但我喜欢上你的第一刻就没想过以后会有其他人,我们的未来还很长,我想每一天都有你,我想送你一个家,还想和你生小孩儿,生活里每一件琐碎的事情都想和你一起共享,"他另一只手拿出一个红色丝绒盒子,里面是一枚钻戒,"黎茶茶,我正式请求你嫁给我,当我肖南的媳妇儿。"

在这段感情里,黎茶茶有信心能和肖南走到最后,但是没有想到这一天会来得这么快,这么突然,这么惊喜。

明明是二月的天气,可此时此刻的肖南额头上隐隐有一层薄汗。

他在紧张。

黎茶茶忽然就笑了。

肖南更紧张了,半天憋了句:"笑是什么意思?"

黎茶茶说:"好的意思。"

肖南似是没反应过来,仍然单膝跪在地上。

黎茶茶难得见他这种呆呆的模样,忍不住弯眉道:"你什么时候给我戴钻戒?"

肖南终于反应过来,慢半拍地给她戴上钻戒,想把玫瑰花给她时,又说了句:"你还是别抱了,这花老沉了。"说着,把花直接扔到了一边,上前就抱住了黎茶茶。

"媳妇儿。"

"嗯?"

"生日快乐!"

A 国的二月仍旧寒冷冻人,院子里栽的树还有沉甸甸的霜花,不远处的华人街放起了烟花,"咻"的一声,在夜空中绽开。

黎茶茶的胸口咚咚地跳了起来,只觉能遇上他,再美满不过。

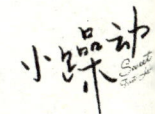

婚 后 番 外
一家三口,这世界上最美的四个字

在肖南和黎茶茶的计划里,原本是打算婚后五年再要孩子,倒不是因为想过二人世界,而是两个人实在太忙了。

肖南有自己的公司,黎茶茶归国后更是忙得不行,连婚后的旅游度蜜月都没去成,婚礼刚办完第二天,夫妻俩一个往欧洲飞,另一个往非洲跑,过了相当另类的"蜜月"。

夫妻俩婚后两年内同样是聚少离多,不过比起当初的异国恋,相聚的时间还是要多上许多的。

但待在一块的时候,大多是两人在楼上楼下的书房里各忙各的。

两人成婚后,直接住进了肖老爷子送的婚房里。

婚房地处繁华,在当地赫赫有名的富人别墅区,是一栋坐拥湖光山色的三层小洋房,二楼和三楼都各有一个书房,方便两人办公。

黎茶茶的书房在二楼,肖南的在三楼。

黎茶茶最近在忙碌着收购澳岛一家公司,忙得昏天暗地,每天不是实地考察就是各种会议,最赶的一回里,五天里坐了六次飞机,如今收购事宜接近尾声,她才稍微有了歇气的时间,可以不用两地跑,在公司或者家里开视频会议便可。

从公司出来时,已经是晚上十点。

黎茶茶回了家,路上她看了眼手机,肖南给她发了信息,说他今天已经忙完了,在酒店里歇下了,让她忙完后给他发条信息。

肖南最近在泰国出差,待了快一周了。

这个时间对于夫妻俩来说并不算长,甚至可以说是相当短暂的。

顾恬前不久还和黎茶茶吃过一顿饭,吃饭的时候顾恬问黎茶茶:"你们婚后聚少离多,你有想过早点过上一般夫妻的婚姻生活吗?"

黎茶茶是这么回顾恬的:

"确实有想过,不过不同的夫妻有不同的生活方式,目前这个阶段,是最适合我们俩的生活方式。虽然忙碌,但是我们都在为各自的梦想而努力,每天向前迈进一点点,互相分享彼此的快乐,即便不能经常拥抱对方,可是依旧安全感十足。"

思及此,黎茶茶淡淡地笑了下。

有什么能比和自己爱的人一起努力向梦想靠近更快乐的事情呢?

和肖南结婚两年零两个月,她每天都觉得自己成了比昨天更优秀的人。

黎茶茶给肖南回了条信息。

【老公,我从公司回去了,已经回到家啦,应该还要忙上四十分钟左右,我还有总结报告要写,明天得给爷爷汇报。】

黎茶茶回完信息后,就进了书房。

刚进书房,肖南的视频电话就弹了出来,她也不意外,两人不在同个地方的时候,经常视频。

她把手机放在书房的支架上,顺手打开了电脑,肖南显然已经洗过澡,待在床上了。

她瞄了眼视频,立马就发现了床头柜上有七八个购物袋。

她失笑道:"老公,别给我买东西了,上次你去泰国从免税店里给我买的东西现在还没用完,LA MER 的晚霜我还有六瓶!"

"正好顺路,给你囤着,反正用完了你也是要买的。"

黎茶茶哭笑不得:"我的脸有多大?"

"抹不完擦手用。"

黎茶茶也不知道自家老公什么时候开始喜欢给自己买买买了,似乎就是因为祁馨和张东在朋友圈吵架,最后张东钱包大出血,得出安慰老婆最好的东西就是认错加买买买后,肖南就有了这个习惯,只要去外地就喜欢给她买东西。

肖南婚后过得也糙,除了正式场合的衣服之外,他还是喜欢穿休闲的衣服,明明是个衣架子,稍微打扮下就能上T台走秀,可他总是穿得随便,衣柜里全是一模一样的黑色T恤。去外地出差，如果只带自己的东西，半个二十寸的行李箱都绰绰有余，不过因为喜欢给她买东西，他现在每次出去都要带个二十八寸的行李箱，回来时总是满满当当的，像个代购。

这些还算是小的东西，去年她过生日的时候，他还送了一架"湾流"给她，这样平时去外地或是出国都方便，不用迁就航班，反正有私人飞机，提前申请航线就成。她觉得太奢侈了，未料肖老爷子也觉得不错，还给她买了私人飞机停机坪。

怕肖南一时兴起又要买什么，黎茶茶赶紧打住这个话题，说："老公，我先去把总结报告写了哦。"

"好。"

夫妻俩又进入了日常模式。

一人办公，一人安静地在视频里看着。

黎茶茶不知道是不是因为最近太忙碌了，一到十一点左右就开始犯困，刚打开电脑还不到五分钟，就已经哈欠连连。

肖南注意到了，微微拧眉，正想开口让她去睡觉时，她倏地站了起来，三步并作两步地跑进了洗手间里。

十分钟后，黎茶茶回来，脸色微微苍白。

肖南问："怎么了？"

"可能是晚上吃错东西了，胃有点不舒服，但刚刚吐了会儿，现在好些了。"

知道自家老公的性子，她又说："真的是吃错东西了，你不用面色这么凝重，别回来！你还要在泰国待两周呢。"

每次她生点小病，他都紧张得不行，一副如临大敌的模样。

怕肖南还是担心，黎茶茶又说："你别担心我，真的，我在家里呢，而且还有家庭医生随时候着，不许回来，知道了吗？"

"嗯哼。"

黎茶茶的报告最后还是没写完，在自家老公虎视眈眈的眼神下，带着手机冲了个澡，然后就上床睡觉了。

黎茶茶是真觉得自己吃错东西了，晚上没什么胃口，吃了几口后就开始有点不舒服了，但当时忙着去开会，加上是在可以忍受范围内的疼痛，也没有在意。没想到第二天早上起来，她还是不大舒服，抱着马桶又吐了十分钟。

黎茶茶有点发晕，就在这个时候，熟悉的声音响起。

"老婆。"

伴随而来的是脚步声，没多久黎茶茶就被一股力道搀扶了起来，映入她眼帘的是一双深沉的眼。

她张张嘴。

肖南开口说道："我坐了凌晨的航班回来，把医生也带来了，不许说不用担心你的话，你知道你已经两个月没有来例假了吗？要不是我问了戴医生，你是不是要等第三个月才发现？"

黎茶茶愣了下。

肖南不说她还真的不记得这个事儿了，这两个月太忙，忙到她自己没来例假都不知道。

见肖南的目光落在自己的肚子上，她张嘴："不……可能……吧……"

他们每次都戴了避孕套啊……

肖南说："避孕套不是百分之百的安全，说明书也写了完整且无破损，全程使用，避孕成功率是百分之九十二，也就是说还有百分之八的失败率，况且我们也不是全程使用，上次还是在你的排卵期。"

黎茶茶呆呆地被肖南牵了出去，呆呆地做了个检查，直到戴医生说："恭喜肖先生和肖太太，已经怀孕两个月了。"

之后的时间，黎茶茶整个人都是蒙的。

戴医生是肖家的家庭医生，不到一个小时，整个肖家都知道黎茶茶怀孕了，甄宝女士本来打算去巴厘岛度假，都要上飞机了，又立即折返，带着大包小包的补品，以及一位厨师、一位营养师、一位孕妇专家过来。

肖老爷子也遣了人过来，让黎茶茶好好养胎，收购的事宜可以暂时放下。

紧接着，又是各种各样的道喜。

黎茶茶好几天都没反应过来，不在计划内的怀孕让她大脑一片空白。在肖南的陪伴下，她去医院做了个全面的检查，因为多次飞行，胎儿有些不稳，她需要住院观察一段时间。

半个月后，黎茶茶被批准出院。

当她再次孕吐时，她才真真正正地意识到自己的肚子里有了一个生命。

肖南拿着温热的毛巾擦着她的嘴,轻声问:"好些了吗?"

黎茶茶点头。

"要再睡一会儿吗?"

"好,我还是有点困。"

肖南扶着她去床上,替她掖了掖被子,最后轻吻她的额头,说:"不舒服喊我,我就在隔壁书房。"

黎茶茶睡了一个小时不到就醒来了。

隔壁的书房和卧室连通,门半掩着,隐隐约约有敲键盘声传来。

黎茶茶蒙眬地揉着眼睛,走到门边。肖南低头在电脑前打字,过了会儿,又接了个电话,他侧过身,压低了声音,在和肖老爷子做她的总结报告。

她怀孕后,肖南暂时放下了他公司里的事,全权接手她的工作,除此之外,还每天阅读大量怀孕的书籍,对她的身体状况可以说是了如指掌。

怀孕是个意外,她原以为会特别惶恐,可如今真真正正反应过来,却没有一丝一毫的惶恐,只有满满当当的安心。

这时,肖南察觉到她的存在,朝她笑了笑。

他挂了电话,问:"醒了?"

黎茶茶轻声道:"老公。"

他起身,向她走来。

黎茶茶软软地道:"要抱抱。"

肖南抱住她。

她听见他胸膛里的心在跳动,咚咚咚,强而有力。

这是他和她的家,而在不久的将来,还会有他们的孩子。

一家三口,这世界上最美的四个字。

本书由淡樱委托长沙大鱼文化传媒有限公司正式授权花山文艺出版社,在中国大陆地区独家出版中文简体版本。未经书面同意,本书的任何部分不得以图表、电子、影印、缩拍、录音和其他手段进行复制和转载,违者必究。